Le tueur d’anges

DU MÊME AUTEUR CHEZ MIRA

Rapt
Black Rose
La griffe du mal
Trahison
Cauchemar
Pulsion meurtrière
Le silence du mal
Jeux macabres
Le tueur d'anges
Collection macabre
Et vous serez châtiés
L'innocence volée

ERICA SPINDLER

Le tueur d'anges

Roman

MIRA

Titre original :
COPYCAT
publié par MIRA®

Traduction de l'américain par LOUISE ACHARD-MADDALENO

Ce roman a déjà été publié dans la même collection
en juillet 2007

Photos de couverture
Punaise : © ROYALTLY FREE / PHOTODISC
Poupée : © ROYALTY FREE / MASTERFILE
Réalisation graphique couverture : V. ROCH

83-85, boulevard Vincent-Auriol, 75646 PARIS CEDEX 13.
Tél. : 01 42 16 63 63
Service Lectrices — Tél. : 01 45 82 47 47
www.harlequin.fr

ISBN 978-2-2802-2152-8 — ISSN 1765-7792

Pour Rita J. Spindler
Ma mère, mon guide et ma meilleure amie

PREMIÈRE PARTIE

1.

Rockford, Illinois
Mardi 5 mars 2001
1 heure du matin

Les cheveux de la petite fille semblaient doux comme de la soie. Il avait une envie folle de les toucher, de les caresser, et maudit les gants en latex qu'il était obligé de porter. Les mèches avaient la couleur des épis de blé. Chez une enfant de dix ans, c'était inhabituel. Trop souvent, la blondeur de la petite enfance fonçait progressivement avec les années et prenait une teinte plus trouble, presque sale, que seule l'oxygénation permettait de raviver.

Il inclina la tête, satisfait de son choix. Elle était encore plus belle que la dernière petite fille ; proche de la perfection.

Il se pencha davantage sur elle, lui caressa la tête. Ses yeux bleus le fixaient d'un regard sans vie. Il inspira profondément, s'enivrant de sa douce odeur de petite fille.

Doucement… doucement.

Surtout, ne pas laisser la moindre trace.

L'Autre réclamait la perfection absolue. Il le harcelait sans relâche, de plus en plus exigeant. Et le surveillait constamment. Chaque fois qu'il jetait un coup d'œil derrière lui, l'Autre était dans son dos.

Il sentit ses traits se crisper et s'efforça de chasser toute trace d'émotion de son visage.

Ma jolie poupée. La plus belle des créations.

Mon bel ange endormi.

C'était Kitt Lundgren, la détective, qui la première avait trouvé les mots — *Le tueur d'anges*. Les médias s'en étaient aussitôt emparés.

Ce nom lui plaisait.

Mais il déplaisait à l'Autre. Rien, jamais, ne lui faisait plaisir.

Il acheva rapidement de tout arranger : les cheveux de la petite fille ; sa belle chemise de nuit, ornée de rubans de satin, qu'il avait choisie spécialement pour elle. Tout devait être exactement ainsi.

Absolument parfait.

EtN à présent, la touche finale. Il sortit de sa poche le tube de gloss rose pâle, et en passa une couche sur les lèvres de la petite fille, d'un geste plein de douceur. La couleur devait rester uniforme, ne pas déborder.

Puis il contempla son œuvre avec un sourire.

Bonne nuit, mon petit ange. Dors bien.

2.

Mardi 5 mars 2001
8 h 25

Debout sur le pas de la porte, l'inspecteur Kitt Lundgren, de la police criminelle, lutta contre la nausée qui s'emparait d'elle. Une nouvelle petite fille était morte. Assassinée dans son lit alors que ses parents dormaient de l'autre côté du couloir.

Le pire cauchemar de tous les parents.

Mais, pour ceux-ci, un cauchemar devenu réalité.

Les lieux du crime étaient passés au peigne fin, et les bruits fusaient autour d'elle : cliquetis des appareils photo, voix d'un inspecteur parlant sur son portable, jurons étouffés, conversations assourdies — des sons auxquels elle s'était familiarisée avec le temps, à mesure que sa sensibilité s'émoussait.

Mais il s'agissait d'un enfant, cette fois-ci. La deuxième victime en six semaines. Et, cette fois encore, une petite fille de dix ans.

Dix ans — l'âge de Sadie.

Songeant à sa propre fille, elle sentit son cœur se serrer violemment. Elle réprima tant bien que mal son angoisse, s'efforça de concentrer toute son attention sur la victime. Une seule chose comptait : épingler le monstre qui l'avait tuée.

Il avait laissé les lieux absolument impeccables, lors du premier meurtre. Une nouvelle occasion s'offrait à eux de le coincer ; peut-être cette ordure aurait-elle laissé un indice, cette fois-ci.

Kitt pénétra dans la pièce. Elle promena son regard autour d'elle, observant les murs peints d'un rose poudré, le lit à baldaquin, les voilages brodés assortis aux rideaux du lit, le mobilier blanc. Une collection de poupées folkloriques occupait une étagère d'angle ; elle reconnut la petite Bostonienne. Sadie avait la même.

En fait, la chambre de Sadie était une réplique presque exacte de celle-ci ; il suffisait de déplacer le lit de gauche à droite, d'ajouter un bureau au fond et d'imaginer les murs couleur pêche au lieu de rose pâle…

Ressaisis-toi, Kitt. Il ne s'agit pas de Sadie. Au boulot.

Elle jeta un coup d'œil sur les deux hommes qui se tenaient à sa droite. Son collègue, Brian Spillare, était déjà arrivé. Il s'entretenait avec Scott Snowe, l'un des inspecteurs du bureau d'investigation. A la différence de la police judiciaire des grandes métropoles, les enquêteurs des services de police de Rockford étaient des officiers assermentés, possédant une grande expérience dans tous les domaines de la collecte de preuves : relevé d'empreintes digitales, prélèvements de sang, tests balistiques… Ils photographiaient les lieux du crime et assistaient aux autopsies, dont ils rapportaient des clichés.

Bref, ils étaient de toutes les fêtes.

Après avoir recueilli les indices, ils les envoyaient au labo de la police criminelle qui jouxtait l'immeuble regroupant les services de la sécurité publique — à savoir : le commissariat, le bureau du shérif, la prison municipale et le bureau du coroner[1].

Le chef avait envoyé tous ses inspecteurs sur le lieu du crime, ce qui n'avait rien d'étonnant. Deux meurtres d'enfants en six semaines — cela faisait beaucoup pour cette petite cité industrielle où la famille tenait une place essentielle et où on ne dénombrait guère plus de quinze meurtres par an — et pas de ce genre-là.

Kitt capta le regard de son coéquipier et pointa le menton vers le lit. Brian leva la main pour lui demander de patienter. Quelques instants plus tard, il prenait congé de l'autre inspecteur et s'approchait d'elle.

— Ce mec commence à me gonfler sérieusement, dit-il.

Brian Spillare était un grand gaillard au physique de gentil nounours — en l'occurrence, un nounours rouquin au visage constellé de taches de rousseur. Ce physique rassurant masquait

1. Officier de police judiciaire chargé d'enquêter sur les décès suspects. (NdE)

toutefois un caractère redoutable. Les délinquants qui avaient la mauvaise idée de se frotter à lui regrettaient tous amèrement leur erreur — et pour longtemps.

Kitt rêvait de le voir mettre la main sur ce détraqué.

— Ça fait longtemps que tu es là ? demanda-t-elle.

— A peu près un quart d'heure.

Il jeta un coup d'œil sur la victime puis se tourna de nouveau vers elle.

— Tu crois qu'il va recommencer ?

— J'espère bien que non ; pas si on lui met la main dessus, en tout cas.

Brian approuva, lui toucha le bras et se pencha vers elle.

— Comment va Sadie ?

Mal. Elle luttait contre la mort. Sa petite fille, son enfant adorée.

La gorge nouée, Kitt ne répondit pas tout de suite. Sadie souffrait depuis cinq ans d'une leucémie aiguë lymphoblastique ; les séances de chimio et de radiothérapie avaient amélioré son état à plusieurs reprises, mais, depuis l'échec d'une transplantation de la moelle épinière, Kitt sentait que son enfant commençait à lâcher prise ; elle n'avait plus la force de se battre.

Incapable de parler, Kitt secoua la tête. Brian, compatissant, lui pressa légèrement le bras.

— Et toi ? Tu tiens le coup ?

Je ne tiens rien du tout. Ma vie est suspendue à la sienne.

— Oui, parvint-elle à dire d'une voix étranglée. Je tiens comme je peux.

Brian eut le tact de ne pas lui demander plus de détails. Mis à part Joe, le mari de Kitt, il savait mieux que quiconque ce qu'elle endurait en ce moment.

Il lui serra encore une fois le bras, gentiment, avant de la lâcher. Pendant qu'ils se dirigeaient vers la victime, Kitt tenta de faire le vide dans son esprit, de rester objective. L'hypothèse la plus vraisemblable était que les deux enfants avaient été tuées par un seul et même individu ; mais elle devait observer ce lieu, ce meurtre, d'un œil neutre. Froid et factuel. Un bon enquêteur laissait toujours les lieux et les indices raconter les faits.

Le premier coup d'œil sur la fillette morte lui causa un choc violent.

Tout comme la première, c'était une jolie petite fille. Blonde. Yeux bleus. Abstraction faite des détails qui témoignaient de la mort — lividité, pétéchie[2] — et de la rigidité cadavérique qui s'installait, elle avait presque l'air de dormir.

Un petit ange endormi.

Un de plus.

Ses cheveux blonds étalés sur l'oreiller formaient un halo autour de sa tête. L'assassin les avait manifestement brossés et disposés lui-même de la sorte. Kitt se pencha sur elle. Les lèvres étaient soulignées d'un gloss rose pâle.

— Apparemment, c'est une mort par étouffement, constata Brian. Comme l'autre.

L'absence de tout signe de lutte et la pétéchie évoquaient en effet la mort par suffocation. Kitt approuva d'un bref signe de tête.

— Ce qui signifie que le gloss a été appliqué post mortem, murmura-t-elle.

Elle leva les yeux sur son coéquipier et ajouta :

— Et la chemise de nuit ?

— L'autre petite fille portait la même. D'après la mère, ce vêtement n'était pas à elle.

Kitt fronça les sourcils. C'était une jolie chemise de nuit à volants, ornée de rubans de satin rose.

— Le père ?

— Rien à noter de ce côté-là. Les parents n'ont pas touché le corps. La mère est entrée dans la chambre pour réveiller sa fille ; au premier regard, elle s'est mise à hurler. Le mari est arrivé en courant ; il a aussitôt appelé les secours.

Le fait qu'ils n'aient pas touché l'enfant pouvait paraître étrange, mais, après le retentissement de la précédente affaire, la mère avait dû comprendre immédiatement que sa fille venait d'être victime du même monstre.

— Il va falloir vérifier leur emploi du temps, dit Brian.

2. Taches rougeâtres sur la peau qui sont dues à la rupture des microvaisseaux sanguins. (NdE)

Kitt acquiesça. Statistiquement, le nombre des enfants tués par des membres de leur propre famille dépassait de loin le nombre de ceux tués par des inconnus — une réalité difficile à admettre par les familles, mais dont la police connaissait la triste authenticité.

En l'occurrence, il y avait toutefois peu de chances pour que ce meurtre soit lié à un drame familial. Ils avaient bel et bien affaire à un tueur d'enfants en série.

— Cette fois encore, il semble être passé par la fenêtre, dit Brian.

— Elle n'était pas fermée ? demanda Kitt.

— Apparemment, non. Les vitres sont intactes, il n'y a aucune trace sur l'encadrement. Snowe m'a dit qu'ils vont la desceller pour la faire analyser.

— Il y a des empreintes de pas à l'extérieur ? demanda encore Kitt.

Elle savait toutefois que la terre était sèche et dure, et qu'il n'avait pas plu depuis une semaine.

— Pas la moindre. Et la moustiquaire a été découpée proprement.

Kitt se massa machinalement la nuque.

— Qu'est-ce que ça signifie, Brian ? Qu'est-ce qu'il veut nous dire par là ?

— Que c'est un sinistre taré qui mérite d'être écorché vif ?

— A part ça ? Pourquoi le brillant à lèvres ? Les chemises de nuit romantiques ? Pourquoi des petites filles ?

Un long gémissement de douleur leur parvint brusquement de la pièce voisine ; un cri de souffrance qui la toucha au vif et la fit frémir.

Comment pourrait-elle vivre sans Sadie ?

Brian se tourna vers elle, les traits crispés par la colère.

— J'ai deux filles, moi aussi. Je pourrais me coucher un soir et découvrir le lendemain…

Il fit craquer ses doigts avec colère.

— Nous devons épingler cette vermine.

— Il ne s'en tirera pas comme ça, murmura Kitt, la rage au ventre. J'aurai sa peau. Même si je dois y laisser la mienne.

DEUXIÈME PARTIE

3.

Rockford, Illinois
Mardi 7 mars 2006
8 h 10

La sonnerie stridente du téléphone tira Kitt d'un profond sommeil — de ce sommeil comateux causé par les somnifères. Elle chercha le récepteur à tâtons et faillit le faire tomber à deux reprises avant de le coller à son oreille.

— Salut, c'est Brian. Debout, là-dedans !

Elle entrouvrit les yeux. Le soleil qui filtrait à travers les persiennes la fit cligner des paupières. Elle jeta un coup d'œil sur le réveil, vit l'heure et se redressa d'un seul coup.

Elle avait dû couper l'alarme.

Elle se tourna machinalement vers le côté de Joe, se demanda un instant pourquoi il ne l'avait pas réveillée, et se ressaisit. Ça faisait trois ans maintenant, mais elle ne s'était toujours pas habituée à son absence.

Plus de mari. Plus d'enfant.

Elle était seule maintenant.

Kitt toussa et secoua la tête, tâchant de se remettre les idées en place.

— Voilà un coup de fil bien matinal, commandant Spillare… J'espère que tu as quelque chose d'intéressant à raconter ?

— Le fumier est de retour. Ça te paraît suffisamment intéressant ?

Elle comprit d'emblée qui était le fumier en question. *Le tueur d'anges*. L'affaire qu'elle n'avait jamais résolue, l'obsession qui avait presque brisé sa vie et sa carrière.

— Qu'est-ce que…
— Un meurtre de petite fille. Je suis sur les lieux du crime.
Son pire cauchemar.
Après cinq ans de silence, le tueur avait encore frappé.
— Qui mène l'enquête ?
— Riggio et White.
— Où ?
Il lui donna une adresse à l'est de Rockford, dans un quartier ouvrier passablement délabré.
— Kitt ?
Déjà debout, elle rassemblait tant bien que mal ses vêtements.
— Ouais ?
— Tâche d'être diplomate. Riggio est assez, hum…
— Susceptible ?
— Disons qu'elle défend son territoire.
— Noté, vieux. Et merci de m'avoir appelée.

4.

Mardi 7 mars 2006
8 h 25

L'inspecteur Mary Catherine Riggio, M.C. pour tout le monde excepté sa mère, salua d'un petit signe de tête le commandant Spillare quand il réapparut sur la scène du crime. Pas un de leurs collègues témoins de cet échange n'aurait soupçonné qu'il y avait eu entre eux une relation plus intime — une regrettable liaison qui s'était produite au moment où Brian s'était séparé de sa femme.

L'idylle avait été de courte durée. Brian était revenu au domicile conjugal et elle, à la raison. Encore très jeune à l'époque, fraîchement émoulue de l'école de police, elle avait été éblouie par Brian Spillare. Alors inspecteur médaillé de la brigade criminelle, à l'évidence destiné aux plus hautes fonctions dans la police judiciaire, il avait, à ses yeux, l'étoffe d'un héros. Les histoires de boulot qu'il lui avait racontées l'auréolaient d'un prestige qui avait agi sur elle comme un aphrodisiaque. Si la plupart des femmes autour d'elle craquaient quand on leur susurrait des mots d'amour au creux de l'oreille, rien n'excitait davantage M.C. que de bonnes histoires d'embuscades, de courses poursuites et de fusillades copieusement arrosées d'hémoglobine.

Personne ne l'avait jamais accusée d'être trop féminine.

Elle avait clos l'épisode le cœur intact, et tiré de cette expérience une bonne leçon — à savoir qu'il vaut mieux éviter de batifoler avec son supérieur si l'on veut être prise au sérieux dans le boulot. Et elle s'était promis qu'on ne l'y prendrait jamais plus.

M.C. rejoignit le commandant tandis que son coéquipier,

l'inspecteur Tom White, lui emboîtait le pas. Tom était un bel Afro-Américain d'une trentaine d'années, mince, élégant, et à la silhouette athlétique. Sa femme venait d'accoucher de leur troisième enfant et son visage accusait la fatigue des nuits courtes. C'était un excellent enquêteur, et un type bien ; leur partenariat, bien que récent, fonctionnait déjà parfaitement. Tom appréciait ses compétences comme son intuition professionnelle sans se livrer, comme beaucoup de ses collègues masculins, à des remarques misogynes teintées de condescendance.

Depuis un an qu'elle travaillait à la brigade criminelle, M.C. avait changé souvent de coéquipier. Son caractère entier et son ambition manifeste ne la rendaient pas toujours très populaire dans son entourage professionnel ; elle en était consciente, mais c'était là son tempérament. Si elle était persuadée d'avoir raison, elle défendait bec et ongles son point de vue, fût-il contraire à celui d'un supérieur, tel Brian Spillare. Ce n'était pas son genre d'arrondir les angles.

— Ça rappelle quelque chose, pas vrai ? dit-elle.

Le commandant hocha la tête.

— Hélas, oui, je le crains.

Cinq ans auparavant, une série de trois meurtres avait provoqué un vent de panique dans la région de Rockford — une ville située à environ cent cinquante kilomètres à l'est de Chicago, en bordure des grandes plaines céréalières. Le fait que les victimes soient des petites filles blondes aux yeux bleus, assassinées dans leur lit en pleine nuit, à quelques mètres de la chambre de leurs parents, avait profondément déstabilisé la petite communauté locale. A l'époque, M.C. faisait les rondes de nuit ; les appels s'étaient succédé sans discontinuer au moindre incident.

Puis les meurtres avaient cessé, et la vie avait fini par reprendre son cours normal.

Aujourd'hui, le meurtrier semblait bel et bien de retour.

M.C. examina Brian. Il ne travaillait plus au bureau d'investigation mais supervisait maintenant le département central de renseignements criminels, qui centralisait les rapports d'accidents et tenait un fichier de tous les auteurs d'agressions sexuelles.

Autrement dit, rien ne justifiait a priori sa présence sur la scène du crime — sinon qu'il avait été l'un des principaux inspecteurs chargés d'élucider l'affaire, cinq ans auparavant. L'autre était Kitt Lundgren.

M.C. se concentra sur les détails de l'affaire et, en particulier, sur le rôle que Lundgren y avait joué. Trouver le tueur d'anges était devenu la priorité essentielle des services de police ; à la police judiciaire, la manière dont Lundgren avait géré l'affaire avait fait jaser. Complètement obsédée par la traque du tueur, elle avait laissé tomber tout le reste, bravé sa hiérarchie, et on racontait même qu'elle avait laissé le meurtrier lui filer entre les doigts. M.C. se souvint d'avoir entendu parler de graves lacunes dans l'enquête, de problèmes d'alcoolisme et de mise à pied.

Une mise à pied dont Lundgren n'était revenue que tout récemment, après une mise à l'épreuve qui avait pris la forme d'une cure de désintoxication.

M.C. fronça les sourcils.

— Lundgren est déjantée, non ?

— Peut-être, dit Brian. Mais, avec toutes les épreuves qu'elle a traversées, elle mérite de revenir sur l'affaire. Sois indulgente.

Tom White s'approcha.

— Le médecin légiste est là.

Le bureau du coroner employait deux experts médico-légaux à plein temps. Ils venaient sur tous les lieux de crime, effectuaient la déclaration officielle de décès, examinaient et photographiaient la victime avant de l'emporter à la morgue pour l'autopsie.

C'était le tour de garde de Frances Rosselli, le plus âgé des deux — un petit bonhomme d'origine italienne, toujours tiré à quatre épingles.

— Frances ! dit Brian en allant à sa rencontre. Ça fait un bail.

— Bonjour, commandant ; cela dit, sans vous froisser, ça ne me gênerait pas qu'on se voie moins souvent.

— Très juste. Vous connaissez les inspecteurs Riggio et White.

Rosselli les salua d'un signe de tête.

— Inspecteurs ! Que pouvez-vous me dire sur cette affaire ?

— La victime est une enfant de dix ans, dit M.C. Elle semble être morte par étouffement.

Le médecin légiste regarda White comme pour obtenir confirmation.

— Ça ressemble au mode opératoire du tueur d'anges, non ?

— Malheureusement, oui, répondit White.

Rosselli soupira.

— Je me serais bien passé de revoir une horreur pareille de mon vivant.

— A qui le dites-vous ! Et on va encore avoir toute la presse sur le dos.

M.C. se tourna vers son coéquipier.

— Bon ; commençons par l'enquête de voisinage. Quelqu'un aura peut-être vu ou entendu quelque chose d'inhabituel la nuit dernière.

Tom acquiesça.

— Je vais confier ça à deux de mes agents.

— La maison est en vente ; je veux les adresses de toutes les agences immobilières et de tous les acquéreurs potentiels qui l'ont visitée.

— Apparemment, elle vient aussi d'être repeinte de fond en comble, dit Tom. Il nous faudra le nom de l'entreprise qui a fait le boulot, et ceux de ses employés.

M.C. hocha la tête puis s'adressa au médecin légiste.

— Quand pourrez-vous nous remettre un rapport ?

— Dès ce soir.

— Parfait, dit-elle. Je vous appelle.

5.

Mardi 7 mars 2006
8 h 40

Kitt se gara en double file devant le jardin du modeste pavillon. Afin de tenir les curieux à l'écart et de dégager de la place pour les véhicules officiels, la police avait ceinturé le périmètre d'un cordon de sécurité, bloquant la circulation sur toute la longueur du pâté de maisons. Elle aperçut la Jeep du coroner, la camionnette des enquêteurs, une demi-douzaine de voitures de police et autant de véhicules banalisés.

La maison avait la forme d'un petit cube de bois bleu dont la surface habitable ne devait guère dépasser les soixante mètres carrés. Les plans sociaux et les délocalisations d'industries avaient durement frappé la ville de Rockford. Les principaux employeurs de la région — comme Rockwell International et U.S. Filter — avaient mis la clé sous la porte. D'autres entreprises moins importantes se maintenaient tant bien que mal, mais l'avenir n'était guère prometteur. Aux dernières nouvelles, près de trente mille emplois avaient été supprimés. Une traversée de la ville suffisait à illustrer ce chiffre démoralisant : les usines désaffectées se succédaient le long des rues jusque dans la périphérie.

Kitt avait passé les quarante-huit ans de son existence dans cette agglomération où coexistaient deux importantes communautés d'origine italienne et suédoise. L'idée de s'installer ailleurs ne lui avait jamais effleuré l'esprit, même après la mort de Sadie et sa rupture avec Joe. La vie, ici, lui plaisait. Les gens n'étaient pas snobs, elle pouvait déguster de délicieuses pizzas à tous les coins de rue et si l'envie lui prenait de sortir un peu, Chicago n'était qu'à une heure de train.

A vrai dire, le clinquant et les lumières des grandes villes ne l'attiraient pas particulièrement. Elle aimait par-dessus tout la chaleur humaine et la simplicité ; aussi se sentait-elle à l'aise dans les milieux modestes et sans prétention de sa ville natale.

Kitt descendit de voiture et l'air glacial de cette journée morose l'enveloppa. Elle frissonna et se tassa sous sa veste de laine. L'hiver était plutôt rude dans l'Ilinois, le printemps long à venir et l'été bien trop court ; mais l'automne était magnifique. Les gens du coin, songea-t-elle, avaient bien besoin de ça pour s'accommoder du mauvais temps, le reste de l'année.

Elle gagna le cordon de sécurité et se baissa pour le franchir, puis se dirigea vers le brigadier de faction. Elle émargea à l'entrée, ignorant les regards curieux des enquêteurs qui se posaient sur elle. Comment les en blâmer ? Sa mise à pied terminée, elle n'avait repris le travail que depuis huit semaines et ne s'était vu confier, depuis lors, que des broutilles — voies de fait et autres affaires insignifiantes.

Jusqu'à ce matin, elle avait jugé cela préférable. Elle n'était pas encore sûre de la solidité de ses nerfs. Sal Minelli, le commissaire principal de son service, l'avait autorisée à reprendre le travail ; consciente d'avoir compromis la solution d'une affaire et d'avoir mis ses collègues et la réputation du service en péril, elle lui en était infiniment reconnaissante.

Sal avait favorisé — tout comme Brian — sa réinsertion dans l'équipe. Elle leur devait à tous deux une fière chandelle. Que serait-elle devenue, sans cela ? Elle était flic. Elle n'avait jamais été autre chose.

Ce n'était pas tout à fait vrai, songea-t-elle fugitivement. Elle avait aussi été une épouse — et une mère.

Elle chassa cette pensée. Ecarta délibérément les souvenirs qui affluaient. La douleur.

Kitt franchit le seuil du petit pavillon. Il faisait bon à l'intérieur. Les parents de l'enfant étaient blottis l'un contre l'autre sur le canapé. Kitt parcourut la pièce du regard. Tout était impeccable ; pas un grain de poussière sur les meubles en pin, de qualité médiocre. La moquette vert amande, à peine plus foncée que les murs, avait probablement connu des jours meilleurs.

Elle gagna la chambre de la petite fille, guidée par le bruit des voix. *Il y avait trop de monde dans cette petite pièce ; l'inspecteur Riggio aurait dû contrôler plus sévèrement l'accès au lieu du crime.*

La présence de Brian n'avait rien de surprenant, même s'il n'appartenait plus au département des enquêtes criminelles. Comme avertie de sa présence, Mary Catherine Riggio se retourna et la dévisagea. Au cours de ses dix-huit mois d'éloignement forcé, une dizaine de gradés avaient été nommés inspecteurs et, parmi eux, Mary Catherine Riggio. Elle passait, parmi ses collègues, pour une femme intelligente et ambitieuse, incapable du moindre compromis.

Kitt croisa son regard et adressa un petit signe de tête à Brian tout en avançant vers le lit.

Un seul coup d'œil sur la victime lui suffit pour savoir que c'était vrai. *Il* était de retour, incontestablement.

Kitt lutta tant bien que mal contre la culpabilité qui s'emparait d'elle, contre le désespoir. Culpabilité à l'idée de ne pas avoir épinglé cette vermine cinq ans auparavant et de l'avoir laissée s'échapper.

Elle aurait voulu détourner les yeux mais c'était impossible. Le désespoir l'étreignit. Les souvenirs affluèrent, les images poignantes des derniers jours de sa fille se superposant à ce spectacle insoutenable.

Un cri déchirant monta des profondeurs de son être. Elle l'étouffa au prix d'un effort surhumain. La mort de son enfant et les meurtres du tueur d'anges étaient désormais inextricablement liés dans sa mémoire.

Elle en connaissait la raison, pour en avoir longuement discuté avec son psy : le premier meurtre de la série avait eu lieu au moment même où Sadie lâchait prise. Dès lors, les efforts qu'elle avait déployés pour garder sa fille en vie et pour arrêter le tueur d'enfants avaient représenté pour elle les deux facettes d'un même combat contre la mort.

Un combat qu'elle avait, hélas, doublement perdu.

Kitt remarqua soudain que les mains de la victime étaient placées dans une position différente de celle des premiers crimes. Lors des trois premiers meurtres, les mains avaient été croisées bien à plat sur la poitrine des enfants. Cette fois, elles étaient disposées de façon étrange, les doigts repliés de l'une semblant désigner son propre corps tandis que l'autre était pointée vers l'extérieur.

Cela n'avait peut-être aucun sens particulier. Il pouvait s'agir d'une simple variation dans le rituel du tueur ; après tout, cinq ans avaient passé depuis son dernier crime avéré. Elle n'en croyait rien, cependant. Le tueur qu'elle avait pourchassé était un monstre de précision, qui procédait suivant un scénario immuable et ne laissait jamais le moindre indice aux enquêteurs.

Excitée par sa découverte, elle se tourna vers Brian pour l'interpeller. Riggio et White s'approchèrent eux aussi.

D'emblée, Mary Catherine Riggio prit la parole.

— Bonjour, inspecteur Lundgren.

Kitt hocha brièvement la tête.

— Inspecteur Riggio.

— C'est très aimable à vous d'être venue nous donner votre point de vue.

— Merci, répondit Kitt, bien que Riggio ne parût pas apprécier le moins du monde sa présence.

Elle reporta son attention sur son ancien coéquipier.

— Regardez, les mains sont placées différemment.

Spillare hocha la tête, l'air admiratif.

— Très juste. Je me souviens maintenant.

Il se tourna vers M.C.

— Dans les trois meurtres précédents, les mains étaient croisées à plat sur le cœur.

Rosselli, qui se tenait tout près, s'immisça dans la conversation.

— Justement, les mains présentent ici une particularité tout à fait intéressante.

M.C. fronça les sourcils.

— Comment cela ?

— Oui, leur position n'est pas du tout naturelle ; autrement dit, le tueur les a placées ainsi post mortem.

— Cela paraît évident. Qu'est-ce qu'il y a donc de si…

— De si intéressant ? Le temps qu'il a dû attendre après le décès.

— Je ne comprends pas, répliqua Kitt. Il fallait qu'il fasse vite, avant que la rigidité cadavérique ne s'installe.

Le médecin légiste secoua la tête.

— Erreur, inspecteur ; il a été obligé d'attendre, au contraire, qu'elle soit installée.

Personne ne dit mot pendant quelques secondes. M.C. fut la première à rompre le silence.

— Que peut-on en déduire ?

— Quelques petits détails. Selon la température ambiante, la rigidité cadavérique s'installe dans un délai de deux à six heures après le décès ; comme la maison est bien chauffée, je pense qu'il a dû se trouver dans cette pièce pendant trois à quatre heures.

Kitt n'en croyait pas ses oreilles.

— Vous voulez dire que ce type est resté là à *attendre* que le cadavre raidisse ?

— C'est exactement ça. Et pour que sa patience porte ses fruits, encore fallait-il que le cadavre soit découvert avant que la rigidité ne disparaisse, soit entre dix et douze heures après la mort.

Brian siffla entre ses dents et regarda Kitt.

— La position des mains a beaucoup d'importance pour lui.

— C'est là une véritable déclaration de sa part — et sacrément arrogante, de surcroît.

— La plupart des tueurs entrent et sortent le plus rapidement possible, sitôt leur crime accompli.

— Oui, du moins les plus malins d'entre eux, admit Kitt ; et le tueur d'anges n'a jamais manqué d'ingéniosité.

— Que pourrait signifier la position des mains, dans ce cas ?

— Vous et moi, suggéra White.

Kitt hocha la tête.

— Eux et nous ; dedans et dehors.

— Ou rien du tout, coupa Riggio d'un ton agacé.

— C'est peu probable, considérant les risques qu'il prend pour les placer ainsi. Tu n'as pas remarqué d'autre différence, Kitt?

— Rien de plus ; en tout cas, pas encore. Manquait-il quelque chose dans la pièce? demanda-t-elle à Riggio.

— Pardon?

— Le tueur d'anges n'emportait aucun trophée de ses victimes — ce qui, comme vous le savez, ne correspond pas au profil habituel d'un tueur en série.

Riggio et White échangèrent un coup d'œil.

— Il faudra demander aux parents d'effectuer un inventaire détaillé de ses affaires, dit M.C.

White acquiesça et griffonna quelques mots dans son carnet.

— Vous permettez que j'examine encore un peu les lieux?

Soucieuse de ne pas se mettre l'autre inspectrice à dos, Kitt lui avait adressé directement la question au lieu de la poser à Brian, son supérieur, dont elle aurait facilement obtenu l'accord immédiat.

Mais l'inspecteur Riggio dirigeait cette enquête et elle tenait manifestement à faire ses preuves. C'était une de ces femmes flics à poigne — un genre un peu trop répandu au goût de Kitt. Le boulot de flic était encore considéré comme une affaire d'hommes et les femmes devaient se battre pour être prises au sérieux. Sinon, elles étaient condamnées à rester des subalternes. De ce fait, bon nombre d'entre elles prenaient des attitudes de dures à cuire dépourvues d'humour et de féminité ; autrement dit, elles agissaient comme des hommes. N'avait-elle pas failli tomber dans le panneau, elle aussi?

On ne l'y prendrait plus, désormais. Au fil du temps, elle avait compris que le principal atout d'une femme flic était précisément sa féminité. L'intuition, la façon d'agir et de réagir particulières à son sexe étaient des atouts dans l'exercice du métier.

— Allez-y, dit Riggio ; et prévenez-moi si quelque chose vous frappe.

Rien de tel ne se produisit et, une demi-heure plus tard, Kitt était prête à partir. Cela lui fit un drôle d'effet de quitter les lieux sans avoir interrogé les parents ni procédé au tour du quartier habituel. Bon sang, cette affaire aurait dû être à elle et à personne d'autre. Elle s'était démenée pour la résoudre cinq ans plus tôt ; les moindres nuances du mode opératoire de ce tueur étaient gravées au fer rouge dans sa mémoire.

Mais elle avait aussi tout fait foirer. Et les conséquences avaient été terribles.

— Lundgren !

Kitt s'arrêta et se retourna. Mary Catherine Riggio se dirigea droit vers elle, l'air décidé.

— J'ai deux mots à vous dire avant que vous ne partiez.

Il fallait s'y attendre. Kitt croisa calmement les bras.

— Je vous en prie.

— Ecoutez, je connais votre situation. Je sais quelle importance cette affaire a eue pour vous et je peux imaginer ce que vous devez ressentir à l'idée d'en être exclue.

— Exclue ? Parce que j'en suis exclue ?

— Ne faites pas l'innocente, Lundgren. C'est désormais mon affaire et je vous demande de respecter ce fait — quels que soient vos sentiments personnels.

— Autrement dit, je dois dégager.

— Exactement.

L'arrogance de Riggio lui fit hausser les sourcils.

— Puis-je vous rappeler, inspecteur, que je connais les trois premiers meurtres de ce tueur dans les moindres détails ? Si celui-ci s'avérait être son quatrième, vous pourriez disposer là d'une aide inestimable.

— Puis-je vous rappeler, inspecteur, que toutes ces informations sont déjà à ma disposition ?

— Mais mon intuition…

— Votre intuition vous a trahie ; et vous le savez aussi bien que moi.

Sur le point de répliquer, Kitt s'exhorta au calme. Si elle perdait son sang-froid, Riggio la jugerait vulnérable sur le plan émotionnel.

— Ce type, je le connais bien, dit-elle simplement. Il est prudent et rusé comme un renard. Ses meurtres sont prémédités dans les moindres détails. Il s'enorgueillit de maîtriser parfaitement ses émotions — d'intellectualiser ses crimes, en quelque sorte. Il épie longuement les enfants jusqu'à ce que leur mode de vie n'ait plus de secrets pour lui. Il connaît l'heure à laquelle elles se couchent, l'endroit où se situe leur chambre. Il repère les fillettes plus vulnérables.

— Qu'est-ce qui les rend vulnérables ?

— Cela dépend ; la situation des parents, par exemple. Le milieu social. Des difficultés d'ordre financier.

— Comment pouvez-vous en être si sûre ?

— Pendant cinq ans, je me suis imprégnée de cette vermine au point d'en rêver la nuit. Je ne pensais presque à rien d'autre qu'à l'épingler.

— Alors, pourquoi avez-vous échoué ?

Kitt n'avait pas de réponse à cela. La seule fois où elle avait failli le coincer, elle avait tout fichu en l'air.

Riggio se pencha vers elle.

— Ecoutez, Lundgren, je n'ai rien contre vous. Je suis flic depuis assez longtemps pour savoir à quel point ce boulot peut vous bouffer — comment on peut s'enliser dans une affaire merdique. Mais ce n'est pas mon problème. Cette affaire est la mienne. Restez en retrait et laissez-moi épingler le coupable.

— Moi aussi, à l'époque, j'étais arrogante.

Riggio lui tourna le dos.

— Si vous le dites !

Kitt la retint par le bras.

— Est-ce que ça ne vaudrait pas la peine d'essayer de collaborer ? Je connais ce type ; c'est un atout non négligeable, admettez-le. Si vous en touchiez un mot à Sal...

— Ne comptez pas là-dessus. Je regrette.

Kitt laissa retomber sa main et s'écarta.

— Vous savez, Riggio, ce n'est pas de vous qu'il s'agit. Il s'agit d'attraper cette ordure, quoi qu'il en coûte.

L'autre femme plissa les yeux.

— Je sais parfaitement de quoi il s'agit, inspecteur Lundgren. Vous devriez plutôt vous demander si vous le savez vous-même.

— Bien. J'en parlerai directement au patron.

— Ne vous gênez surtout pas. Mais je connais déjà la réponse.

Kitt la regarda s'éloigner puis regagna sa voiture. Riggio avait raison : elle se doutait de ce que Sal allait lui répondre. Mais ça ne l'empêcherait pas de tenter le coup.

6.

Mardi 7 mars 2006
Midi

Le commissaire principal adjoint Salvador Minelli écouta tranquillement Kitt exposer sa requête. Incroyablement séduisant, les tempes argentées, il avait, à cinquante et un ans, un visage presque exempt de rides. Il s'habillait avec une élégance tapageuse et bombait imperceptiblement le torse en marchant. Sal — comme tout le monde l'appelait dans le service — était à présent autant homme politique que flic. La plupart des gens le considéraient comme le mieux placé pour être nommé commissaire principal dans un avenir proche.

Sal avait toujours été pour elle un excellent ami. C'est sous ses ordres qu'elle avait travaillé sur l'affaire du tueur d'anges cinq ans auparavant ; Sal l'avait soutenue et défendue autant que leurs rapports hiérarchiques le permettaient — voire davantage. Il était intervenu en sa faveur, au risque d'encourir les foudres du patron.

S'il avait pris ce risque, c'était peut-être parce qu'il était lui-même père de famille ; il avait cinq enfants et venait d'un milieu où les liens familiaux étaient plus forts que tout. Sal semblait avoir pleinement mesuré la profondeur de la blessure que la mort de Sadie avait infligée à Kitt.

— Je connais bien ce type, conclut-elle. Personne n'a été plus impliqué que moi dans cette affaire, vous le savez. Que Riggio dirige l'enquête, ça m'est égal. Mais laissez-moi travailler aussi dessus.

Quand elle eut terminé, il resta un moment sans rien dire. Puis il croisa les doigts et se pencha vers elle.

— Pourquoi faites-vous ça, Kitt ?

— Parce que je veux la peau du tueur ; je veux qu'il se retrouve derrière les barreaux. Et parce que je serai un atout dans cette enquête.

— Je ne suis pas certain que l'inspecteur Riggio serait de cet avis.

— L'inspecteur Riggio est jeune et trop sûre d'elle. Elle a besoin de moi.

— Vous avez eu votre chance, Kitt. Vous l'avez ratée.

— Cette fois-ci, je l'aurai.

— Vous savez très bien ce qu'un regard extérieur et neuf peut apporter à une enquête, poursuivit-il comme s'il n'avait pas entendu.

— Oui, mais…

Sal leva la main, lui coupant la parole.

— L'inspecteur Riggio est un bon élément. Très bon, même.

Il avait dit la même chose d'elle, autrefois. Mais c'était une époque révolue. Aujourd'hui, il craignait plutôt que Kitt ne leur attire que des ennuis.

— C'est une forte tête, riposta-t-elle. Elle a trop d'ambition.

Sal esquissa un sourire.

— White est là pour tempérer tout ça.

— Comment puis-je vous prouver que je suis capable de m'occuper de cette affaire ?

— Je regrette, Kitt. Vous n'avez pas assez de recul. Vous êtes encore trop fragile.

— Avec tout le respect que je vous dois, Sal, ne croyez-vous pas que c'est plutôt à moi d'en juger ?

— Non, dit-il simplement. Avez-vous songé que le fait de travailler sur cette affaire pourrait vous faire replonger ?

— Aucun risque.

Elle le regarda droit dans les yeux.

— Je suis guérie. Je ne bois plus depuis près d'un an. Et j'ai la ferme intention de continuer.

— Je ne peux pas vous défendre éternellement, Kitt, dit-il d'une voix grave. Vous savez de quoi je veux parler.

Elle avait laissé filer le tueur d'anges.

Sal s'était mouillé pour la protéger. Parce qu'il s'était senti responsable.

Mais aussi à cause de Sadie.

— Je vais demander à Riggio et à White de vous garder dans la boucle. De vous soumettre leurs idées et de vous tenir au courant. C'est tout ce que je peux faire.

Elle se leva et remarqua, sous le choc, que ses mains tremblaient ; pire : elle s'avoua qu'elle aurait volontiers bu un verre pour se calmer.

Une tentation à laquelle elle ne devait jamais plus succomber.

— Merci, dit-elle avant de gagner la porte.

Sal l'arrêta au moment où elle l'atteignait. Elle se retourna.

— Comment va Joe ? demanda-t-il.

Joe. Son ex-mari. L'unique amour de sa vie. Son meilleur ami.

— On ne se voit pas souvent, lui et moi.

— Vous savez ce que j'en pense.

Elle le savait. Et, oui, elle était du même avis que lui.

— Si vous le voyez, dites-lui bonjour de ma part.

Kitt répondit qu'elle n'y manquerait pas et le quitta, en pensant soudain très fort à Joe.

7.

Mardi 7 mars 2006
17 h 30

— Salut, Joe.

Absorbé dans les plans étalés devant lui, son ex-mari leva la tête vers elle. Ses cheveux blonds commençaient à grisonner par endroits mais ses yeux étaient aussi bleus que le jour de leur rencontre ; des yeux dans lesquels elle lut de la méfiance.

Difficile de lui en vouloir. Cela faisait longtemps qu'elle avait arrêté de passer le voir à l'improviste.

— Flo est déjà partie, dit-elle, faisant référence à la personne qui faisait à la fois office de secrétaire et de directrice administrative. Du coup, je me suis permis d'entrer. Comment vont les affaires ?

— Ça commence à reprendre. Heureusement, le printemps est là.

Joe était à la fois architecte et promoteur immobilier. Sa société, Lundgren Homes Northern Illinois, existait depuis plus de dix ans. L'hiver, dans le nord de l'Illinois, était une saison morte pour les entrepreneurs. Il était rare de démarrer un chantier entre décembre et mars. L'astuce consistait à terminer les travaux de gros œuvre fin novembre afin d'effectuer les finitions intérieures durant les mois les plus froids.

— Tu as l'air fatigué, dit-elle.

— C'est que je dois l'être, sans doute.

Il se passa une main sur le visage.

— A ce que je vois, tu as repris du service.

Son étui de revolver. Joe ne s'était jamais habitué à la voir porter une arme.

— Sal te passe le bonjour.

Il soutint son regard.

— Et pour l'alcool, tu…

— Je n'y ai pas touché. Depuis un peu plus de onze mois. Et je compte bien continuer.

— Je suis content de l'apprendre, Kitt.

Il était sincère, à n'en pas douter. Joe l'avait vue se démolir à petit feu; et même s'ils avaient divorcé, il éprouvait encore des sentiments pour elle — comme elle pour lui.

Elle s'éclaircit la voix.

— Il s'est passé quelque chose. Le tueur d'anges… Il est de retour, semble-t-il.

Joe ne dit rien; il ne fit pas un geste. Elle vit défiler dans son regard diverses émotions.

— La petite fille s'appelle Julie Entzel, poursuivit-elle. On l'a trouvée morte ce matin.

— Je suis désolé.

Il détourna les yeux vers les plans étalés devant lui.

— Sal t'a chargée de l'affaire?

— Non, il trouve que je manque de recul; que je suis trop… vulnérable.

Joe la regarda de nouveau.

— Et tu n'es pas de cet avis?

Il avait durci le ton. Kitt se crispa, aussitôt sur la défensive.

— Toi, si, apparemment.

Il grommela quelque chose d'inintelligible.

— Tu as sacrifié notre couple à cette affaire, dit-il; et moi avec. J'appelle ça manquer de recul, en effet.

— On ne va pas recommencer, Joe.

Il se leva. Elle vit qu'il serrait les poings.

— Même quand la série de meurtres a pris fin, tu n'as pas lâché prise. Tu n'as même pas décroché quand Sal a décidé de clore le dossier.

C'était vrai. Elle s'était laissé dévorer. Cette histoire avait renforcé sa dépendance à l'alcool, mais aussi sa méfiance envers les ordres directs. Mais elle n'avait pas sacrifié Joe pour autant, et elle protesta.

Joe eut un rire amer.

— Cette affaire est devenue une obsession. C'est sur nous que tu aurais dû centrer ta vie, sur notre couple, sur notre famille.

— La famille ? Quelle famille ?

Les mots lui avaient échappé ; elle les regretta à l'instant même où elle les prononça. Elle vit combien Joe avait du mal à encaisser le choc.

Elle ouvrit la bouche pour s'excuser ; il lui coupa la parole.

— Pourquoi es-tu venue ?

— J'ai pensé que tu voudrais savoir, à propos de cette petite fille.

— Pourquoi ?

Elle fronça les sourcils.

— Je ne comprends pas ta question.

— Julie Entzel n'était pas notre fille, Kitt. Aucune des victimes ne l'était ; je n'en connaissais pas une seule. Mais ça, tu ne l'as jamais compris.

— Oh ! si, j'ai parfaitement saisi, Joe. Mais j'ai le sens des responsabilités, contrairement à toi, de toute évidence. J'ai besoin de me rendre utile. De faire quelque chose pour ces gens.

— Tu ne crois pas que je suis bouleversé pour cette petite, pour ses malheureux parents ? Je sais ce que c'est que de perdre un enfant. L'idée qu'un monstre puisse faire une chose pareille me rend malade.

Il marqua une brève pause.

— Mais ce n'est pas Sadie. Ce n'est pas notre fille. Tu dois accepter que la vie continue.

— Parce que, pour toi, la vie continue ? riposta-t-elle.

— Oui, elle continue.

Il se tut un moment.

— Je vais me remarier, Kitt, annonça-t-il enfin d'une voix monocorde.

Durant quelques secondes, elle le dévisagea sans rien dire, persuadée d'avoir mal entendu. Elle devait se tromper. *Son Joe*, se remarier ?

— Tu ne la connais pas, poursuivit-il sans lui laisser le loisir de l'interroger. Elle s'appelle Valerie.

La gorge sèche, Kitt déglutit péniblement. Un vertige la saisit. Mais quoi ? Elle s'était figuré qu'il allait passer le restant de ses jours à l'attendre, c'est ça ?

Oui.

Elle s'efforça tant bien que mal de dissimuler son désarroi.

— J'ignorais que tu avais une liaison sérieuse.

— Il n'y avait aucune raison pour que tu le saches.

Aucune raison ? Elle en avait des tonnes, de raisons.

— Depuis quand êtes-vous ensemble ?

— Ça va faire quatre mois.

— Quatre mois ! Ce n'est pas bien long. Es-tu certain…

— Oui.

— A quand est fixé le grand jour ?

Sa voix sonnait faux, même à ses propres oreilles.

— Nous n'avons pas encore de date précise mais c'est pour bientôt. Nous nous marierons dans l'intimité ; la famille proche et quelques amis, ce sera tout.

— Je vois.

— C'est tout ce que tu as à dire ? demanda-t-il, sur la défensive.

— Non.

Elle se leva, aveuglée par des larmes qu'elle ne lui laisserait jamais voir.

— J'espère que vous serez très heureux ensemble.

8.

Mercredi 8 mars 2006
12 h 10

Assise à son bureau, son sandwich intact à côté d'elle, Kitt feuilleta le dossier du tueur d'anges. Elle aurait pu accéder à ces informations par ordinateur mais elle préférait avoir quelque chose de concret dans les mains.

Les photos qu'elle venait de sortir étaient celles de Mary Polaski, la première victime. Elle sentit son cœur se serrer à l'idée qu'elle l'avait laissée tomber. Elle n'avait pas même pris de nouvelles de sa famille.

Kitt écarta ces pensées moroses et examina les clichés en les comparant à ceux de Julie. Pourquoi l'assassin avait-il placé les mains dans cette position particulière ? Pourquoi prendre le risque de s'attarder sur les lieux pendant plusieurs heures ? Pourquoi était-ce si important pour lui ?

Son téléphone sonna. Kitt décrocha sans détacher son regard des photos.

— Inspecteur Lundgren, bureau des affaires criminelles.

— L'inspecteur Lundgren qui s'occupait de l'affaire du tueur d'anges, il y a cinq ans ?

— Oui. Que puis-je faire pour vous ?

— En fait, c'est moi qui peux *vous* être utile, je pense.

L'appel n'avait rien de surprenant. Le journal du matin titrait, en première page : « Le tueur d'anges est de retour. » Ce qui l'étonnait plutôt, c'était de n'avoir encore reçu aucun coup de fil à ce sujet.

— Un peu d'aide est toujours la bienvenue. Quel est votre nom ?

— Je suis quelqu'un que vous avez envie de rencontrer depuis longtemps.

Le ton légèrement narquois de l'homme l'agaça. Elle n'avait pas le temps d'écouter des bêtises, ni de s'amuser. Elle lui en fit la remarque.

— Je suis le tueur d'anges.

Pendant une fraction de seconde, elle se demanda si c'était vrai — si c'était aussi facile que ça.

Evidemment, non.

— Vous êtes le tueur d'anges, répéta-t-elle. Et vous voulez m'aider ?

— Je n'ai pas tué cette petite fille. Celle dont on parle dans la presse, ce matin.

— Julie Entzel.

— Oui, c'est ça

Kitt entendit un léger bruit d'aspiration, comme s'il tirait sur une cigarette. Elle le nota aussitôt.

— Je me suis fait arnaquer.

— Arnaquer ?

— Je suis victime d'une contrefaçon. Quelqu'un copie mes crimes. Et je n'aime pas du tout ça.

Kitt regarda autour d'elle. Apparemment, tout le monde était parti déjeuner. Elle se leva et agita son bras libre dans l'espoir d'attirer l'attention de quelqu'un qui passerait par là. Il fallait essayer de localiser ce type.

— Je veux que vous attrapiez cet enfoiré et que vous l'arrêtiez, poursuivit-il.

— D'accord, lui dit-elle ; c'est aussi mon intention. Mais j'ai un appel sur l'autre ligne. Pouvez-vous patienter un instant ?

— Vous essayez de me rouler, hein ?

Elle l'entendit exhaler la fumée.

— C'est moi qui décide des règles du jeu : je ne parlerai à personne d'autre qu'à vous, Kitt. Je peux vous appeler Kitt ?

— Certainement. Comment dois-je vous appeler ?

Il feignit de ne pas entendre.

— C'est un nom charmant. Kitt — Kitty — Chaton. Très féminin. Très sexy. Ce n'est pas un nom de flic, ça.

Nouvelle pause. Nouvelle aspiration.

— Naturellement, tout le monde vous appelle inspecteur. Ou Lundgren. Est-ce exact ?

— En effet, dit-elle. Seulement, voilà : je ne dirige pas l'enquête sur le meurtre de Julie Entzel. Je vais vous passer les personnes qui s'en occupent.

Il fit celui qui n'avait pas entendu.

— Règle numéro deux : vous n'aurez rien sans rien. Et ne croyez pas que ce sera facile. Tout a un prix ; et, dans cette affaire, c'est moi qui fixe le prix à payer.

Il avait une voix grave. Relativement jeune. Le tabac ne l'avait pas encore abîmée. Elle situait son âge entre vingt-cinq et trente-cinq ans.

— Y a-t-il une règle numéro trois ?

— C'est possible. Je n'ai pas encore décidé.

— Et si je refuse d'entrer dans votre jeu ?

Il eut un rire bref.

— Vous accepterez ; ou d'autres gamines mourront.

Merde. Où étaient passés tous les autres inspecteurs ?

— Très bien. Donnez-moi juste une raison de croire que ce n'est pas un canular. Quelque chose à fournir à mon chef…

— Au revoir, Chaton.

Il raccrocha. Kitt jura entre ses dents et composa le numéro du service des transmissions. Comme toutes les communications du service passaient par un standard, il fallait procéder à des recherches manuelles, au cas par cas, pour localiser un appel. Mais le numéro de chaque appel filtré par le standard était automatiquement enregistré.

— Ici Lundgren, du bureau des affaires criminelles. Je viens de recevoir un appel au bureau. Il me faut le numéro dès que possible.

Elle raccrocha. Deux minutes plus tard, le département central des renseignements la rappelait. C'était Brian en personne.

— Le numéro est celui d'un portable, Kitt. Qu'est-ce qui se passe ?

Un téléphone portable. A la différence des appels passés depuis une ligne fixe, qui peuvent être localisés en dix secondes de communication continue, il fallait compter cinq minutes pour un portable. Si le type était malin, il savait aussi que les nouveaux portables étaient tous équipés d'un système GPS qui permettait de le localiser en dix minutes. Avec un modèle plus ancien, la même opération pouvait prendre plusieurs heures.

Elle consulta sa montre. La communication n'avait probablement pas duré plus de trois minutes, estima-t-elle. Le bonhomme connaissait les techniques de repérage.

— Un type prétend être le tueur d'anges, dit-elle. L'auteur des premiers crimes. Il affirme qu'il n'a pas tué Julie Entzel.

Brian émit un petit sifflement.

— J'imagine que tu veux le nom et l'adresse qui correspondent à ce numéro ?

— Tout juste. Et dare-dare.

Elle jeta un coup d'œil vers le bureau de son chef et vit qu'il n'était toujours pas de retour.

— Rappelle-moi sur mon portable.

Elle raccrocha, rassembla ses notes et se dirigea vers le bureau de Sal. En chemin, elle croisa Riggio et White qui revenaient dans la salle de permanence. Elle pointa le menton vers le bureau de Sal.

— J'ai un truc qui va vous intéresser.

Elle frappa légèrement à la porte grande ouverte, les deux autres sur ses talons.

Minelli leva les yeux, leur fit signe d'entrer. Kitt ne perdit pas de temps en préambules.

— Je viens de recevoir un appel d'un homme qui prétend être le tueur d'anges. Il affirme également qu'il n'a pas tué Julie Entzel.

— Pourquoi vous appelait-il ?

La question venait de Riggio. Kitt se tourna vers elle.

— Il me demande de trouver l'assassin qui copie ses crimes et de l'arrêter.

— Vous ?

— Oui.

— Pourquoi ?

— Je l'ignore.

Sal fronça les sourcils.

— Qu'avez-vous pu apprendre de plus ?

— Je suis persuadée que c'est un fumeur ; à mon avis il est âgé d'une trentaine d'années. Il m'a dit…

Elle consulta ses notes.

— « Je suis victime d'une contrefaçon. Quelqu'un copie mes crimes. Et je n'aime pas du tout ça. »

— Avez-vous recherché d'où provenait l'appel ?

— Tout le monde déjeunait à l'extérieur. Quand je lui ai demandé de patienter, il m'a dit qu'il ne fallait pas essayer de le rouler.

— Vous avez appelé le bureau des transmissions…

— Dès l'instant où il a raccroché. L'appel provenait d'un portable. J'attends des renseignements sur son propriétaire.

— Cet homme a-t-il dit autre chose ?

— Il m'a indiqué deux règles à suivre impérativement si je ne voulais pas qu'il y ait d'autres meurtres.

White prit la parole.

— S'il prétend ne pas avoir tué Julie Entzel, comment peut-il affirmer que d'autres gamines mourront ?

— Il ne me l'a pas dit ; je suis obligée de supposer que c'est vrai.

— Il connaît peut-être le copieur ? suggéra White.

— Peut-être, admit Riggio ; à condition, bien sûr, de croire à ce qu'il raconte.

Kitt haussa légèrement les sourcils.

— Voulez-vous connaître la suite ?

Riggio hocha la tête de mauvaise grâce et Kitt poursuivit :

— Il a donc établi deux règles. La première, c'est qu'il ne parlera à personne d'autre qu'à moi.

— Ben voyons.

C'était là une remarque de Riggio. Kitt continua comme si de rien n'était.

— Et la seconde ? demanda Sal.

— Que rien, venant de lui, ne sera gratuit ni facile. C'est lui qui déterminera ce qu'il nous en coûtera.

— Il veut de l'argent ? demanda White.

Kitt le regarda.

— Je n'ai pas le sentiment qu'il parlait d'argent. Mais il n'a encore rien réclamé.

Sal intervint :

— Bien sûr que si.

Il regarda tour à tour les trois inspecteurs.

— Il demande que vous preniez l'affaire en main.

Il décrocha son téléphone et appela Nan Baker, la secrétaire du bureau des affaires criminelles.

— Nan, le sergent Haas est-il revenu de la pause déjeuner ? Parfait. Envoyez-le-moi.

Chaque service de la police judiciaire avait son vétéran. Le sergent Jonathan Haas était celui de la brigade criminelle. Il avait eu Brian pour coéquipier avant d'être promu inspecteur divisionnaire, et il passait pour un flic d'une solidité à toute épreuve.

Haas, un grand gaillard aux cheveux poivre et sel, ne tarda pas à arriver, imprégné d'une odeur de friture. Sa cravate était maculée de minuscules taches de sauce. Bien que leurs styles fussent diamétralement opposés, Sal et Haas s'entendaient très bien. Du reste, ils avaient également fait équipe ensemble au cours de leurs carrières respectives.

Tandis que Sal commençait à lui expliquer l'affaire, le portable de Kitt sonna dans sa poche. Elle répondit aussitôt.

— Lundgren à l'appareil.

— Kitt, c'est Brian. Mauvaise nouvelle : le numéro est celui d'un téléphone à carte. J'ai l'adresse du magasin qui l'a vendu.

Plus futé que le citoyen lambda, ce type, manifestement.

— Il faudra s'en contenter ; on aura peut-être de la chance, qui sait ?

La communication terminée, elle salua Haas puis répéta au groupe ce qu'elle venait d'apprendre.

L'inspecteur divisionnaire hocha la tête.

— Je vais faire rechercher systématiquement l'origine de tous les appels que vous recevrez, ici ou chez vous. Et je veillerai à ce qu'ils soient tous enregistrés.

Il se tourna vers Riggio.

— Vous avez le rapport d'autopsie ?

— Oui, chef. Je suis allée le chercher hier soir. Rien de nouveau, malheureusement. Elle a été étouffée, comme les trois premières victimes du tueur d'anges. Les ongles étaient propres. Aucune trace d'agression sexuelle ni de lutte ayant occasionné des blessures. Elle n'avait qu'un petit hématome sur le front.

— Rien d'utile de ce côté ?

— Le médecin légiste pense que c'est l'empreinte d'un pouce.

White secoua la tête.

— Ce type est agile et silencieux comme un chat. L'interrogatoire des voisins n'a strictement rien donné.

Riggio prit le relais.

— L'agent immobilier m'a promis de me fournir dès ce matin une liste de toutes les personnes qui ont visité la maison.

— Des empreintes digitales ?

— Le bureau d'identification s'en occupe. Jusqu'ici, tout concorde avec les trois premiers meurtres.

— Hormis la position des mains, intervint Kitt. Il y a là un fait nouveau.

Personne ne dit mot.

L'inspecteur Riggio fut la première à rompre le silence.

— Nous n'avons aucune preuve que cet appel n'est pas un canular. L'affaire fait les manchettes du *Register Star*, ce matin. Ce type était peut-être le premier à venir s'accuser du meurtre mais, pour ma part, je doute que ce soit le dernier.

— Remarque prise en compte, inspecteur Riggio. Mais en ce qui me concerne, je ne parierais pas là-dessus. Et vous ?

— Moi non plus, monsieur.

— Lundgren ?

— Chef?

— Prévenez-nous s'il reprend contact avec vous. Donnez tout de suite l'ordre de procéder au repérage systématique des appels.

Kitt acquiesça et déverrouilla son portable.

— Et s'il me rappelle, je lui dis quoi ?

— Dites-lui tout ce qu'il faudra pour le retenir le plus longtemps possible, bon sang!

L'entretien terminé, ils quittèrent le bureau. Loin des oreilles de leur supérieur, Riggio se pencha vers Kitt.

— Vous avez eu ce que vous vouliez, hein? Vous voilà de nouveau dans la boucle.

— Ça vous pose un problème?

— N'oubliez pas qui commande, c'est tout. C'est encore moi qui mène cette enquête, Lundgren.

— Quelque chose me dit que vous ne me laisserez pas l'oublier, inspecteur Riggio.

L'autre femme semblait vouloir ajouter quelque chose. Kitt ne lui en laissa pas le loisir.

— Si vous voulez bien m'excuser, je dois faire procéder au repérage des appels qui me parviennent.

9.

Mercredi 8 mars 2006
18 h 40

Mary Catherine redoutait les mercredis soir ; et plus particulièrement le début de soirée, entre 6 heures et 8 heures et demie — « l'heure des pâtes », ainsi qu'elle avait baptisé la réunion hebdomadaire imposée à la fratrie des Riggio autour de la table maternelle ; une réunion où ils subissaient régulièrement un feu roulant de questions concernant tous les aspects de leur vie privée.

Hors-d'œuvre favori de sa mère, M.C. sentait déjà les flammes du gril sur lequel elle allait être cuisinée.

Absolument rien, dans ses choix personnels, ne plaisait à « la mamma ». A ses yeux, sa fille avait tout faux — de A à Z. Cela l'avait ennuyée, au début, mais elle s'était fait une raison. Et elle endurait stoïquement cette épreuve, en espérant parfois qu'un crime la dispense de ce rituel.

Elle s'arrêta en face de la maison familiale, une ancienne ferme sur deux niveaux, pourvue de dépendances. Tout en garant sa voiture, elle repensa soudain, les sourcils froncés, à Kitt Lundgren et à son appel anonyme.

Lundgren avait-elle inventé cette histoire de toutes pièces dans le seul but d'être intégrée à l'enquête ? Etait-elle capable d'aller jusque-là ?

A en croire les rumeurs qui circulaient au bureau des affaires criminelles sur l'intérêt obsessionnel qu'elle portait à cette affaire, ça ne paraissait pas totalement impossible.

Le front barré d'un pli soucieux, M.C. jeta un coup d'œil sur le perron et aperçut Michael et Neil, en grande conversation devant le porche. Elle esquissa un sourire. Elle avait affectueusement surnommé ses cinq frères : Superman, le Fayot et les trois Lèche-culs.

Michael, alias Superman, l'aîné de la fratrie, était chiropracteur. Sur l'échelle des valeurs de leur mère, rien ne pouvait surpasser le fait d'avoir un fils médecin, si ce n'était un fils prêtre. Mais comme Michael, à l'instar de ses quatre frères, aimait bien trop les femmes pour faire vœu de chasteté, mamma Riggio devait se contenter de dire « mon fils, le docteur ».

Neil — le Fayot — enseignait les maths au lycée catholique de Boylan qu'ils avaient tous fréquenté ; il était également entraîneur de l'équipe de catch. Un parcours tout à fait classique, somme toute. Il avait en outre gratifié sa maman d'une bru et de son premier petit-fils. Le seul petit-enfant, pour l'heure, de Mme Riggio.

Les trois fils cadets, Max, Frank et Tony, avaient mis en commun leurs compétences et les recettes de leur mère et ouvert un restaurant italien à l'enseigne de « Mamma Riggio ». Le trio venait de créer un second établissement et nourrissait le projet d'un troisième qui se situerait dans la grande banlieue de Chicago. C'était le nom de cette minichaîne qui leur avait valu le sobriquet des « Trois Lèche-culs ».

M.C. adorait ses frères — y compris le débile qui avait eu l'idée de décorer le « Mamma Riggio » de photos de famille, dont l'une sur laquelle elle arborait un superbe appareil dentaire, une éruption d'acné juvénile et des couettes absolument grotesques.

Ils ne rataient pas une occasion d'attirer l'attention des clients sur ce cliché : « Là, c'est notre unique sœur, Mary Catherine ; elle n'est pas mariée, au cas où vous seriez intéressé. »

Un jour, elle leur revaudrait ça.

Elle descendit de son SUV.

— Salut, les gars.

— Salut, Mary Catherine, lança Neil. Oh, ce que tu as l'air méchant…

— Merci, répondit-elle en claquant sa portière. Si seulement ça pouvait effrayer maman !

Habillée tout en noir, ses cheveux bruns lissés en arrière et rassemblés en queue-de-cheval, elle n'avait rien d'une douce colombe.

— Tu portes une arme ? demanda Michael, l'air taquin.

— Toujours ; tu as intérêt à faire gaffe.

De tous ses frères, le plus proche d'elle était incontestablement Michael — peut-être parce qu'il avait toujours été gentil, naguère, avec la petite fille qui ne le lâchait pas d'une semelle, ou bien tout simplement parce qu'ils étaient sur la même longueur d'onde.

Elle se dirigea vers les deux hommes et embrassa Michael, puis Neil, sur les deux joues.

— Je te conseille de laisser le flingue à la porte, suggéra Neil avec un clin d'œil. Maman a l'air en grande forme, ce soir ; tu pourrais être tentée de la tuer.

— Mais j'aurais des circonstances atténuantes. Il n'y a pas un magistrat, dans le coin, qui me condamnerait.

Tandis qu'elle parlait, le fils de Neil, Benjamin, âgé de trois ans, sortit en trombe de la maison, suivi de près par sa mère, Melody. Les fiançailles de Neil et de Melody — une jolie blonde aux yeux bleus, protestante de surcroît — avaient provoqué une véritable tempête au sein de la famille Riggio. Le spectre d'un mariage hors de leur groupe ethnique et religieux avait mis la mamma dans tous ses états.

Ce drame avait détourné les foudres maternelles de M.C. pendant six bons mois ; puis Melody avait tout gâché en se convertissant au catholicisme et en donnant naissance à Benjamin.

M.C. était entourée de lèche-bottes.

Apercevant sa tante, Benjamin poussa un cri de joie. M.C. s'accroupit et lui tendit les bras. Il se précipita pour l'embrasser et récupérer au passage le petit cadeau qu'elle avait toujours pour lui, dans une poche. Ce jour-là, c'était un paquet de biscuits en forme d'animaux.

— Tu le gâtes trop, lui dit sa belle-sœur.

M.C. se releva en souriant.

— Comment comptes-tu me punir ? En me faisant arrêter ?

Neil souleva l'enfant dans ses bras et l'aida à ouvrir le paquet.

— Quel temps fait-il, à l'intérieur ? demanda-t-il à sa femme.

— Nuageux, avec une forte tendance orageuse. Vous connaissez la mamma.

Ils la connaissaient, en effet. Frères et sœur échangèrent des regards vaguement inquiets, comme s'ils se demandaient lequel allait passer à la casserole, cette fois-ci.

Michael consulta sa montre.

— Les trois pizzaïolos sont en retard.

— Ils ne savent donc pas que les glucides ne sont plus tendance ? dit M.C. Mais alors, plus du tout !

— En fait, je crois qu'ils sont déjà revenus au goût du jour, répondit Neil. Tiens, quand on parle du loup…

En effet, les trois autres arrivaient tour à tour, chacun au volant de sa voiture. M.C. vit qu'ils avaient tous l'oreille collée à leur portable. Ils se garèrent et descendirent sur le trottoir sans interrompre leur conversation téléphonique, qui semblait être une discussion assez vive.

Bon sang, ils étaient en train de se disputer entre eux !

Ils gravirent le perron au pas de course en éteignant leurs mobiles. Entourée de cette joyeuse bande de garçons chahuteurs, M.C. sentit son cœur se gonfler : il faisait bon les retrouver et se ressourcer, de temps en temps, parmi les siens. Ils s'embrassèrent et s'étreignirent avec chaleur, puis Melody mit un terme à leurs effusions.

— Je suggère que nous rentrions avant que la mamma…

— … ne pète un câble, acheva Neil. Tu as raison.

Ils franchirent le seuil en file indienne. Dans l'entrée, les garçons appelèrent leur mère, qui apparut bientôt à la porte de la cuisine.

— Vous êtes tous en retard, sauf Michael et Neil.

Elle fusilla M.C. du regard.

— Je n'ai qu'une fille, et elle ne vient même pas m'aider.

Ce soir, c'était donc une nouvelle fois son tour de faire les frais de la colère maternelle. Quelle surprise…

— Désolée, maman, dit-elle en déposant un baiser sur la joue sans une ride de sa mère. J'avais du travail.

Mme Riggio émit une sorte de ricanement, mi-narquois, mi-indigné.

— Ce travail… parlons-en !

— Pourquoi pas ? Si tu as des critiques à formuler…

— Tu sais ce que je pense de ton… activité. La police, ce n'est pas la place d'une femme.

M.C. s'apprêtait à riposter mais sa mère coupa court en envoyant tout le monde à table. Pendant qu'ils s'asseyaient, Melody se pencha vers sa belle-sœur.

— Tu es sur l'affaire de ce nouveau meurtre d'enfant ? demanda-t-elle à voix basse.

M.C. hocha la tête et observa son neveu du coin de l'œil. Il semblait complètement accaparé par ses biscuits.

— C'est moi qui dirige l'enquête.

— Félicitations, petite sœur, lui dit Michael.

Elle le remercia d'un sourire, prit le plat de spaghettis qu'il lui tendait. Après s'être servie, elle le fit passer à la ronde.

— Ce cinglé serait donc de retour ? demanda Melody. Le fameux tueur d'anges ?

— Il semble que oui. Mais il y a des détails qui ne cadrent pas tout à fait, dit M.C. en se servant une portion de bœuf à la parmesane et de haricots verts.

— Quel genre de détails ? demanda son frère.

Elle secoua la tête avec un sourire.

— Je ne peux pas en parler, tu le sais bien.

Max se mêla à la conversation.

— Il pourrait donc y avoir un tueur qui copie le premier ?

Un silence général suivit sa question. Tous les yeux se tournèrent vers elle. M.C. songea à l'appel qu'avait reçu Lundgren d'un inconnu prétendant être le premier tueur en série, victime d'une « contrefaçon ». Ça lui fit une drôle d'impression.

— A ce stade de l'enquête, tout est encore possible.

— Heureusement que nous avons un garçon, murmura Melody. Je serais morte de trouille, sinon.

— Ça suffit ! coupa sèchement la mamma. Est-ce un sujet de conversation pour dîner ? Et le petit qui entend ça ! Vous devriez avoir honte.

— Pardon, maman, murmurèrent-ils de concert, comme ils le faisaient depuis toujours.

M.C. reporta son attention sur le repas, qui était succulent. Sa mère lui cassait peut-être royalement les pieds mais c'était un véritable cordon-bleu. Dotée d'un autre métabolisme, M.C. aurait pu peser cent cinquante kilos.

— Mary Catherine, tu ne devineras jamais sur qui je suis tombée au marché, lui dit sa mère d'un air radieux. La maman de Joseph Rellini.

M.C. ouvrit de grands yeux.

— La maman de qui ?

— De Joseph Rellini. Tu sais, celui qui a terminé ses études secondaires à Boylan un an avant toi. Il jouait dans la fanfare du lycée.

La jeune femme se rappela vaguement un grand brun un peu voûté, plutôt séduisant. Mais elle savait où sa mère voulait en venir, et il n'était pas question de l'encourager.

Mamma Riggio n'avait, hélas, pas besoin du moindre encouragement...

— Il est devenu expert-comptable.

La mamma se pencha sur la table.

— Et il n'est pas marié. J'ai donné ton numéro de téléphone à sa mère pour qu'elle le lui transmette. Elle a promis qu'il t'appellerait.

— Maman, tu n'as pas fait ça !

— Bien sûr que si, pardi. *Per l'amore del cielo*, regarde-toi donc ! Tu pourrais trouver pire.

Cette remarque provoqua des éclats de rire chez les garçons. Melody compatit. M.C. jeta un regard furibond à sa mère.

— Je n'ai pas besoin d'un homme dans ma vie, maman. Je suis très bien toute seule. De quoi me plaindrais-je ?

— Chaque matin, à l'office, je prie pour que tu retrouves la raison, que tu laisses tomber la police et que tu nous amènes enfin un charmant jeune homme à dîner.

— Désolée, maman, mais tu es si...

— Elle a son arme de service sur elle, coupa Michael. Ça ne ferait pas l'affaire ?

Tony intervint à son tour.

— Il va falloir t'y faire, maman ; ta fille est lesbienne.

M.C. lui lança sa serviette, qu'il esquiva de justesse.

— Attends un peu, toi !

— Oh, Sainte Vierge ! s'exclama Mme Riggio. Quand est-ce arrivé ? demanda-t-elle à mi-voix.

— Je ne suis pas homosexuelle, maman. C'est Tony qui fait l'imbécile.

— Comme d'habitude, renchérit Max en se servant du vin. Enfin, en ce qui me concerne, j'ai bien l'intention de continuer à m'amuser le plus longtemps possible.

— Tu es encore un jeune homme, lui dit sa mère. Mais ta sœur, elle, ne rajeunit pas.

Melody, toujours adorable, intervint à son tour.

— Il n'y a pas le feu. Prends tout le temps qu'il te faudra pour trouver l'homme de ta vie, Mary Catherine. La vie est trop courte pour se contenter d'un amour médiocre.

— Tu le sais par expérience ? demanda Tony dans un sourire taquin.

— Oui, répondit-elle sans se démonter, je le sais pour avoir épousé l'homme le plus merveilleux du monde.

Une salve de rires et d'applaudissements fusa autour de la table. Cette réplique détourna également l'attention de la mamma, fournissant à M.C. une occasion de s'esquiver. Son repas pratiquement terminé, elle se leva.

— C'était un régal, mes chéris, mais je dois m'en aller.

— Mais le dessert n'est pas encore servi ! s'exclama sa mère. J'ai pris des cannolis. Chez Capelli.

La pâtisserie Capelli était une véritable institution, en ville. Et ses cannolis étaient à se pâmer. Mais maintenant que la mamma l'avait de nouveau dans le collimateur, M.C. ne pouvait plus rester sans se retrouver de nouveau sur le gril.

Elle présenta une vague excuse mais fut bien obligée de faire le tour de la table pour embrasser tout le monde. Elle arrivait à sa voiture quand Michael l'appela depuis le jardin. S'adossant à sa portière, elle l'attendit.

— Comment ça va ? lui demanda-t-il. Tu n'es pas malade, au moins ?

— Pas du tout. Pourquoi cette question ?

— Comme tout Riggio qui se respecte, tu ne rates jamais le dessert.

— Il faut croire que j'ai eu ma dose.

Il comprit qu'elle ne parlait pas du repas.

— Tu sais bien qu'elle t'adore, voyons.

— C'est ma vie — pas la sienne. Elle devrait m'accepter telle que je suis.

— Tu as raison, admit-il en hochant la tête d'un air pensif. Mais enfin…

Il parut ravaler ce qu'il s'apprêtait à dire et M.C. fronça les sourcils.

— Mais enfin, quoi ?

— Tu me promets de ne pas me passer à tabac, hein ?

— Je te tords le cou si tu ne me dis pas ce que tu penses.

— Bon. Eh bien, si tu veux mon avis, j'ai l'impression que c'est valable dans les deux sens.

— Pardon ?

— Le fait d'accepter l'autre. Toi aussi, tu dois l'accepter comme elle est.

— C'est ce que je fais. Seulement, c'est ma mère et elle est censée…

— Faire exactement ce que tu attends d'elle ?

— Non. Mais elle ne fait vraiment aucun effort !

— Et toi ? riposta-t-il.

Comme tous les membres du clan Riggio, M.C. avait un fichu caractère. Avec le temps, elle avait appris à se contrôler.

Mais cette fois-ci elle en fut incapable. Le sang afflua brusquement à ses joues et sa voix se fit plus aiguë.

— Moi ? Je suis venue, non ? s'exclama-t-elle en désignant la maison d'un grand geste du bras. Comme tous les mercredis soir !

Comme son frère se taisait, elle reporta sa colère sur lui.

— Pour vous, les garçons, c'est tellement plus facile ! Vous êtes les fistons parfaits. Tout ce qu'elle attendait de vous, elle l'a eu ; et papa aussi, bien sûr. Ah, les hommes…

— Ta vie est vraiment une tragédie, Mary Catherine. Je compatis.

— Oh, bon, ça va…, grogna-t-elle en ouvrant sa portière à la volée. J'aurais pourtant cru que si quelqu'un me comprenait, c'était bien toi.

Elle s'assit au volant, fit claquer la portière et démarra ; en s'éloignant, elle jeta un coup d'œil dans le rétroviseur. Son frère n'avait pas bougé. La tête légèrement inclinée, il l'observait avec un petit sourire en coin.

Pestant entre ses dents, elle s'arrêta et baissa sa vitre.

— Je capitule ! s'exclama-t-elle dans un geste de reddition. A mercredi prochain. Mais si tu étais un vrai frère, tu aurais chipé un ou deux cannolis pour moi.

10.

Mercredi 8 mars 2006
21 h 10

Le Buster's Bar était situé près du carrefour de Five Points — qui se trouvait à l'intersection des cinq avenues principales de la ville. Le quartier connaissait des hauts et des bas, en fonction des restaurants, clubs et bars qui s'y implantaient tour à tour et de la clientèle qui les fréquentait.

Le Buster's avait vaillamment survécu à ces flux et reflux de popularité. La carte comportait un choix limité de plats plutôt copieux ainsi qu'une sélection de boissons alcoolisées. A partir d'une certaine heure, les clients pouvaient en outre assister à un spectacle proposé plusieurs soirs par semaine.

Trop tendue pour rentrer directement se coucher, M.C. décida d'aller y faire un tour. L'endroit n'était pas le favori de la police criminelle locale, mais bon nombre de policiers — surtout des inspecteurs — le fréquentaient assidûment. Un petit verre au bar en compagnie d'un collègue l'aiderait probablement à se détendre.

La salle sentait le tabac, la friture et la bière. Apparemment, elle avait de la chance : Brian et ses deux copains de la police judiciaire — les inspecteurs Scott Snowe et Nick Sorenstein — étaient assis au comptoir, en compagnie d'un quatrième homme, qu'elle ne connaissait pas.

M.C. se dirigea vers le bar. Snowe l'aperçut et lui fit signe de les rejoindre.

— Tiens, tu es précisément celui que je cherchais, dit-elle.

— Ah bon ?

Il avala un bon tiers de sa bière tandis qu'elle commandait un verre de vin rouge.

— J'espérais avoir du nouveau dans les indices dans l'affaire Entzel, reprit-elle en se tournant de nouveau vers lui.

— Aïe, et moi qui me figurais que tu t'intéressais à ma modeste personne.

— Ben voyons.

— Il n'y a pas grand-chose à dire, hélas. Avec la fenêtre, on a fait chou blanc. Toutes les empreintes se trouvaient à l'intérieur et c'étaient celles de la petite ou des parents. Notre homme portait certainement des gants.

— Pas de cheveux ? Aucune fibre ?

— Ça, ce n'est pas mon domaine. Interroge-moi plutôt sur les photos.

— Considère-toi comme interrogé.

— J'ai déposé les clichés sur ton bureau ce soir, en partant.

— A quoi ressemblent-ils ?

— A du boulot d'artiste ; tu as affaire à un virtuose de la pellicule.

Elle leva les yeux au ciel.

— Monsieur est modeste, je vois.

— Salut, Riggio, fit Sorenstein, interrompant leur échange. J'aime bien les bars où les citadins viennent satisfaire leurs instincts primaires.

— Essaye donc de me mordre, sale bestiole, riposta-t-elle.

Nick Sorenstein était l'entomologiste du département médico-légal. Il avait l'insigne honneur de recueillir les larves et les insectes sur les cadavres — un domaine qui exigeait des connaissances pointues et beaucoup d'expérience, et qui lui valait des taquineries sans fin.

Snowe posa sa chope sur le comptoir.

— Riggio s'intéressait justement aux fibres et aux cheveux découverts sur les lieux de l'affaire Entzel.

— Quelques fibres de couleur noire ont été trouvées sur les draps et l'encadrement de la fenêtre, dit Sorenstein. Notre homme devait être habillé en noir.

— Ça alors, c'est original !

— A part ça, beaucoup de poils de chat, poursuivit le spécialiste, insensible au sarcasme. Ils ont un gros matou angora qui s'appelle Moustache. Tout est encore au labo. Les analyses prennent du temps.

— Un temps que je n'ai pas.

Brian, qui plaisantait, plus loin, avec l'homme qu'elle n'avait jamais vu, l'aperçut alors et lui sourit.

— Salut, M.C., je te présente notre nouvel ami, Lance Cast… r'gi'vanni.

A en juger par son bredouillement indistinct, il avait dû s'attarder un peu trop au comptoir.

— Castrogiovanni, corrigea l'homme en tendant la main à M.C.

Elle la serra brièvement dans la sienne.

— Mary Catherine Riggio.

— Enchanté, mais je dois y aller. C'est mon tour.

Quelques instants plus tard, elle comprit ce qu'il voulait dire. Le spectacle, ce soir-là, était un numéro comique — celui de Lance Castrogiovanni.

Elle espéra qu'il serait drôle ; une franche rigolade ne lui ferait pas de mal.

— Je parie que je peux soulever ce type d'un seul bras, dit Snowe. Il est tellement maigre ; vous croyez qu'il ferait la tronche si j'essayais ?

Une salve de rires avinés salua la plaisanterie. Humour typiquement masculin, songea M.C. Il avait probablement raison, du reste. Sans être un colosse, Snowe avait une solide musculature. Elle le voyait régulièrement à la salle de sports et ils s'étaient croisés une ou deux fois aux haltères. Il avait soulevé presque cent kilos. Et l'humoriste, qui se lançait maintenant dans un monologue sur son enfance pathétique, n'en pesait sans doute guère plus de soixante-dix.

— En fait, disait-il, j'appartiens à une de ces familles italiennes de douze gosses, aux ramifications innombrables.

Soudain tout ouïe, M.C. se tourna vers la scène.

— Je sais, c'est pas fréquent, par ici. Pas moyen de balancer une vieille paire de pompes sans qu'elle tombe sur les rosiers d'un oncle ou d'un cousin. Mais enfin, regardez-moi : est-ce que j'ai la gueule d'un Italien ?

C'était un grand garçon mince aux cheveux franchement roux et au teint presque laiteux.

— J'ai été adopté, poursuivit-il. Allez comprendre. L'agence de placement a dû raconter des bobards, leur faire croire que j'étais d'origine italienne ; car j'ai vu mes photos de bébé, figurez-vous. Les taches de rousseur, les cheveux poil-de-carotte, j'avais déjà toute la panoplie ; et ça ne passait vraiment pas inaperçu, croyez-moi ! Bref, au lieu de ressembler à un caïd de la mafia, j'ai l'air de l'allumette qu'il mâchouille en crânant. Après ça, comment voulez-vous que je me fasse respecter dans la rue ?

M.C. sourit. Ce type savait manier l'autodérision.

— J'ai pourtant fait tout mon possible pour gagner ma place dans le clan. Mais quand je marchais comme ça…

Il fit quelques pas en roulant les épaules.

— … je me faisais tout simplement botter le cul.

Son air piteux déclencha une franche hilarité dans l'assistance.

— C'est ça, dit-il en se tournant vers M.C. qui éclatait de rire. Riez de mes souffrances, de mes efforts lamentables pour me faire accepter.

Sorenstein donna un petit coup de coude à M.C. pour attirer son attention.

— J'ai entendu dire que Lundgren aurait reçu un coup de fil d'un type qui prétend être le tueur d'anges.

— Ah bon ? Qui est-ce qui t'a dit ça ?

— Un pote de la brigade criminelle.

M.C. savait lequel. Elle jeta un regard oblique à Brian qui draguait sans vergogne une serveuse beaucoup trop jeune pour lui.

— On ébruite le moindre canular téléphonique, à présent ? Il y a vraiment des gens qui ont du temps à perdre.

— Tu es sûre que c'était un canular ? demanda Snowe.

— C'est quand même plus crédible qu'un appel du tueur décidé à passer aux aveux !

— Il se passe quelquefois des choses étranges.

Soudain agacée, M.C. regretta de ne pas être rentrée directement chez elle.

— Oh, arrête.

Elle fit pivoter son tabouret en direction de la scène.

— Aurions-nous touché une corde sensible ? ironisa Sorenstein.

Snowe ricana.

— Ben quoi ? Lundgren te tape sur les nerfs ?

— Pas du tout, les gars. J'ai juste envie d'écouter l'humoriste.

Dédaignant leurs railleries, elle reporta toute son attention sur le spectacle où le grand rouquin croquait avec un humour décapant la communauté italienne à laquelle il n'avait jamais pu s'intégrer.

Quand il eut terminé sa prestation, elle applaudit avec enthousiasme. Il lui décocha un sourire radieux, s'inclina devant l'assistance et disparut derrière le rideau. Trois minutes plus tard, il venait les rejoindre au comptoir. M.C. lui sourit à son tour.

— Merci. J'avais besoin de ça.

— C'est moi qui vous remercie. Moi aussi, j'avais besoin de ça.

Le barman posa une bière devant lui — aux frais de la maison, manifestement. Il but à longs traits avant de se tourner de nouveau vers elle.

— Laissez-moi deviner ; vous êtes du même bord que moi, si je ne me trompe.

Il faisait allusion, bien sûr, à ses origines ; avec ses cheveux bruns, ses yeux sombres et son teint mat, M.C. ne pouvait certes pas les renier. Elle hocha la tête en riant.

— Votre show est désopilant, ajouta-t-elle. Vous tapez en plein dans le mille.

— Merci, Mary Catherine.

— Appelez-moi M.C., c'est plus court. Alors, dites-moi, comment votre famille a-t-elle réagi à cette satire ?

— Ils ont engagé l'oncle Tonio pour prendre soin de moi.

— L'oncle Tonio ? répéta-t-elle, amusée. Un parrain de la mafia ?

— Pire que ça ; un de ces mouchards qui poussent les gens à vous traduire en justice pour un oui ou pour un non. Il m'a menacé de poursuites pour propos à caractère diffamatoire.

— Vous parlez sérieusement ?

— Absolument. Je lui ai dit de ne pas se gêner.

Il but une gorgée de bière.

— Parlez-moi un peu de vous.

— Je suis la cadette de six enfants, et la seule fille.

— Dans ce cas, je suis assis à côté d'une princesse, dit-il en esquissant une révérence. Sa Majesté Mary Catherine en personne.

— Une princesse flic, alors.

— A la santé d'une autre rebelle ; bienvenue au club des insoumis, dit-il en levant son verre.

Une insoumise, une rebelle ? M.C. n'avait jamais envisagé les choses sous cet angle mais, à la réflexion, ce n'était pas tout à fait faux. Sa famille la chérissait. Elle les aimait aussi mais se sentait différente — à bien des égards. Pas seulement parce qu'elle ne s'était pas coulée dans le moule de ses ancêtres, mais parce que sa profession l'isolait considérablement. Elle vivait dans un autre univers. Un univers de violence, un monde inhumain qu'elle côtoyait en permanence.

— Est-ce une conversation privée ou peut-on y participer ?

La question venait de Brian, qui avait apparemment renoncé à séduire la serveuse. Jugeant qu'elle en avait assez vu comme ça, M.C. se leva.

— Bonne continuation, les gars. Moi, je déclare forfait.

Tout en s'éloignant, elle observa Lance Castrogiovanni du coin de l'œil. Leurs regards se croisèrent et il lui sourit. M.C. lui rendit son sourire tout en se demandant s'ils se reverraient un jour. Ce ne serait certes pas pour lui déplaire…

11.

Jeudi 9 mars 2006
7 h 20

Debout devant la pierre tombale, Kitt frissonna dans la fraîcheur matinale. Une plaque en bronze portait l'inscription :

A notre petite « Peanut » adorée
Sadie Marie Lundgren
10 septembre 1990 — 4 avril 2001

Kitt se rendait au moins une fois par semaine au cimetière. Elle ôtait les fleurs fanées, les remplaçait par des fraîches. Aujourd'hui, c'étaient des marguerites.

Elle leva distraitement les yeux vers le ciel d'un gris de plomb. Le printemps tardait à venir. Mais ce temps s'accordait mieux à sa mélancolie qu'un soleil rayonnant. A quoi bon la chaleur, le ciel bleu, les chants d'oiseaux ? Puisque Sadie, sa petite chérie, n'en profiterait jamais plus.

— Il est arrivé un malheur, trésor. Il est de retour — l'homme qui tuait les petites filles. Et je suis…

La gorge nouée, elle s'interrompit un instant. Les années qui passaient ne changeaient rien à l'affaire. L'émotion, intacte, lui coupait encore la voix.

— C'est épouvantable, murmura-t-elle. J'ai peur pour les autres enfants, j'ai peur pour moi… de me remettre à boire… Je ne dois pas le laisser me démolir de nouveau.

Elle secoua la tête et décida de penser à autre chose. Ce n'était pas ainsi qu'elle voulait parler à sa fille.

— De là-haut, si tu nous vois, tout ceci doit te sembler bien dérisoire... Je t'aime, ma petite chérie, je pense à toi chaque jour. Tu me manques tellement...

Elle se baissa pour redresser les fleurs, les larmes aux yeux. Elle aurait donné tout ce qu'elle avait pour pouvoir serrer sa petite fille contre elle, la ramener à la vie. A contrecœur, elle lui dit au revoir et recula d'un pas. Puis finit par trouver la force de s'en aller.

Son portable sonna alors qu'elle atteignait l'allée centrale. Elle le sortit de sa poche et le porta à son oreille en jetant un coup d'œil derrière elle.

— Lundgren à l'appareil.

— Salut, Kitt.

Un frisson courut entre ses omoplates. *Le tueur d'anges.* Comment s'était-il procuré son numéro de portable ?

— Vous avez un avantage sur moi, dit-elle. Vous connaissez mon nom ; j'ignore le vôtre.

— Vous savez qui je suis.

— Je sais qui vous prétendez être.

— Si vous voulez.

Il marqua une pause.

— Alors, vous avez fait ce que j'ai demandé ?

— J'en ai parlé à mon chef.

— Eh bien ?

— Il a pris votre requête au sérieux.

— Mais pas suffisamment pour vous confier l'affaire.

— Ça ne marche pas comme ça, à la brigade criminelle.

— Une autre enfant va mourir, annonça-t-il. Vous avez le pouvoir d'empêcher sa mort.

— Comment ? demanda-t-elle, sentant son cœur s'affoler. Comment dois-je m'y prendre ?

— J'ai commis des crimes parfaits. Cet individu n'est qu'un pâle imitateur. Il va accélérer le rythme ; il agira trop vite, sans programmer suffisamment son coup. Le copieur ne connaît pas mes secrets.

— Quels secrets ? demanda Kitt.

Les doigts serrés sur son téléphone, elle s'efforça de masquer son excitation. Elle devait se montrer calme. Dominer ses émotions.

— Si vous me confiez vos secrets, je pourrai vous aider.

— Moi, je connais ton secret, Kitt.

Son ton doucereux lui fit froid dans le dos ; elle fronça les sourcils.

— De quel secret parlez-vous ?

— Tu aurais pu m'attraper. Mais tu étais ivre — et tu as trébuché. J'avais commis une erreur stupide. Ma seule et unique erreur.

Avec une violence et une précision qui lui coupèrent le souffle, Kitt vit défiler des images surgies du passé. Quelqu'un avait appelé le commissariat : une mère affirmait qu'un inconnu épiait sa fille de dix ans. Elle était persuadée que c'était le tueur d'anges. Que sa fille était surveillée.

A l'époque, la police recevait des centaines d'appels de ce genre. Les inspecteurs tentaient chaque fois de vérifier les informations, mais il était impossible de placer sous surveillance toutes les fillettes de dix ans. Pourtant, Kitt avait eu un pressentiment : il y avait dans le récit de cette femme quelque chose qui lui avait mis la puce à l'oreille. Quelque chose qui le différenciait des fausses alertes habituelles. Le patron n'avait pas tenu compte de ses remarques, persuadé qu'elle était encore trop fragile nerveusement.

Ils avaient enterré Sadie la semaine précédente.

Aussi avait-elle transgressé l'une des règles d'or du métier de flic — ne jamais agir en solo. Chaque nuit, après ses heures de travail, elle avait monté la garde à proximité de la maison. Seule avec sa petite flasque. L'alcool l'aidait à supporter le froid. Du moins était-ce le prétexte qu'elle se donnait — un faux prétexte, naturellement. L'alcool l'aidait à tromper la douleur, un point c'est tout.

Au bout d'une semaine, elle l'avait vu. Une ombre furtive s'était introduite dans le jardin qu'elle surveillait. Elle aurait dû réclamer aussitôt du renfort. Au lieu de cela, elle s'était lancée à sa poursuite.

Ce soir-là, hélas, elle avait déjà abusé du whisky. Elle avait trébuché dans l'obscurité, s'était étalée de tout son long, heurtant de la tête un muret en pierre. Assommée, elle n'avait repris conscience qu'une demi-heure plus tard.

L'homme avait eu tout le temps de s'enfuir.

Le patron s'était mis dans une colère noire. Le tueur aurait pu la descendre. Il aurait pu lui prendre son arme et s'en servir contre elle, contre n'importe qui.

Chassant ces souvenirs, Kitt se concentra de nouveau sur le présent — sur ce que cela signifiait : l'homme était bien celui qu'il prétendait être. Car, à part elle et lui, deux personnes seulement — Sal et Brian — savaient ce qui s'était réellement passé cette fameuse nuit.

Une autre fillette avait été tuée — après quoi, le tueur en série s'était mis en sommeil. Jusqu'à aujourd'hui.

— D'accord, dit-elle, je m'incline. Savez-vous qui est celui que vous appelez le copieur ?

Il eut un petit rire évasif.

— Peut-être.

— Alors, dites-le-moi. Je l'arrêterai.

— Où serait le plaisir ?

Kitt revit le cadavre de Julie Entzel, se rappela le cri insoutenable des parents effondrés. Il résonnait encore dans sa tête, dans son cœur, comme un écho à son propre chagrin.

— Je ne vois pas ce que vient faire le plaisir dans toutes ces horreurs, espèce d'ordure.

Il rit, comme s'il appréciait l'insulte.

— Mais c'est moi qui mène la danse, à présent. Et il est temps de nous quitter.

— Un instant ! Comment dois-je vous appeler ?

— Appelle-moi Peanut, dit-il doucement.

Un déclic indiqua qu'il avait raccroché.

12.

Jeudi 9 mars 2006
7 h 25

Pétrifiée, Kitt garda un instant le portable collé à son oreille. Elle avait le souffle coupé. *Peanut.* Le surnom affectueux de leur petite chérie, si menue à cause de la leucémie.

Comment ce monstre osait-il usurper le nom de sa fille adorée ? Dans sa bouche, le mot devenait obscène. S'il avait eu le courage de l'affronter en direct, elle aurait certainement eu la tentation de le tuer.

Kitt rangea le téléphone dans son sac et regagna rapidement sa voiture. Une fois assise au volant, elle resta immobile, sans tourner la clé de contact. Ce type la narguait. Il connaissait son numéro de portable et le surnom de sa fille ; il savait parfaitement comment la manipuler.

Que savait-il encore à son sujet ?

Tout. Du moins avait-elle intérêt à se fonder sur cette hypothèse. Il prenait plaisir à ce qu'il considérait manifestement comme un jeu — une sorte de mascarade où il entendait « mener la danse ». Tel un joueur de haut niveau, il savait identifier les faiblesses de son adversaire afin d'en tirer profit, le moment venu.

Elle inspira à fond, réfléchissant plus calmement, avec le recul, à cette conversation. Au bout d'un moment, elle composa le numéro de Sal. Il décrocha aussitôt.

— Sal, c'est Kitt. Il vient de reprendre contact avec moi. Je suis en route pour le commissariat.

Elle arriva à l'hôtel de police juste après Sal et le rejoignit au pied de l'ascenseur. Ils montèrent ensemble ; Sal appuya sur le bouton du deuxième étage puis se tourna vers elle.

— Alors ?

— C'est notre homme, Sal. Il sait tout sur cette fameuse nuit, sur ma chute dans le jardin. Il sait même pourquoi je suis tombée.

La mâchoire de Sal se durcit.

— Continuez.

— Il dit qu'une autre fillette va mourir.

L'ascenseur s'arrêta au deuxième étage. Sal et Kitt en descendirent et se dirigèrent vers le bureau des affaires criminelles, au fond du couloir.

— Quand ?

— Ce n'était pas clair. Il a dit que le copieur allait se montrer trop pressé et qu'il commettrait forcément des erreurs.

Ils entrèrent dans le bureau. Nan leur adressa un bonjour enjoué et tendit une pile de messages à Minelli.

Il les parcourut rapidement.

— Des urgences ? demanda-t-il.

— Le commissaire m'a demandé de retarder votre entretien d'une demi-heure. Et l'inspecteur Allen est alité avec la grippe. Sa femme vient d'appeler.

Le commissaire adjoint hocha la tête.

— Il me faut Riggio et White, dare-dare, dans mon bureau. Le sergent Haas est-il arrivé ?

— Je l'ai vu dans son bureau.

— Envoyez-le-moi aussi.

— Entendu.

Nan se tourna vers Kitt.

— Inspecteur Lundgren, il y a aussi un message pour vous. Un ami de longue date. Il a dit qu'il essaierait de vous joindre plus tard.

Kitt fronça les sourcils. La secrétaire lui tendit le petit feuillet jaune.

— Il a dit qu'on l'appelait Peanut, et qu'il avait hâte de vous voir à la télévision.

Kitt s'abstint de tout commentaire mais, quand tout le monde fut réuni dans le bureau de Sal, elle tremblait de rage contenue. Ce salaud commençait à lui taper sur les nerfs.

— L'homme qui prétend être le tueur d'anges a rappelé l'inspecteur Lundgren — sur son portable, cette fois-ci.

Il se tourna vers elle.

— Inspecteur, voulez-vous répéter ce que vous m'avez raconté ?

Elle relata le plus fidèlement possible la conversation — omettant seulement les détails concernant sa chute en état d'ébriété.

— Il m'a dit de l'appeler Peanut.

Sal l'observa avec attention.

— Le surnom de votre fille ?

— Oui, répondit-elle d'un ton neutre. Et il a aussi téléphoné au bureau ce matin.

Elle tendit le Post-it à Sal Minelli.

— Nan vient de me remettre ceci.

Sal laissa échapper un juron. Il regarda tour à tour les trois autres.

— Incontestablement, il connaît des détails sur la première affaire qu'il n'aurait jamais pu apprendre s'il n'était pas le tueur.

M.C. fronça les sourcils.

— La dernière fois, il parlait déjà de ses « crimes parfaits ». C'est donc très important pour lui.

— Il ne supporte pas l'idée qu'un autre s'approprie sa technique et reproduise ce qu'il considère comme son œuvre, fit observer Kitt.

— D'autant plus qu'il s'agit d'un plagiat bâclé, renchérit White.

— Du moins, selon lui, murmura Riggio.

— Effectivement.

Kitt marqua une pause.

— Je lui ai demandé s'il savait qui était l'auteur de ces « contrefaçons », comme il dit. Il a répondu : « Peut-être. »

Minelli s'assouplit les doigts.

— Croyez-vous qu'il le sait et qu'il tient à rester évasif? Ou bien qu'il suspecte quelqu'un mais n'a aucune preuve ?

— Je l'ignore ; si je devais émettre une hypothèse, je dirais plutôt qu'il tient à garder le mystère.

— Sans doute, puisqu'il joue avec vous comme le chat avec la souris. C'est bien ça, n'est-ce pas ? demanda Riggio.

— Oui. Il trouve même ce jeu amusant, paraît-il.

— Si le copieur commet les erreurs que Peanut lui attribue par avance, nous lui mettrons la main dessus.

Kitt tressaillit en entendant sa collègue prononcer le surnom de Sadie. Elle avait pourtant intérêt à s'y habituer. Cela ne manquerait pas de se reproduire.

— Mais une autre enfant va mourir, intervint White ; une, ou plusieurs.

Kitt s'éclaircit la voix.

— Il ne faut pas oublier non plus que, s'il dit vrai, nous avons maintenant deux tueurs à trouver : le tueur d'anges et son copieur.

Le silence se fit. Le sergent Haas regarda son supérieur.

— Qu'est-ce que tu en penses, Sal ?

— Donnez-lui ce qu'il réclame. Jouez le jeu.

Riggio s'interposa vivement.

— Avec tout le respect que je vous dois, je ne suis pas d'accord.

Le commandant adjoint se tourna vers elle.

— Il a téléphoné ici ce matin, en prétendant être un vieil ami de l'inspecteur Lundgren. Il a dit à Nan qu'il avait hâte de voir Kitt à la télévision.

— A la télé ? répéta White. Qu'est-ce que ça veut dire ?

— Il réclame une conférence de presse, expliqua Minelli. Pour une raison inconnue, il veut avoir affaire à Kitt. Il lui faut donc une preuve que nous avons fait le nécessaire.

Riggio eut un mouvement d'impatience.

— De toute évidence, ce type est parfaitement renseigné sur l'inspecteur Lundgren. Il se donne un mal fou pour la faire entrer dans son jeu.

Elle dévisagea Kitt.

— Pourquoi ? On peut se poser la question.

— Je n'en ai pas la moindre idée.

— Il n'empêche qu'il serait essentiel d'en connaître la raison.

— Nous sommes d'accord là-dessus.

Sal promena son regard sur le petit groupe.

— Tom, tu reprends provisoirement du service. Riggio, vous ferez équipe avec Kitt ; c'est elle qui prend la direction des opérations.

— La direction ? protesta-t-elle. Vous m'avez confié cette affaire. Nous pouvons faire équipe mais ne…

— Ma décision est sans appel. Je regrette, Riggio.

Sal se tourna vers Kitt.

— Vous sentez-vous à la hauteur ? Vous n'en êtes qu'au premier round et il a déjà volé le surnom de votre fille.

— Je ne flancherai pas.

Minelli hocha la tête.

— Alors, ne perdons pas de temps. La conférence de presse doit avoir lieu dès cet après-midi. Il ne faut surtout pas en faire trop. Une information succincte suffira.

Sur un signe de Minelli, ils sortirent un à un du bureau. Dans le couloir, Kitt retint sa coéquipière.

— A mon avis, la situation va se durcir. Il va falloir travailler main dans la main, former une équipe soudée.

— Inutile de me sermonner, inspecteur Lundgren. Je connais mes priorités.

— Parfait. J'avais besoin de m'en assurer.

— Cela dit, vous vous estimez réellement prête à diriger une enquête criminelle de cette importance ?

— J'ai dit que je l'étais, et je le suis.

Riggio secoua la tête.

— Avez-vous conscience de tout ce que cela implique ? La tension de devoir en permanence rendre des comptes à la hiérarchie ? D'être harcelée par la presse, et par une opinion publique qui exige des résultats ? D'autant qu'il ne s'agit pas de n'importe quelle affaire…

Kitt ne fléchit pas, bien qu'un léger doute commençât à poindre en elle.

— Je suis prête, répéta-t-elle.

Riggio se pencha vers elle.

— Je risque aussi ma peau, sur ce coup-là. Dans ce genre de situation, on doit pouvoir compter totalement sur un partenaire qui surveille vos arrières.

— Vous pourrez compter sur moi, murmura Kitt. Plus que sur n'importe qui d'autre.

— C'est drôle, mais j'ai du mal à vous croire.

Kitt la regarda s'éloigner. Comment la blâmer de son scepticisme ? A sa place, aurait-elle accordé une confiance aveugle à quelqu'un qui avait fait capoter sa dernière enquête ? Et qui sortait d'une cure de désintoxication ?

Probablement pas.

Mais la machine s'était emballée. Un tueur s'était mis en tête de la faire entrer dans son jeu pervers. Quelle qu'en soit la raison, il exigeait d'avoir affaire à elle.

Certes, elle aurait pu refuser. Ou se contenter de *faire semblant* de jouer le jeu. Ces solutions-là ne lui avaient même pas effleuré l'esprit. Dès l'instant où une nouvelle petite fille était morte assassinée, cette enquête était redevenue sa préoccupation majeure.

Etait-ce là un choix pertinent et objectif de sa part ? Ou bien se laissait-elle guider par un besoin viscéral d'épingler l'assassin, au risque de tout compromettre ?

Brian la connaissait mieux que quiconque. Ils avaient fait équipe ensemble pendant des années ; il ne l'avait pas laissée tomber quand elle avait sombré de plus en plus profondément dans l'alcool — et dans le désespoir.

Elle lui faisait totalement confiance. Brian ne prendrait pas de gants avec elle ; il lui donnerait franchement son avis.

Kitt le trouva dans son bureau, également situé au deuxième étage, après celui du commissaire divisionnaire.

— Salut, Brian, dit-elle en frappant à sa porte ouverte. Je peux te parler une minute ?

— Pour toi, j'ai toujours un moment.

Il lui indiqua un siège et la gratifia d'un de ces sourires ravageurs dont il avait le secret.

— Eh bien, quoi de neuf ?

— Je voudrais ton avis sur une décision que j'ai prise.

— Vas-y.

Il se cala dans son fauteuil.

— Ce type m'a encore téléphoné.

— Celui qui prétend être le tueur d'anges ?

— Oui — et sur mon portable, cette fois. Il m'a demandé de l'appeler Peanut.

Brian resta un moment silencieux, comme s'il réfléchissait à tout ce que cela pouvait impliquer.

— Comment as-tu pris la chose ?

— Je suis furieuse.

Il hocha la tête.

— Continue.

Elle lui résuma leur conversation, expliquant comment l'inconnu lui avait prouvé qui il était.

— Sal t'a confié l'affaire.

Ce n'était pas une question ; elle répondit néanmoins par l'affirmative.

— Et Riggio fait la gueule, conclut Brian.

— C'est le moins qu'on puisse dire.

Kitt regarda par la fenêtre, l'air soucieux.

— Voilà justement ce qui m'amène : ai-je raison de prendre ça sur mes épaules ? En serai-je capable ?

— Il me semble que tu n'as pas le choix. Ce type t'a embarquée dans cette histoire, que tu le veuilles ou non.

— Peut-être.

Elle se leva, alla se planter devant un mur couvert de photos. L'une d'elles les montrait tous les deux en train de recevoir les félicitations du maire. Cela remontait à la nuit des temps... Il y en avait aussi une de Brian et Scott Snowe, du service d'identification criminelle, à une conférence de presse, l'année précédente. Celle-ci datait de l'époque de son congé forcé ; elle l'avait donc vue, comme tout le monde, au journal télévisé du soir. Ils avaient réussi à obtenir les empreintes digitales d'un cadavre remonté à la surface de Rock River en pelant la peau de sa main intacte ; ce qui avait permis d'identifier la noyée — l'épouse d'un élu local, lequel avait été rapidement inculpé pour le meurtre de sa femme.

Les médias s'étaient emparés de l'affaire et Brian avait été promu au grade de lieutenant.

Elle se tourna vers lui.

— Je ne me fie plus à mon intuition, Brian. J'ai peur de me tromper. La dernière fois...

— Tu as sauvé la vie de cette petite, Kitt.

— Mais le tueur m'a filé entre les doigts. Et une autre enfant est morte.

— Il y aurait peut-être eu deux autres victimes — qui sait ?

— J'ai complètement merdé.

— Bon, admettons. Mais aujourd'hui ?

Elle soupira, contrariée.

— Je ne comprends pas ce que tu veux dire.

— Est-ce que tu as merdé, aujourd'hui ?

— Eh bien… non.

— Alors, oublie le passé. Tu as été une partenaire épatante, Kitt. Je pouvais toujours compter sur toi. Tu ne m'as jamais fait faux bond jusqu'à ce que la mort de Sadie vienne démolir ton univers.

— Je ne suis plus le flic que j'ai été. Et je ne sais pas si je le redeviendrai un jour.

— Et après ?

Il se pencha en avant et croisa les bras sur le bureau.

— Il ne t'est jamais venu à l'idée que tu pourrais être encore meilleure qu'avant ?

Non. Elle n'aurait jamais pensé à ça.

— Tu as quelque chose à te prouver, Kitt. Et à prouver à Riggio, aussi. A Sal et à tout le monde, ici. Mais il va d'abord falloir te rassurer toi-même.

— Donc, je dois le faire.

— Oui.

Il marqua une pause ; quand il reprit la parole, ce fut d'une voix grave, chargée d'émotion.

— Vas-y doucement. Fie-toi à ton intuition, mais pas aveuglément. Je serai là, fidèle au poste. Tu peux compter sur moi à tout moment du jour ou de la nuit.

Kitt le remercia et se leva. Elle n'était pas sûre d'avoir reçu le vote de confiance qu'elle attendait, mais il faudrait se contenter de cette réponse.

Un tueur l'avait choisie comme adversaire dans son jeu. Elle n'avait d'autre choix que d'accepter de jouer la partie.

13.

Jeudi 9 mars 2006
17 h 5

Assis au comptoir devant une chope de bière bien fraîche, un bol de cacahuètes et son paquet de cigarettes sous la main, il ne quittait pas des yeux le poste de télévision installé en hauteur, de l'autre côté du bar. Il était arrivé avant l'heure de pointe pour ne pas rater la meilleure place, juste en face de l'écran.

Son excitation s'accompagnait d'une pointe d'anxiété.

Sa petite Kitt — son Chaton — allait-elle tenir parole, cette fois-ci ?

Il y comptait bien. Elle n'avait pas intérêt à le provoquer, ou il le lui ferait amèrement regretter.

Il alluma une cigarette et aspira la fumée. Cela le calma instantanément. Il se souvint de ce matin même au cimetière, quand il l'avait observée, près de la tombe de sa fille, et un sourire effleura ses lèvres. Une scène triste et, pourtant, étrangement douce. C'était sûrement très mal de l'épier, de se servir de ce qu'il savait d'elle pour la manipuler. Il aurait dû avoir honte.

Mais ce n'était pas le cas.

Ce n'était pas son genre.

Il tira une nouvelle bouffée de sa cigarette et consulta sa montre. L'idée de se faire appeler Peanut… ç'avait été un coup de génie. Ça l'avait complètement déstabilisée. Ça, et l'appel sur son portable. Là, elle avait compris qu'il était sérieux. Qu'il leur disait merde et qu'il était prêt à tous les coups bas pour obtenir ce qu'il voulait.

Génie. Il adorait ce mot.

Bon sang, ce qu'il se sentait bon, vraiment trop bon.

Le présentateur entama le journal télévisé avec une gravité de circonstance. A la une, le sujet dont tout le monde parlait : « Le retour du tueur d'anges. »

Ils montrèrent une photo de Julie Entzel, puis de chaque « petit ange » assassiné. Le commentateur en rajoutait des tonnes — *c'était toujours pareil, avec les médias.*

Ils annoncèrent une conférence de presse improvisée. Et elle apparut enfin — sa chère petite Kitt. Suspendu à ses lèvres, il ne perdit pas une miette de sa déclaration succincte : ils exploraient toutes les pistes, examinaient les moindres indices. Il n'y avait encore aucune preuve qu'il s'agissait du même tueur.

Bref, le baratin habituel.

L'autre inspecteur, Mary Catherine Riggio, était là elle aussi, en retrait. Sagement. Mâchoires serrées, visage fermé. Furieuse du revirement de situation. De voir lui filer sous le nez sa chère petite enquête, qui devait propulser sa carrière. Il faillit éclater de rire.

Bien entendu, pas un mot concernant un éventuel copieur. Aucune allusion à des appels de quelqu'un prétendant être le tueur d'origine. Sur ce sujet, motus et bouche cousue.

Kitt conclut sa brève intervention en promettant aux journalistes que le monstre serait arrêté et qu'il n'allait pas s'en tirer ainsi, après avoir commis de telles atrocités.

Pourtant, il s'en était bel et bien tiré.

Il se leva avec un petit sourire satisfait.

C'est bien, mon petit Chaton. Tu es une gentille petite fille. Si tu m'obéis, tu verras les jolies surprises que je t'ai préparées.

14.

Jeudi 9 mars 2006
19 h 30

Kitt participait depuis dix-huit mois aux réunions des Alcooliques Anonymes. Le psychiatre de la police et son chef avaient exigé qu'elle suive une série de douze séances avant de l'autoriser à regagner son poste.

Elle avait sincèrement cru que c'était inutile — que ses supérieurs voulaient la mettre à l'épreuve, et rien de plus. Elle n'avait jamais eu le moindre penchant pour l'alcool avant que tout s'effondre dans sa vie. Elle en avait déduit que cela la rendait différente d'un ivrogne ordinaire ; qu'elle pourrait s'en sortir quand elle voudrait, sans la moindre difficulté.

Peu à peu, elle avait mesuré l'étendue de son erreur.

Elle avait également compris l'importance qu'avaient, dans cette épreuve, le soutien et la compréhension des autres alcooliques. Ils étaient devenus pour elle une véritable famille de substitution. Ils avaient accès à ses pensées, à ses sentiments les plus secrets et connaissaient les démons contre lesquels elle luttait, les espoirs qui la maintenaient en vie.

Elle s'était particulièrement rapprochée de trois de ses compagnons : Wally, un contremaître qui avait perdu son emploi et deux doigts de la main gauche pour avoir travaillé en état d'ébriété ; Sandy, une femme à qui on avait retiré ses deux enfants parce qu'elle buvait ; et Danny, le plus jeune d'entre eux, qui avait pris conscience de son état à la suite d'un accident de voiture où son meilleur ami avait trouvé la mort, alors que Danny était au volant.

Outre l'alcoolisme, ils se sentaient soudés par un même sentiment de perte irréversible.

— Salut, trésor, dit Danny en s'asseyant à côté d'elle et en la gratifiant d'un clin d'œil malicieux.

Kitt lui rendit son sourire.

— Je te trouve bien guilleret, ce soir.

— La vie est belle.

— T'as gagné au loto ? lui demanda Wally, assis à la droite de Kitt.

— Ça fera un an, ce soir, que je ne bois plus.

Sandy lui serra la main.

— Tu es sur la bonne voie.

Ils poursuivirent leur conversation à mi-voix en attendant le début de la réunion. Sandy avait eu un entretien positif avec son avocat à propos du droit de visite à ses enfants, et Wally venait de se faire embaucher.

Tandis que l'animateur entamait la séance, Danny se pencha vers Kitt.

— On va prendre un café ensemble, tout à l'heure ?

— D'accord. Il s'est passé quelque chose de spécial ?

— Je t'ai vue à la télévision. J'ai pensé qu'il fallait qu'on en parle.

Sa voix trahissait une sourde inquiétude.

Ne t'en fais pas pour moi, mon grand.

Ils reprirent cette conversation une fois assis l'un en face de l'autre sur les banquettes d'un pub du quartier.

— Je suis inquiet de te voir mener cette enquête, Kitt. Tu es sûre d'être prête ? lui demanda Danny.

— C'est une question qui commence à me chauffer les oreilles !

— Tu devrais peut-être te demander si les gens ont des raisons valables de te la poser.

Il se pencha sur la table.

— Tu sais ce qui te motive, Kitt. Tu sais quels sentiments te poussent à agir. Et l'impasse où tu t'es déjà trouvée.

Oui, elle savait. La pression du boulot. Celle des médias. Le stress. Le désespoir. Le sentiment d'impuissance.

— L'anniversaire de la mort de Sadie approche, murmura-t-elle.

— Je sais, Kitt. C'est bien ça qui me fait dire que tu n'es pas prête.

Elle contempla un moment sa tasse de café.

— Je ne peux pas faire autrement, Danny; ce serait trop long de t'expliquer pourquoi...

Il posa doucement une main sur la sienne.

— C'est inutile; je m'en doute bien, tu sais.

Kitt observa leurs mains jointes et se sentit soudain mal à l'aise. Avec précaution, elle dégagea la sienne.

— Ce n'est pas seulement pour des raisons personnelles. Il m'est impossible d'en parler, mais je n'ai pas le choix.

Il resta un moment sans rien dire puis hocha la tête.

— Très bien. Sache seulement que je suis là pour toi.

Et il avait toujours été là pour elle. Ils étaient entrés presque simultanément aux A.A. et avaient traversé ensemble plusieurs moments difficiles. Elle avait beaucoup d'affection pour lui, et son amitié lui était précieuse.

Il n'avait jamais fait mystère du désir qu'il avait d'approfondir leur relation. Mais Kitt avait trop besoin de son amitié pour prendre le risque d'une aventure — d'autant qu'il avait douze ans de moins qu'elle. Elle aurait eu l'impression de prendre un amant au berceau.

— Joe va se remarier.

Sur le point de mordre dans sa tarte aux pommes, Danny suspendit son geste.

— Je suis désolé.

— J'ai du mal à encaisser; mais je devrais me réjouir pour lui. Il a le droit d'être heureux, après tout.

— Foutaises.

Il posa sa fourchette sur la table.

— Dis-moi tout.

Elle esquissa un sourire.

— Je me dis que la vie continue ; qu'elle doit continuer. Il faut que je l'accepte.

— Alors vas-y, laisse-toi aller, dit doucement Danny. Tu mérites d'être heureuse, toi aussi.

— Avec un homme plus jeune ? répliqua-t-elle d'un air malicieux.

A en juger par son regard, Danny ne plaisantait pas.

— Tu connais mes sentiments. Accorde-nous une chance.

Il lui reprit la main.

— Laisse le passé derrière toi. Ouvre-toi à un avenir meilleur.

Elle sentit sa gorge se serrer. Des larmes lui piquèrent les yeux. *Il avait raison, bien sûr. Qu'est-ce qui la retenait ? Sadie était morte depuis bientôt cinq ans. Et Joe, lui, allait de l'avant.*

— Je tiens beaucoup à toi, Kitt. Je te connais bien. J'aime tes qualités — et même tes défauts. Tu es à la fois forte et vulnérable ; têtue mais pas rancunière pour deux sous. Nous avons livré les mêmes combats et nous nous comprenons. Nous ferions un couple formidable, toi et moi.

— Tu es trop jeune pour moi.

Il resserra ses doigts sur les siens.

— Ce n'est pas le nombre d'années qui compte. Je me sens bien plus vieux que mon âge. Et tu sais pourquoi.

La voyant hésiter, il insista.

— Si nos âges étaient inversés, tu n'aurais pas tant de scrupules.

Il avait peut-être raison. Les vieux préjugés ont la vie dure, songea Kitt.

Sans doute avait-elle tort de s'accrocher au passé, de refuser de retrouver une vie normale.

— Je ne veux pas perdre ton amitié. C'est trop important pour moi, Danny.

— Tu ne la perdras pas, je te le promets. Accepte au moins d'y réfléchir.

— Ecoute, laisse-moi d'abord terminer cette enquête, répondit-elle avec franchise. Ensuite, j'y réfléchirai.

En se déshabillant dans sa salle de bains, un peu plus tard, elle réfléchit à cette promesse, à l'idée d'une aventure avec

Danny — ou plutôt d'une liaison. Au sexe. L'idée de prendre un amant ne lui était encore jamais venue à l'esprit. Elle n'avait pas connu d'autre homme que Joe — son grand amour, depuis l'adolescence. Mariée à vingt ans, divorcée à quarante-cinq, elle n'avait encore eu ni le temps, ni l'énergie d'envisager une aventure extraconjugale. Depuis près de deux ans, elle avait été bien trop occupée à lutter contre ses penchants autodestructeurs.

Elle tenait fidèlement le journal intime que le psy lui avait conseillé de rédiger. Les premiers essais avaient été assez décourageants mais, avec le temps, cet exercice était devenu un excellent exutoire à la colère, au chagrin et à l'anxiété. Et l'espoir avait refait son apparition au fil des jours.

En viendrait-elle à écrire : « Hier soir, dîner aux chandelles avec Danny. Ensuite, nous avons passé la nuit ensemble » ?

Mon Dieu.

La pensée la mit mal à l'aise. Elle imagina Joe et sa fiancée. Ils avaient évidemment une relation… *intime.*

Valerie était-elle plus jeune que Joe ? Vraisemblablement. De combien ? dix ans ? Ce genre de relation ne ressemblait pas vraiment à Joe, mais beaucoup d'hommes choisissaient des femmes plus jeunes. Et pourquoi pas, après tout ?

Pourquoi pas ? Dans son groupe des A.A., quelques-unes des femmes divorcées plaisantaient toujours en disant qu'elles s'offriraient bien une aventure avec un « petit jeune ». A trente-six ans, Danny était pour elle « un petit jeune », non ?

Elle se regarda dans le miroir, s'imaginant nue devant lui.

L'idée l'horrifia. Elle avait eu un enfant, et était plus près de cinquante ans que de quarante. Elle releva son long T-shirt, s'examina sans complaisance. Elle pesait le même poids qu'à trente ans, mais sa silhouette, bien qu'encore mince, avait changé ; les seins, les fesses n'étaient plus aussi fermes, aussi haut placés. Et ses genoux, quelle horreur ! Laissant retomber son T-shirt, elle s'éloigna du miroir. A quand remontait la dernière fois où elle avait mis les pieds dans une salle de musculation ? Impossible de se souvenir. C'était avant la mort de Sadie, en tout cas.

Lamentable. En temps qu'officier de police, elle était censée rester en bonne forme physique pour être capable de pourchasser un suspect ou de se défendre en cas d'attaque.

Appelle-moi Peanut.

Elle soupira. Ce taré était prêt à tout, elle le savait. C'était un tueur. Un tueur qui l'avait choisie, elle, pour un de ces jeux pervers qu'affectionnent certains psychopathes.

D'un pas décidé, elle gagna sa penderie, en sortit un survêtement, des socquettes et des chaussures de sport. Ce n'était pas le moment d'être douce et vulnérable. Au contraire.

Une fois habillée, elle accrocha à sa ceinture une petite bombe de gaz paralysant et glissa son revolver sous le bas du pantalon, dans l'étui fixé à sa cheville. Epiée par un désaxé, elle avait intérêt à prendre ses précautions.

Il y avait un parcours éclairé deux rues plus bas, sur le terrain du lycée. Le chemin qui y menait était rarement désert. Kitt prit ses clés et sortit aussitôt.

La course l'épuisa. Elle finit à bout de souffle, le cœur battant à tout rompre. Elle n'avait pas produit suffisamment d'endorphines pour dépasser la douleur. Les jambes et les reins endoloris, elle suait à grosses gouttes, son survêtement trempé plaqué sur le corps.

Elle se félicita d'être allée courir seule, une fois la nuit tombée ; si Mary Catherine Riggio — ou n'importe lequel de ses collègues — avait pu la voir dans cet état, elle aurait été la risée du service.

Elle reprit le chemin de son domicile, fourbue et pressée de retrouver son lit. Dès le lendemain, elle recommencerait à fréquenter la salle de musculation. Des exercices de tir ne seraient pas superflus non plus.

En approchant de sa maison, elle aperçut un rectangle clair sur la porte d'entrée ; une feuille de papier, glissée dans la fente du linteau.

Elle gravit les marches du perron, prit la feuille et déchiffra les mots écrits au stylo rouge :

« Je t'ai vue à la télé. Bravo, tu as été bien sage. Je reprendrai contact avec toi.

» Je t'embrasse,

Peanut. »

15.

Vendredi 10 mars 2006
12 h 30

Le petit ange dormait, à présent, ses cheveux blonds épars sur l'oreiller, sa chemise de nuit blanche soigneusement disposée sur elle — comme il fallait.

Elle dormait — d'un sommeil qui n'avait rien de paisible. Rien de parfait. Ses yeux bleus étaient écarquillés d'épouvante. Sa bouche au dessin délicat se tordait sur un ultime cri de terreur.

Horrible. Grotesque.

D'une main tremblante, il appliqua le brillant à lèvres, le fit maladroitement déborder. En voulant réparer le gâchis, il ne fit que l'aggraver et se mit à trembler de plus belle. Des larmes lui piquaient les yeux ; il les réprima.

Pas de larmes. Il ne devait pas laisser la moindre trace susceptible d'être analysée.

Il s'éloigna du lit, recula jusqu'au mur et se laissa glisser par terre. Une fois assis, il plia les jambes et les entoura de ses bras, les genoux calés sous son menton. Ses mains transpiraient abondamment sous les gants de latex. Pris de vertige, il lutta contre la nausée qui lui soulevait le cœur. L'ange s'était réveillé pendant le sacrifice. Affolée, elle s'était débattue ; cette résistance imprévue l'avait contraint à user de la force — à abîmer son œuvre. Elle était laide.

L'Autre allait être furieux. Le moindre faux pas le mettait hors de lui. Il le surveillait en permanence, toujours prêt à juger, critiquer, réprimander.

Mais lui en avait assez. Tellement, parfois, que l'envie le prenait de fermer les yeux pour ne jamais plus les rouvrir.

Qu'est-ce qui l'en empêchait ? Il lui suffirait de s'endormir une bonne fois pour toutes, de sombrer dans le repos éternel, à l'instar de leurs petits anges. Ou bien de disparaître un beau jour, pour se fondre dans le décor. Que deviendrait l'Autre, sans lui ? Comment pourrait-il continuer à vivre ?

Il réfléchit à toute allure, le cœur battant. Tout se mit à tourner autour de lui. Il appuya son front sur ses genoux, tâchant de se ressaisir. Il s'appliqua à respirer lentement, profondément, à se remémorer la leçon que l'Autre lui avait apprise.

Ne jamais perdre son sang-froid. Toujours réfléchir avant d'agir. S'assurer de ne laisser aucun indice derrière soi.

Il lui avait appris toutes les ficelles. Le simple fait d'y penser l'aida à recouvrer son calme. Peu à peu, les battements de son cœur s'apaisèrent. La sueur sécha sur sa peau.

La pendulette posée sur la table de chevet de l'ange émettait une lueur rose vif. Il regarda tourner la trotteuse, fasciné par le mouvement. Les minutes passèrent. Il avait encore près d'une heure à attendre pour pouvoir positionner les mains.

Les mains étaient son œuvre — une exclusivité. Une surprise de taille.

Oui, il avait réussi à surprendre l'Autre. C'était un véritable exploit, qui lui avait d'abord coûté cher. Il avait tout encaissé sans broncher — les coups, les vociférations. Mais, en définitive, l'Autre avait opéré un brusque revirement ; chose inouïe, il s'était même déclaré satisfait.

Comment savoir ? Il apprécierait peut-être aussi la surprise qu'il lui réservait, ce soir.

16.

Vendredi 10 mars 2006
14 h 10

M.C. se gara en face de la grande maison de plain-pied qui ressemblait à un ranch, avec sa façade protégée sur toute la longueur par une galerie couverte. Les gendarmes avaient déjà ceint le périmètre d'un cordon de sécurité; l'un d'entre eux montait la garde dehors, l'autre était à l'intérieur, auprès de la victime.

Son téléphone avait sonné au moment où elle sortait de la douche. Elle n'avait pas même pris le temps de se sécher les cheveux. Une bonne dose de caféine lui aurait fait du bien mais elle avait dû se contenter du gobelet d'instantané qu'elle avait avalé tout en conduisant.

Elle descendit de voiture et frissonna en sentant l'air glacial sur sa tête mouillée. Remontant les épaules sous sa veste, elle traversa la rue en maudissant le climat de ce fichu pays.

Tullock Woods. Le quartier n'avait rien de commun avec celui de la précédente victime du tueur d'anges — ou de son copieur. C'était l'un des faubourgs huppés de la ville, avec de larges avenues bordées d'arbres et de belles propriétés enfouies au fond de parcs verdoyants. Eloigné du centre, ce n'était pas un lieu de passage animé; personne ne s'y rendait par hasard. C'était le genre de quartier où un véhicule inconnu attirait inévitablement l'attention des résidents.

M.C. avait eu deux camarades de classe qui habitaient ici. Elles organisaient des boums au Pow Wow — le club de loisirs ultra-chic du quartier. La plus jeune était devenue auteur de romans policiers.

Jamais elle n'aurait imaginé qu'un meurtre puisse être commis dans cet endroit qui lui était familier.

Comme elle approchait de la maison, elle entendit d'autres voitures arriver. Les gars du service d'identification, sans doute ; Lundgren ; et les élus locaux — les huiles du coin.

Elle reconnut le gendarme de faction. Jenkins. Un petit jeunot — vraiment beau gosse.

Il lui fit signer le registre.

— Quel est le topo ? demanda-t-elle.

— La victime est une gamine de dix ans, Marianne Vest ; la mort semble avoir été provoquée par étouffement.

— Les parents ?

— Divorcés. C'est sa mère qui l'a découverte. Elle est folle de douleur. Le pasteur de la paroisse ne va pas tarder à arriver ; il y a une voisine avec elle.

— Personne d'autre dans la maison ?

— Non. La grande sœur passait la nuit chez sa meilleure amie.

— Tant mieux pour elle. Rien d'autre qui pourrait m'être utile ?

Il hésita.

— Non.

M.C. plissa les yeux.

— Vous êtes sûr ?

— C'est juste... enfin...

Il détourna le regard.

— C'est l'horreur totale.

Elle hocha la tête.

— Limitons au maximum l'accès au lieu du crime. Envoyez-moi directement tous ceux qui auraient des questions à poser ; à moi ou à Lundgren, ajouta-t-elle à contrecœur.

Elle franchit le seuil, craignant qu'il ait remarqué son ton réticent. Une odeur de pain brûlé flottait dans la maison. La mère était effondrée sur une chaise dans la cuisine, devant une tasse de café fumant, les traits décomposés.

La voisine se tenait gauchement derrière elle, le teint verdâtre.

M.C. prit le couloir à gauche. La chambre de la petite fille était facile à trouver : un gendarme montait la garde à la porte. Elle s'approcha et le salua d'un bref signe de tête.

— Personne d'autre n'est entré ?

— Non, inspecteur.

— Avez-vous touché à quelque chose ?

— Je lui ai pris le pouls, c'est tout.

M.C. jeta un coup d'œil du côté du lit. De l'endroit où elle se tenait, on apercevait les mains encore positionnées de manière étrange — le poing serré pour la gauche, trois doigts tendus pour l'autre.

Soudain fébrile, elle ressentit une sorte de frisson d'excitation. Ce drame atroce leur fournissait malgré tout une nouvelle occasion d'épingler le monstre. Peut-être aurait-il commis quelque dérapage, cette fois-ci ?

— Bonjour, inspecteur Riggio.

L'inspecteur Scott Snowe, le chef du service d'identification criminelle, lui serra brièvement la main. Le commissaire allait probablement envoyer tout son monde sur place. Equipé d'un appareil photo et d'un Dictaphone, il avait manifestement l'intention de prendre des clichés avant que la pièce se remplisse, tant que tout était encore à peu près intact.

— Inspecteur.

Snowe désigna la chambre du menton.

— C'est pas l'idéal pour entamer le week-end, hein ? Pour l'euphorie du vendredi, on repassera.

— Comme vous dites. Vous voulez prendre vos photos ?

— Si vous n'y voyez pas d'inconvénient… Je n'en ai pas pour longtemps.

— Allez-y.

A peine entré, il s'arrêta.

— Lundgren arrive. Je l'ai vue se garer à vingt mètres d'ici en même temps que la camionnette de Channel 13.

— Comment les médias sont-ils déjà au courant ?

C'était une question de pure rhétorique à laquelle Snowe ne répondit pas.

Pendant qu'il se mettait au travail, elle alla rapidement examiner les autres chambres ; il y en avait trois, au total. Celle de l'adolescente semblait avoir été dévastée par une tornade. La chambre principale n'était guère mieux rangée, mais dans un autre genre. Du linge propre, en vrac dans des paniers, attendait d'être plié ou repassé. Des livres étaient empilés sur la table de chevet — des romans d'amour, des policiers. Deux verres étaient posés juste à côté.

M.C. fronça les sourcils. La mère de la fillette avait-elle eu de la compagnie cette nuit ? Elle se pencha pour renifler le contenu des verres sans les toucher : du vin blanc — le même dans l'un et l'autre.

Elle jeta un coup d'œil sur l'autre côté du grand lit à deux places. Ce côté-là n'était pas défait ; dossiers et papiers s'entassaient sur le couvre-lit. M.C. s'approcha pour mieux voir : Mme Vest devait être agent immobilier ; les papiers consistaient en des listes d'adresses, des contrats de vente ou de location, des documents comptables.

— Quelque chose d'insolite, à première vue ?

M.C. se retourna. Lundgren se tenait sur le pas de la porte.

— Non, rien pour le moment. Vous êtes en retard.

— Les médias ne vont pas tarder à bloquer l'accès, dehors.

— Vous vouliez le rôle de vedette, vous l'avez. Encore bravo.

Kitt eut la sagesse de ne pas relever.

— Apparemment, les représentants locaux des trois grandes chaînes nationales ont été avertis du meurtre par des appels anonymes.

— Les appels de ce genre semblent se multiplier, ces temps-ci.

— Et les meurtres de petites filles, aussi. Est-ce encore l'œuvre du copieur, cette fois-ci ?

— Il semble que oui, mais je ne suis pas encore allée voir de près ; j'ai laissé Snowe prendre d'abord des clichés.

M.C. marqua une pause.

— Les mains ont encore une position particulière ; je l'ai remarqué de loin.

Les deux femmes quittèrent la pièce et se dirigèrent vers la chambre de la victime. En chemin, M.C. constata que sa coéquipière boitait.

— Qu'est-ce qui vous arrive ? demanda-t-elle. Vous avez du mal à marcher ?

Kitt la considéra d'un œil torve.

— Je suis allée courir, hier soir. Et, à mon retour, j'ai trouvé un message sur ma porte.

— Peanut ?

M.C. la vit tressaillir.

— Ouais. Il dit qu'il m'a vue à la télé et qu'il va me rappeler. J'ai mis la feuille sous enveloppe plastique et je l'ai apportée ce matin au service d'identification — ce qui, soit dit au passage, explique mon retard.

M.C. ne fit aucun commentaire. A la porte de la chambre de la victime, elle s'effaça pour laisser Kitt entrer puis la suivit à l'intérieur. Plusieurs membres du service d'enquête étaient arrivés ; tous se tenaient à côté du lit sans rien dire.

Kitt et M.C. les rejoignirent. Snowe se tourna vers elles, visiblement ébranlé.

— Je ne m'attendais pas à ça, dit-il.

Il était inutile de lui demander pourquoi, songea M.C. Le petit ange endormi qu'ils s'attendaient à trouver cédait ici la place à une vision d'horreur. La bouche tordue dans un hurlement d'épouvante et les yeux révulsés déformaient totalement le visage de l'enfant.

Kitt eut un mouvement de recul, comme sous le choc d'une violente émotion. M.C. dut fournir un effort pour tenir le coup. Ils avaient tous été confrontés à des scènes bien plus sanglantes au cours de leurs enquêtes, vu des corps mutilés au-delà de l'imaginable — les cadavres de victimes qui avaient subi de véritables atrocités, pré et post mortem. Mais l'expression de cet enfant, à jamais figée dans une terreur indescriptible, avait quelque chose d'insoutenable.

— Elle a eu le temps de se voir mourir, murmura Snowe.

M.C. s'éclaircit la voix.

— Dans ce cas, elle a pu tenter de se défendre — le griffer, lui arracher des cheveux.

Snowe s'accroupit pour examiner les doigts pliés de curieuse façon.

— Il n'y a rien de visible à l'œil nu. L'expert médico-légal va faire des prélèvements sous les ongles. Justement, le voilà.

La jeune femme se retourna ; heureusement, Frances Rosselli était d'astreinte. Ils auraient besoin de quelqu'un d'expérimenté comme lui, sur cette affaire-là.

L'expert s'approcha du lit et laissa échapper un juron.

— C'est pas joli joli, hein ?

Il ôta ses lunettes, nettoya les verres et les chaussa de nouveau ; cela lui donnait le temps de se ressaisir, songea Riggio.

— Vous avez pris tous vos clichés ? demanda-t-il à Snowe.

L'inspecteur répondit par l'affirmative et prit congé avec toute l'équipe de l'identification criminelle.

— Hormis son expression, quelque chose vous a-t-il sauté aux yeux ? demanda M.C. à Rosselli.

— Pas encore, dit-il. Il faut placer ses mains sous un sac plastique ; je les examinerai de façon plus détaillée.

Kitt et Riggio le remercièrent et le laissèrent poursuivre son travail.

— Avez-vous interrogé la mère ? demanda Lundgren.

— Pas encore. Allons-y.

Mme Vest était toujours dans la cuisine, mais cette fois en compagnie d'un homme d'une quarantaine d'années en costume sombre. A en juger par la croix accrochée à son cou et la bible posée devant lui sur la table, ce devait être le pasteur, songea M.C.

— Madame Vest ? dit-elle.

La femme leva vers elle un visage ravagé par la douleur.

— Nous avons quelques questions à vous poser. Vous sentez-vous capable d'y répondre ?

Elle fit signe que oui, mais son expression démentait cette affirmation.

— A quelle heure votre fille est-elle allée se coucher, hier soir ?

— A 9 heures, comme… comme tous les soirs.

— Etes-vous allée la border ?

Ses yeux s'emplirent de larmes et un tremblement agita ses lèvres. Elle secoua lamentablement la tête.

— Je ne l'ai pas fait… J'avais du travail, et…

Elle éclata en sanglots. Le pasteur posa une main sur son épaule. M.C. remarqua que Kitt détournait les yeux.

— Et quoi, madame Vest ?

— Je lui ai juste dit bonsoir quand elle est passée par ma chambre.

— Où travailliez-vous ?

— Au lit.

— Et quand avez-vous éteint la lumière ?

— A 11 heures.

M.C. dut prêter l'oreille pour saisir la réponse murmurée entre deux sanglots.

— A ce moment-là, êtes-vous allée jeter un coup d'œil dans sa chambre ?

Le regard torturé de la femme était suffisamment éloquent. M.C. éprouva un élan de compassion pour elle.

— Madame Vest, aviez-vous de la compagnie, hier soir ?

— De la compagnie ?

Elle appuya son mouchoir chiffonné sur ses yeux.

— Je ne comprends pas.

— Un visiteur.

La femme secoua la tête.

— Nous n'étions que toutes les deux. Ma fille aînée, Janie, passait la nuit chez sa meilleure…

Elle regarda le pasteur.

— Mon Dieu, comment vais-je lui dire… elle ne… Oh, non !

M.C. la laissa pleurer un instant. Quand le pasteur l'eut un peu réconfortée, elle reprit :

— Aviez-vous un visiteur, hier soir ?

— Pardon ?

— Est-il vraiment indispensable de faire ça maintenant ? demanda le pasteur.

— Absolument, répondit Kitt avec douceur. Je suis désolée.

Elle s'accroupit à côté d'elle.

— Madame Vest, je sais combien c'est difficile pour vous. Mais nous avons besoin de vous pour arrêter le coupable ; encore quelques questions — vous voulez bien ?

La femme hocha la tête, agrippée au bras du pasteur.

M.C. reprit l'interrogatoire.

— Il y avait deux verres de vin sur votre table de chevet, madame Vest. Vous êtes sûre que vous étiez seule ?

Elle regarda un moment dans le vide d'un air interdit puis hocha la tête lentement.

— Les deux sont à moi. Je n'avais pas... J'ai tellement de travail en ce moment que je n'ai pas eu le temps de ranger.

— Avez-vous entendu quelque chose au cours de la nuit ?

Ses épaules se voûtèrent ; elle secoua la tête en silence.

— Réfléchissez bien. Une voiture qui passait ? Des aboiements ?

— Non.

— Vous êtes-vous réveillée à un moment donné ?

Une fois de plus, elle répondit par la négative.

Kitt reprit l'interrogatoire.

— Votre fille vous a-t-elle confié qu'elle avait l'impression d'être suivie, ces temps-ci ? Aurait-elle aperçu le même inconnu à plusieurs reprises, par exemple ?

Cela avait été le cas pour l'une des victimes, ainsi que pour celle dont Kitt avait surveillé la maison, mettant le tueur en fuite.

Comme la mère secouait toujours la tête, elle insista.

— Rien d'insolite ne s'est produit au cours de ces dernières semaines ? Vous n'avez remarqué aucun véhicule inconnu dans les parages ? Un nombre plus important d'appels, ou de représentants venus sonner à votre porte ?

Rien. Il n'y avait rien à signaler.

Un peu plus tard, en quittant les lieux, M.C. s'adressa à Kitt, laissant éclater sa frustration.

— Mais à qui avons-nous affaire ? A un magicien ? Ce type n'est pas un être humain, ma parole !

— Il n'a pas de pouvoirs spéciaux, murmura Kitt d'un ton las ; seulement ceux que nous lui donnons.

M.C. s'arrêta et la dévisagea.

— Qu'est-ce que vous voulez dire ?

— Nous nous laissons tellement accaparer par nos vies trépidantes que nous ne faisons plus attention à rien. Nous sommes devenus de véritables somnambules. C'est là-dessus qu'il compte. Sinon, il ne pourrait jamais approcher ces peti…

Elle s'interrompit pour reprendre son souffle.

— Vous avez vu cette mère, qui s'arrache les cheveux, maintenant ? Elle donnerait tout ce qu'elle a pour pouvoir revivre autrement la soirée d'hier. Si ma fille était en vie, je ne la quitterais pas des yeux une fraction de seconde. Je ne la borderais pas le soir, et vous savez pourquoi ? Parce qu'elle dormirait *dans mon lit*! Mais la question ne se pose plus pour moi, pas vrai ?

Sa voix tremblait ; ses mains aussi. Dans la maison, elle avait observé un comportement strictement professionnel, sans laisser entrevoir à quiconque la profondeur de son chagrin. M.C. n'aurait jamais pu se douter qu'elle était sur le point de craquer.

A présent, elle le voyait ; elle ne sut comment réagir.

Kitt ne lui laissa pas même le loisir d'hésiter. Pivotant sur ses talons, elle regagna sa voiture au pas de course.

17.

Vendredi 10 mars 2006
15 heures

Assise à son bureau, Kitt se massa lentement les tempes. Elle avait la migraine et son estomac gargouillait. Elle avait l'impression d'avoir passé la journée à traquer des fantômes ; pas seulement celui qui semblait capable de traverser les murs pour assassiner des enfants mais ses propres fantômes — ceux qui la harcelaient impitoyablement depuis des années.

Elle n'avait pas revu Riggio depuis qu'elle avait craqué ce matin. Chacune était partie de son côté — elle pour frapper aux portes des gens du quartier, Riggio pour interroger le père, la sœur et les amis de la petite victime.

Kitt redoutait leur prochaine rencontre. M.C. avait probablement déjà tout raconté à Sal et au sergent Haas ; ne leur avait-elle pas fourni elle-même toutes les raisons de lui retirer leur confiance ?

A vrai dire, elle-même avait perdu confiance en elle.

Découragée, elle se prit le front dans les mains et se massa les tempes. Vraiment, c'en était presque risible ; n'avait-elle pas fait la leçon à Riggio, chez les Entzel, en lui expliquant qu'« il ne s'agissait pas d'elle » ?

En fait, Riggio était restée lucide et objective ; tandis qu'elle-même avait craqué — faisant de ce meurtre une affaire personnelle. Comment avait-elle pu se croire assez solide pour mener cette enquête ?

Elle songea ensuite au message qu'elle avait trouvé épinglé sur sa porte, à son retour du jogging. Munie de gants en latex, elle avait placé le papier et la punaise dans un sachet plastique qu'elle avait aussitôt porté au service d'identification pour y faire relever d'éventuelles empreintes. Sur les ordres de son chef, le brigadier Campo, l'un des techniciens d'identification, était également venu relever les empreintes sur sa porte. Il était peu probable qu'ils trouvent quelque chose. « Peanut » prenait beaucoup trop de précautions pour commettre ce genre d'erreur.

Je reprendrai contact avec toi.

Elle tourna machinalement les yeux vers le téléphone. *Quand allait-il la rappeler?*

Elle s'aperçut que ses mains tremblaient et les croisa précipitamment sur ses genoux. A une certaine époque — dans un passé encore récent —, elle aurait immédiatement réagi en allant boire discrètement un verre. L'alcool avait le pouvoir de la calmer instantanément; elle gardait toujours une flasque de whisky cachée dans sa boîte à gants et une autre au fond d'une botte, dans son casier du vestiaire.

Mais plus maintenant; cet épisode de sa vie était bel et bien révolu.

— Vous n'avez pas faim?

La voix de sa coéquipière lui fit lever les yeux. M.C. se tenait sur le pas de la porte, un sac en papier brun à la main; maculé de taches grasses, il provenait certainement du vendeur de sandwichs d'en face.

— Je meurs de faim, avoua Kitt, un peu méfiante.

Elle s'attendait presque à voir M.C. sortir une part de pizza et se régaler tranquillement en disant : « Ah bon? »

Riggio ne fit rien de tel; tirant une chaise, elle s'assit en face d'elle, de l'autre côté du bureau.

— Je me suis dit que vous n'aviez sûrement pas déjeuné non plus.

Tout en parlant, elle ouvrit le sac et en sortit deux sandwichs copieusement garnis.

— Jambon ou salami-fromage?

Kitt haussa les sourcils; la sollicitude de la jeune femme la prenait totalement au dépourvu.

— Non, à vous de choisir, dit-elle.

Riggio lui tendit celui au jambon.

— J'ai aussi acheté des chips ; les Mrs Fisher's, naturellement.

Mrs Fisher's était une marque locale de produits alimentaires artisanaux. La maman de Kitt achetait naguère au kilo leurs chips légères et croquantes, dans de grandes boîtes en fer-blanc.

Elles entamèrent avec appétit leurs sandwichs.

— L'enquête dans le quartier a-t-elle donné quelque chose ? demanda M. C., la bouche pleine.

— *Nada*. Pas même un aboiement suspect.

Kitt avala une gorgée d'eau pour faire descendre le pain.

— Ce type a choisi un faubourg résidentiel, relativement isolé. Il a laissé sa voiture pendant des heures dans une petite rue tranquille, et personne n'a rien remarqué. Personne n'a rien entendu. Personne, en se levant vers minuit pour aller faire pipi, n'a aperçu la voiture par la fenêtre du couloir. Mais à qui avons-nous affaire ? Qui est ce type ?

Elle feuilleta rapidement ses notes à la recherche d'un détail qui aurait pu lui échapper et secoua la tête. *Il n'y avait strictement rien.*

— La pauvre petite avait fêté ses dix ans le mois dernier.

M.C. décapsula son eau minérale et but à son tour.

— Il habite peut-être dans les parages.

— Ce serait une explication, en effet : il n'arrive pas en voiture mais à pied — plus discrètement.

Kitt déchira son sachet de chips.

— Au fait, merci. Je vous dois combien ?

— Rien du tout. Vous me rendrez la pareille la prochaine fois.

Mary Catherine Riggio était décidément une femme étonnante.

— Pourquoi êtes-vous si gentille avec moi ? lui demanda Kitt en s'essuyant le coin de la bouche avec sa serviette en papier.

— Je ne suis pas Mère Teresa, Lundgren. Mais comment pourrais-je compter sur vous si vous n'êtes pas en forme ? Pour avoir l'esprit clair, vous devez prendre soin de vous.

Bon ; ça ressemblait davantage à Riggio.

— Vérifions les antécédents de tous les résidents du quartier âgés de plus de seize ans, reprit M.C. Certains pourraient avoir un casier judiciaire.

— J'ai déjà commencé.

Kitt se cala dans son siège et enfourna une bouchée de chips.

— Il ne connaît pas tous mes secrets, murmura-t-elle au bout d'un moment. Il va commettre des erreurs — agir précipitamment, prendre des risques, déraper.

— De quoi parlez-vous ? demanda M.C. après avoir avalé une gorgée d'eau.

— Je répète ce que m'a dit le tueur d'anges. Les deux fois où il m'a appelée, il a qualifié ses propres crimes de « crimes parfaits ».

— C'est donc son talon d'Achille. Quelqu'un lui coupe l'herbe sous le pied, et il considère ça comme du sabotage.

— Donc, quels sont les critères du crime parfait ?

— La discrétion, le fait d'échapper à la police.

— Et quels sont les coupables qui ne se font pas prendre ?

— Les plus malins. Les prudents, ceux qui préparent bien leur coup.

— Exactement.

Kitt se pencha en avant, gagnée par une animation fébrile.

— Il a affirmé : « Ce type va aller trop vite ; il ne sera pas assez préparé. »

Elle vit que M.C. se prenait au jeu.

— Quand on va vite, on commet des erreurs. On oublie des choses ; on ne se cache pas bien. On laisse des traces sur le lieu du crime.

— L'absence totale d'indices était l'un des éléments les plus frustrants dans les meurtres du premier tueur. Nous n'avions aucune base pour mener l'enquête.

— Il savait ce qu'il faisait. C'est un individu particulièrement bien organisé.

Les deux femmes se turent. M.C. se pencha sur le bureau et prit une chips dans le paquet de Kitt.

— Pour le moment, le copieur n'agit pas très différemment, dit-elle enfin. Il ne nous a rien laissé non plus.

— Rien que nous ayons encore découvert, corrigea Kitt ; mais il a l'air pressé, en tout cas : deux meurtres en trois jours…

M.C. mâcha sa chips, l'air préoccupé.

— Y avait-il autre chose qui rendait les premiers crimes insolubles ?

— Le choix aléatoire des victimes a représenté un obstacle énorme dans la progression de l'enquête. Nous n'avons jamais pu établir de véritable lien entre ces meurtres ; il s'agissait chaque fois de petites filles de dix ans, blondes aux yeux bleus, habitant Rockford. Mais elles n'appartenaient pas aux mêmes groupes sociaux, fréquentaient des écoles différentes, ne se connaissaient absolument pas.

D'ordinaire, un tueur en série choisissait ses victimes dans une zone bien définie, un endroit qu'il connaissait et où il passait souvent ; ou bien il les sélectionnait en fonction d'un style de vie — des prostituées, par exemple.

Ils n'opéraient que très rarement en dehors de leur zone de connaissance.

— Alors, comment les choisissait-il ? insista Riggio.

— Toute la question est là.

Kitt tendit le sachet de chips à sa coéquipière.

— Il ne faut pas non plus oublier qu'il s'est arrêté à trois meurtres. Plus il y a de meurtres, et plus les chances d'être arrêté augmentent. Prenez Bundy[3] — il a fallu vingt-huit victimes avant qu'on ne le coffre — sans parler des autres meurtres qu'il a commis !

— Pourquoi le tueur d'anges s'est-il arrêté ? se demanda tout haut M.C. Voilà encore une anomalie. D'habitude, le succès leur monte à la tête.

— Il s'est peut-être fait coffrer pour un autre délit, suggéra Kitt. Il peut avoir purgé une peine pour d'autres délits, sans aucun lien avec les meurtres. Cela expliquerait qu'il ait disparu de la circulation.

M.C. hocha la tête.

— Possible.

3. Ted Bundy : surnommé *Lady Killer,* ce célèbre tueur en série américain a violé et assassiné trente-deux femmes. Il a été soupçonné d'une centaine de meurtres au total. (NdE)

— En admettant que l'auteur des appels dise vrai à propos de ces « contrefaçons », les deux tueurs auraient donc pu faire connaissance en prison ?

— C'est bien possible, admit encore M.C. Le tandem Lawrence Bittaker et Roy Norris[4] s'était formé en prison. Ensemble, ils ont assassiné cinq adolescentes. Le type qui vous appelle semble très fier de lui ; il se sera sans doute vanté de ses exploits.

— Mais pas auprès de n'importe qui. Il lui fallait un confident bienveillant ; les tueurs d'enfants n'ont pas la cote, même en taule.

— Et même en supposant que les derniers meurtres ne soient pas l'œuvre d'un copieur, l'hypothèse de la prison reste vraisemblable. Le dernier meurtre du tueur d'anges remonte à cinq ans ; il nous faudrait les noms de tous les détenus récemment libérés des pénitenciers de l'Illinois.

Kitt se cala de nouveau dans son fauteuil, s'efforçant de récapituler.

— Le premier tueur d'anges a commis trois meurtres, à six semaines d'intervalle les uns des autres. Puis il s'est arrêté.

Elle rapprocha ensuite ces données des appels qu'elle avait reçus.

— La perfection de ses crimes est très importante pour lui — plus importante encore, peut-être, que le fait de nous avoir échappé. Que pouvons-nous en déduire ? Qu'est-ce que cela nous apprend sur son compte ?

— Il est prétentieux ; arrogant. Il tient à prouver haut et fort qu'il est le meilleur.

— Il pense en avoir fait la démonstration, avança Kitt. Survient alors un autre tueur qui a l'outrecuidance de copier ses meurtres. Notre homme est ulcéré. Persuadé que ce vulgaire copieur est incapable d'atteindre son niveau de perfection, il craint de passer pour un médiocre.

— L'autre ne prendra pas autant de précautions que lui, renchérit M.C. Il va laisser des indices. Ou bien il ne choisira pas ses victimes au hasard ; ou il n'aura pas suffisamment de volonté pour s'arrêter. Il a déjà commis un dérapage en tuant deux petites filles en trois jours.

4. Lawrence Bittaker et Roy Norris : ils se sont connus en 1978 en prison. Une fois remis en liberté, ils ont organisé et commis cinq meurtres sur des adolescentes.

Le tueur d'anges avait anticipé tout cela. C'était l'évidence même. Il connaissait son copieur.

Kitt s'apprêtait à formuler cette idée quand une autre lui vint brusquement à l'esprit.

La volonté; la capacité à se dominer... bon sang!

— A quoi pensez-vous? demanda M.C.

— Si le premier tueur n'était pas en prison, s'il était capable de s'arrêter volontairement afin d'augmenter ses chances d'échapper à la police, c'est qu'il appartient à une catégorie rarissime chez les tueurs en série. C'est un individu qui possède une maîtrise de soi tout à fait exceptionnelle.

— Ce qui le rend d'autant plus dangereux.

— Exactement.

Mary Catherine se leva.

— Nous en avons la certitude, à présent.

— Mais il est impossible de prévoir si et quand il s'arrêtera.

— Il faut donc s'attacher à trouver le point commun à toutes ces victimes.

— C'est indispensable.

Kitt se leva à son tour et prit sa veste sur le dossier d'une chaise.

— Allons prévenir Sal et le sergent Haas. Ensuite, nous retournerons voir les parents des petites filles.

18.

Vendredi 10 mars 2006
16 h 20

La mère de Julie Entzel était encore en peignoir et pantoufles quand elle vint leur ouvrir. En les voyant, elle parut d'abord effrayée, puis une lueur d'espoir éclaira son regard.

— Avez-vous découvert quelque chose ? demanda-t-elle.

— Rien de précis pour le moment, répondit prudemment M.C. Nous aimerions vous poser quelques questions.

Margie Entzel hocha la tête ; ses épaules voûtées trahissaient son accablement. La malheureuse était anéantie. Elle les conduisit au fond de la maison, dans une petite pièce uniquement meublée de fauteuils et d'un canapé, où un téléviseur était allumé. La météo de la semaine passait en boucle.

Elle prit la télécommande et coupa le son.

— J'aime bien regarder ça parce que je n'ai pas besoin de réfléchir.

Kitt dit qu'elle comprenait puis se pencha vers elle.

— Madame Entzel, je suis l'inspecteur Lundgren. Je compatis de tout cœur à votre chagrin.

La femme déglutit péniblement ; elle fit un effort pour parler.

— Je vous ai vue à la télé, l'autre soir ; et, aujourd'hui, j'ai appris qu'une autre gamine était morte.

— Oui.

Kitt regarda brièvement sa coéquipière puis, de nouveau, Margie Entzel.

— Nous n'allons pas tarder à lui mettre la main dessus. Vous pourriez peut-être nous y aider.

La femme croisa les mains sur ses genoux et sa mâchoire se durcit.

— De quelle façon ?

— Nous essayons de trouver un rapport entre votre fille et la victime suivante du tueur en série. La connaissiez-vous — elle ou sa famille ?

Mme Entzel fit non de la tête. Elles passèrent en revue la liste des endroits où leurs chemins auraient pu se croiser : école, église, médecins, magasins où elles s'approvisionnaient, restaurants qu'elles fréquentaient. M.C. prit des notes tandis que Kitt écoutait et stimulait de temps en temps la mémoire de Margie.

— Y a-t-il eu une fête, une distraction particulière ou un événement exceptionnel, au cours de ces derniers mois ?

Margie Entzel plissa le front, s'efforçant manifestement de rassembler ses souvenirs.

— Il y a eu un tournoi de hand-ball régional ; les soixante-dix ans de mon oncle Edouard… et la petite fête organisée pour l'anniversaire de Julie.

— A quelle date ?

— Elle est née le 21 janvier. Cette année, c'était un samedi. Elle était tellement heureuse de pouvoir inviter ses amis pour son anniversaire… Cela ne lui est pas arrivé très souvent, vous savez.

Marianne Vest avait eu dix ans en février.

Kitt jeta un bref coup d'œil vers M.C. Visiblement, elle n'avait pas encore fait le rapprochement.

— Vous avez organisé une petite fête ? Où ?

Mme Entzel tira un mouchoir en papier d'une boîte et se tamponna les yeux.

— Au parc de loisirs The Fun Zone. Elle adorait y aller ; il y a toutes sortes de jeux.

Cette fois, M.C. regarda Kitt, qui hocha imperceptiblement la tête. La jeune femme referma son carnet et se leva.

— Nous allons interroger la famille de l'autre victime afin de procéder à des recoupements. Avec un peu de chance, nous trouverons quelque chose.

Kitt se leva à son tour et tendit la main à Mme Entzel.

— Merci encore, chère madame. Nous vous tiendrons au courant.

Margie Entzel lui serra la main ; la sienne était moite et froide.

— Je regrette de ne pas avoir pu vous être très utile.

— Vous l'avez été plus que vous ne le pensez. Si quelque chose vous revient à l'esprit, n'hésitez surtout pas à nous appeler.

Elles attendirent d'être remontées en voiture pour parler. Kitt mit le moteur en route et se tourna vers M.C.

— Julie a fêté son anniversaire en janvier ; Marianne Vest a eu dix ans en février : pure coïncidence ?

— Je parie que non. Ou, plus exactement, j'espère bien que non.

Moins d'une heure plus tard, leur intuition se révélait exacte. Marianne Vest avait également fêté son anniversaire au parc de loisirs Fun Zone.

19.

Vendredi 10 mars 2006
17 h 40

The Fun Zone était un centre de loisirs qui disposait de bâtiments couverts et proposait des jeux pour les enfants de deux à quatorze ans. Pour les plus jeunes, il y avait des manèges et des voitures à pédales, un minigolf et un labyrinthe ; pour les grands, un jeu de poursuite au pistolet laser, un mur d'escalade et une gigantesque galerie de jeux. Et, en guise d'animation supplémentaire, M. et Mme Ecureuil — Sammy et Suzy — déambulaient de salle en salle, embrassant les enfants et signant des autographes.

Kitt et M.C. montrèrent leurs insignes à la jeune fille qui se tenait à l'entrée et demandèrent à voir le directeur. Elle leur indiqua le guichet, au milieu du hall, en leur disant de demander un certain M. Zuba.

M.C. haussa les sourcils.

— Qu'est-ce qu'il y a ? demanda Kitt.

— Mon frère Max avait un copain de classe qui s'appelait Zuba ; Zed Zuba.

— Quelle idée de prénommer son fils Zed quand on s'appelle Zuba.

— Tout le monde l'appelait ZZ, dit M.C. en riant. Non seulement à cause de ses initiales, mais aussi parce qu'il était fan de ZZ Top. Mais ce n'est sûrement pas le même. ZZ était la terreur des profs. Ses parents en ont vu de toutes les couleurs, avec lui.

— Avec un nom aussi original, il était bien obligé de se démarquer.

Elles firent la queue derrière une famille avec quatre enfants de moins de six ans, et qui parlaient tous à la fois. Mais, compte tenu des décibels et de l'agitation qui régnait autour d'eux, les petits diables étaient au diapason.

Quand leur tour arriva, elles demandèrent M. Zuba à l'adolescente maussade assise au guichet. La jeune fille tourna la tête et lança par-dessus son épaule :

— ZZ, vous avez de la visite !

Un homme qui se tenait à l'autre extrémité du guichet se tourna de leur côté. Son regard se posa sur elles et ses traits s'éclairèrent brusquement

— Ça, par exemple ! Mary Catherine Riggio !

— ZZ !

Elle sourit.

— Je ne t'avais pas revu depuis la fois où Max m'a appelée en pleine nuit pour me supplier de venir vous récupérer à Beloit.

Beloit, dans le Wisconsin, était une petite ville universitaire, à une demi-heure de voiture de Rockford, près de la frontière nord de l'Illinois.

— Vous étiez tous ronds comme des queues de pelle.

— Et tu as été un ange de venir nous chercher — un ange de miséricorde. Tu nous as probablement sauvé la vie.

Il secoua la tête.

— C'était la grande époque. Je me suis calmé, à présent. J'ai deux enfants : une fille et un garçon. Tu es venue en famille ? demanda-t-il en jetant un coup d'œil vers Kitt.

— Non.

Elle lui présenta son insigne.

— Voici l'inspecteur Kitt Lundgren ; nous faisons équipe ensemble. Pourrions-nous te parler sans témoins ?

Zuba pâlit imperceptiblement.

— Certainement. Un petit instant…

Il donna quelques consignes strictes à l'adolescente, passa de l'autre côté du comptoir et leur fit signe de le suivre.

— C'est toujours comme ça ? demanda M.C., obligée de forcer la voix pour se faire entendre.

— Le vendredi soir est un pic d'affluence — juste après le samedi, de 10 heures du matin à 2 heures de l'après-midi.

Il déverrouilla une porte qui conduisait à l'entrepôt, où régnait un calme réconfortant. M.C. le remercia intérieurement. Son bureau se trouvait au fond du couloir ; il les invita à entrer et à s'asseoir.

Elle vit une photo de sa femme et de ses enfants dans un cadre : une ravissante brune et deux bambins adorables. M.C. le félicita et les traits de Zed s'épanouirent.

— J'ai rencontré Judy sur une piste de ski. Elle est canon, hein ? Là, c'est Zoé, dit-il en désignant la jolie poupée toute bouclée pendue à son bras sur le cliché ; elle vient d'avoir deux ans. Et le bébé, c'est Zachary.

Zoé et Zach Zuba ; son propre surnom ne lui avait donc pas suffi, constata M.C. Il y aurait encore pas mal de ZZ dans sa descendance. Elle garda toutefois ces réflexions pour elle.

— Ce tintamarre ne te tape pas sur les nerfs ?

— Non ; j'adore les mômes. Surtout quand ils s'amusent.

ZZ... qui l'eût cru ?

— Qu'est-ce qui t'amène, M.C. ?

— Nous sommes chargées de l'enquête sur les derniers meurtres du tueur d'anges. Apparemment, les deux victimes auraient fêté leur anniversaire ici : Julie Entzel en janvier, Marianne Vest en février.

Zed les regarda l'une et l'autre, l'air embarrassé.

— En les voyant à la télé, il m'a semblé les avoir déjà aperçues quelque part, mais il passe tellement d'enfants, par ici... Maintenant que je sais... Mon Dieu, c'est épouvantable. Qu'est-ce que je peux faire pour vous aider ?

— Quelles précautions prends-tu avant d'embaucher tes employés ?

— Ils doivent avoir un casier judiciaire vierge et passer un examen médical ; il s'agit surtout de vérifier qu'ils ne se droguent pas. Nous exigeons aussi de solides références.

— Y a-t-il beaucoup d'adultes qui entrent sans être accompagnés d'enfants ?

— Nous faisons très attention à ça. The Fun Zone s'enorgueillit d'être un endroit très sûr pour les enfants ; c'est l'un de nos arguments publicitaires.

Zed ouvrit un tiroir de son bureau et en sortit un paquet de bracelets en plastique.

— Tenez, ils sont numérotés. Chaque famille ou groupe de visiteurs porte les mêmes chiffres au poignet. Nous vérifions à la sortie : un enfant n'est jamais autorisé à partir sans l'adulte avec lequel il est arrivé. En outre, tout adulte qui se présente seul est systématiquement interrogé à l'entrée ; s'il ne fait partie d'aucun groupe ou famille, je suis aussitôt averti et je l'éconduis poliment en lui rappelant que cet endroit est un parc d'attractions pour enfants.

— Et la vidéosurveillance ? demanda Kitt.

— Il y a des caméras à l'entrée, aux guichets et dans le couloir des toilettes.

— Conservez-vous les films ?

Il secoua la tête.

— Le contenu des cassettes est effacé tous les trois jours. C'est surtout une obligation imposée par les assurances.

M.C. se pencha en avant.

— Il faudra nous donner tout ce que vous avez ; et à partir de maintenant, plus de roulement. Vous gardez absolument tout.

— Mais…

Avec Riggio, il n'y avait pas de « mais ». Zed en fit aussitôt l'expérience.

— D'autre part, il va nous falloir une liste de tous les employés — ceux que vous avez actuellement, plus ceux qui sont partis depuis janvier.

Pour la première fois, Zed parut réellement mal à l'aise.

— Je te l'ai dit, notre établissement mise beaucoup sur la sécurité des enfants. Au cas où…

— Au cas où quoi, ZZ ? Au cas où l'assassin de Julie et de Marianne les aurait repérées ici, tu n'aimerais pas que la presse soit au courant ? Ça pourrait faire baisser le chiffre d'affaires ?

Il rougit.

— Pas du tout, voyons. Mais nos employés sont au-dessus de tout soupçon. La plupart n'ont pas même dix-huit ans.

— Alors, tu n'as rien à craindre. D'accord?

Zed décrocha le téléphone.

— Je dois appeler M. Dale, le propriétaire. C'est à lui de décider.

M.C. finit par s'entretenir directement avec Dale. Elle réussit à lui faire admettre qu'en réalité c'était à la police de décider. Il ordonna donc à son directeur de leur donner tout ce qu'il leur fallait; M.C. promit de faire son possible pour que Fun Zone ne soit pas cité dans la presse.

Elles repartirent avec une liste exhaustive des employés — à temps partiel et à plein temps —, les comptes rendus des journées où Julie et Marianne étaient venues fêter leur anniversaire et la cassette vidéo des dernières quarante-huit heures.

Tout en attachant sa ceinture, dans la Ford de M.C., Kitt se tourna vers sa coéquipière.

— Un ange de miséricorde, vous? s'exclama-t-elle, faisant allusion à l'anecdote sur son frère ivre et sur ses copains. Sans vouloir vous vexer, je trouve ça plutôt cocasse.

— Il a juste oublié que j'avais refusé d'y aller jusqu'à ce qu'ils me promettent quinze dollars chacun.

— Là, je vous reconnais mieux.

— C'est que nos parents auraient piqué une de ces crises s'ils avaient appris ça! Max aurait été privé de sorties jusqu'à la fin de ses jours!

Elle quitta la place de parking où elle était garée.

— A propos, faites-moi penser à ne jamais avoir d'enfants.

— Pourquoi?

— Une visite à Fun Zone m'a guérie de toute envie d'en avoir!

— Ce n'est pas tout à fait la même chose quand on accompagne ses enfants. Ils se régalent tellement qu'on endure plus facilement le supplice.

M.C. fit la grimace.

— C'est bien ce que je disais : surtout pas de mômes.

— Vous pensez réellement ce que vous dites?

M.C. songea à son neveu, Benjamin, qui était un amour.

— Pour quoi faire, un enfant ? Ils ne vous attirent que des emm…

Elle s'interrompit brusquement, consciente de sa bévue.

— Excusez-moi, Kitt, je suis étourdie. Je…

— Ce n'est pas grave, dit Kitt en détournant les yeux.

Elle joignit les mains sur ses genoux, visiblement crispée. M.C. se serait giflée pour toutes les âneries qu'elle venait de proférer sans la moindre délicatesse.

— Je suis complètement nulle, excusez-moi, j'ai…

— Oublions ça. Parlons plutôt de l'enquête.

M.C. ne se le fit pas répéter ; là, au moins, elle se sentait en terrain familier.

— Il est presque 7 heures, maintenant. A toi de choisir, si tu es d'accord pour le tutoiement : on continue, ou ça suffit pour aujourd'hui ?

— D'accord pour se tutoyer. Et pour répondre à ta deuxième question, si nous allions tester tous ces noms sur nos fichiers informatiques ? On verra bien ce que ça donne.

— Entendu, dit M.C. en prenant la direction de Whitman Street Bridge. Le vendredi soir, c'est un soir comme les autres pour des flics dignes de ce nom !

20.

Vendredi 10 mars 2006
22 h 35

Elles avaient vérifié les trois quarts des noms quand M.C. proposa à Kitt d'en rester là pour le moment. Il était tard et elle avait faim. Leur unique découverte concernait un délit de conduite en état d'ébriété. Kitt avait acquiescé et les deux femmes avaient décidé de terminer cette tâche le lendemain matin ; il n'était pas question de s'octroyer un week-end au beau milieu d'une enquête criminelle de cette envergure.

M.C. commençait à se dire que cette piste leur avait donné de faux espoirs. En réalité, The Fun Zone était peut-être effectivement le lien qu'elles cherchaient, mais, dans ce cas, le tueur pouvait très bien avoir lui-même des enfants. Il emmenait sa progéniture au parc d'attractions, passait pour le papa modèle ; et, pendant ce temps-là, il en profitait pour repérer sa prochaine victime. Un tel scénario leur compliquerait énormément la tâche.

M.C. s'engagea dans l'allée de son jardin et passa au point mort sans faire un geste pour couper le moteur ou descendre de voiture. Elle avait laissé Kitt devant l'ordinateur en lui faisant promettre qu'elle ne s'attarderait pas plus de cinq minutes.

Elle soupira, songeant à cette journée d'enquête, à sa coéquipière, aux larmes qu'elle avait vues briller dans ses yeux quand elles parlaient des enfants. Elle se remémora les paroles sur lesquelles elles s'étaient quittées, dix minutes plus tôt.

— Hé, Riggio, lui avait dit Kitt alors qu'elle s'apprêtait à sortir.

M.C. s'était arrêtée sur le pas de la porte.

— Confidence pour confidence, sache que ma fille est ce qui m'est arrivé de mieux dans la vie.

M.C. sentit sa gorge se nouer ; l'image de la petite Marianne, sur son lit de mort, lui revint à l'esprit, cédant aussitôt la place à celle de Margie Entzel, en peignoir et pantoufles à 4 heures de l'après-midi.

Tous ses petits soucis lui parurent soudain bien dérisoires.

Elle contempla sa maison obscure, le cœur serré. Elle n'avait pas laissé l'éclairage allumé sous la verrière. Elle n'avait pas de chien, de chat, ni aucun autre animal de compagnie. Ayant grandi dans une famille de cinq enfants où régnait un chahut permanent, dans une maison toujours remplie de copains, de cousins et d'animaux, elle aspirait depuis longtemps au calme et à la solitude. Elle rêvait d'avoir de la place pour ses affaires, de pouvoir aller aux toilettes sans attendre son tour, de se prélasser à sa guise sous la douche sans crainte d'épuiser l'eau chaude.

La paix, la tranquillité : voilà ce qu'elle recherchait avant tout.

Alors, pourquoi n'avait-elle pas envie de rentrer ?

La perspective d'être seule, ce soir, l'angoissait un peu. Elle avait besoin de voir des gens, de rire et de plaisanter, de boire un verre ou deux. Ou plus.

Mais où ? Au Buster's, décida-t-elle, sans réfléchir davantage. Elle jeta un coup d'œil dans le rétroviseur, fit demi-tour et redescendit l'allée.

Elle mit à peine un quart d'heure pour traverser la ville en direction de Five Points. Ce soir-là, la salle du Buster's était archicomble. Sur scène, pas de Castrogiovanni mais une chanteuse folk qui interprétait *Any Man of Mine*, de Shania Twain, en s'accompagnant à la guitare.

M.C. se fraya un chemin jusqu'au bar, où elle trouva Brian Spillare en compagnie de quelques collègues. A en juger par leurs rires tonitruants, ils étaient là depuis un bon moment.

Brian l'aperçut et lui fit signe de les rejoindre. Deux hommes s'écartèrent pour lui faire place et Brian commanda un verre de vin pour elle.

— Je pensais justement à toi, lui dit-il.

Elle fit mine de n'avoir pas entendu et se percha sur un tabouret.

— Bonsoir, commandant.

— Je te trouve bien cérémonieuse.

Accroché au zinc, il vacilla imperceptiblement.

— C'est vendredi soir, détends-toi.

— Apparemment, vous êtes assez détendu pour deux.

Le barman posa un verre plein devant elle. Après avoir réglé sa consommation, elle se tourna de nouveau vers lui.

— Votre épouse est avec vous ? J'aimerais bien la saluer.

— Ce sera pour une autre fois. Elle avait une soirée entre copines ; je suis un homme libre.

Miséricorde... Comment avait-elle pu se laisser prendre un jour à ce genre de piège grossier ?

— Je l'envie. Veuillez m'excuser, commandant, je dois...

Il la retint par le bras.

— J'ai deux mots à te dire, M.C. Seul à seule.

— Ça ne peut pas attendre ? Je suis crevée ; et comme vous l'avez dit, c'est vendredi soir.

— C'est à propos de l'enquête sur le tueur d'anges.

Elle fronça les sourcils.

— Mais encore ?

— Pas ici.

Il pointa le menton vers le couloir qui menait aux toilettes, derrière le bar. Bien qu'un peu réticente, elle acquiesça et lui emboîta le pas.

Au bout du couloir, il se retourna et plongea les yeux dans les siens.

— Tu me fais toujours autant d'effet. Je voulais que tu le saches.

M.C. le dévisagea d'un air incrédule.

— Vous essayez de remettre ça ?

— Je suis honnête, c'est tout.

Il lui prit la main.

— Je me mets à nu devant toi.

Elle eut une moue écœurée. Manifestement, il avait une notion assez particulière de l'honnêteté. Pour sa part, elle appelait plutôt cela de l'arnaque et de l'infidélité.

— C'est du harcèlement sexuel, commandant, dit-elle en dégageant sa main avec brusquerie. Vous ne souhaitez probablement pas en arriver là.

— Qu'est-il advenu de nous ? murmura-t-il en se penchant vers elle, l'obligeant à reculer. On était pourtant bien, ensemble.

Elle comprit alors qu'il était complètement soûl ; bien trop soûl pour entendre raison.

— Vous étiez marié ; vous l'êtes toujours.

— C'était quand même bon, non ?

— N'insistez pas, Brian. Vous êtes ivre.

— Pas tant que ça.

Sa voix prit un accent suppliant.

— Allez, tu sais bien que ça pourrait redevenir comme avant.

— Tiens, Mary Catherine, te voilà, dit Lance Castrogiovanni, surgissant de nulle part. Excuse-moi, j'ai été retardé.

Elle saisit avec gratitude la perche qu'il lui tendait.

— Nous avions rendez-vous, dit-elle en s'esquivant à la barbe du commandant médusé. Brian, vous connaissez Lance. Veuillez nous excuser.

L'humoriste la prit par la taille et la reconduisit vers la salle.

— Merci, lui souffla-t-elle à l'oreille. Ça commençait à devenir pénible.

— J'ai cru comprendre que vous aviez besoin d'un petit coup de main.

Il indiqua une table d'angle d'où il avait dû apercevoir la scène.

— Sur le coup, j'ai cru qu'il allait me pulvériser, ajouta-t-il.

— Brian est costaud, mais inoffensif.

— Il ne m'a pas l'air si inoffensif que ça.

De retour à sa table, il lui offrit de s'asseoir.

— N'êtes-vous pas collègues, tous les deux ? demanda-t-il quand ils furent installés face à face.

— Si ; mais Brian est aussi un gradé — et une erreur de jeunesse, du temps où j'étais une nouvelle recrue inexpérimentée.

— Aïe.

— Un faux pas regrettable, avec un homme marié. Evidemment,

il n'était pas commandant, à l'époque ; mais je n'étais pas inspecteur non plus.

— Qui n'a pas fait de bêtises, étant jeune ? Ce n'est certes pas à moi de vous jeter la pierre !

M.C. leva son verre.

— Aux bêtises et à la chance.

— La chance ?

— J'ai eu de la veine que vous soyez là. A cause de cette aventure passée et du grade qu'il a dans les forces de l'ordre, je dois me montrer prudente.

— Vous n'aviez donc pas intérêt à lui flanquer un coup de genoux dans les couilles ?

Elle éclata de rire.

— En effet, c'est le genre de choses qu'il vaut mieux éviter.

Il se pencha vers elle, une lueur malicieuse dans l'œil.

— En l'occurrence, ce n'était pas vraiment un coup de bol, inspecteur Riggio.

— Vraiment ?

Il secoua la tête.

— En principe, quand je n'y travaille pas, je fuis ce genre d'endroit comme la peste ; trop de fumée et de désespoir.

— Je n'en ai eu que plus de chance de vous y trouver, donc ?

— Sauf que… je n'étais pas là par hasard ; j'espérais vous y rencontrer.

— Amusant.

Il croisa son regard, soudain sérieux.

— Ça ne fait pas partie de mon numéro ; c'est la vérité. En fait, c'est la troisième fois que je viens. Si vous ne vous étiez pas montrée ce soir, je serais passé au plan B.

— C'est-à-dire ?

— Vous appeler au travail. Le plan B ne m'emballait pas.

— Auriez-vous quelque chose à cacher, Lance ? Un cadavre ou deux dans votre placard ?

— N'en avons-nous pas tous ?

Il rit.

— Pour tout dire, les flics me flanquent la trouille ; sauf vous, naturellement.

— C'est un compliment, j'imagine ?

— Je connais un petit restau sympa qui reste ouvert toute la nuit. On y sert des tartes maison absolument fabuleuses.

— Tout sauf de la cuisine italienne, hein ?

— Exactement.

Il lui tendit la main.

— C'est moi qui invite.

— Affaire conclue, dans ce cas.

Ils convinrent de prendre chacun sa voiture. Le restaurant en question était situé à l'angle de North Main et Auburn, dans un quartier qui avait connu des jours meilleurs.

Quand ils pénétrèrent dans la salle éclairée par des spots, la dame qui se trouvait derrière le comptoir — une femme entre deux âges, avec un filet sur ses cheveux gris — accueillit Lance par son prénom. Un homme apparut aussitôt sur le seuil de la cuisine.

— Lance, mon grand, où étais-tu passé ?

— J'avais du boulot ; je ne m'en plains pas, du reste. Il faut bien vivre.

— Qui nous amènes-tu ?

— Une amie. Mary Catherine Riggio — Bob Meuller et sa femme, Betty. Mary Catherine est de la police, alors, soyez gentils avec elle.

— Je suis toujours gentil, dit Bob.

Betty ricana.

— Disons, dans le genre bourru, alors ; c'est pour ça que je le cache en cuisine.

Sur ces entrefaites, un groupe de jeunes gens tapageurs fit irruption dans le restaurant. M.C. remarqua qu'ils étaient tous bien éméchés, à l'exception de la fille qui devait les conduire, reconnaissable au trousseau de clés qu'elle balançait à son doigt d'un air maussade.

Lance attendit que la joyeuse bande soit installée pour choisir la table la plus éloignée d'eux.

— Vous habitez probablement dans les parages, dit M.C.

— En effet ; mon appartement se trouve à deux pas d'ici. Je dîne presque tous les soirs chez les Meuller et j'y déjeune parfois, aussi.

— Ce sont les propriétaires de l'établissement ?

— Oui ; ils n'ont trouvé personne de fiable pour les horaires de nuit, alors ils se relaient. Ce sont des gens sympas ; simples et accueillants.

— Ils en ont l'air.

Lance lui tendit la carte.

— Tout est bon ici, vous savez.

— Ce n'est même pas la peine que je regarde. Vous m'avez mis l'eau à la bouche avec vos tartes maison. Laquelle me conseillez-vous ?

Il répondit que le choix était trop difficile et commanda donc une part de chacune : noix de coco, chocolat, fraise et citron, avec une tasse de café en guise de boisson. Quelques minutes plus tard, Betty leur apportait d'énormes portions de ses fameuses tartes, agrémentées de crème Chantilly.

— Vous me prenez pour un ogre, dit M.C. en riant.

— J'ai eu l'impression que vous aviez faim, se défendit-il.

Ils attaquèrent les gâteaux avec appétit, sans rien dire pendant quelques instants. Lance la fit goûter la première à chaque parfum. Les jeunes en goguette, visiblement impressionnés, commandèrent la même chose.

— D'accord, je dois reconnaître que je n'avais jamais mangé de tartes aussi succulentes.

— Une préférence ?

— La noix de coco ; suivie de près par celle au chocolat.

Lance sourit.

— Idem pour moi ; mais je mettrais celle au citron ex aequo avec celle au chocolat.

Elle dégusta encore une bouchée de tarte à la noix de coco puis posa sa fourchette.

— Côté boulot, c'est comment ? demanda-t-elle.

— Désopilant.

— Bel exemple d'humour professionnel.

— Je ne peux pas m'en empêcher, dit-il, la bouche pleine. En fait, j'ai été débordé, ces derniers temps. Et vous, le travail ?

— Mortel.

Elle avait répondu du tac au tac ; Lance siffla doucement entre ses dents.

— Humour professionnel ?

— Absolument.

— Quel effet ça fait d'être de la police ?

— Quel effet ça fait d'amuser les gens ?

Il ne parut pas se formaliser qu'elle lui retourne sa question.

— C'est gratifiant, pénible, passionnant et frustrant tout à la fois. Quand le public rit, c'est l'apothéose ; quand il ne réagit pas, il n'y a rien de plus horrible. Pour le reste, il s'agit de gagner sa vie — suffisamment pour continuer à faire ce métier.

— Et pourquoi continuez-vous ?

— Je ne peux pas faire autrement. L'humour est mon seul garde-fou, dans la vie.

Sa franchise plut à M.C. Il n'essayait pas de se faire mousser, de se faire passer pour un autre ou pour mieux que ce qu'il était vraiment.

Son portable sonna. Elle le porta à l'oreille, levant l'index pendant qu'elle répondait.

— Riggio à l'appareil.

— C'est Kitt. On le tient.

M.C. se redressa, l'enquête accaparant aussitôt toute son attention.

— Qui est-ce ?

— Derrick Todd, auteur de multiples agressions sexuelles — avec un casier judiciaire chargé.

— Et il bosse à Fun Zone ? J'arrive tout de suite.

Elle coupa la communication. Lance parut déçu.

— Vous êtes obligée de me quitter, constata-t-il.

— A mon grand regret.

Elle but une gorgée de café et repoussa sa chaise.

— C'était très sympa, et je me suis régalée.

Castrogiovanni se leva.

— Pourrai-je vous revoir ?

Elle n'hésita pas une seconde.

— Certainement. A très bientôt, j'espère.

En arrivant à l'hôtel de police, elle se rappela soudain qu'elle avait oublié de lui donner son numéro de téléphone. S'il voulait la revoir, il devrait avoir recours au plan B.

21.

Samedi 11 mars 2006
00 h 5

M.C. retrouva Kitt assise à son bureau, en train de lire un document.

— Tu m'avais dit que tu me suivais, protesta-t-elle sans chercher à dissimuler sa frustration.

Mais d'où provenait son irritation ? Du fait que Kitt s'investissait plus qu'elle dans cette enquête ? Ou de l'interruption d'une soirée particulièrement agréable ?

Kitt leva les yeux. Son regard brillait d'excitation contenue.

— C'était mon intention ; j'ai juste continué à taper un dernier nom, puis un autre, tu sais ce que c'est… Notre homme, ce Derrick, était tout en bas de la liste.

Elle lui tendit la feuille qu'elle venait d'imprimer.

— Vingt-quatre ans. Technicien de maintenance à Fun Zone. Il a probablement suivi une formation en taule. Il a purgé une peine de deux ans à Big Muddy River pour attouchements sur mineur de moins de seize ans.

Big Muddy River était un établissement pénitencier où les délinquants sexuels bénéficiaient d'un traitement médical.

— Quand a-t-il été libéré ?

— Il y a moins d'un an. Ce qui cadre parfaitement avec notre théorie sur la rencontre des deux tueurs en prison.

M.C. feuilleta le dossier et fronça les sourcils, perplexe. Il s'agissait surtout d'infractions mineures : vol à l'étalage, absentéisme scolaire, conduite en état d'ivresse, détention illégale de drogue et, en dernier lieu, le délit sexuel. Tout cela évoquait plutôt le parcours d'un garçon sur la mauvaise pente.

— Il a dû bénéficier d'une libération conditionnelle, ce qui l'oblige à se soumettre à un contrôle trimestriel.

Travailler dans un centre de loisirs pour enfants était formellement interdit aux pédophiles, même après leur sortie de prison ; ils devaient également résider à plusieurs kilomètres de tout établissement scolaire et ne pouvaient exercer aucune profession incluant des rapports avec les enfants. Todd allait retourner en prison sans tarder.

— Comment ce type a-t-il pu échapper aux contrôles d'embauche que Zed nous a décrits ? se demanda tout haut M.C.

— Bonne question. Je suggère que nous allions y chercher une réponse. Tu crois que ZZ est déjà couché ?

— Probablement ; mais j'irais volontiers le réveiller. Du reste, je suis une amie de longue date. On ne dérange jamais vraiment un ami, n'est-ce pas ?

Elle dérangea pourtant beaucoup l'ami en question. Ce fut sa femme qui vint leur ouvrir. Elle faillit s'évanouir en apprenant qu'elles étaient de la police. Elle appela ZZ, qui descendit en traînant les pieds, encore à moitié endormi. Le remue-ménage réveilla le bébé qui commença à pleurnicher. Sa sœur apparut à son tour en haut de l'escalier et se mit à sangloter pour faire chorus.

— Mary Catherine ? dit Zed en clignant des paupières.

Il reconnut ensuite Kitt.

— Inspecteur ?

— Pardonnez-nous cette visite tardive, monsieur Zuba, répondit-elle, mais nous avons encore quelques questions qui ne peuvent vraiment pas attendre.

Mme Zuba, qui s'apprêtait à remonter, se figea sur la première marche.

— Zed ? Qu'est-ce que…

— Ce n'est rien, Judy, ne t'en fais pas. Occupe-toi des enfants.

Elle hésita un instant puis monta en courant et souleva la petite fille dans ses bras. Quand elle eut disparu, Zed se retourna vers les deux femmes.

— Là, dit-il en désignant une porte ; dans la cuisine.

Ils s'assirent tous les trois autour de la table de bois clair qui conservait les traces d'un repas pris avec de très jeunes enfants.

Le gérant du parc les observa d'un œil morne.

— Vous avez fait une peur bleue à ma femme ; j'espère que vous avez de solides raisons pour ça.

— Encore une fois, monsieur Zuba, veuillez nous excuser. Mais nous n'avons pas le choix ; dans ce genre d'enquête, on ne peut pas se permettre de perdre une minute.

— Que dirais-tu s'il s'agissait d'un de tes enfants ? lui demanda M.C. Voudrais-tu que la police attende que tout le monde ait eu ses huit heures de sommeil pour agir ?

ZZ parut se détendre un peu.

— Non, évidemment pas. Voulez-vous une tasse de thé ou de café ?

Elles refusèrent et M.C. entama aussitôt l'interrogatoire.

— Que peux-tu nous dire sur Derrick Todd ? demanda-t-elle.

— Derrick ? répéta-t-il, manifestement surpris. Je n'ai rien à dire sur lui. C'est un garçon sans histoires ; plutôt discret.

— C'est toi qui l'as embauché ?

— Non, c'est le patron lui-même. Il nous a dit qu'il lui avait été vivement recommandé.

— Par qui ?

— Je l'ignore.

M.C. haussa les sourcils.

— Tu étais pourtant déjà le gérant de The Fun Zone, à l'époque ?

Zuba hocha la tête et étouffa un bâillement.

— Cela faisait à peine quelques mois.

— Et Derrick Todd a été soumis aux contrôles habituels ?

Il se redressa légèrement, comme s'il était enfin suffisamment réveillé pour comprendre ce qui se passait.

— Je ne pourrais pas l'affirmer. Je venais d'arriver et Derrick était embauché par le patron.

— En qualité de responsable de la maintenance, dans quelle mesure M. Todd est-il en contact avec les clients de l'établissement ?

ZZ eut l'air embarrassé.

— Il passe pas mal de temps dans les locaux. La maintenance regroupe plusieurs activités telles que le gardiennage, le dépannage et l'entretien des appareils, de la sono, des distributeurs de boissons. Cela ne concerne pas les réparations importantes ; en fait, Derrick est un excellent bricoleur, relativement touche-à-tout.

— Que dirais-tu en apprenant que M. Todd est un pédophile avec un casier judiciaire assez chargé ?

L'expression épouvantée qu'afficha Zuba aurait pu paraître comique en d'autres circonstances.

— C'est impossible. Derrick peut se montrer un peu bourru, parfois, mais les enfants l'adorent ; il sait s'y prendre avec…

Il laissa sa phrase en suspens, mesurant sans doute combien elle pouvait résonner de façon ambiguë. Ou se souvenant peut-être de ce qu'il avait pu entendre sur les pédophiles : combien ils « aimaient » les enfants, comment ils choisissaient des métiers qui les mettaient en contact direct avec les enfants, et le fait qu'aucune réhabilitation n'avait jamais donné le moindre résultat.

— Zed ? Il n'y a rien de grave ?

Kitt et M.C. se retournèrent vers la porte. Judy s'était arrêtée sur le seuil, l'air inquiet. Il y avait de quoi ; ZZ semblait être sur le point de se trouver mal.

— Non, tout va bien, madame Zuba, répondit Kitt en se levant. Veuillez nous excuser d'avoir semé le trouble dans la maison.

— Est-ce à propos des petites filles qui viennent d'être assassinées ?

— Il paraît que Derrick est un pédophile, expliqua Zed.

Sa femme porta une main à sa bouche.

— Mon Dieu ! Il est déjà venu à la maison.

M.C. se leva à son tour. En passant derrière la chaise de son ami d'enfance, elle lui donna une petite tape sur l'épaule.

— Tu devrais passer un coup de fil à Max. Il serait content d'avoir de tes nouvelles.

Il acquiesça sans rien dire. M.C. supposa qu'il s'efforçait de mesurer les conséquences d'une éventuelle diffusion de cette information. Pis encore, que se passerait-il si Derrick venait à être inculpé des meurtres de Julie Entzel et de Marianne Vest ?

Sur le pas de la porte, elle se retourna vers lui.

— Le propriétaire de The Fun Zone, M. Dale, habite-t-il par ici ?

Judy répondit à sa place.

— Non, il habite dans la banlieue est — à Brandywine Estates, un quartier très huppé.

Quelques instants plus tard, elles regagnaient la voiture garée un peu plus loin, dans la rue.

— Intéressant, constata M.C. Embauché par le patron et « vivement recommandé » au gérant. Il faudra absolument rencontrer ce M. Dale dans la matinée.

— Pourquoi reporter à demain ce que nous pouvons faire tout de suite ? S'il n'est pas déjà réveillé, il le sera dans quelques minutes.

Quand ZZ l'aurait appelé, bien sûr.

M.C. songea que l'ami d'enfance de Max allait s'empresser de mettre son patron au courant ; encore fallait-il espérer que ZZ n'ait pas menti pour se protéger.

Une fois installée au volant, elle se tourna vers Kitt.

— A mon avis, il vaudrait mieux laisser M. Dale mijoter un peu. Un type riche comme lui doit avoir une armée d'avocats à sa disposition pour le tirer d'affaire en cas de pépin.

Elle tourna la clé de contact et fit ronronner le moteur.

— Allons plutôt rendre visite au garçon.

Derrick Todd était locataire dans un quartier assez minable. Pour s'y rendre, elles passèrent devant le restaurant de Lance ; M.C. le regarda du coin de l'œil et ne put réprimer un petit sourire.

— Qu'est-ce qu'il y a ? demanda Kitt.

— Rien.

Kitt haussa un sourcil soupçonneux.

— Qu'est-ce que tu faisais quand j'ai téléphoné ? Tu n'étais sûrement pas au lit, insista-t-elle.

— Je dégustais des tartes ; quatre parfums différents.

— Apparemment, nous avons affaire à un cas de dépendance grave aux sucreries. Tu n'as pas essayé de te faire soigner ?

— Pourquoi veux-tu que ce problème de dépendance soit le mien ?

— Tu as envie de parler de lui, alors ?

— Sûrement pas.
— Pas même un prénom ?
— Pas question.
— C'est ce que j'aime le plus dans l'équipe que nous formons : la camaraderie, la complicité, ironisa Kitt.
Elle pointa l'index vers le croisement suivant.
— Là, il faut prendre à droite.
Elles s'arrêtèrent bientôt au pied de l'immeuble dont Zed leur avait fourni l'adresse — un bâtiment délabré, précédé d'un jardinet envahi d'herbes folles et de détritus. Tout à fait le genre d'endroit susceptible d'abriter le logement d'un ex-détenu de vingt-quatre ans.
Plusieurs fenêtres étaient éclairées en façade.
— Si on montait faire un petit tour là-haut ?
— Pourquoi pas ?
Kitt vérifia que son arme était bien en place.
— Allons-y. Tu as une lampe électrique ?
— Oui.
M.C. ouvrit la boîte à gants.
— La voilà.
Elles descendirent de voiture et gagnèrent l'une des portes d'entrée. Le bâtiment était un immeuble en brique qui datait sans doute des années quarante ; on devinait qu'à l'époque il avait dû être relativement cossu. A présent, c'était un véritable dépotoir.
Le hall, faiblement éclairé par l'unique ampoule qui ne soit pas grillée, sentait vaguement le moisi et le chou bouilli.
— Troisième étage, escalier D, murmura Kitt.
Elles trouvèrent l'escalier en question et gravirent les marches branlantes. Une radio beuglait dans l'un des appartements situés sur le palier du troisième. Kitt frappa à la porte de Todd, qui grinça sur ses gonds et s'entrouvrit.
Elle dégaina son arme et jeta un coup d'œil à sa coéquipière ; M.C. hocha brièvement la tête. Kitt frappa encore une fois puis ouvrit le battant d'un coup de pied.
— Derrick Todd ? appela-t-elle. Police.
Pas de réponse. M.C. alluma sa torche et dirigea le faisceau

de lumière vers l'intérieur. Il y régnait un désordre et une saleté indescriptibles. Todd n'était pas non plus un homme d'intérieur.

Kitt la regarda encore, quêtant son approbation. M.C. acquiesça de nouveau.

— La porte n'est pas fermée — nous ne commettons pas d'effraction ; comme l'occupant des lieux ne se manifeste pas, une visite s'impose. Nous nous faisons du souci pour lui.

— Nous entrons, monsieur Todd, annonça Kitt en pénétrant chez lui ; juste pour nous assurer que vous n'êtes pas en difficulté.

Ben voyons. M.C. dégaina également ; ensemble, elles s'introduisirent dans le studio. Il était sommairement meublé d'un futon, d'une table et d'un placard de rangement. Il y avait un coin cuisine et une salle d'eau exiguë avec lavabo, cabine de douche et toilettes. En dépit du désordre, rien n'indiquait qu'il se soit passé quelque chose de louche.

M.C. brûlait d'envie d'en profiter pour effectuer une petite perquisition, mais, en l'absence de mandat, rien de ce qu'elles pourraient trouver n'aurait valeur de preuve ; et elles risquaient d'en prendre pour leur grade.

Si Todd se révélait être un suspect valable — ce qui semblait tout à fait probable —, il ne serait d'ailleurs pas difficile d'obtenir un mandat.

De retour sur le palier, Kitt rengaina son arme et replaça la porte dans sa position initiale. La musique beuglait toujours chez le voisin ; partout ailleurs, l'immeuble était silencieux.

Les deux femmes redescendirent et regagnèrent leur véhicule. Une fois installée à la place du passager, Kitt se tourna vers sa coéquipière.

— Si on attendait encore un peu ? Au cas où Todd reviendrait ?

— Adjugé.

— Tu n'as rien à grignoter, là-dedans ?

— Un mélange de fruits secs et des chips de soja.

— Des chips de soja ? s'étonna Kitt. Ce n'est pas un vrai coupe-faim, ça. Pas le genre de nourriture bourrative des flics en planque.

M.C. souleva l'accoudoir du milieu qui formait le couvercle d'un vide-poche et en sortit deux sachets.

— Je suis bien obligée de compenser les repas pantagruéliques de ma mère. En fait, ce n'est pas mauvais.

— Merci ; je prendrai les fruits secs.

M.C. la regarda déchirer le paquet et commencer à manger. Kitt n'avait probablement rien avalé depuis leur sandwich de l'après-midi.

C'était une fille intéressante, songea-t-elle — pas du tout la caractérielle que certains lui avaient décrite. Intelligente, ambitieuse, Kitt avançait méthodiquement sans jamais perdre de vue son objectif. On imaginait sans peine comment ces traits de caractère pouvaient évoluer, dans certaines circonstances, vers un comportement de type obsessionnel.

Certaines circonstances. La mort de votre enfant, les meurtres de fillettes du même âge, les provocations d'un tueur en série et tout le poids d'une enquête criminelle sur les épaules...

— Miam, des noix de cajou, dit Kitt en triant les fruits secs qu'elle avait versés au creux de sa main ; j'en raffole.

— Moi aussi. C'est mon péché mignon.

— J'ai la chance de ne jamais avoir eu besoin de surveiller ma ligne, expliqua Kitt en se régalant. Et pourtant, j'adore manger.

— C'est l'hérédité, commenta M.C. Dans ma famille, les femmes atteignent un âge avancé mais si elles ne font pas attention, elles engraissent aussi énormément.

— Ta mère ?

— Elle est très plantureuse ; c'est le moins qu'on puisse dire.

— La mienne est restée mince comme un fil jusqu'à son dernier jour.

— Quand est-elle décédée ?

— Il y a deux ans.

Sa fille ; son couple ; sa mère. Elle avait tout perdu en même temps. Comment survivre à un tel traumatisme ? se demanda M.C.

— Je suis désolée, dit-elle.

Les mots, tandis qu'elle les prononçait, lui parurent affreusement banals et inadaptés.

Kitt ne répondit pas. Elles continuèrent de grignoter en silence.

Au bout d'un moment, Kitt demanda :

— Comment veux-tu procéder ? On se relaie ?

— Entendu.

M.C. consulta sa montre.

— Sur quelle durée ? Une heure ? Ou deux ?

— Disons deux. Tu dors la première. Je n'ai pas sommeil.

M.C. acquiesça, bien qu'elle n'eût pas envie de dormir non plus. Le cerveau en ébullition, elle cala sa nuque contre l'appuie-tête et ferma les yeux. A côté d'elle, Kitt fredonnait un petit air à mi-voix ; M.C. reconnut une berceuse de son enfance.

Elle écouta d'une oreille, tout en se demandant ce qui faisait avancer Kitt Lundgren dans la vie.

22.

Samedi 11 mars 2006
8 h 30

Derrick Todd ne rentra pas chez lui cette nuit-là. Kitt envisagea plusieurs explications possibles, mais elle craignait de recevoir d'un instant à l'autre l'annonce d'un nouveau meurtre. Le copieur du tueur d'anges ne passait-il pas la nuit auprès de ses victimes, une fois mortes ?

D'un commun accord, les deux femmes décidèrent de faire surveiller l'appartement par un agent afin de se libérer. Elles devaient faire leur rapport, se procurer un mandat de perquisition et d'arrestation pour le suspect et interroger le propriétaire de The Fun Zone. Au préalable, Kitt tenait à se doucher, se changer et manger. Elles se retrouveraient ensuite au bureau.

Kitt arriva la première et en profita pour dénicher l'adresse de M. Dale via Internet.

— Tu commences à me filer des complexes.

Kitt regarda M.C. qui venait de la rejoindre.

— A quel propos ?

— Tu as travaillé plus tard que moi hier soir et, ce matin, tu t'arranges pour prendre ta douche, te changer et déjeuner en un temps record. Comment fais-tu ?

Kitt se leva avec un petit sourire en coin.

— J'ai des vêtements de rechange ici, dans mon casier ; j'ai pris ma douche aux vestiaires, et des biscuits et du beurre de cacahuètes arrosés par un petit café au distributeur du rez-de-chaussée.

— Personne ne t'a jamais dit que tu es un bourreau de travail ?

— C'est arrivé, si.

Manifestement, M.C. avait l'esprit de compétition. Amusée, Kitt s'approcha et lui tendit l'adresse qu'elle venait d'imprimer.

— Brandywine Estates, comme nous l'avait dit l'épouse de ZZ. C'est toi qui conduis ou moi ?

— C'est moi.

Kitt lui arracha presque le papier des mains.

— Et ce n'est pas sain de commencer la journée par des cochonneries ; dans une heure, tu auras déjà faim.

Roy Linde, l'inspecteur qui avait le bureau le plus proche de Kitt, se mit à rire. M.C. l'interrogea du regard, l'air énervé.

— Qu'est-ce qu'il y a de drôle ?

— Rien.

Il leva les deux mains comme pour parer des coups.

— Je profite du spectacle, c'est tout.

Deux autres policiers sourirent et l'un d'eux ajouta pour l'autre :

— On dirait qu'elle a trouvé à qui parler.

— Ne le prends pas mal, Riggio, reprit Roy ; même Superwoman peut se faire coiffer au poteau, quelquefois.

Kitt vit sa coéquipière serrer les dents ; elle attendit toutefois d'être dans le couloir pour émettre une opinion.

— Tu veux mon avis ? lui dit-elle.

— Je n'y tiens pas, merci.

— Tu sais que je vais quand même te le donner.

— Il vaudrait mieux t'abstenir.

— Ne prends pas tout tellement au sérieux ; un peu de recul pourrait t'aider, à l'occasion.

M.C. s'arrêta net et la dévisagea d'un air incrédule.

— Du recul ? Et c'est toi qui me dis ça ?

— Oui, tu as du mal à l'admettre ?

— Effectivement ; et pour des raisons évidentes.

— Pour des raisons évidentes ? répéta Kitt sans élever la voix. Telles que le fait que je travaille plus dur que toi sur cette enquête ? Ou s'agit-il de tes difficultés à accepter quelques boutades sans en faire une jaunisse ?

M.C. rougit.

— Dis donc, inspecteur 10.000 volts, tu as carrément pété les plombs sur l'affaire du tueur d'anges. Tu l'as fait capoter, ainsi que plusieurs autres ; sur ce, tu te mets à picoler et tu te retrouves suspendue de tes fonctions jusqu'à nouvel ordre. Comme par miracle — ou grâce à quelques solides appuis —, tu réintègres ton poste et c'est moi qui écope du cadeau ; alors oui, j'ai du mal à admettre que tu me conseilles de prendre du recul.

Elles échangèrent des regards étincelant de défi. Kitt fulminait — contre M.C. mais surtout contre elle-même. Elle s'était fait bêtement piéger en entrant dans le jeu de la provocation, et en se positionnant comme l'expert et le sage. Si Mary Catherine avait envie de se montrer susceptible et désagréable, ça ne regardait qu'elle, après tout.

— Ecoute, Riggio, nous sommes obligées de travailler en tandem ; alors, il va falloir te faire une raison.

Sur ces mots, Kitt se dirigea sans attendre vers l'ascenseur. M.C. lui emboîta le pas. Elles montèrent ensemble dans la cabine et appuyèrent simultanément sur le bouton du rez-de-chaussée.

Elles n'échangèrent plus un mot jusqu'à la sortie de la ville. Ce fut Kitt qui prit l'initiative de rompre le silence.

— Nous avons perdu notre fille puis nous avons divorcé, mon mari et moi. Je l'ai assez mal supporté. Tu appelles ça « péter les plombs ». Bon, peu importe — ces épreuves appartiennent au passé. C'est ce que je souhaite, en tout cas.

Un long moment, Riggio continua de se taire.

— Je me suis emportée, répondit-elle enfin d'une voix tendue. C'est très important pour moi d'être prise au sérieux. Je me bats depuis toujours pour y parvenir.

Elle marqua une pause.

— Je n'aurais pas dû te dire ces choses-là.

— En fait, nous nous sommes simplement dit nos quatre vérités, constata Kitt.

Un sourire inattendu éclaira les traits de M.C.

— Si nous devons un jour utiliser un code, le tien sera « péter les plombs ».

— Et le tien, « en faire une jaunisse ».

— Mais je ne me fie toujours pas à toi pour surveiller mes arrières.

— Idem pour moi.

Le reste du trajet se passa en silence ; mais un silence nettement moins pesant, que Kitt utilisa pour préparer les questions auxquelles Sydney Dale allait devoir répondre.

Le propriétaire de The Fun Zone habitait une vaste demeure contemporaine bâtie sur un terrain paysagé de plus d'un hectare, avec piscine, pool house, et un petit lac naturel prolongé par une cascade sur des rochers.

M.C. se gara dans l'allée circulaire, derrière une BMW décapotable rutilante. Alors qu'elles se dirigeaient vers l'entrée, la porte s'ouvrit à la volée, sans qu'elles aient besoin de sonner. Une jolie adolescente blonde sortit en coup de vent, sa queue-de-cheval lui fouettant la nuque. Elle passa devant elles sans un regard, gagna la BMW au pas de course, s'assit au volant et mit le moteur en marche.

Aussitôt après, un homme d'une quarantaine d'années sortit à son tour comme un ouragan, manquant de renverser Kitt au passage.

— Sam ! cria-t-il. Je ne t'ai pas autorisée à…

— Faut que j'y aille, p'pa. Je suis en retard !

L'adolescente fit ronfler le moteur et démarra en trombe.

Kitt observa la scène, à la fois amusée et choquée. Apparemment, c'était la gamine qui faisait la loi chez elle. A son âge, Kitt n'aurait jamais eu le dernier mot : ses parents l'auraient rattrapée et elle aurait écopé d'une bonne correction.

— Monsieur Sydney Dale ? demanda M.C.

Il se tourna vers elles comme s'il remarquait tout juste leur présence.

— C'est moi.

C'était un solide gaillard d'un mètre quatre-vingts, au visage plutôt ingrat. Sa peau était parsemée de petits trous qui évoquaient des cicatrices d'acné juvénile. Par chance, sa fille ne semblait pas avoir hérité du problème. Mais sans doute avait-elle les moyens de s'offrir tous les soins nécessaires. Kitt avait même entendu parler de lycéennes à qui leurs parents payaient des opérations d'augmentation ou de réduction des seins en guise de cadeau de réussite au bac.

Pour sa part, elle avait eu une petite chaîne et une croix en plaqué or.

Kitt présenta son insigne.

— Inspecteur Lundgren, de la police judiciaire ; l'inspecteur Riggio travaille avec moi.

M.C. sortit également son insigne ; l'homme n'y jeta pas même un coup d'œil.

— Je me demandais quand vous alliez vous décider à venir. Pour qu'il n'y ait aucun malentendu entre nous, sachez que mon avocat est déjà au courant de l'affaire.

Réaction typique du prétentieux bourré de fric.

— Quelle affaire, monsieur Dale ? demanda Kitt.

— Celle qui concerne l'embauche de Derrick Todd, évidemment. N'est-ce pas pour cela que vous êtes ici ?

— Effectivement. Je m'étonnais simplement que vous ayez jugé utile de consulter un avocat pour répondre à quelques questions concernant l'un de vos employés.

Il se rembrunit.

— Ne jouez pas au plus fin avec moi, inspecteur. Nous savons tous les deux pour quelle raison un homme comme moi fait appel à son avocat dans ce genre de situation. Bon nombre de menteurs, de maîtres chanteurs et de paparazzi indélicats sont à l'affût de ces choses-là.

Il avait raison et sa franchise plaidait en sa faveur.

— Et que vous a conseillé votre avocat, monsieur Dale ?

— De répondre honnêtement à vos questions, de coopérer de mon mieux puis de vous éconduire poliment.

— Ce programme nous convient tout à fait, monsieur Dale.

Il referma la porte derrière lui.

— Ma femme dort encore.

La veinarde. Kitt sortit son bloc-notes.

— J'ai cru comprendre que le centre de loisirs The Fun Zone vous appartenait.

— En effet ; c'est l'une des branches dans lesquelles j'investis. J'en ai confié la gestion — y compris celle des embauches et des licenciements — à mon directeur.

— M. Zuba.

— C'est cela.

— Vous dites que vous confiez les embauches et les licenciements à votre gérant, mais ce n'est pas toujours le cas, n'est-ce pas ?

Il eut une légère hésitation.

— Il m'arrive parfois d'émettre des suggestions.

— Comme vous l'avez fait pour Derrick Todd ?

Là encore, il hésita.

— Oui.

— M. Zuba nous a dit que vous lui aviez « vivement recommandé » M. Todd.

— C'est exact. M. Todd s'est occupé de l'entretien du jardin et de la piscine, ici, pendant plusieurs années. C'était un gentil garçon qui faisait sérieusement son boulot. Il nous a quittés quand il a repris ses études.

— Où est-il allé ?

— A RVC.

Rock Valley College était un institut universitaire local qui offrait un premier cycle d'études supérieures aux étudiants qui souhaitaient intégrer ensuite une université d'Etat. « The Rock » accueillait également des personnes désireuses d'effectuer un cycle court afin d'acquérir des connaissances susceptibles de les valoriser sur le marché du travail.

— A quand cela remonte-t-il ?

Il réfléchit brièvement.

— A environ quatre ans — quatre ans et demi.

Kitt jeta un coup d'œil sur sa coéquipière. M.C. observait l'homme avec attention, son langage corporel et les mouvements des yeux permettant d'évaluer sa sincérité.

— Que s'est-il passé ensuite ?

— Il est venu me trouver pour solliciter un emploi. Je lui ai promis de voir s'il y avait une possibilité d'embauche dans l'une de mes affaires. C'était le cas à Fun Zone ; j'ai donc demandé à M. Zuba de prendre sa candidature en considération.

— Et rien de plus ?

— Rien de plus.

— Vous n'avez pas demandé à votre directeur d'engager M. Todd sur votre simple recommandation ?

— Sans aucune vérification de ses antécédents ? Pourquoi aurais-je fait une chose aussi stupide ?

— Je l'ignore, monsieur Dale. C'est pourtant ce qui s'est produit.

— Je ne sais réellement pas comment cela a pu se faire.

Il détourna brièvement les yeux, puis les reporta sur Kitt.

— Une erreur de communication, je suppose.

Lundgren se hérissa, scandalisée par cette réponse évasive.

— Une erreur de communication qui a peut-être coûté la vie à deux enfants de dix ans, riposta-t-elle.

Dale cilla visiblement, battant des paupières à trois reprises. Cette fois, elle avait fait mouche ; mais pourquoi ? Avait-il quelque chose à se reprocher ? Ou peur ?

— Vous ne vous doutiez donc même pas que, dans l'intervalle, Derrick Todd avait eu des démêlés avec la justice ?

— L'aurais-je recommandé à mon directeur si je l'avais su ? répliqua-t-il d'un air indigné.

Kitt haussa les sourcils.

— Je ne sais pas, monsieur Dale ; c'est à vous que je pose la question.

— Je n'ai plus rien à ajouter, inspecteur. Si je pouvais vous aider davantage, je le ferais.

Ben voyons. Ce jour-là, les poules auront des dents.

Elles remercièrent le témoin et regagnèrent la voiture. Après avoir bouclé sa ceinture, Kitt se tourna vers M.C. qui manœuvrait pour repartir.

— As-tu remarqué qu'il n'a pas demandé pour quelle raison nous enquêtions sur Todd ? Il n'a pas prononcé un seul mot de regret ou de dénégation, exprimé la moindre inquiétude.

— Oui, j'ai remarqué ; il était bien trop occupé à se débiner au maximum, l'enfoiré.

Kitt hocha lentement la tête.

— Au cas où Todd serait inculpé des deux derniers meurtres, Dale s'arrangera pour faire porter le chapeau à ton copain ZZ.

— Il avait préparé son histoire avec son avocat, ça ne fait pas le moindre doute. Sympathique, le personnage !

— Passons-le au crible de l'informatique, pour voir s'il est aussi irréprochable qu'il veut s'en donner l'air.

M.C. hocha la tête.

— Mais allons d'abord faire un tour à Fun Zone pour cuisiner encore un peu ce cher ZZ. A la lumière de ce que nous venons d'apprendre, je suis curieuse de voir s'il modifie son histoire.

Elles arrivèrent au centre de loisirs juste avant l'ouverture des portes. ZZ et tout son personnel étaient en train de se préparer à la joyeuse bousculade du samedi matin.

Il n'eut vraiment pas l'air très heureux de les voir.

— Pourrions-nous te parler un instant sans témoins ?

Zuba fit signe que oui.

— Allons nous isoler au fond.

Quand ils furent dans son bureau, M.C. n'y alla pas par quatre chemins.

— ZZ, il y a un hic : ton patron affirme qu'il t'a seulement recommandé d'examiner la candidature de Todd — mais pas de l'embaucher directement, surtout sans le moindre contrôle.

ZZ blêmit.

— Il ment. Il m'a formellement déclaré que Derrick était embauché ; qu'il se portait personnellement garant de son intégrité.

— Je regrette — ce n'est pas sa version des faits.

Visiblement dérouté, il se passa une main dans les cheveux.

— Je ne comprends pas à quoi il joue.

Sans le quitter des yeux, M.C. secoua la tête.

— ZZ, tu n'as pas intérêt à me raconter des bobards ; si jamais Derrick Todd est inculpé de meurtre, ça risque de faire très, très mal. En clair, si tu as déformé la vérité pour ne pas te mouiller, tu ferais mieux de le dire tout de suite.

— Je n'ai rien à cacher, je le jure.

Kitt scruta sa physionomie. Pourquoi leur mentirait-il ? En

outre, elles l'avaient interrogé à froid, tandis que Dale, lui, avait été averti par ZZ, ce qui lui avait laissé le temps de se préparer.

— Merci, ZZ. Nous te tiendrons au courant.

— Un instant! demanda-t-il, visiblement perplexe. A votre avis, pourquoi Sydney Dale a-t-il raconté ça?

— Il va falloir lui poser la question toi-même.

Son expression changea, comme s'il commençait à saisir la situation.

Son patron lui faisait porter le chapeau, au cas où.

Kitt eut pitié de lui. La réalité n'était pas toujours facile à encaisser.

Son portable sonna dans sa poche. Elle appuya sur une touche et le porta à son oreille.

— Lundgren à l'appareil.

— Kitt, c'est Sal. Derrick Todd a réapparu. L'agent Petersen l'a aussitôt amené ici.

— Parfait. Gardez-le au chaud dans une salle d'interrogatoire. On arrive.

23.

Samedi 11 mars 2006
Midi

Derrick Todd était un révolté. Apparemment très fort côté insolence; beaucoup moins côté intelligence. M.C. réservait son jugement sur ce point, ne sachant encore à quoi s'en tenir à son sujet.

Il faisait penser à ces individus qui faisaient constamment le mauvais choix et en voulaient au monde entier; une attitude qui les entraînait bien vite dans un cercle vicieux où les condamnations se succédaient, aggravant leur situation plus qu'elles ne l'amélioraient.

Kitt arriva tranquillement, un gobelet de café dans une main, un carton de beignets dans l'autre et le journal sous le bras. Les beignets pouvaient paraître un peu déplacés mais ils faisaient partie du scénario; estimant que le jeune voyou devait être remonté contre les flics, les deux femmes s'étaient concertées pour essayer de le piéger.

Comme convenu, elle laissa tomber le dernier numéro du *Register Star* sur la table, bien en vue. La première page titrait en caractère gras :

Copieur ou pas, le tueur d'anges va-t-il encore frapper ?

Les portraits de Julie Entzel et de Marianne Vest, ainsi que ceux des premières victimes, en plus petit format, illustraient l'article.

La plupart des tueurs en série aimaient tenir la vedette de l'actualité; ils adoraient lire les articles qui leur étaient consacrés, se complaisaient à revivre les moments du passage à l'acte.

L'effervescence qu'ils provoquaient dans le public et auprès des forces de l'ordre leur procurait une véritable jouissance.

Si Todd était le tueur, il ne pourrait littéralement plus détacher les yeux du gros titre du journal. L'astuce avait été mise au point par le département de science du comportement du FBI. Et le stratagème pouvait aussi fonctionner avec des objets prélevés sur le lieu du crime — arme ou photos de la victime.

La première fois que M.C. s'en était servie, le suspect avait effectivement rapproché sa chaise pour mieux voir l'objet — un bonnet bleu en laine que sa petite victime portait au moment du meurtre.

Elles avaient décidé de commencer en douceur avec Todd, de lui procurer une impression de sécurité trompeuse qui l'inciterait à baisser la garde. M.C. jouerait le rôle du « méchant flic », Kitt celui du gentil.

Kitt posa le carton de pâtisseries sur le journal.

— Excusez mon retard, dit-elle ; je m'offrais une petite pause café.

— Ces flics…, grommela le garçon.

— Pardon ?

Il fit basculer sa chaise en arrière, l'air méprisant.

— Avec vous, on n'est jamais déçu, c'est tout.

— Un petit beignet ?

Elle lui montra le carton.

— Servez-vous.

— Non, merci.

— M.C. ?

— Moi, je veux bien.

Elle prit son temps pour en choisir un et mordit dedans d'un air gourmand.

— Qu'est-ce que je fais ici ?

— Je pense que vous le savez, monsieur Todd.

— Bon, j'ai trouvé un job à Fun Zone — et alors ?

— Où étiez-vous la nuit dernière, monsieur Todd ?

— Dehors.

— Mais encore ?

— Chez une copine.

— Qui s'appelle ?

— J'en sais rien. Je l'ai rencontrée dans un bar.

Chacun ses goûts, après tout.

— Quel bar ?

Il hésita.

— Le Google Me.

— Vous n'avez pas l'air très sûr de ça.

— J'en suis sûr ; mais j'ai pas envie que des porcs dans votre genre connaissent les endroits que je fréquente.

Insulter des gens armés et qui tiennent votre sort entre leurs mains n'est jamais une preuve de grande intelligence.

CQFD.

M.C. jeta un coup d'œil sur Kitt. Elle fixait le suspect avec une intensité presque hypnotique, comme si elle voulait l'inciter à regarder ce foutu journal.

Mais il n'y prêtait aucune attention, de façon presque délibérée. Se doutait-il de quelque chose ? Elle ne le pensait pas assez malin pour avoir deviné qu'elles lui tendaient un piège ; néanmoins, il valait mieux vérifier.

— Kitt, puis-je te parler un petit instant dans le couloir ?

L'autre femme croisa son regard, comprenant immédiatement où elle voulait en venir. Elles quittèrent la salle d'interrogatoire, verrouillant la porte derrière elles, et gagnèrent la pièce attenante. A l'intérieur, l'adjoint du procureur, un jeune homme d'une trentaine d'années qui arborait des lunettes à la Harry Potter et une calvitie naissante, observait le suspect sur l'écran vidéo en compagnie de Sal et du sergent Haas.

Depuis peu, tous les interrogatoires liés à des affaires d'homicide étaient enregistrés sur vidéocassette — un outil qui s'ajoutait à l'arsenal des méthodes d'investigation. Outre l'intérêt de pouvoir, si nécessaire, étudier l'interrogatoire plus en détail, l'enregistrement permettait également aux enquêteurs de se prémunir contre d'éventuelles accusations de brutalité ou de violation des droits de la défense.

A l'exception d'un bref coup d'œil dans leur direction, le trio ne quitta pas des yeux l'écran vidéo, sur lequel on voyait Todd tambouriner nerveusement sur la table. Riggio tira une chaise tandis que Kitt restait debout. Sous leurs regards attentifs, Todd finit par se lever et marcher de long en large. Puis il s'assit de nouveau, leva les yeux vers la caméra et leur fit un bras d'honneur.

Mais il jeta à peine un coup d'œil distrait sur le journal.

— Il ne sait peut-être pas lire, commenta M.C.

— Ce n'est pas notre homme, dit Kitt. Il ne mord pas à l'hameçon.

— Nous n'en avons encore aucune certitude, riposta M.C.

— J'en suis convaincue, bon sang!

— Attendez, dit l'assesseur; ça y est, il y va.

M.C. se retourna vivement vers l'écran. Todd était en train de rapprocher sa chaise du journal. Ils le virent se pencher en avant, comme pour essayer de déchiffrer l'article autour du carton de beignets.

Elle retint son souffle.

Pousse la boîte. Allez, prends ce canard et lis-moi ça, espèce d'enfoiré.

Contre toute attente, il cracha dans le carton de beignets, puis se cala dans son siège avec un sourire satisfait.

— Quel petit salopard! grommela Sal. Moi qui espérais en manger un!

M.C. regarda Kitt.

— Bon; si on ôtait les gants, maintenant?

Kitt secoua la tête.

— Ce n'est pas le plan que nous avons mis au point.

— Et alors?

— Alors, nous suivons notre plan initial.

M.C. ne cacha pas sa déception.

— Il a besoin d'être secoué.

Kitt usa de sa position hiérarchique.

— On le laisse encore mijoter une minute ou deux; après ça, on monte la barre d'un cran, comme prévu.

Sur le point de protester, M.C. vit Sal froncer les sourcils. Il n'admettrait pas que ses inspecteurs s'opposent sur les méthodes — surtout dans un moment aussi crucial.

— Très bien ; allons-y.

Quand elles regagnèrent la salle d'interrogatoire, Todd les gratifia d'un petit sourire en coin.

— Un beignet, inspecteurs ?

— Vous êtes une vraie petite crapule, hein ?

Il haussa les épaules.

— Bof.

— Bof, comme vous dites.

M.C. tira une chaise et la plaça de façon à lui faire face.

— C'est drôle que vous fréquentiez un endroit qui s'appelle Google Me ; car vous n'aimeriez sûrement pas qu'on découvre vos petits secrets via Internet, n'est-ce pas, monsieur Todd ?

— Allez vous faire foutre.

— Croyez-vous que votre compagne d'une nuit vous aurait laissé l'approcher si elle avait été au courant de votre condamnation pour atteinte aux mœurs ? A moins que ce ne soit encore une enfant ; quel âge a donc cette « copine » chez qui vous avez passé la nuit ?

Kitt s'interposa sans lui laisser le temps de répondre.

— Qui vous a embauché à The Fun Zone ? lui demanda-t-elle posément.

— Le propriétaire. Sydney Dale.

Il prononça ce nom d'un ton chargé de mépris.

— Vous ne le portez pas dans votre cœur, on dirait. Même s'il a donné un emploi à un ex-taulard ?

— Je ne peux pas le saquer. Ce type est une merde.

— Quand il vous a embauché, était-il au courant de ce que vous aviez fait ?

Todd haussa encore les épaules.

— J'en sais rien, et je m'en fous.

M.C. prit le relais.

— Ah, vraiment ? Un centre de loisirs pour enfants n'est pourtant pas le lieu de travail idéal pour un pédophile. Ou bien, justement, si… du point de vue du pervers.

Les joues du jeune homme s'enflammèrent.

— Je ne suis pas pédophile !

— Un jury a pourtant décidé du contraire, non ?

Elle attrapa le journal, posa la première page sous son nez et désigna les photos de Julie et Marianne.

— Avez-vous déjà vu ces filles quelque part ?

— Non.

— En êtes-vous certain ?

Il regarda mieux le journal, déchiffra la manchette en caractère gras. Faisant le rapprochement, il réprima visiblement un haut-le-cœur.

— Vous vous en foutez un peu moins ?

— Je n'ai jamais vu ces deux gamines.

— Etiez-vous au travail le samedi 21 janvier ?

— Je ne me rappelle pas.

— Je peux vous rafraîchir la mémoire, intervint Kitt. J'ai demandé à M. Zuba de vérifier le tableau de pointage. Vous avez travaillé ce jour-là.

— Et le samedi 11 février ?

— Je ne sais pas non plus ; probablement, oui.

— Je confirme, déclara Kitt avec entrain.

— Et après ?

Malgré tous ses efforts, il n'avait plus l'air aussi sûr de lui. Sa belle arrogance s'était envolée ; il semblait presque sur le point de se trouver mal.

— Ces petites filles ont fêté toutes les deux leur anniversaire à The Fun Zone : Julie Entzel en janvier, Marianne Vest en février. Une sacrée coïncidence, non : un homme jugé coupable d'actes à caractère pédophile qui travaille précisément à l'endroit où deux fillettes assassinées ont passé la journée de leur anniversaire ?

Le jeune homme blêmit. Des gouttes de sueur perlèrent à son front.

— Je veux un avocat.

— Je l'imagine aisément, monsieur Todd.

M.C. se redressa.

— Viens, Kitt, allons chercher un avocat pour monsieur l'Innocent, ici présent. Apparemment, il en a grand besoin.

— Je n'ai rien fait du tout !

Kitt prit une attitude maternelle.

— Derrick, l'affaire se présente mal, vous savez ? J'ai envie de vous aider. Nous devons arrêter le coupable, l'empêcher de s'attaquer à d'autres enfants. Si ce n'est pas vous…

— C'est pas moi, je le jure ! J'ai même jamais vu ces petites filles ; à Fun Zone, il y a tout le temps des anniversaires !

— Alors, pourquoi avoir choisi un établissement de ce genre pour y travailler ? Que devons-nous en déduire ?

— J'avais pas de boulot ! cria-t-il. Dale me devait bien ça. C'est tout.

— Dale vous devait bien ça ? Que voulez-vous dire par là ?

— Je connais mes droits ! Je ne dirai plus un seul mot tant que…

M.C. se leva.

— Tant que vous n'aurez pas d'avocat, conclut-elle à sa place d'un ton ironique.

24.

Dimanche 12 mars 2006
9 h 20

Hors d'haleine et en nage, Kitt ralentit le pas. Elle avait tenu la promesse qu'elle s'était faite de retrouver la forme. A deux reprises, au lieu de s'attarder au lit le matin, elle avait eu le courage de se lever en songeant qu'elle avait quarante-huit ans, qu'il était temps de se bouger les fesses… surtout face à la concurrence d'une Mary Catherine Riggio, plus jeune et plus mince qu'elle.

C'était ridicule de vouloir rivaliser avec Mary Catherine, elle en avait conscience, mais elle ne pouvait pas s'en empêcher. En regardant Riggio, elle voyait l'inspecteur qu'elle avait été vingt ans auparavant ; une femme pleine d'assurance, avec toute sa carrière, toute *sa vie* devant elle.

Les différences qui existaient entre elles lui avaient sauté aux yeux pendant l'interrogatoire de Todd. M.C. brûlait d'envie de foncer, d'exercer sa domination. Kitt redoutait d'aller trop vite et de brûler les étapes. Etait-ce seulement parce que la méthode lui semblait mieux adaptée ? Ou parce qu'elle craignait de commettre une erreur ?

Cette impression d'avancer dans le brouillard la quitterait-elle un jour ?

Depuis l'interrogatoire de Todd, l'enquête piétinait. Il avait été inculpé de violation de la loi de l'Etat concernant les personnes condamnées pour pédophilie. Les perquisitions à son domicile et dans son véhicule n'avaient fourni aucun élément susceptible de le relier aux meurtres de Julie et de Marianne.

Kitt n'avait pas été étonnée par ces résultats. En théorie, Derrick Todd aurait pu faire un assez bon suspect mais, en réalité, son intuition lui disait que ce n'était pas leur homme.

D'une part, il n'avait pas mordu à l'hameçon ; d'autre part, s'il avait été coupable, il aurait manifesté une attitude moins provocante dès le début. Et puis il avait été condamné pour exhibitionnisme, avec masturbation devant une adolescente de moins de quinze ans. Logiquement, l'étape suivante aurait dû être le viol en cas de récidive ; mais les victimes du tueur d'anges et de son copieur n'avaient subi aucune agression sexuelle.

Or, statistiquement, les agresseurs d'enfants tuaient le plus souvent leur victime lorsqu'il y avait eu crime sexuel — espérant ainsi échapper à toute identification.

Elle arriva en vue de son pavillon. Quelqu'un l'y attendait, assis sur une marche de l'entrée. En s'approchant, elle vit que c'était Danny. Il lisait le journal tout en sirotant une boisson dans un gobelet de chez Starbucks.

— Salut, toi, dit-elle en le rejoignant.

Il leva les yeux et sourit.

— J'étais à deux doigts de déclarer forfait. Je m'étais fixé un maximum d'une demi-heure d'attente.

Kitt alla s'asseoir à côté de lui.

— Ç'aurait été dommage. C'est pour moi ? demanda-t-elle en désignant un autre gobelet posé sur la plus haute marche.

— Oui ; cappuccino vanille.

Il le lui tendit.

— J'aurais peut-être dû choisir une boisson sans sucre ?

— Sûrement pas. Je cours pour garder la forme et rester dans la compétition, pas pour perdre du poids.

Elle but quelques gorgées de café et eut un soupir de satisfaction.

— Ta rivale, c'est ta coéquipière ?

— Oui : Mary Catherine Riggio.

— A t'entendre, on croirait que tu parles d'un serpent prêt à te mordre.

Kitt se renversa en arrière, en appui sur les coudes.

— Je crois bien que c'est déjà fait.

Danny pinça les lèvres.
— Tu as envie d'en parler ?
— Peut-être. Ça aussi, c'est pour moi ?
Il lui passa le sachet de pâtisseries.
— Du moins, ce qu'il en reste ; l'attente m'a ouvert l'appétit.
Elle jeta un coup d'œil sur le muffin largement entamé, au fond du sachet.
— L'attention me touche, Danny, mais je crois que je vais m'abstenir.
— Comme tu voudras, dit-il avec un sourire.
Il prit le morceau restant et le dévora.
— Alors, quoi de neuf ? demanda-t-elle en l'observant du coin de l'œil.
— J'avais envie de prendre des nouvelles ; de voir comment tu allais.
— Je n'ai pas molli, si c'est là ta question.
— Je n'attends pas que tu faiblisses, Kitt ; je ne le souhaite pas, d'ailleurs.
— Tu veux juste être là quand ça arrivera, c'est ça ?
— Non, dit-il avec un haussement d'épaules, ignorant le sarcasme ; je veux juste être là si tu as besoin de moi. Et tu le sais très bien, Kitt.
Oui, elle le savait. Elle le savait parfaitement bien.
— Excuse-moi. Le stress commence à me perturber pour de bon.
— Le stress… ou la coéquipière, suggéra-t-il.
La coéquipière, bien sûr.
Kitt avala une gorgée de café.
— Elle est jeune ; et intelligente, ajouta-t-elle.
— Séduisante ?
— Oui, en plus.
— Et en quoi cela te gêne-t-il ?
— La réponse me semble assez évidente.
— En ce qui me concerne, non.
— Réfléchis un peu.
— Toi aussi, tu es intelligente, Kitt ; et très, très séduisante, si tu me permets.

— Nous sommes amis ; tu ne vas pas me dire le contraire, bien sûr. Seulement…

Elle leva l'index, coupant court à ses protestations.

— Je ne suis plus toute jeune.

— Je t'ai déjà dit ce que j'en pense ; mais si tu tiens à te trouver vieille, dis-toi que l'âge apporte la sagesse, rétorqua-t-il avec un petit sourire en coin.

La réplique la fit grimacer ; *la sagesse était une vertu de grand-mère.*

— Je suis une ratée.

— Ça t'avance à quoi de t'apitoyer sur ton sort ?

Kitt garda un instant le silence. Une fois de plus, il fallait bien admettre qu'il n'avait pas tort.

— Le problème, en fait, c'est que ça a l'air d'être incroyablement facile pour elle, répondit-elle.

— Quoi, le travail ?

— Non ; la confiance en soi.

En guise de réponse, il la serra brièvement dans ses bras.

— Il faut que j'y aille.

— Déjà ?

— J'ai promis à un ami de l'aider à déménager.

Kitt le regarda s'éloigner puis se retourna et gagna sa porte… qu'elle trouva déverrouillée.

Perplexe, elle fronça les sourcils. Elle ne l'avait sûrement pas laissée comme ça.

A moins que…

Elle se concentra en essayant de visualiser tous ses gestes. Elle ne se revoyait pas en train de fermer à clé, mais c'était le genre de choses qu'elle faisait machinalement. En principe, les flics ne commettent pas ce genre d'étourderie.

Elle examina le battant et les montants de la porte ; il n'y avait aucun signe d'effraction. Etait-elle donc distraite au point d'oublier de fermer en partant ?

Ce n'était pas impossible. Auquel cas elle avait vraiment intérêt à se ressaisir.

Elle entra, donnant délibérément un tour de clé derrière elle.

Une bonne douche puis un solide petit déjeuner lui feraient

du bien. Elle ôta son T-shirt mouillé en entrant dans la chambre. Elle le jeta dans la corbeille à linge et se figea brusquement ; un frisson courut entre ses omoplates.

Le tiroir de sa table de chevet était à demi ouvert ; le tiroir où elle rangeait son revolver.

Le sang commença à cogner à ses tempes. Un policier porte toujours son arme sur lui ; quand elle allait courir, elle la glissait dans un étui accroché à sa cheville ou dans un ceinturon spécial. Aujourd'hui, elle avait pris le ceinturon.

N'empêche, elle était sûre de ne pas avoir laissé ce tiroir ouvert.

Kitt s'approcha de la table de chevet et ouvrit le tiroir en grand. Il y avait là son journal intime ; un stylo ; ses photos préférées de Sadie. Plus l'espace vide où elle rangeait habituellement son arme.

Quelqu'un était entré chez elle. Mais qui ? Elle revit Danny, assis sur une marche de l'entrée. Ce n'était sûrement pas…

Peanut.

Il savait où elle habitait. Il avait manifestement l'art de s'introduire chez les gens et de s'éclipser sans être vu. Il avait décidé de pousser le jeu encore un peu plus loin avec elle.

Il était peut-être encore là.

Elle dégrafa son ceinturon, prit son revolver en main et entreprit de fouiller la maison. Finalement, tout était comme elle l'avait laissé, hormis le tiroir et la porte d'entrée.

Son imagination lui jouait-elle des tours ? Avait-elle simplement laissé cette porte et ce tiroir ouverts ?

Etait-ce une hallucination ? Recommençait-elle à perdre les pédales ?

Elle n'avait, hélas, aucune certitude. Elle n'avait plus aucune confiance en elle, ni en son intuition ; et c'était infiniment plus déroutant que de savoir qu'un tueur — ou deux, ou dix tueurs d'anges — était entré chez elle.

25.

Lundi 13 mars 2006
8 heures du matin

Kitt but son café tout chaud à petites gorgées. La veille, le reste de la journée s'était déroulé sans autre incident. Elle avait passé la majeure partie de son temps à s'interroger sur la réalité de cette visite du tueur d'anges et sur la nécessité de faire part de ses soupçons à Sal ou à M.C.

Elle avait finalement opté pour la discrétion. Il était préférable d'éviter de leur donner l'impression qu'elle était sur les nerfs, ou d'ébranler la confiance qu'ils lui accordaient.

La sienne était suffisamment ébranlée comme ça, merci bien.

M.C. arriva à son tour, la mine un peu chiffonnée.

— Ce jour de congé s'est bien passé ? lui demanda Kitt.

— Franchement, c'était pas la joie, répondit M.C. en étouffant un bâillement. Je me suis régalée à faire le ménage, la lessive, et à payer mes factures.

— Vive la vie de flic, commenta Kitt. L'avocat de Todd a laissé un message sur le répondeur.

— Ah oui ? Qu'est-ce qu'il raconte ?

— Que son client est innocent, cette blague.

— C'est ce qui me plaît chez ce môme. Au fond, c'est peut-être le moins pourri de tous.

— A mon avis, la meilleure piste que nous ayons, c'est Fun Zone. Elle crée le lien entre les victimes — ce que nous n'avions jamais pu obtenir pour les premiers meurtres du tueur d'anges. A propos, Sal a donné son accord pour faire surveiller les lieux par un policier en civil. Il pense que tu serais la personne idéale, ajouta Kitt.

M.C. bondit, soudain complètement réveillée.

— La personne idéale ? Je flanque généralement une trouille bleue aux gamins ; et puis si on me laisse dix minutes dans cet asile de fous, je ne réponds plus de mes actes.

— C'est ce que je lui ai dit. Je lui ai aussi rappelé que nous sommes passées toutes les deux à la télé à propos de cette affaire.

— Et alors ?

— Il va envoyer Schmidt.

— Le veinard. Il a donc obtenu les vidéocassettes déjà enregistrées ?

Comme Kitt hochait la tête, elle ajouta :

— Sur ce coup-là, je te dois une fière chandelle.

— A quoi ça servirait de faire équipe, sinon ?

M.C. s'apprêtait à répondre quand le téléphone sonna sur le bureau de Kitt.

— Inspecteur Lundgren.

— Alors, ma chère amie, on tourne en rond ?

C'était lui. Kitt fit signe à M.C., qui appela immédiatement le service des transmissions afin de faire détecter l'origine de l'appel.

— Qui est à l'appareil ?

— Tu sais très bien qui je suis ; ton Peanut adoré.

Son ton doucereux la fit grincer des dents.

— Je me demandais quand vous rappelleriez ; je n'étais pas certaine que vous respecteriez notre accord.

— Je respecte toujours mes engagements.

— Très bien. Nous vous avons donné ce que vous demandiez ; à vous de nous donner le copieur.

M.C., en ligne avec l'unité des transmissions, se pencha et griffonna « portable » sur le dossier posé devant elle.

Merde. Il allait falloir le retenir cinq minutes pour remonter jusqu'à lui.

— Quelle impression ça fait d'avoir le sang d'une autre enfant sur les mains ? demanda-t-elle aussitôt.

— Il a sali les tiennes, Chaton, pas les miennes.

Il rit.

— Du reste, ça m'est égal d'avoir du sang sur les mains — le sang d'un enfant. Tandis que toi, non.

— J'ai la conscience tranquille.

— Vraiment ? Et pour ta fille aussi ? Tu n'as pas son sang sur les mains ?

Elle mobilisa toute son énergie pour ne pas perdre son objectif de vue. Il essayait de la déstabiliser. Les rapports de force l'excitaient. Elle ne lui accorderait pas ce plaisir.

— Il ne s'agit pas de moi, dit-elle ; vous m'avez promis un renseignement. J'attends de vous que vous teniez votre promesse.

Il rit encore — d'un rire glaçant qui évoquait la froideur d'un reptile.

— Où en est l'enquête ?

— Nous suivons quelques pistes très intéressantes.

— Lesquelles ? Celle du petit employé de Fun Zone ?

Totalement déroutée, elle s'efforça de ne rien laisser deviner de son trouble.

— Comment êtes-vous au courant ?

— Je sais tout. Je suis tout-puissant.

— Pardon, vous avez bien dit que vous êtes impuissant ?

A côté d'elle, M.C. mit une main sur sa bouche pour qu'il ne l'entende pas rire.

Kitt songea qu'elle avait peut-être tort de le provoquer, mais elle voulait tester ses limites. Voir comment il fonctionnait.

— Ne refais jamais ça, dit-il d'une voix qui tremblait légèrement.

Il était en colère.

Il se prenait très au sérieux.

Kitt regarda M.C. et désigna sa montre. M.C. montra trois doigts de sa main libre.

Encore deux minutes à tenir.

Une broutille ; mais, en réalité, ces deux minutes-là paraissaient une éternité.

— Excusez-moi ; je résiste difficilement à un trait d'humour.

— Fais en sorte que ça ne se reproduise pas.

La nouvelle s'était répandue dans le service, et un attroupement s'était formé autour d'elles. Kitt jeta à peine un coup d'œil sur le groupe, tâchant de ne pas se laisser distraire.

— Nous pourrions nous rencontrer, vous et moi, histoire de faire connaissance.

— Je ne pense pas que ce soit une bonne idée, Chaton.

— Je viendrais seule, naturellement. Nous pourrions prendre un verre et bavarder un peu.

— Je me fais du souci pour *toi*, Chaton — pas pour moi. Je sais que tu essaies de repérer la provenance de cet appel, alors n'essaie pas de me jouer un tour. Garde-meubles de Loves Park. Local n° 7.

Il coupa la communication. Kitt se leva d'un bond.

— On l'a eu ?

M.C. leva une main puis jura copieusement.

— Non ; à 5 secondes près.

— Merde !

Kitt attrapa son blouson.

— Il me faut un mandat de perquisition pour ce local.

— Il arrive.

— Trouve-moi deux véhicules de patrouille. Appelle le service d'identification. Dis-leur de nous rejoindre là-bas.

26.

Lundi 13 mars 2006
9 h 40

Loves Park était une petite commune limitrophe de Rockford, au nord de la ville. Une plaisanterie communément admise voulait qu'à Loves Park les femmes soient toutes coiffées à la Farah Fawcett et que les hommes aient tous un pick-up. D'où venait la blague ? Kitt l'ignorait — les deux villes n'étant délimitées que par un simple panneau, il n'existait pas de véritable distinction entre les deux. Toujours est-il que les gens de Rockford s'étaient toujours sentis supérieurs à ceux de Loves Park.

Le garde-meubles occupait un immeuble situé entre un restaurant chinois et une cafétéria. En descendant de voiture, Kitt fut assaillie par une odeur de friture. Il n'était pas encore 10 heures du matin et les cuisiniers étaient déjà au travail. Elle songea que les équipes qui l'accompagnaient — trois patrouilles et l'équipe d'identification au grand complet — étaient déjà en train de s'interroger sur ce qu'ils mangeraient à midi : burger ou chinois ?

Du moins, s'ils étaient encore là à midi. Qui sait ? Le local était peut-être vide. Peanut prenait apparemment un malin plaisir à la mener en bateau. Mais il pouvait aussi s'être amusé à semer des indices, à élaborer une sorte de jeu de piste qui les conduirait au copieur.

Peut-être trouveraient-ils quelque chose sur place, songea-t-elle avec ironie. Un indice capital pour l'enquête. Un lien avec le copieur. Ou le chemin qui les conduirait directement au tueur d'anges.

— Tu crois que le Père Noël t'apportera tout ce que tu lui as demandé ? lui demanda M.C. en contournant la voiture.

— Et si on faisait semblant d'y croire, hein ? répondit-elle.

Elles se retrouvèrent en train de marcher côte à côte. Kitt entendit arriver derrière elles les véhicules des autres équipes.

Par expérience, Kitt savait qu'une perquisition de domicile tenait vraiment de la pochette surprise. Pour le flic chargé de la diriger, c'était souvent un moment excitant. Qui procurait un sentiment de toute-puissance. Parce que, en tant que flic, *vous saviez d'instinct* quand vous aviez mis dans le mille : vous teniez votre coupable. Vous alliez le coffrer. C'était… *jouissif.*

Mais, à d'autres moments, il fallait assumer le cataclysme que cela déclenchait. Parce qu'il y avait des personnes indirectement impliquées : des innocents qui partageaient la vie du coupable — une famille, une épouse, des enfants, qui ignoraient parfois totalement la vérité et dont la vie était soudain fracassée par une révélation à laquelle rien ne les avait préparés.

L'expérience lui avait appris tout cela, et bien d'autres choses encore, comme le risque de se trouver face à un suspect armé et décidé à fuir, celui d'être poursuivi en justice ou sanctionné pour violation des droits de la défense. Il fallait prendre un maximum de précautions pour éviter tout dérapage.

Elles poussèrent la porte du secrétariat — un minuscule bureau où il était difficile de s'asseoir à deux. Pas très accueillant.

— Bonjour, dit Kitt à la réceptionniste en s'approchant pour lui montrer le document portant le sceau du tribunal.

L'employée avait un brushing à la Farah Fawcett, remarqua Kitt. *Les préjugés avaient la vie dure.*

— Je suis l'inspecteur Lundgren, de la police criminelle de Rockford. Et voici l'inspecteur Riggio. J'ai un mandat de perquisition pour le local n° 7.

Visiblement embarrassée, la jeune femme rougit légèrement.

— Excusez-moi, bredouilla-t-elle. Je ne comprends pas.

— Nous venons perquisitionner ; voici le mandat. Il concerne le contenu du local n° 7 et les renseignements concernant la personne qui le loue.

— Il faut que j'appelle mon patron pour qu'il me donne son accord, dit l'employée.

Elle tendit la main vers l'appareil ; Kitt remarqua qu'elle tremblait.

— Appelez qui vous voudrez, lui dit-elle ; j'ai l'autorisation nécessaire. A propos, la loi exige votre présence ou celle du propriétaire des lieux pendant la perquisition. Si cela doit poser le moindre problème, vous pouvez appeler un autre responsable.

— Attendez ! Je n'ai pas la clé de ce local. Comment allez-vous y entrer ?

Kitt s'arrêta sur le seuil et se retourna.

— Ne vous inquiétez pas, c'est prévu.

Quand elle arriva au local en question, un policier avait déjà découpé la serrure et relevé le rideau métallique. L'intérieur était sombre, en dépit du soleil qui entrait par la porte ouverte. Les trois agents allumèrent leurs torches électriques.

La petite salle était pleine à craquer. Kitt promena le faisceau de la lampe et découvrit toutes sortes d'objets qu'on aurait pu trouver dans n'importe quel grenier : meubles divers, bicyclettes, cartons de livres et de vaisselle, et jusqu'à un ancien mannequin de couturière.

Durant deux heures, Kitt et les policiers examinèrent tout méthodiquement, ouvrant les cartons, fouillant parmi les vêtements pliés, feuilletant livres et revues, à la recherche d'un indice quelconque : des photos, une Bible au nom de quelqu'un, une arme, une partie d'un cadavre, un trophée quelconque.

Il y avait pourtant quelque chose à trouver. Elle le sentait.

Ou bien son instinct la trahissait-il ?

Elle s'approcha de Snowe.

— Qu'est-ce que tu en penses ? demanda-t-elle.

Snowe tourna sa casquette de base-ball à l'envers sur sa tête.

— Ça va prendre des jours — voire des semaines — de vérifier tout ce fatras.

— L'ennui, c'est que je suis pressée, précisa Kitt.

— Et le problème, c'est qu'on ne peut pas faire de miracle ; j'aimerais bien, mais…

— Et si on commençait par un inventaire ?

— Sans analyser le contenu ? Ça réduirait les délais ; deux ou trois jours, à peu près.

Kitt se sentit soulagée. Si, dans les séries télévisées, les enquêteurs avaient tous les moyens à leur disposition, ce n'était en général pas le cas dans la réalité. La police criminelle avait à conduire simultanément des dizaines d'enquêtes, d'autres crimes et délits continuaient d'être commis, et les moyens donnés aux enquêteurs restaient dérisoires.

Et même des affaires aussi importantes que les meurtres d'un tueur en série se heurtaient à des contraintes de temps et de moyens.

— Continue, dit-elle à Snowe ; moi je vais me renseigner sur la personne qui loue ce local.

Elle se dirigea vers l'un des agents en uniforme.

— Demandez à la secrétaire les coordonnées du type à qui appartient ce fourbi, dit-elle avec un geste du menton, et interrogez la base de données. Je veux tout savoir sur lui : qui il est, où il habite, s'il a un casier judiciaire.

Chaque véhicule de police se déplaçait avec un terminal portable permettant aux agents d'obtenir presque instantanément le maximum d'informations sur un suspect donné.

Le policier hocha la tête.

— Tout de suite, inspecteur.

M.C. vint la rejoindre.

— Il faut que je te parle.

— Oui ? demanda Kitt, sur ses gardes.

— J'ai l'impression que c'est une mise en scène ; encore un test pour te mettre à l'épreuve.

Kitt resta sur la défensive.

— Et pourquoi ?

— Ça ressemble vraiment à un truc monté de toutes pièces ; c'est trop… parfait.

Kitt promena son regard sur le contenu du local, le regardant comme s'il s'était agi d'un plateau de cinéma. Le mannequin de couturière ; les deux vélos des années cinquante appuyés contre un mur ; la malle de paquebot et le grand miroir craquelé.

Un vrai décor de film.

— Il se fout de toi, Kitt. Crois-moi.

— Ecoute, M.C., je sais qu'il y a quelque chose à trouver. Je le sens. Un truc qu'il a caché ici.

— Si c'est le cas, il l'a drôlement bien planqué. Ou enterré. Pour te rendre dingue. Il adore te mener en bateau, t'entraîner sur des pistes fantômes.

Des pistes fantômes. Sadie. Joe. Le tueur d'anges.

Kitt secoua la tête.

— Est-ce une incitation à baisser les bras, inspecteur ?

— Non. Seulement…

M.C. détourna brièvement les yeux puis les reporta sur elle. Kitt eut le sentiment que sa coéquipière était aux prises avec quelque chose qui la dépassait ; comme si elle avait peur de s'aventurer en terrain miné. Comme si elle était mal à l'aise.

— Sois prudente, Kitt.

La réponse la prit au dépourvu. Elle ne s'attendait pas à ce que cette femme manifeste la moindre inquiétude vis-à-vis d'elle.

— Merci, M.C., de t'inquiéter, dit-elle d'un ton bourru, mais je ne pense pas avoir grand-chose à craindre du tueur d'anges ou de son copieur. Je n'ai plus dix ans depuis un certain temps ; et si je suis encore blonde aujourd'hui, c'est parce que mon coiffeur est absolument génial.

M.C. ne se dérida pas.

— On peut perdre bien davantage que sa vie, Kitt.

L'une et l'autre savaient que la vie n'est pas le seul bien dont un criminel peut déposséder sa victime. Ce que M.C. ignorait, c'est que Kitt avait déjà pratiquement tout perdu.

— Inspecteur Lundgren ? J'ai votre bonhomme.

Les deux inspectrices se précipitèrent vers la voiture de police.

— Andrew Stevens ; vingt-huit ans. Ingénieur chez Sundstrand. Domicilié à Rockford, 187, Boulder Ridge Drive. Casier judiciaire absolument vierge ; même pas une infraction au code de la route.

— Super.

Kitt regarda M.C.

— Ça te dit de venir avec moi ?

— Absolument.

Comme elles l'avaient espéré, Stevens se trouvait sur son lieu de travail. Le jeune homme avait une bonne tête ; on lui aurait donné le bon Dieu sans confession — ce qui ne voulait rien dire du tout.

— C'est au sujet de mon portefeuille ? demanda-t-il quand elles se furent présentées.

— Votre portefeuille ? répéta Kitt.

Il se rembrunit.

— On me l'a volé, le lendemain de Noël. J'ai déclaré le vol au commissariat. Je n'ai jamais eu de nouvelles.

— Désolée, monsieur Stevens ; nous sommes ici pour votre garde-meubles.

— Quel garde-meubles ?

— Celui de Loves Park. Local n° 7. Vous le louez depuis le 3 janvier.

Il les dévisagea un instant d'un air perplexe.

— Je n'ai jamais loué de garde-meubles, et on m'a volé mon portefeuille. Vous comprenez toujours tout de travers ?

Charmant.

— Nous sommes désolées de vous donner cette impression, monsieur.

Kitt lui tendit une photocopie du contrat de location.

— Mais ce document prouve que vous avez bien loué le local en question.

Il parcourut rapidement le contrat et le leur rendit en secouant la tête.

— Ce n'est pas moi qui ai signé ça. C'est impossible, de toute façon.

— Et pour quelle raison ? demanda M.C.

— Le 3 janvier, j'étais à San Francisco, en voyage de noces.

27.

Lundi 13 mars 2006
15 heures

Kitt marchait de long en large dans le bureau, folle de rage.

— A ce rythme-là, tu vas finir par faire un trou dans le parquet — ou dans tes chaussures, lui fit remarquer M.C.

— Je m'en fous. Encore une fausse piste — merde !

— Une pomme ? proposa M.C.

Kitt s'arrêta net.

— Tu n'aurais pas plutôt des chips ?

— Pas question — pas bon pour ce que tu as.

M.C. lui lança la pomme.

— Tu es déjà assez mal comme ça.

Kitt attrapa le fruit au vol.

— Il me manipule. Et ça commence à me taper sérieusement sur les nerfs.

— Je te l'avais dit…

— Oh, s'il te plaît, n'en rajoute pas ; une fois, ça suffit.

— C'est le monde à l'envers, on dirait, riposta M.C. La jeune tête brûlée pleine d'arrogance qui a besoin des conseils éclairés du vétéran plein d'expérience, c'est moi, non ? Et *qui* me disait : « Ne te prends pas trop au sérieux »… « Laisse courir » ?

Kit mordit dans sa pomme, croquante et acidulée comme elle les aimait.

— Je n'ai jamais dit : « Laisse courir. »

— Admettons que tu l'aies dit, alors. Et que tu mettes en pratique tes conseils.

— Ce qui signifie, en clair ?

M.C. se leva.

— Oui, il te manipule ; et il obtient le résultat qu'il cherche, non ? Alors, refuse la provocation. Arrête de tourner en rond et de gémir que ça te met en rage.

— Tu sais que tu commences à m'exaspérer ?

Riggio sourit, avec une satisfaction perverse.

— Mieux vaut moi que *lui*.

Kitt croqua un autre morceau de pomme en fixant M.C. droit dans les yeux.

— Je reste convaincue qu'il y a quelque chose qui cloche dans cette histoire.

— Mais quoi ? Stevens est hors de cause. On a vérifié ses déclarations : il a bien fait une déposition pour la perte de son portefeuille. Il a annulé toutes ses cartes de crédit et fait remplacer sa serrure. La compagnie aérienne est formelle : M. et Mme Andrew Stevens ont voyagé le 1er janvier sur un de leurs appareils. Ils ont également dormi du 1er au 8 janvier dans un hôtel de San Francisco.

— Donc, notre homme lui pique son portefeuille. Il utilise ses papiers pour louer un garde-meubles. Et paie une année d'avance.

— Oui, mais lequel ? Le copieur ? Ou Peanut ?

M.C. vit Kitt tressaillir en entendant le surnom. Ce type connaissait ses points faibles, cela ne faisait aucun doute. Elle se promit de ne plus jamais parler de lui en prononçant ce nom.

— Je n'en sais rien ; il ne m'a pas précisé qui utilisait ce local. J'en ai donc déduit…

— … que c'était celui de son copieur ; et il l'a anticipé.

— En fait, ça fait partie de son petit jeu.

— Ça ressemble à une mise en scène parce que c'en est une. Il t'a lancée sur une sorte de jeu de piste.

Kit s'assit sur le coin du bureau. M.C. constata qu'elle s'était calmée.

— Dans ce cas, je n'ai plus qu'à découvrir l'indice qu'il a dissimulé dans ce fatras.

— Autant chercher une aiguille dans une botte de foin. Et encore… à condition qu'il y ait vraiment quelque chose.

— C'est le cas. J'en suis certaine.

Kitt jeta le trognon de pomme dans la corbeille à papier.

— … S'il n'y avait rien, ce serait de la triche. Et ce ne serait plus amusant pour lui.

M.C. haussa les sourcils d'un air sceptique.

— Mais si, réfléchis, poursuivit Kitt. Il veut m'entraîner dans son jeu. Ça lui donne une emprise sur moi — il jubile. S'il trichait, il n'aurait aucun mérite à gagner.

— Ça, c'est *ton* point de vue — pas forcément celui d'un tueur. Désolée, Lundgren, tu projettes.

— Peut-être. Il n'empêche que je *sens* qu'il y a quelque chose.

— Et tu crois, Lundgren, que tu peux te payer le luxe de fonctionner à l'intuition ?

Kitt pâlit en accusant le choc. Sa réaction offrit à M.C. un bref aperçu de la fragilité de sa coéquipière. De ses doutes. De sa peur de se tromper.

Mauvais pour un flic.

M.C. soupira, s'efforçant de rassembler tous les éléments du puzzle pour aider Kitt à réfléchir.

— Il faut que tu restes très critique par rapport à tout ce qu'il dit. Puisque c'est un jeu, tout doit être analysé de ce point de vue. Commençons par le pourquoi. Première question : pourquoi toi, Kitt ?

— Parce que c'est moi qui menais l'enquête sur les premiers meurtres, répondit-elle spontanément. Qu'il me considère sans doute comme un adversaire valable. Je pense vraiment que ça n'a pas de réelle importance.

M.C. ne lui acheta pas sa réponse. A ses yeux, il était essentiel de découvrir pourquoi le tueur faisait une fixation sur Kitt. Pourquoi il l'avait choisie, elle. Ça ne pouvait pas être le fruit du hasard.

— Il a forcément une raison de s'intéresser à toi, Kitt, insista-t-elle. Réfléchis : il aurait pu m'appeler moi, ou appeler n'importe qui d'autre, dans le service. Mais c'est *toi* qu'il a appelée.

Kitt soupira, agacée.

— Qu'est-ce que ça change, que ce soit moi ? Je préférerais savoir comment le tueur d'anges et le copieur se sont connus.

— S'ils se connaissent. Il s'agit peut-être d'un seul individu. Ou de deux complices. Et, dans ce cas, la partie se joue peut-être entre eux…

— Et je serais un simple pion ?

Kitt se frotta les yeux de la paume de ses mains.

— Ce qui nous ramène à la case départ. Sept jours ont passé, une autre enfant a été assassinée, et l'enquête n'a pas progressé d'un pouce.

Il y eut un long silence. M.C. s'absorba dans ses réflexions. Au bout d'un moment, Kitt se tourna vers elle.

— A ton avis, comment a-t-il su, pour Derrick Todd ?

Bonne question. Elles ne s'en étaient pas tellement préoccupées, jusqu'ici.

Pas encore.

— Peut-être nous suit-il, avança M.C. Il pourrait avoir un lien avec l'affaire.

— Un flic ?

— Sans doute pas, mais on ne peut pas exclure l'hypothèse.

M.C. plissa le front en réfléchissant.

— Qui était au courant pour Todd ? ajouta-t-elle.

— Toi et moi. Le commissaire. ZZ ; sa femme — et Sydney Dale.

M.C. hocha la tête.

— Celui-là, on l'a senti très fuyant. Ce type a fait embaucher Todd sur une simple recommandation, sans respecter les contrôles de référence habituels. Et Todd nous a dit que Dale « lui devait bien ça ». Pourquoi ?

— Je suggère que nous placions la réponse à cette question en tête de notre liste de priorités.

— A propos de liste, murmura Kitt en pointant le menton vers la porte, on dirait que la chance nous sourit.

M.C. jeta un coup d'œil derrière elle et vit arriver l'inspecteur Snowe ; il avait l'air satisfait.

— Voilà votre inventaire, annonça-t-il en les rejoignant.

Il posa le dossier sur le bureau, à côté de Kitt.

— J'ai travaillé une bonne partie de la nuit avec Sorenstein. Nous avons dressé une liste aussi détaillée que possible.

M.C. feuilleta le rapport qui comportait quinze pages dactylographiées, très denses.

— Merci, à charge de revanche.

— J'y compte bien ; offre-moi donc un verre un de ces soirs.

— Adjugé.

Sur le point de sortir, il se retourna et regarda M.C.

— Tu te souviens de l'humoriste, au Buster's ?

— Lance Castrogiovanni ? Oui, eh bien ?

— Je l'ai aperçu il y a cinq minutes au rez-de-chaussée. Il te demandait au bureau d'accueil. J'ai l'impression que tu as un admirateur.

L'inspecteur Allen passa la tête par-dessus la cloison de son box.

— Un petit copain, Riggio ? Et moi qui croyais que Lundgren et toi vous étiez inséparables…

M.C. soupira, agacée.

— Super ! On se croirait à la maternelle.

M.C. sortit du bâtiment des affaires criminelles et arriva cinq minutes plus tard dans le hall où Lance était assis dans un coin, l'air totalement abasourdi.

— Vous êtes perdu ? lui demanda-t-elle en s'approchant.

Il se leva et sourit.

— Je l'étais, mais c'est fini.

A l'entendre, M.C. eut presque l'impression d'être une bonne fée.

— Qu'est-ce qui vous amène dans l'antre du loup ? demanda-t-elle.

— Je passais par là… enfin, pas très loin. Alors, j'ai décidé de venir vous voir. J'ai pensé que vous auriez plus de mal à me dire non en face.

— Dire non à quoi ?

— A un rendez-vous.

— Qu'est-ce que vous proposez ?

— Vous et moi. Boire et manger. Ah, et rire aussi. Beaucoup rigoler.

Elle rit.

— Quand ?

— Cette semaine, je suis sur scène tous les soirs sauf mercredi.

Ce qui signifiait échapper au rituel dîner familial. Aux questions de sa mère.

Lance Castrogiovanni avait un excellent sens du timing.

M.C. sourit.

— Si je ne suis pas retenue ici, c'est d'accord.

28.

Mardi 14 mars 2006
7 h 30

Il y avait foule à la cafétéria et le brouhaha lui donnait un léger tournis. Il aimait se mêler aux gens, se fondre dans la foule, y faire des rencontres.

Personne ne se doutait de quoi que ce soit. Ni de qui il était. Ni de quoi il était capable.

Personne ne connaissait ses secrets.

Même pas sa petite Kitt. Surtout pas elle.

Il se cala sur sa chaise, but une gorgée d'espresso, et sourit à une femme qui croisait son regard.

Il s'amusait souvent à ce petit jeu : observer quelqu'un — comme cette femme — et imaginer sa réaction s'il lui révélait la vérité sur lui-même. Il imaginait dans son regard la montée progressive de la terreur, entendait le cri étranglé qui sortirait de sa gorge — un couinement de souris affolée.

Rien que d'y penser, il eut un début d'érection.

Impuissant. L'adjectif dont Lundgren l'avait qualifié lui traversa l'esprit, gâchant son plaisir.

Ça l'avait mis très en colère.

D'autant plus en colère qu'elle avait compris qu'elle avait marqué un point. Jusqu'à ce qu'il se soit ressaisi, c'est elle qui avait mené le jeu.

Il s'était senti impuissant.

Malin de sa part, admit-il. Très malin. Elle l'avait surpris. Elle avait gagné son estime. Mais aussi déclenché sa colère. Elle ne s'en tirerait pas comme ça. Il allait la punir, lui faire payer son audace. Pas trop cher — c'était son premier écart ; juste assez pour lui donner à réfléchir. Un avertissement, en somme, décida-t-il non sans satisfaction.

Mais quelle punition ?

La femme assise un peu plus loin accrocha son regard et sourit à son tour. Pourquoi ne pas lui poser la question ? *Je veux donner une putain de leçon à quelqu'un. A une femme. Parce qu'elle a été très vilaine. Et pour lui faire passer l'envie de recommencer. Vous auriez une idée ?*

Non, ça ne marcherait pas, mais c'était marrant d'imaginer la situation. Prenant sa tasse avec lui, il franchit la distance qui le séparait de l'inconnue et se présenta.

29.

Mardi 14 mars 2006
16 h 30

Chaque année, au début du printemps, la section locale de l'Association américaine de lutte contre la leucémie organisait une kermesse au profit des enfants atteints de cette maladie. Diverses attractions, des stands de jeux et une vente aux enchères étaient proposés au musée des Enfants de Rockford, ainsi qu'à la Cité de la découverte. L'épreuve était douloureuse, mais Kitt y participait systématiquement. L'espoir de pouvoir aider une autre famille à combattre ce terrible fléau compensait largement la souffrance qu'elle devait endurer.

Pour la première fois cette année, elle s'y rendait seule. Les deux fois précédentes, bien que déjà divorcés, Joe et Kitt s'étaient cramponnés l'un à l'autre pour l'occasion, oubliant provisoirement leurs différends.

Cette année, sans doute se cramponnerait-il à sa fiancée.

Elle se demanda s'ils se verraient sur place, et si Valerie serait avec lui.

A condition qu'il vienne ; peut-être jugeait-il que cela aussi appartenait à un passé désormais révolu.

Pendant près d'une demi-heure, elle flâna parmi les stands, acheta des billets pour des spectacles auxquels elle n'assisterait pas, se porta acquéreur pour des lots dont elle ne voulait pas, mangea sans appétit une part de pizza.

Pour finir, elle acheta un lampion pour Sadie. Tous les ans, la kermesse proposait un espace dédié à la mémoire des enfants que la maladie avait emportés. Confectionné en papier japonais, le lampion était fourni avec sa petite bougie et un marqueur pour inscrire le nom de l'enfant, certains y ajoutant un dessin de leur choix.

Kitt écrivit « Sadie Marie Lundgren » en violet — la couleur préférée de Sadie — sur le lampion. Elle n'ajouta rien — trop de douleur, trop de chagrin.

Le mémorial, délimité par une clôture de bois peint, était un petit jardin situé au centre du hall principal. Symboliquement, il occupait la seule place qu'il convenait de donner aux enfants disparus — mais aussi à l'espoir de trouver un traitement pour lutter contre cette maladie.

Kitt confia le lampion de Sadie à la jeune femme qui assurait l'accueil du mémorial. Celle-ci alluma la bougie et alla l'installer sur la guirlande, parmi les autres.

Et là, elle la vit.

Il y avait une autre lampe au nom de Sadie.

Joe était venu.

La gorge nouée, Kitt déchiffra l'inscription sur l'autre lampion.

A notre Peanut. Sadie Marie.

Des larmes lui montèrent aux yeux, brûlantes. Dieu ! comme Sadie lui manquait ! Sadie et Joe. Etre une maman.

Comme sa famille lui manquait !...

— Kitt ?

Joe. Elle ne voulait pas qu'il la voie pleurer, surtout s'il n'était pas seul. Clignant des yeux pour refouler ses larmes, elle se retourna.

— Tiens, Joe, dit-elle avec raideur. Salut.

La femme qui l'accompagnait devait avoir une bonne dizaine d'années de moins que lui. Elle avait de grands yeux bruns et des cheveux châtain clair.

La fiancée de Joe ne lui ressemblait pas du tout. Même leurs morphologies n'avaient rien de commun : Kitt était grande et anguleuse, Valerie, menue et sexy. Pourquoi cela la surprenait-il ? Pourquoi se sentait-elle... déstabilisée ? Peut-être s'était-elle imaginé qu'il rechercherait son sosie, le clone parfait, en somme, parce qu'il ne pouvait pas l'oublier.

— Bonjour, je suis Kitt, finit-elle par dire en lui tendant la main.

— Valerie.

Elle prit la main de Kitt et la serra avec un sourire.

— J'ai beaucoup entendu parler de vous.

Elle avait l'air sympathique — et sincère. Kitt aurait aimé pouvoir la détester ; cela ne fit qu'aggraver son désespoir.

Une jolie petite fille, toute bouclée, se précipita vers Valerie, les traits rayonnants. Elle brandit un sac en plastique rempli d'eau dans lequel nageait un malheureux poisson rouge.

Kitt dévisagea la fillette, devinant qu'elle pouvait avoir neuf ou dix ans. Sous le choc, le vacarme assourdissant de l'angoisse lui emplit la tête.

Valerie avait un enfant.

Joe était de nouveau papa.

— Voici ma fille, Tami. Tami, dis bonjour à l'inspecteur Lundgren.

La petite fille jeta un bref coup d'œil sur elle et nicha sa tête contre l'épaule de sa mère.

— Excusez-la, dit Valerie. Elle est d'une timidité maladive ; sans doute est-ce lié à sa…

Kitt n'écouta pas la suite. Aveuglée par les larmes, elle pivota sur ses talons et se précipita vers la sortie.

Valerie avait un enfant. Une fille.

Joe était en train de remplacer Sadie.

— Kitt ! Attends !

Elle se mit à courir, incapable d'endurer une minute de plus sa présence — et celle de la petite fille aux yeux bruns si doux et au sourire timide.

Joe la rattrapa alors qu'elle venait de franchir le portail de la sortie. Il la saisit par le bras et la fit pivoter vers lui.

— Lâche-moi, Joe !

— Pas avant de t'avoir parlé.

— Parler de quoi ? Du fait que tu essaies de remplacer notre fille ?

— Ce n'est pas du tout ce que tu crois.

— Quel âge a-t-elle ?

Son regard gêné lui apporta la réponse qu'elle attendait, et elle ne put réprimer un sanglot.

— Comment oses-tu ?

— Il faut bien vivre, Kitt. J'ai besoin de tourner la page.

— Et de refaire ta vie, dit-elle avec amertume ; de fonder une nouvelle famille.

Il lui prit l'autre bras.

— Le fait de vouloir vivre une nouvelle vie ne déshonore en rien la mémoire de Sadie. En essayant de retrouver ce que j'ai perdu, je lui rends hommage, au contraire.

— Laisse-moi partir, répéta-t-elle. Je ne veux pas entendre tes justifications lamentables.

— Sadie nous détesterait d'être ce que nous sommes aujourd'hui, si elle nous voyait. Elle détesterait ce que tu es devenue. Penses-y.

D'un geste sec, Kitt se dégagea de l'emprise de Joe. Elle tremblait de colère, tremblait de se sentir trahie.

— Je ne te le pardonnerai jamais, Joe. Jamais, tu m'entends ?

Ils restèrent de longues secondes face à face, se regardant droit dans les yeux. Kitt ne pouvait se résoudre à s'en aller. Elle mourait d'envie de se jeter dans ses bras en sanglotant — de le supplier de ne pas épouser Valerie.

Ce fut Joe qui recula le premier.

— Je regrette, Kitt, mais je ne peux pas continuer à vivre comme je l'ai fait ces dernières années. Je ne peux plus.

Il secoua la tête et rebroussa chemin sans ajouter un mot. Elle le regarda s'éloigner, complètement anéantie. Tout achevait de s'écrouler autour d'elle. Bientôt, Joe appartiendrait à une autre ; il fonderait une nouvelle famille.

Une sourde plainte monta en elle. Jusqu'à cet instant, malgré tout, elle l'avait toujours considéré comme l'homme de sa vie.

— Tenez, jolie madame.

Elle tourna les yeux vers le clown qui lui tendait un ballon. Un ballon rose. Son visage grimé ne souriait pas ; il l'observait attentivement, avec une sorte de gravité.

Les yeux brouillés par les larmes, Kitt secoua la tête, incapable de proférer un mot.

Il garda la main obstinément tendue.

— Pour vous faire retrouver le sourire.

Le clown avait assisté à la scène ; peut-être les avait-il entendus se disputer. Elle devait lui faire pitié.

Il y avait de quoi.

Résignée, elle accepta le ballon. Les boucles de sa perruque orange bougèrent comme le clown faisait sa révérence, puis il s'éloigna en traînant les pieds.

Kitt regagna sa maison déserte, les doigts crispés sur la ficelle du ballon rose.

30.

Mardi 14 mars 2006
23 heures

La sonnerie stridente du téléphone la réveilla. Kitt entrouvrit un œil ; tout bougeait autour d'elle. Elle promena son regard dans la pénombre, désorientée.

A la troisième sonnerie, elle tendit la main vers le téléphone et quelque chose roula sur la table de chevet. Un verre.

Un verre vide.

Un verre qui avait été rempli de vodka.

Elle porta le récepteur à son oreille.

— Al... lô, Lun-ren à l'appareil.

— Kitt, c'est toi ? Danny à appareil.

— Danny ? répéta-t-elle, s'efforçant de se remettre les idées d'aplomb.

De chasser les vapeurs d'alcool qui lui embrumaient l'esprit.

Ses vieux démons avaient repris le dessus. Cédant au désespoir, à un atroce sentiment de trahison, elle avait replongé. Comment avait-elle pu être aussi faible, aussi stupide ?

— Ça va ? demanda Danny.

— Oui, je dormais.

Elle s'éclaircit la voix et se souleva sur un coude pour regarder son réveil.

— Tu as l'heure ? J'ai l'impression que c'est le milieu de la nuit.

— Il est 11 heures.

Il avait répondu d'un ton mi-soupçonneux, mi-déçu. Comment

cacher à un alcoolique qu'on vient de prendre une cuite ? C'était peine perdue.

— Quoi de neuf? demanda-t-elle en s'efforçant d'articuler normalement.

Il ne répondit pas tout de suite.

— Rien de spécial. Je pensais simplement à toi. On ne s'est pas parlé depuis la semaine dernière, et je me demandais si tu allais bien.

— Je vais très bien.

Elle esquissa une grimace, consciente que son mensonge sonnait faux.

— Enfin, aussi bien que possible, vu les circonstances.

— Vu que ton ex-mari est fiancé et que tu te retrouves embringuée dans le remake d'une affaire qui t'a déjà démolie une fois, c'est ça ?

— Exactement.

Elle ferma les yeux en priant pour qu'il ne lui demande pas si elle avait bu. Elle n'était pas très sûre de se sentir assez forte pour lui dire la vérité.

— Tu aurais dû m'appeler, Kitt ; moi ou un autre membre du groupe.

— Je ne vois pas de quoi tu veux parler.

— C'est ça.

Il marqua une pause, comme s'il réfléchissait ou qu'il lui donnait une chance de modifier sa réponse.

— Je croyais que nous étions plus proches que ça, Kitt. Rappelle-moi quand tu seras prête à affronter la réalité.

— Danny, attends…

Mais il avait déjà raccroché. Elle resta un long moment immobile, à écouter la tonalité. Elle se sentait démolie — démolie physiquement et moralement. Une année sans une goutte d'alcool, jetée à la poubelle. Il avait suffi d'une crise pour replonger dans l'horreur — pas seulement dans l'alcool mais aussi dans tout ce qu'elle détestait : la lâcheté, le mensonge.

De honte, Kitt enfouit son visage dans ses mains. Des mains

qui tremblaient. Elle se sentait malade. Danny avait raison. Elle avait besoin de son soutien et de celui du groupe.

Le téléphone la fit sursauter de nouveau. Elle décrocha précipitamment.

— Danny, excuse-moi, dit-elle, persuadée qu'il regrettait de lui avoir raccroché au nez. J'aurais dû…

— Danny ? Devrais-je être jaloux, ma chère ?

Ce n'était pas son ami.

C'était « lui ».

— Qu'est-ce que vous voulez ? demanda-t-elle avec brusquerie.

— Ce n'est pas très gentil, ça, Chaton.

— Je ne suis pas d'humeur gentille.

— Après tout ce que j'ai fait pour toi…

— Ce que vous avez fait pour moi ? En m'entraînant sur une fausse piste ? Merci.

L'homme gloussa.

— Tu as pu avoir cette impression-là ; mais il ne faut pas perdre confiance.

— Oh, je ne perds pas confiance ; j'ai confiance dans le fait que nous allons vous mettre la main dessus et vous laisser pourrir derrière les barreaux jusqu'à la fin de vos jours, vous et votre copieur.

— Tu n'es pas dans ton assiette, ce soir, dis-moi. Tu n'as pas aimé mon ballon ? Il ne t'a pas remonté le moral ?

Un bref instant, elle resta sonnée, croyant avoir mal entendu. Mais non ; *il était bel et bien venu à la kermesse.* Etait-il resté tapi dans l'ombre à l'attendre ? Connaissait-il si bien son emploi du temps qu'il avait deviné qu'elle viendrait là ?

Un clown. Bon sang, était-ce comme ça qu'il repérait ses victimes ?

— Tu as perdu ta langue, ma belle ?

Sa voie imbue d'autosatisfaction lui donna la chair de poule.

— Allez vous faire foutre, lança-t-elle avant de raccrocher.

Le téléphone se remit à sonner presque aussitôt. Encore lui.

— Ne refais jamais ça, gronda-t-il d'une voix vibrante de rage. Tu m'as bien compris ? Parce que tu pourrais le regretter amèrement.

Elle esquissa un sourire, ravie de se sentir un instant victorieuse. Manifestement, il jubilait de la terroriser et de la manipuler.

D'anticiper ses émotions. Mais il n'avait pas anticipé qu'elle lui raccrocherait au nez. Il n'avait pas supporté qu'elle prenne le dessus.

Si elle réussissait à le déstabiliser régulièrement, peut-être finirait-il par commettre une erreur ? Par laisser échapper un indice ?

— Le regretter ? C'est-à-dire ?

— Ne me pousse pas à bout.

Elle entendit le cliquetis d'un briquet, le grésillement d'une cigarette qu'on allume.

— Je sais où tu habites, Kitt Lundgren. Et je sais ce qui te fait souffrir.

Kitt s'efforça de réprimer le tremblement de ses mains. Tout en se maudissant d'avoir bu de la vodka, elle devait résister à l'envie de s'en resservir un verre.

— Vous ne me connaissez pas aussi bien que vous le croyez. Je vous le garantis.

— Dis-toi ça — si ça peut te rassurer, mignonne…

— Et j'en ai assez de vos manœuvres d'intimidation, de vos manipulations. Assez, vous m'entendez ? Vous savez quoi ? Vous êtes un nul. Vous vous prenez pour une terreur mais vous n'êtes qu'un lâche. Un pauvre trouillard.

Elle se demanda s'il avait raccroché, puis perçut un bruit de respiration. Il était de nouveau fou de rage.

— Il y en a eu d'autres, tu sais. D'autres victimes. D'autres crimes parfaits. Mes chefs-d'œuvre.

Le souffle coupé, elle crispa machinalement la main sur le récepteur.

— D'autres enfants ? reprit-elle.

— Tu n'as jamais fait le rapprochement avec moi ; ni toi, ni personne.

— Ces autres victimes étaient-elles des enfants ? insista-t-elle. Répondez-moi !

— Tu as aimé mon ballon ? demanda-t-il. Il t'a rappelé Sadie ? Ou bien les petites filles tuées ? C'était une délicate attention de ma part, tu ne trouves pas ?

— Qui sont les autres ? répéta Kitt. Parlez, je vous en conjure !

— Bonne nuit, Chaton.

Il raccrocha. *Merde.* Les services d'écoutes n'avaient sans doute pas eu le temps de le repérer. Quelques instants plus tard, le policier chargé de surveiller sa ligne le lui confirma.

Elle jeta le téléphone sur son lit.

Bon sang de merde.

Se levant, elle gagna la salle de bains. Elle tenait à peine sur ses jambes, ses mains tremblaient. Après s'être aspergé le visage à l'eau froide, elle passa à la cuisine. Sur la table, la bouteille de vodka à moitié vide la narguait. Elle la regarda, furieuse. Furieuse d'avoir replongé. Furieuse contre Joe. Et contre le tueur d'anges.

Sous le coup de la colère, elle attrapa la bouteille et la vida dans l'évier, qu'elle rinça ensuite pour chasser l'odeur et les vapeurs de l'alcool. Ils n'auraient pas sa peau. Personne. Jamais.

Tandis que la cafetière chauffait, Kitt réfléchit, en marchant de long en large. Il s'était vanté d'en avoir « tué d'autres » ; au pluriel. Des enfants ? se demanda-t-elle. Non, c'était peu probable. Ça n'aurait pas échappé à la police.

Mais alors, *qui* ?

Le café finissait de passer. Elle avait besoin de caféine pour dissiper les dernières vapeurs d'alcool. Après avoir rempli son mug, elle ajouta du lait et du sucre et se confectionna une tartine de beurre de cacahuètes.

Tout en mangeant et en buvant, elle continua de réfléchir à ce que le tueur d'anges venait de lui dire. Il était donc présent à la kermesse. Le clown aux ballons, c'était lui. Elle se concentra pour tenter de se remémorer son aspect physique.

Il était assez grand — un mètre quatre-vingts, à peu près. De corpulence moyenne. De race blanche ; cela se voyait sous le fard épais, et le nez enduit de rouge, dont il avait couvert son visage. Sous les sourcils en accent circonflexe et le fard qui créait l'effet d'un regard étonné, ses yeux bleus l'avaient fixée avec attention ; oui, des yeux bleus, elle en était certaine. La perruque orange ne permettait pas de distinguer, en revanche, la couleur des cheveux.

Que faire ? Elle jeta un coup d'œil sur la pendule murale. Il n'était pas encore minuit ; si M.C. était déjà couchée, il valait mieux la réveiller.

Cela ne pouvait pas attendre le lendemain.

Elle retourna dans sa chambre, prit son téléphone portable et composa le numéro de sa coéquipière. Après la seconde sonnerie, Riggio répondit, déclinant son nom d'un ton circonspect.

— Tu ne dormais pas ?

— Kitt ? grommela M.C. J'espère que ça vaut vraiment le coup.

— A toi d'en juger. Il vient de m'appeler. Il revendique d'autres meurtres, auxquels personne n'a jamais songé à l'associer.

Elle entendit M.C. respirer à fond, puis eut l'impression que M.C. s'était levée.

— Et tu crois que c'est vrai ?

— Je n'en sais rien. Mais je file tout de suite au bureau ; l'informatique pourrait m'aider à trouver quelque chose.

— Les victimes ne vont pas s'envoler, tu sais. Ça peut attendre à demain.

— Je sais, mais de toute façon je n'arriverai pas à dormir.

Kitt s'éclaircit la voix.

— Il y a encore autre chose : apparemment, nous nous sommes retrouvés face à face, lui et moi, cet après-midi.

— Cette fois, tu m'as eue, dit M.C. Je passe te chercher immédiatement — tu es sur mon chemin.

31.

Mercredi 15 mars 2006
00 h 5

A vol d'oiseau, Kitt n'habitait pas très loin de chez elle. M.C. se gara dans l'allée de la maison de Kitt, descendit de son Explorer et alla sonner à sa porte.

Kitt mit plusieurs minutes à venir lui ouvrir. Elle avait les cheveux mouillés, les joues rouges.

— Tu as fait vite, constata-t-elle. Je ne t'attendais pas avant un quart d'heure.

— En fait, j'étais encore debout et tout habillée. J'aurais dû te prévenir, désolée.

— Pas de problème. J'ai pris une douche rapide. J'en ai pour cinq minutes à me sécher les cheveux — tu permets ?

— Vas-y. C'est bien une odeur de café que je sens ?

— Je viens d'en préparer. La cuisine est juste en face.

M.C. trouva la cuisine, puis le placard où Kitt rangeait les mugs. Le sucrier était ouvert sur la table ; apparemment, elle avait déjà bu une tasse. L'assiette sale posée au bord de l'évier indiquait qu'elle avait aussi mangé quelque chose.

Avant de l'appeler ? se demanda M.C. Ou après ?

Elle remplit un mug, sucra son café et en but quelques gorgées. Au fond de la maison, on entendait le bruit d'un sèche-cheveux.

Remarquant une série de photos maintenues par des aimants sur la porte du réfrigérateur, elle s'approcha, curieuse.

Sadie, comprit-elle. Et Joe.

Elle regarda les photos, une par une. Sadie était une très jolie petite fille. Blonde, aux yeux bleus, et un sourire adorable qui dessinait de jolies fossettes sur ses joues. Joe, blond lui aussi, était un bel homme. Une carrure athlétique d'homme très actif. M.C. comprit de qui la petite fille avait hérité ses fossettes.

Elle but son café à petites gorgées, puis examina de plus près les photos où figurait Kitt, entre sa fille et son mari ; on la reconnaissait à peine, tant elle paraissait jeune et insouciante.

Que pouvait-on ressentir quand tout s'effondrait — quand on perdait ce qu'on avait de plus cher et de plus précieux : un enfant ?

Elle-même ne s'était jamais tout à fait remise du décès de son père. Mais la mort d'un enfant ? Et la rupture d'un mari ? Ça lui paraissait inimaginable.

— Je vois que tu as trouvé le café.

Surprise, M.C. fit volte-face et renversa un peu de liquide chaud sur sa main. Kitt alla arracher un morceau de papier absorbant et le lui tendit.

— Excuse-moi — je t'ai fait peur.

M.C. essuya sa main puis les gouttes qui avaient coulé par terre. Du coin de l'œil, elle vit Kitt contempler ses photos d'un air atrocement triste.

— C'était une très jolie petite fille, lui dit-elle.

Un sourire effleura les lèvres de Kitt.

— Son âme aussi était jolie.

— Je compatis, vraiment ; ce doit être... épouvantable.

Kitt prit son assiette et son mug, alla les ranger dans le lave-vaisselle.

— Tu m'as dit que tu ne dormais pas, tout à l'heure. Aurais-je interrompu un tête-à-tête ?

— Non ; je travaillais. J'étudiais l'inventaire du garde-meubles.

— Tu as remarqué quelque chose d'insolite ?

— Non ; ce n'est qu'un ramassis de vieilleries — fringues démodées, bouquins jaunis, almanachs, collections de 33 et 78 tours, sapin de Noël en aluminium... Le banal inventaire d'un grenier de maison de famille.

— Mais le grenier de qui ?

— De personne, je le crains. J'ai bien peur que ton bonhomme n'ait acheté tout ça dans une brocante et monté cette supercherie pour te faire marcher.

M.C. alla vider le reste de son café dans l'évier, rinça sommairement son mug.

— La poubelle est là ? demanda-t-elle en ouvrant une petite porte sous l'évier.

— Non ! Je laverai…

M.C. vit ce que Kitt essayait de lui cacher : une bouteille de vodka vide. Une vodka bas de gamme.

Le genre qu'achèterait un alcoolique.

Elle l'observa un instant, et comprit : c'était exactement ce qu'elle avait redouté depuis le début quand on lui avait imposé Lundgren. Kitt avait juré qu'elle était guérie ; et, comme une idiote, elle l'avait crue.

Etait-ce son premier dérapage ? Ou bien n'avait-elle jamais cessé de boire ?

Et puis, quelle différence, après tout ?

M.C. jeta le morceau de papier sali et sortit la bouteille de la poubelle.

— Qu'est-ce que c'est que ça ? s'exclama-t-elle en la brandissant d'un air furieux.

Kitt baissa la tête et ses épaules s'affaissèrent.

— Putain, Kitt, tu t'es soûlée !

— Laisse-moi t'expliquer…

— Il n'y a rien à expliquer. Tu es alcoolique. Tu n'as pas le droit de boire. Pas une seule goutte d'alcool. Jamais. Tu comprends ?

— Je sais.

Kitt fit un pas vers elle, la main tendue.

— Ecoute-moi juste une minute — s'il te plaît.

— Je suis obligée d'en parler à Sal.

— Ça ne se reproduira plus. Je te le promets.

— Non, tu ne peux faire une promesse que tu ne pourras pas tenir. Et moi, je ne peux pas te permettre de foutre cette enquête en l'air.

— J'aurai une mise à pied et je n'ai plus… Je n'ai plus rien d'autre que mon métier de flic.

— Il fallait y penser avant de picoler.

— Ce n'est pas ce que tu crois… J'ai…

— Je ne fais plus équipe avec toi, Kitt.

— Joe se remarie ! s'écria Kitt. Et sa future femme a une petite fille. De l'âge de Sadie. Il… je l'ai découvert cet après-midi. Il va fonder une nouvelle famille. Ils vont avoir tout ce que…

Elle ravala la suite mais M.C. devina que ce devait être quelque chose du genre : « Ils vont avoir tout ce que j'ai perdu. »

La gorge nouée, M.C. essaya de lutter contre la compassion que lui inspirait Kitt. Mais même si elle avait pitié de sa coéquipière, elle ne pouvait pas lui permettre de faire échouer leur enquête. Sa responsabilité était en jeu — vis-à-vis de ses supérieurs, mais aussi des habitants de Rockford, de la confiance qu'ils lui accordaient.

Kitt recula d'un pas puis gagna la table et s'effondra sur une chaise. Elle enfouit son visage entre ses mains.

— Ça m'a brisé le cœur, murmura-t-elle ; qu'il puisse faire ça — remplacer Sadie… me remplacer.

M.C. hésita encore un moment sur le pas de la porte puis revint vers elle.

— Raconte-moi ce qui s'est passé, dit-elle avec douceur. Je t'écoute.

— C'était à une kermesse au profit des enfants atteints de leucémie ; nous y allons chaque année. J'y suis tombée sur Joe et sa nouvelle fiancée, Valerie. C'est là que j'ai appris…

Elle inspira profondément.

— J'ai vu qu'elle avait une fille, une petite Tami. Nous nous sommes disputés, Joe et moi. J'étais sonnée ; je me sentais trahie. Sur le chemin du retour, je me suis arrêtée dans une épicerie… j'ai acheté une bouteille de vodka et j'en ai bu la moitié en arrivant.

La gorge serrée, elle leva les yeux sur sa coéquipière.

— C'est ce que j'ai fait à la mort de Sadie. Je buvais pour combler ce vide atroce, pour anesthésier la douleur. Avant ça, je n'avais jamais bu ; juste un verre ou deux, comme tout le monde, quand je sortais. Petite, je n'ai jamais vu mes parents boire autre chose que de l'eau et des jus de fruits ; mon grand-père paternel était un ivrogne. A cause de ça, mon père fuyait l'alcool comme la peste.

M.C. la vit serrer les poings — si fort que ses phalanges blanchirent.

— Et puis *il* a appelé, tout à l'heure ; toujours aussi fier de lui, aussi cynique. J'ai compris qu'il était à la kermesse.

— C'est lui qui te l'a dit ?

— Oui. Il m'a donné un ballon rose.

Kitt lui raconta comment, après sa dispute avec Joe, un clown l'avait accostée à la sortie du parc.

— Au téléphone, il m'a demandé si j'appréciais le ballon qu'il m'avait donné.

Un clown. Etait-ce ainsi qu'il repérait ses victimes ?

M.C. se redressa.

— A-t-il dit autre chose ?

— Il prétend qu'il a commis d'autres meurtres, auxquels la police n'a jamais eu l'idée de l'associer.

— Mais rien de plus à propos de votre rencontre ?

— Non.

Kitt croisa les doigts, serrant ses mains l'une contre l'autre.

— Je n'ai pas bu une goutte d'alcool pendant plus d'un an, M.C. J'ai merdé ce soir, et je m'en veux terriblement. Mais ça ne se reproduira plus.

M.C. ne connaissait pas grand-chose à l'alcoolisme ; Dieu merci, aucun membre de sa famille n'y avait jamais succombé. Elle savait que c'était une maladie pour laquelle il pouvait exister une prédisposition génétique ; et que la seule volonté ne suffisait pas à en guérir.

Devait-elle accorder une nouvelle chanceà Kitt ? Pouvait-elle se le permettre ?

Bon sang, ce qu'elle détestait se retrouver dans cette situation !

— Pour cette fois, finit-elle par dire, je t'accorde le bénéfice du doute. Mais ce sera la seule fois. Un verre de plus — et je le signale au patron.

Avant même d'avoir terminé, M.C. se demanda si elle ne commettait pas une grave erreur ; une erreur susceptible de lui coûter plus que quelques degrés sur l'échelle hiérarchique.

Une erreur susceptible de lui coûter la vie.

32.

Mercredi 15 mars 2006
3 h 30

L'Autre n'avait pas apprécié. Il s'était mis dans une colère noire. Il l'avait cruellement puni.

Il se regarda dans le petit miroir au-dessus du lavabo, à travers la buée provoquée par la douche. Il l'essuya d'un geste de la main mais la glace s'embua de nouveau. Comment l'Autre pouvait-il le traiter de la sorte ? Ils étaient indissociables, comme les faces d'une médaille. Deux fondus en un. Et ce, depuis toujours.

Pas deux, mais un.

Il cacha son visage dans ses mains tremblantes. N'avait-il pas assez souffert ? Il ne trouvait plus le repos, ne pouvait plus fermer les yeux sans voir le visage du dernier ange. Cette image le torturait jour et nuit.

C'était horrible. Horrible.

Il avait commis une faute en la transformant en monstre.

Le Monstre. C'était ainsi qu'il appelait l'Autre, en son for intérieur. Quand il était sûr que l'Autre ne l'entendait pas.

Parce que c'est ce qu'il était : un monstre. Et un tyran. Une sourde colère monta en lui, le poussant à la révolte. Comment l'Autre osait-il lui faire des reproches ? Avait-il demandé la permission de jouer à cache-cache avec cet inspecteur ? De lui téléphoner, de l'épier et de lui soutirer des informations ?

Non. Certainement pas.

Qui avait décidé que l'Autre prendrait leurs destinées en main ? Pas lui, en tout cas.

Sale monstre ! Espèce de fumier !

Il laissa retomber ses mains. Une image fugitive accrocha son regard, dans le miroir embué, et il se retourna d'un bloc.

Il était seul dans la salle de bains. La porte était fermée mais pas verrouillée. Son imagination lui jouait-elle des tours — ou avait-il réellement vu quelqu'un ? Ce ne serait pas la première fois que l'Autre viendrait l'épier.

A moins que l'un des petits anges — la dernière, l'horrible — revienne le hanter pour se venger de lui.

Il se laissa glisser sur le sol, le dos et les fesses nues contre le carrelage froid, puis se traîna jusqu'au mur pour se retrouver face à la porte.

Le temps passa et il attendit, les battements de son cœur ponctuant les secondes. Il fixa la porte sans ciller puis, quand ses yeux le brûlèrent, il cligna des paupières. L'image, terrifiante, lui emplissait la tête, avec cette expression d'horreur insoutenable, à jamais imprimée sur sa rétine. Il gémit et sentit un flot de bile lui remonter dans la gorge.

Il devait se débarrasser d'elle ; mais comment ? Comment ?

Par un autre ange. Un autre ange devait prendre sa place. Un ange parfait. Un bel ange.

Et que l'Autre aille au diable. Il n'avait de comptes à rendre à personne.

33.

Mercredi 15 mars 2006
18 heures

M.C. n'en aurait jamais fait l'aveu à quiconque, mais elle n'était qu'une poule mouillée ; du moins quand il s'agissait de sa mère. Si elle avait su se comporter en adulte, elle aurait appelé la « mamma » pour lui dire qu'elle ne viendrait pas dîner ce soir-là, parce qu'elle sortait avec quelqu'un.

Elle aurait aussi été capable d'affronter sans se démonter l'avalanche de questions qui se serait inévitablement ensuivie.

Au lieu de cela, elle allait faire profil bas et demander à son grand frère de s'en charger.

Michael prenait son dernier rendez-vous à 5 heures du soir et rentrait chez lui à 6 heures moins le quart, avec la ponctualité d'une horloge suisse. M.C. lui disait toujours, pour rire, qu'il avait bien dressé ses patients.

Il habitait Churchill Grove, un superbe quartier résidentiel du siècle dernier, et rénovait avec patience sa maison datant des années 1920.

Elle gravit les marches de la véranda de style colonial et sonna à la porte. Michael vint lui ouvrir, un pot de crème glacée dans une main, une petite cuillère dans l'autre.

— Ça va te faire grossir, lui dit-elle.

Il s'effaça pour la faire entrer.

— Tu veux goûter ? C'est praliné caramel.

— Non, merci ; sans façons.

Elle se haussa sur la pointe des pieds et l'embrassa sur la joue.

— Tu as encore sauté le déjeuner pour bosser, hein ?

— Mmm.

Elle le suivit dans le couloir, jusqu'à la charmante cuisine rétro, avec son carrelage en damier.

Il rangea la glace dans le congélateur et se retourna vers elle.

— Une visite de ma petite sœur préférée — j'en ai, de la chance.

Traduction : « Tu viens certainement me demander quelque chose, alors, vas-y. »

— Tu n'as pas d'autre sœur que moi, Michael.

— Mais si j'en avais d'autres, tu serais quand même ma chouchoute. Une petite bière ?

— Volontiers.

Il alla sortir deux Corona du réfrigérateur, les décapsula et lui en tendit une.

— Alors, où en est l'enquête ?

— Je peux te garantir qu'on se défonce.

— Tu as une nouvelle coéquipière ? Je vous ai vues à la télé.

— L'inspecteur Kitt Lundgren ; c'est elle qui dirige l'enquête, à présent.

— Désolé.

M.C. haussa les épaules et avala une gorgée de bière.

— L'affaire lui a été confiée pour des raisons qui n'ont rien à voir avec mes compétences ou les siennes. Je fais avec.

Ils burent leur bière en silence quelques instants, son frère attendant manifestement qu'elle en vienne au motif de sa visite. Sans doute allait-il lui poser un tas de questions, ensuite.

Chez les Riggio, on avait le goût de l'interrogatoire.

— Je ne viendrai pas dîner, ce soir. Je compte sur toi pour prévenir maman.

Michael haussa les sourcils.

— Ce n'est pas bien, ça, Mary Catherine. Le mercredi soir n'est pas facultatif.

— Dis-lui que j'ai un rendez-vous.

— Est-ce que c'est vrai ? Tu sais que je ne mentirais pas pour te rendre service.

Il ne l'avait jamais fait, même quand ils étaient petits — le salaud.

— Oui, c'est vrai.

— Avec un mec ? demanda-t-il avec un clin d'œil.

Elle lui donna un coup de poing.

— Oui, avec un mec.

— Amène-le. Nous serions tous ravis de faire sa connaissance.

— Ça, je n'en doute pas. Mais j'aurai peut-être envie de le revoir, figure-toi.

— Si tu me parlais un peu de lui ?

— Pas encore.

— Rien qu'un nom, alors ?

— Pas encore.

Elle esquissa un sourire.

— Navrée.

— Juste un petit détail — est-ce qu'il a un nom italien ? Comme ça, j'aurai quelque chose à offrir à maman.

M.C. se mit à rire et but une nouvelle gorgée de bière.

— Ça oui. On ne fait pas plus italien !

C'était bien tout ce qu'il avait de latin, du reste.

Michael fit rouler sa bouteille entre ses paumes, l'air soucieux.

— Tu l'aimes bien, ce type ?

— Je ne sais pas. Peut-être.

Il secoua la tête.

— Tu n'as pas souvent de petit ami, Mary Catherine. Alors, sois prudente.

Elle songea à Lance et se mit à rire.

— Dans la police, nous sommes formés aux techniques d'autodéfense, tu sais. Je suis ceinture noire de judo et je porte en permanence une arme chargée sur moi. Tu n'as aucune raison de t'en faire.

Michael ne sourit pas.

— Tu le sais aussi bien que moi, il y a des blessures contre lesquelles aucune arme au monde ne peut te défendre.

Elle sentit des larmes lui piquer les yeux.

— C'est gentil, Michael.

Elle le serra dans ses bras.

— Je t'aime aussi, tu sais.

*
* *

Michael avait raison : elle n'avait pas fréquenté beaucoup d'hommes. Sans doute parce que, trop occupée à se rebeller contre le rôle dévolu aux femmes, elle ne s'était guère intéressée au sexe opposé. Ou bien, songea-t-elle, peut-être s'était-elle tellement révoltée que le sexe opposé avait fini par ne plus s'intéresser à elle ? Son expérience en ce domaine était relativement limitée — mais pas inexistante. Elle avait tout de même eu des amants — dont Brian Spillare — et une ou deux histoires d'amour et de sexe.

Tout en traversant le parking de la bibliothèque de Rockford, elle se demanda ce qui avait bien pu lui passer par la tête pour accepter de sortir ce soir-là avec Lance. Elle aurait mieux fait de se consacrer à l'enquête sur laquelle Kitt devait être en train de travailler en ce moment même, au lieu d'aller traîner Dieu sait où avec un homme dont elle ne savait rien — sinon qu'il la faisait rire.

Ils s'étaient donné rendez-vous au café de la librairie. Ce choix d'un endroit neutre et tout à fait correct était à porter à l'actif de Lance. Elle pénétra dans le magasin, plutôt rempli pour un mercredi soir, et se dirigea vers le café. Lance était déjà là, assis à une table d'où il voyait parfaitement tous les gens qui entraient.

— Excusez-moi, je suis en retard, dit-elle en arrivant, un peu essoufflée.

— Ce n'est pas grave.

Il se leva galamment et lui offrit une chaise.

— J'ai dû passer chez mon frère pour lui demander de m'excuser auprès de la « mamma ».

— La mamma ?

— Le mercredi soir, nous nous retrouvons tous chez ma mère autour d'un plat de pâtes.

— Vous avez renoncé au dîner de famille hebdomadaire pour moi ? Je suis navré, vous auriez dû me dire que vous étiez prise.

Elle secoua la tête.

— Rassurez-vous, je n'en ferai pas une maladie. Je dois même vous avouer que le mercredi soir représente souvent une véritable épreuve pour moi.

— Je me demande bien pourquoi, dit-il d'un ton pince-sans-rire.

M.C. se mit à rire, devinant, pour l'avoir vu et entendu sur scène, qu'il savait au contraire très bien de quoi elle parlait.

— Mon frère Michael m'a suggéré de vous inviter.

— Il n'est pas trop tard pour y aller.

— Ça, c'est de l'inconscience. Je ne souhaiterais pas une chose pareille à mon pire ennemi.

— Si je comprends bien, il doit y avoir là matière à m'inspirer un nouveau spectacle, n'est-ce pas ?

— Il en faudrait au moins deux pour épuiser le sujet ; et par-dessus le marché, je risquerais de ne plus jamais vous revoir. Je ne me souviens pas d'un flirt qui ait survécu à cette expérience-là.

Lance fit mine de prendre un micro, s'adressant à un public imaginaire.

— J'ai été présenté ce soir à la famille de ma petite amie. *Mamma mia !* « Regarde la mère », m'a toujours dit mon père. Ce que j'ai vu, c'est un tank italien. Equipé d'une paire de seins. Le front barré d'un sourcil unique ; la pince à épiler n'y résisterait pas. C'est au taille-haie qu'il faut attaquer ça — et la moustache avec.

— Ma parole, vous connaissez ma mère, dit M.C. en riant.

Il esquissa un petit sourire en coin.

— Commandons d'abord un café ; après, vous me raconterez la suite.

Durant l'heure qui suivit, la conversation rebondit entre les anecdotes de M.C. sur sa famille et les commentaires désopilants — tantôt caustiques, tantôt absurdes — qu'il en faisait. Elle ne vit pas le temps passer jusqu'au moment où on leur annonça que le magasin fermait.

Ils réglèrent l'addition et sortirent, bons derniers, par la porte du fond.

Dehors, la nuit était douce et l'air un peu lourd sous un ciel obscur. Lance la raccompagna à son véhicule. Avant de monter, elle se tourna vers lui.

— Je me suis bien amusée. Il y a longtemps que je n'avais pas ri autant.

— Il y a longtemps que je n'avais vu quelqu'un rire d'aussi bon cœur.

Un ton plus bas, il ajouta :

— … et je n'ai pas envie que ça s'arrête tout de suite.

— Moi non plus.

— Si je vous embrasse, allez-vous dégainer votre revolver ?

— Je dégainerai seulement si vous ne m'embrassez pas.

Il ne se le fit pas répéter deux fois et l'embrassa, longuement, avec une douceur pleine de sensualité. Quand il s'écarta, elle sentit ses jambes flageoler.

— J'ai un petit creux, lui dit-il. Pas toi ?

— Je meurs de faim, murmura-t-elle.

— Si nous allions à mon petit resto ? A moins que… j'ai une pizza géante de chez Mamma Riggio, à peine entamée, au frigo.

— C'est le restaurant de mes frères.

— Ils font les meilleures pizzas de toute la région.

Elle hésita un instant, puis succomba à la tentation.

— Rien de tel qu'une pizza bien garnie quand on a faim, dit-elle ; surtout si c'est la recette familiale.

34.

Mercredi 15 mars 2006
21 h 30

Kitt était restée seule devant l'ordinateur après le départ de M.C. Elle avait rendez-vous avec « le rigolo », avait-elle dit. La relève des équipes de jour avait eu lieu à 18 h 30 ; à 19 h 30, il ne restait quasiment plus qu'elle au bureau des enquêtes criminelles. Apparemment, la criminalité avait été assez calme, aujourd'hui.

M.C. et elle avaient passé presque toute la journée à explorer les dossiers des affaires classées sans suite depuis 2001 — l'année des premiers crimes du tueur d'anges. A priori, rien de spécial ne leur avait sauté aux yeux. La plupart des dossiers concernaient des fusillades entre gangs, des meurtres de prostituées ou des clochards retrouvés morts sans que leur identité ait pu être établie ; bref, rien qui puisse être attribué à un tueur en série. Rien qui évoque le mode opératoire du tueur d'anges.

Kitt avait donc décidé de remonter davantage dans le temps, supposant que les « autres meurtres » auxquels le tueur avait fait allusion étaient antérieurs à ceux des « anges endormis ».

Elle jeta un coup d'œil sur l'horloge murale. Elle avait mal à la tête, des picotements dans les yeux ; sa nuque et ses épaules étaient raides.

Il était grand temps de rentrer.

Mais pour retrouver quoi ? Sa maison vide ? La télévision ? Elle ne pouvait même pas aller se joindre à des collègues dans un bar tant elle redoutait de se remettre à boire ; surtout ce soir, après son écart de la veille.

Reportant son attention sur l'ordinateur, elle s'accorda encore une demi-heure. Elle serait exténuée en arrivant chez elle. Elle se ferait un sandwich au beurre de cacahuètes, une tisane à la camomille, et réussirait peut-être à s'endormir sans somnifères. Sinon, elle regarderait le plafond…

12 novembre 2000. Marguerite Lindz, 82 ans. Tuée à coups de matraque.

Kitt relut les deux lignes et fronça les sourcils. Une autre femme avait également été battue à mort ; elle avait lu quelque chose de très similaire quelques minutes auparavant. Revenant à la liste, elle la parcourut rapidement et trouva ce qu'elle cherchait :

6 février 1999. Rose McGuire, 79 ans. Tuée à coups de matraque.

Elle inspira à fond, s'efforçant de maîtriser la fébrilité qui s'emparait d'elle. Quoi de plus éloigné des meurtres du tueur d'anges que ceux de vieilles dames battues à mort ? Tout lien entre ces deux crimes était pour le moins improbable.

Remontant la liste dans le temps, elle en trouva cependant une troisième — Janet Olsen. Encore une septuagénaire, assassinée dans les mêmes conditions.

Il pouvait y en avoir plus de trois — mais son intuition lui souffla que non. Elle lança une recherche globale ; et pendant que l'ordinateur triait les données suivant les critères sélectionnés, elle se mit en quête des dossiers complets concernant ces trois affaires.

En revenant des archives, elle s'arrêta en chemin pour prendre un Coca et quelque chose à grignoter au distributeur automatique. Ses dossiers calés sous le bras, elle déchira l'emballage d'un sandwich et mordit dedans. M.C. avait sans doute raison : elle avait intérêt à se nourrir autrement qu'avec des aliments saturés de mauvaises graisses et de sucre. Demain, elle changerait de régime.

Quand elle s'assit de nouveau devant l'écran, la recherche était achevée sans qu'aucun autre meurtre du même type soit apparu. Il y en avait donc eu trois : le même nombre que celui des victimes du tueur d'anges.

Kitt se cala dans son siège et ouvrit le premier dossier — celui de Janet Olsen, 75 ans. Morte sous les coups, à son domicile.

Aucune trace d'agression sexuelle. Apparemment, le cambriolage n'était pas le motif du meurtre.

Le scénario était identique pour les deux autres victimes. L'assassin les avait bâillonnées avec du ruban adhésif.

Kitt avala une gorgée de Coca pour faire descendre la dernière bouchée de son snack. Les enquêteurs avaient relevé le caractère sériel des trois meurtres, mais n'avaient réussi à établir aucun lien entre eux. L'assassin n'avait laissé absolument aucun indice sur les lieux du crime. L'absence totale d'éléments probants avait contraint la police à classer ces affaires sans suite.

Elle sortit les photos prises sur les lieux des crimes. Le spectacle était effroyable : la violence des coups et le sang versé avaient rendu les victimes méconnaissables. Les morceaux de ruban adhésif brillant semblaient grotesques sur leurs visages réduits en bouillie.

Il les avait bâillonnées post mortem.

Kitt se redressa, posa d'un geste brusque sa boîte de Coca sur la table. Il n'avait donc pas collé le ruban adhésif sur leur bouche pour les faire taire.

Elles étaient déjà réduites au silence éternel.

Kitt se leva et se mit à arpenter la pièce, comparant mentalement les deux séries de crimes. Le tueur d'anges appliquait le gloss sur les lèvres post mortem. L'assassin des vieilles dames, lui, avait collé du ruban adhésif sur leurs lèvres.

La bouche. *Toujours la bouche.* Qu'est-ce que cela signifiait ?

Le fait que ces meurtres n'aient jamais été reliés à ceux du tueur d'anges n'avait rien d'étonnant. On ne voyait a priori aucun rapport entre eux, tant dans le choix des victimes que dans la façon de les tuer. Le fil conducteur résidait justement dans leur opposition : vieilles dames/enfants ; violence extrême/sérénité ; laideur/beauté.

Il existait aussi des similitudes — dans le nombre de victimes, les gestes effectués post mortem, l'absence totale d'indices. Mue par une soudaine intuition, Kitt regagna son bureau, releva les dates de chacun des trois meurtres et sortit un calendrier.

Ils avaient été commis très exactement à huit semaines d'intervalle. Pour les meurtres des fillettes, l'intervalle était de six semaines.

Cette ordure était extrêmement organisée.

Le lâche, le fumier. Il se rassurait sur son pouvoir en s'attaquant aux plus faibles.

La tête encore pleine du spectacle effroyable des cadavres, ceux des vieilles dames et ceux des petites filles, Kitt se sentit soudain submergée par une rage folle. D'un geste brusque, elle saisit son portable et ouvrit le dossier concernant les derniers meurtres — ceux du présumé copieur. A l'intérieur, elle trouva ce qu'elle cherchait : la liste des numéros à partir desquels Peanut l'avait appelée. Elle la parcourut, le cœur battant. Il n'avait jamais téléphoné depuis le même numéro ; sans doute jetait-il les appareils ensuite. Pourquoi les aurait-il gardés ?

Mais il ne risquait absolument rien, non plus, en les gardant, puisqu'il utilisait des cartes prépayées.

Agissant sur un coup de tête, et se fichant d'enfreindre le règlement, Kitt composa sur son propre téléphone portable le dernier numéro inscrit sur la liste. En admettant qu'il eût gardé cet appareil-là et qu'il ne soit pas déconnecté, elle pouvait raisonnablement penser qu'il décrocherait en reconnaissant son numéro.

L'appel passa ; en tremblant de rage, Kitt écouta sonner dans le vide. Pourvu qu'il n'ait pas détruit l'appareil pour le remplacer par un autre… Elle voulait qu'il réponde, ce salaud. Elle voulait entendre sa voix, et pouvoir lui dire ce qu'elle pensait de lui.

Au bout de quelques secondes, son vœu fut exaucé.

— C'est toi qui m'appelles, à présent ? Je suis flatté, Chaton.

— J'étais en train de contempler des photos de vos œuvres. Ça m'a donné envie de vous dire à quel point vous me dégoûtez.

— Aïe ! Je suis ulcéré.

— Des vieilles dames et des petites filles ? Et vous trouvez qu'il y a de quoi être fier ?

— Tu as donc trouvé.

Elle avait vu juste.

— Ce n'était pas difficile ; il suffisait de chercher des victimes incapables de se défendre.

— Attention, inspecteur.

— C'est ça, la clé du mystère ? Vous repérez des proies trop faibles pour vous tenir tête et vous avez l'audace de parler de « crimes parfaits » ?

— Ils sont parfaits. Le choix de la victime idéale est la première étape…

Elle s'était promis de ne pas se laisser déborder par ses émotions, mais elle lui coupa la parole d'une voix méprisante.

— Vous êtes pathétique. Votre petit numéro n'abuse que vous.

— Je vous ai fait tourner en rond, vous et votre service tout entier, pendant des années. Je suis plus fort que vous tous ! Vous vous prenez pour des fins limiers, hein ? Vous êtes plus nuls les uns que les autres, éructa-t-il.

— Nous saurons maintenant qui chercher : un lâche, un froussard qui s'attaque aux petites filles endormies et aux vieilles dames. Et pourquoi pas aux handicapés ?

— Ferme-la.

— Ça doit être marrant de tuer un paraplégique, il ne peut même pas essayer de s'enfuir — ou de surgir devant un aveugle pour lui faire peur. Quel exploit !

— Tu veux une partie d'égal à égale, c'est ça, Chaton ?

Sa voix tremblait de rage.

— Tu veux que je choisisse des victimes plus combatives ?

— Bravo, il a compris. Tiens, pourquoi pas moi, espèce d'enfoiré ? Placez donc la barre plus haut. Allez-y, montrez-moi de quoi vous êtes capable !

— C'est peut-être une idée. Je pourrais…

Il laissa sa phrase en suspens.

— Ça te plairait, hein ? Parce que tu t'en fous. Tu n'en as plus rien à foutre de tout. Rien à foutre d'être morte ou vivante. C'est ça, hein ?

Touchée. Elle s'efforça de lui dissimuler qu'il avait visé juste.

— Et vous croyez que vous avez quelque chose dans le ventre ? Je n'ai pas une miette de respect pour vous.

— Bien joué. Tu as failli m'avoir.

Elle entendit une pointe d'amusement percer dans sa voix.

— Je pense vraiment que tu préférerais être morte. Plus d'enfant. Plus de mariage. Plus aucune raison de vivre.

— Oh! si, j'ai une excellente raison de vivre : le plaisir d'épingler des tarés dans votre genre. Je ne vis que pour vous faire coffrer.

— Non, Chaton, l'important, pour toi, c'est les enfants. Les petites filles, surtout.

Il avait raison. Merde. Il était en train de renverser les rôles.

— Qu'est-ce que vous diriez de passer le restant de vos jours derrière des barreaux, hein? Vous savez comment les détenus traitent les tueurs d'enfants? Ça vous plairait d'avoir Big Bubba[5] comme petit copain de taule?

Il ne se laissa pas détourner de ses pensées.

— Je devrais peut-être placer la barre plus haut, en effet. Il n'y aurait pas une petite fille dans ta vie, en ce moment? Ou en marge de ta vie? Es-tu assez forte pour la protéger? Assez intelligente? Pourras-tu courir assez vite et assez loin pour sauver une autre petite fille? Une autre Sadie?

Incapable de se dominer, Kitt explosa brusquement.

— Espèce de fumier! Tu sais qui a tué ces gamines. Dis-le-moi! Donne-moi son putain de nom ou je te fais la peau!

Il éclata de rire — d'un rire haut perché, jubilatoire.

— Merci d'avoir appelé; cette conversation a été un véritable régal. Ouvre l'œil, ma belle; veille sans relâche sur les petites filles et surtout... fais bien attention à ne pas trébucher.

— Espèce d'ordure! Quand je mettrai la main sur...

— Rappelle quand tu veux, Chaton. Bonne nuit.

5. Big Bubba : ex-gardien de prison devenu champion de catch poids lourd. (NdE)

35.

Jeudi 16 mars 2006
9 heures

Assise à son bureau, le regard dans le vague, M.C. songeait à sa soirée de la veille, avec Lance. Elle avait passé la nuit dans son lit — dès leur premier rendez-vous. Mais qu'est-ce qui lui avait pris ?

Elle n'avait pas réfléchi. Du moins pas de façon rationnelle. Il la faisait tellement rire qu'elle en était tombée dans son lit. En riant.

Elle croisa les jambes sous le bureau, en songeant que jamais elle n'aurait imaginé que rire et orgasme aillent si bien ensemble. Et que leur combinaison se révélerait aussi explosive. Au moment crucial, elle avait cru mourir tout à la fois de rire et de plaisir ; puis elle était retombée sur lui, inerte, les muscles paralysés.

Plus tard, il l'avait taquinée à ce sujet mais sans se moquer ; elle s'était sentie belle et sexy.

Elle avait tout de même pris un risque inconsidéré — une erreur qu'elle éviterait de renouveler.

— Je les ai trouvées.

M.C. cligna des yeux, redescendit sur terre. Kitt se tenait en face d'elle, serrant plusieurs dossiers contre sa poitrine.

— Qu'est-ce qui t'arrive ? lui demanda-t-elle. Tu as une mine de déterrée.

— Je n'ai pas dormi.

— Pas du tout ?

— Peu importe.

Kitt secoua la tête.

— Je les ai trouvées, les autres victimes.

M.C. se redressa, soudain revenue pleinement dans la réalité.

— Tu en es sûre?

— Absolument.

— Des enfants?

— Non. Tiens, regarde, dit Kitt en déposant les dossiers sur son bureau.

M.C. ouvrit le premier rapport et commença à le lire pendant que Kitt arpentait la pièce.

Après avoir refermé le troisième dossier, M.C. leva les yeux sur elle.

— Le mode opératoire est totalement différent.

— C'est ce que je me suis dit, au début. Mais ce sont précisément leurs différences qui relient ces deux séries de crimes.

— Tu aurais mieux fait de dormir.

— Ecoute : voilà trois crimes qui sont manifestement l'œuvre d'un même meurtrier. Toutes les caractéristiques y sont poussées à l'extrême, chaque fois — comme dans les meurtres du tueur d'anges.

M.C. hocha la tête, intriguée malgré elle.

— Continue.

— Ensuite, il suffit de comparer : extrême violence et sérénité, vieilles dames et petites filles, crimes sanglants et étouffements sans bavure. Les contrastes ne sont-ils pas saisissants? Ces meurtres ont été commis à huit semaines d'intervalle, précisément, contre six pour ceux du tueur d'anges. Et puis il y a le ruban adhésif; comme le brillant à lèvres, il a été appliqué post mortem.

— Post mortem? répéta M.C. Intéressant; ça vaudrait la peine de creuser…

Kitt posa les mains à plat sur son bureau et se pencha vers elle.

— C'est son œuvre, dit-elle à mi-voix. Il l'a reconnu.

— Il t'a rappelée?

— Je l'ai deviné avant qu'il ne l'avoue, murmura Kitt. A première vue, tout semblait séparer ces crimes de ceux du tueur d'anges; mais ils portent tous la signature de ce dingue.

M.C. plissa les yeux.

— Qu'est-ce que tu omets de me dire ?

— J'ai repensé à Sydney Dale, poursuivit Kitt. Je voudrais le revoir pour avoir une autre discussion avec lui. J'ai bien envie de lui rendre une petite visite — juste pour voir s'il pourrait fournir quelques réponses aux questions qui restent en suspens.

M.C. se cala dans son siège. Kitt voulait manifestement l'entraîner hors du bâtiment avant de lui donner des précisions sur cet appel téléphonique. Pourquoi ?

En tout état de cause, elle décida de jouer le jeu.

— J'ai cherché des infos sur Dale via Internet. Rien à signaler. Il est blanc comme neige.

— On n'amasse pas une telle fortune sans se salir un peu les mains.

— Sans doute, mais tous les péchés n'apparaissent pas dans nos bases de données.

— Il ne m'inspire pas confiance. Après tout, il a embauché Todd. Il a mis son gérant devant le fait accompli. Pourquoi, à ton avis ?

— Comme il l'a dit, il connaissait ce garçon avant qu'il commence à glisser sur la mauvaise pente. Il a dû se figurer que ZZ procéderait aux vérifications habituelles.

— Tu crois vraiment ça ?

— Non. Le bonhomme mentait — du moins quant aux ordres qu'il a donnés à ZZ.

Kitt s'assit sur un coin du bureau.

— Mais en admettant qu'il ait su que Todd avait fait de la taule pour atteinte aux mœurs, pourquoi l'aurait-il embauché quand même ?

Devinant où Kitt voulait en venir, M.C. l'arrêta d'un geste.

— Hé ! là, attends un peu ; es-tu en train de suggérer que Dale aurait délibérément placé Todd à Fun Zone dans le but de détourner les soupçons sur lui ? Au cas où la police découvrirait un lien entre les meurtres et le parc de loisirs ?

— Un paravent, c'est toujours pratique, non ? Il pouvait servir de bouc émissaire, le cas échéant.

— L'ennui, c'est que Dale est un notable respecté et un homme d'affaires irréprochable. A mon avis, il doit même siéger dans quelques instances régionales.

— C'est aussi le cas de Ted Bundy[6] et de Dennis Rader le BTK[7], pour ne citer qu'eux.

Kitt se pencha de nouveau vers elle.

— Ce type est malin — et sournois. Il nous a menti. Il serait intéressant de le remettre un peu sur le gril.

— Schmidt a-t-il pu tirer quelque chose des cassettes de vidéosurveillance, à Fun Zone ?

— Non, rien.

M.C. observa sa coéquipière. Elle ne lui faisait peut-être pas entièrement confiance, mais comment rester insensible à cette flamme qui brûlait dans son regard ? Généralement considérée comme un flic grillé, et qui avait fait son temps, l'inspecteur Lundgren exerçait son métier avec une passion dont bon nombre de ses collègues étaient dépourvus.

— Tu as beaucoup trop de caféine dans l'organisme, ce matin ; et tu manques terriblement de sommeil.

— Ai-je dit le contraire ?

— D'accord, je me répète. Je ferais sans doute mieux de me secouer un peu, moi aussi.

Elle recula sa chaise.

— Allons-y.

M.C. proposa de prendre le volant et Kitt accepta sans se faire prier.

— Bien, maintenant que nous sommes seules, raconte-moi ce que tu ne m'as pas dit tout à l'heure, à propos de ta conversation avec le tueur, demanda Riggio, une fois en route.

— Ce n'est pas lui qui m'a appelée. C'est moi. J'ai utilisé mon portable.

Kitt marqua une pause, pressentant qu'il faudrait quelques instants à sa partenaire pour digérer ce qu'elle venait d'apprendre.

6. *Ibid.*, chapitre 17.

7. Dennis Rader : il s'est lui-même désigné sous ces initiales — Bind, Torture and Kill : ligoter, torturer et tuer.

Bien vu.

— Je savais que, s'il voyait apparaître mon numéro, il répondrait, expliqua-t-elle ensuite.

— Et comment as-tu réussi à le joindre ?

— En essayant le dernier numéro à partir duquel il m'avait appelée.

M.C. garda un moment le silence. Kitt avait eu un sacré cran d'agir ainsi ; un culot qui pouvait lui coûter très cher si ça se savait en haut lieu.

— Tu as prévenu le service des transmissions ?

— Non.

— Téléphoné en présence d'un autre policier ?

— Non.

— Donc, votre conversation n'a pas été enregistrée.

Le feu, devant elles, passa au rouge, et M.C. freina.

— Merde, Kitt, mais à quoi tu joues ? Tu te rends compte que nous n'avons que ta parole, dans cette affaire ?

— J'en suis consciente, oui.

— Mais enfin, qu'est-ce qui a bien pu te passer par la tête ?

— Je n'ai pas réfléchi. En découvrant ce qu'il avait fait à ces pauvres vieilles, j'ai vu rouge. J'ai tenté le coup ; et ça a marché.

— Merde ! répéta M.C. Et qu'est-ce que tu as de plus, maintenant ?

— J'en sais davantage sur lui, sur ses motivations.

— Autant dire, rien du tout.

— Ce n'est pas rien. Je l'ai retenu au bout du fil. Je pourrais le refaire.

— Des hypothèses, des plans sur la comète…

M.C. crispa les mains sur le volant.

— Tu avais bu ?

— Non, absolument pas. Je t'ai fait une promesse et je compte bien la tenir.

M.C. voulait bien croire en sa sincérité ; mais Lundgren commençait à dérailler sérieusement. Elle agissait de façon impulsive. Elle prenait trop de risques.

— Il est obsédé par la perfection de ses crimes, insista Kitt. Ça le rend incroyablement arrogant.

Une obsession. Voilà ce qui expliquait son comportement, songea M.C. La fièvre qui la consumait, les risques qu'elle prenait, les longues heures de travail acharné. Etait-elle passée par ce stade avant de sombrer dans l'alcool ?

M.C. s'arrêta à un nouveau feu rouge. Elle se tourna vers sa partenaire.

— A mon avis, tu commences à te surinvestir dans cette enquête.

— Je garde du recul.

— Tu en es sûre ?

Kitt rougit.

— Je l'ai nargué sur le choix de ses victimes ; je l'ai traité de lâche et de trouillard, tout juste capable de s'en prendre à des vieillards et des enfants. Je l'ai mis au défi d'affronter quelqu'un de plus coriace.

Quelqu'un klaxonna derrière elles. Le feu était passé au vert, constata M.C. Elle redémarra.

— Quelqu'un comme toi ?

— Exactement.

— Il a mordu à l'hameçon ?

Kitt hésita brièvement, puis secoua la tête.

— Non. Il s'est mis en colère. Et il est resté sur la défensive. Il m'a affirmé que la première étape d'un crime parfait réside dans le choix de la victime idéale.

— Il opère donc ses choix selon des critères intellectuels — et pas émotionnels.

— Exactement.

Kitt se plaça de biais sur son siège.

— Mais les tueurs en série ne tuent jamais pour des raisons purement intellectuelles ; par conséquent, le facteur émotionnel réside ailleurs, chez lui.

M.C. tourna sur Riverside Drive, qui menait à l'entrée de Brandywine Estates.

— Tu l'as poussé à bout, tu as eu droit à des représailles ; sous quelle forme ?

— Comment sais-tu qu'il a riposté ?

— Un animal pris au piège se défend âprement.

Kitt ne répondit pas tout de suite. M.C. suivit la route qui serpentait dans les collines du faubourg résidentiel, laissant sa coéquipière préparer sa réponse.

— Il m'a menacée de s'en prendre aux petites filles auxquelles je pourrais tenir, avoua-t-elle enfin d'une voix ferme. Mais il n'y en a aucune.

Il avait pris l'avantage sur elle ; car, contrairement à Kitt, ce type était dépourvu de toute sensibilité.

Elles arrivaient devant la propriété de Sydney Dale ; M.C. se gara le long du trottoir. Elle coupa le moteur et se tourna vers Kitt.

— Selon toi, tu es en train d'apprendre comment il fonctionne. Je veux bien te croire, mais n'oublie pas une chose, Kitt : il en apprend autant sur ton compte. C'est là que les choses se corsent. Et que le jeu devient très dangereux.

36.

Jeudi 16 mars 2006
10 h 10

Sydney Dale n'était pas chez lui ; mais sa jeune et ravissante épouse, si. Elle vint leur ouvrir, vêtue d'un élégant tailleur-pantalon de soie, et leur indiqua l'adresse où elles trouveraient Sydney, dans un immeuble du centre d'affaires de Strathford, au bout de Mulford Road.

Elles s'apprêtaient à rebrousser chemin quand Kitt s'arrêta et se retourna vers elle.

— Que pouvez-vous nous dire sur Derrick Todd ?

L'expression de la jeune femme s'altéra imperceptiblement.

— Sur qui ?

— Il travaillait ici il y a quatre ans, environ ; c'était lui qui s'occupait…

— Je suis la nouvelle Mme Dale, leur dit-elle en étouffant un bâillement. Je n'étais pas encore là, à l'époque.

— Sauriez-vous où nous pouvons trouver l'ancienne Mme Dale ?

— Interrogez Sydney. Moi, je ne connais pas son adresse.

Quand elles furent remontées en voiture, les deux femmes se regardèrent.

— La nouvelle Mme Dale est si jeune qu'elle devait avoir à peine seize ans quand Todd travaillait ici, constata Kitt.

M.C. haussa les sourcils.

— Je me demande combien il peut y avoir d'ex-Mme Dale.

— Et s'il les a toutes prises au berceau, renchérit Kitt.

Elles firent les dix minutes de trajet qui suivirent en silence.

En arrivant devant l'immeuble de bureaux, elles se garèrent au parking en sous-sol puis gagnèrent le rez-de-chaussée.

— Ça t'ennuierait de me laisser faire ? demanda Kitt tandis qu'elles traversaient le hall en direction des ascenseurs.

M.C. hésita avant d'acquiescer.

— Tu sembles avoir un flair particulièrement aiguisé, alors vas-y, amuse-toi.

L'hôtesse qui les accueillit était aussi jeune et ravissante que la nouvelle Mme Dale ; Kitt se demanda si ce poste était un marchepied vers le statut de future épouse du patron.

Comme elle l'avait pressenti, Dale ne parut pas enchanté de les voir.

— Inspecteurs, dit-il en réprimant à peine un mouvement d'humeur, quelle surprise !

— Nous avons encore quelques questions à vous poser à propos de Todd.

— Je ne vois pas très bien... Nous l'avons licencié, bien évidemment. Je me demande ce que vous pourriez me demander de plus.

— Une explication sur les raisons qui vous ont incité à embaucher un pédophile pour travailler parmi des enfants.

— Je vous l'ai déjà fournie.

— Elle ne nous a pas semblé très crédible.

— Ai-je intérêt à alerter mon avocat ?

— Si vous le jugez nécessaire, allez-y.

Kitt marqua une pause, lui accordant un instant de réflexion. Comme il ne réagissait pas, elle poursuivit :

— Peut-être pourriez-vous nous répéter pourquoi vous avez incité votre directeur à renoncer aux enquêtes préliminaires sur les antécédents de cet employé ?

— Je n'ai jamais dit à M. Zuba de ne pas procéder aux vérifications d'usage.

Il écarta les mains.

— C'est un exemple typique de malentendu.

— L'ennui, c'est que sa version nous paraît beaucoup plus crédible que la vôtre.

— Ça, c'est votre problème, inspecteur — pas le mien.

— Pourtant, riposta M.C. en intervenant, c'est bel et bien votre problème ; car lorsqu'un témoignage ne nous satisfait pas, nous continuons à creuser. Et quand nous tenons un os, nous ne sommes pas près de lâcher prise, monsieur Dale.

— Me menaceriez-vous de harcèlement ?

— Certainement pas ; j'essaie simplement de vous donner une idée plus précise de la façon dont se déroule une enquête criminelle.

— Nous devons également rencontrer votre ex-femme, dit Kitt en sortant son calepin. Il nous faudrait son nom et son adresse.

— Est-ce indispensable ?

— Je crains que oui.

Kitt attendit, son stylo à la main.

Il jeta un coup d'œil vers l'hôtesse puis leur indiqua son propre bureau, au fond du couloir.

— Nous pouvons nous entretenir dans cette pièce.

Elles le suivirent dans le bureau, dont il ferma la porte derrière elles.

— J'ai donné un emploi à Todd parce qu'elle a menti.

— Qui a menti, monsieur Dale ?

— Ma fille. C'est elle qui l'a accusé d'exhibitionnisme.

Kitt revit la jolie blonde démarrant en trombe dans sa BMW.

— Sam ?

— Non ; Jennifer. Elle vit avec sa mère, à présent.

Kitt regarda M.C. du coin de l'œil. M.C. haussa les sourcils.

— Comment savez-vous qu'elle mentait ?

— J'ai trouvé son journal intime.

Il esquissa une grimace, et M.C. le vit pour la première fois comme un être humain.

— Nous étions en plein divorce, sa mère et moi ; un véritable désastre. Les filles étaient traumatisées. Jenny a inventé tout ça dans l'espoir de nous réunir autour d'elle, et de ne pas être séparée de Sam.

— Apparemment, ça n'a pas marché.

— Non. Mon ex-femme ne désirait pas que nous restions ensemble.

— Votre ex-femme ?

— Oui.

Il haussa brièvement les épaules.

— Je sais ce que vous pensez, cela se lit sur vos visages. Seulement, j'aimais ma femme, quoique cela ne vous regarde en rien. C'est elle qui m'a quitté pour un autre homme — et non l'inverse.

Un peu honteuse d'avoir en effet opéré une déduction hâtive, Kitt s'abstint de tout commentaire.

— Nous ne sommes pas ici pour porter un jugement sur votre vie privée, monsieur Dale, répondit M.C. Nous voulons seulement connaître la vérité sur Derrick Todd et son emploi à Fun Zone.

— Exactement, confirma Kitt ; en apprenant qu'il était innocent, avez-vous pris contact avec le procureur ? tenté de le faire sortir de prison ?

Il secoua la tête.

— Je redoutais des complications… venant de Todd, ou de l'Etat.

Il avait voulu éviter d'éventuelles poursuites.

Le qualificatif d'« humain » redevenait suspect, donc, pour ce qui le concernait.

— M. Todd ignore donc que vous êtes au courant du mensonge de votre fille ?

— Oui. Je lui ai dit que j'avais des doutes sur l'authenticité de son accusation ; et je lui ai proposé un emploi, qu'il a accepté avec gratitude.

Evidemment ; ainsi catalogué, le pauvre garçon était affligé d'un sacré handicap sur le marché du travail.

Kitt songea à Derrick Todd, à son amertume, à son comportement de rebelle. L'injustice commise envers lui, les années de prison où il avait dû endurer Dieu sait quoi n'avaient sans doute rien fait pour apaiser sa révolte contre la société.

A présent, il se retrouvait au chômage et soupçonné de crimes qu'il n'avait pas commis.

Pas étonnant qu'il soit amer. Et sans doute antisocial.

En quelques secondes, son aversion pour le jeune homme arrogant se mua en compassion.

— Ce journal est-il en votre possession ? demanda M.C.

Il hésita, puis hocha la tête.

— Il est enfermé dans mon coffre. Je l'ai gardé pour le cas où j'en aurais besoin un jour.

— Ce jour est arrivé, monsieur Dale. Il va falloir le récupérer aujourd'hui même et nous l'apporter. Sachez que nous n'avons pas l'intention de garder le secret sur cette information ; elle est trop importante pour Todd, pour son avocat et le ministère public.

Dale hocha la tête. Visiblement, il se sentait mal.

Sur le seuil du bureau, Kitt s'arrêta et se retourna vers lui.

— Au fait, monsieur Dale, où étiez-vous durant les nuits des 6 et 7 mars derniers ?

Il fronça les sourcils.

— Voyons… ça ne doit pas être difficile à vérifier : c'est Nancy qui tient mon agenda. Allons jeter un coup d'œil.

Il les reconduisit à l'accueil, où Nancy leur présenta l'agenda en question. Le 6 mars, son patron était en voyage d'affaires à New York, où il avait passé la nuit. Le 9, il avait assisté avec sa femme à un gala de charité au musée Burpee ; ils étaient ensuite rentrés dormir chez eux.

— Je suppose que vous êtes en mesure de fournir les documents et témoignages qui en attestent ?

Pour la première fois, il eut l'air profondément ébranlé.

— Naturellement, dit-il.

— Merci, monsieur Dale. N'omettez pas de nous remettre la pièce en question avant ce soir.

Kitt et M.C. regagnèrent la voiture en silence. Une fois installée à la place du passager, Kitt attacha sa ceinture et regarda M.C.

— Tu crois qu'il nous a dit la vérité ?

— Malheureusement, oui.

— Ça nous montre Todd sous un tout autre jour, n'est-ce pas ?

— Et nous revoilà à la case départ.

— Merci de me le rappeler, maugréa Kitt.

Puis elle secoua la tête.

— Non, pas à la case départ ; il y a toujours un rapport entre ces meurtres et The Fun Zone.

M.C. démarra.

— Ces anniversaires n'étaient peut-être qu'une coïncidence.

— Possible ; mais peu probable, à mon avis. Du moins, pour le moment.

Elles restèrent plongées dans leurs pensées jusqu'à l'intersection de Mulford et Riverside. Comme M.C. s'engageait sur la voie rapide, Kitt murmura d'un ton évasif :

— Ce rendez-vous où tu allais, hier soir, c'était bien ?

— Je trouve ta question un peu indiscrète.

— Alors, ça a dû être super.

M.C. lui jeta un coup d'œil agacé.

— Si tu le dis.

— Qui était-ce ? Ce Lance Machinchose qui est venu te voir l'autre jour au commissariat ?

— Oui ; ça te va ?

Elle n'avait manifestement pas envie d'en parler ; ce qui donna précisément envie à Kitt de lui tirer les vers du nez.

— Tu as couché avec lui, n'est-ce pas ?

— Pardon ?

Kitt esquissa un sourire.

— J'ai des talents multiples : de fouineuse et d'extralucide, entre autres.

— C'est ça : un talent de pluriemmerdeuse, en somme.

— Si tu le dis.

Elles roulèrent un moment en silence. Puis, à l'approche de l'hôtel de police, M.C. laissa échapper un soupir exaspéré.

— D'accord, comment sais-tu qu'on a couché ensemble ?

— C'est pas compliqué. Quand je suis arrivée, ce matin, tu avais le regard dans le vague et tu souriais aux anges.

— N'importe quoi !

— Ce genre de petit sourire béat en dit long, tu peux me croire.

M.C. ouvrit la bouche pour protester, puis la referma.

Kitt se mit à rire.

— Je trouve ça mignon.

— Mignon ne fait pas partie de mon vocabulaire.

— Ce type te plaît.

Ce n'était pas une question. M.C. répondit néanmoins :

— Ouais, il me plaît. Il me fait mourir de rire. Mais je ne l'admets que dans l'espoir de te faire taire.

Elle jeta un coup d'œil par la vitre, puis regarda de nouveau Kitt.

— Bon, à partir de là, qu'est-ce qu'on fait ?

— Personnellement, je crois que tu devrais essayer de le connaître un peu mieux avant de continuer les galipettes avec lui. Mais c'est sans doute une réflexion de femme mûre.

— Merci, maman, mais c'est de toi et moi que je parlais ; à propos de l'enquête.

— Eh bien, on va voir Minelli. Il faut le mettre au courant des derniers rebondissements.

— Et ensuite ?

— Du diable si je le sais !

— Tu parles d'une réponse.

— Tu parles d'une question ! Le chef aura probablement sa petite idée sur la suite de l'enquête. Je commence à le connaître — pas toi ?

— A mon avis, tu vas avoir droit à une belle engueulade pour ce que tu as fait.

Kitt ne répondit pas tout de suite. Nul doute que Sal allait être furieux.

Une fois de plus, elle avait enfreint le règlement en appelant un suspect sans en référer à ses supérieurs.

Et sans faire enregistrer la conversation.

— Il n'a pas besoin de le savoir, murmura-t-elle enfin.

— Et comment expliqueras-tu que tu es certaine de pouvoir attribuer les meurtres des trois vieilles dames au tueur d'anges ?

— Je dirai que ça ne fait aucun doute pour moi, voilà tout.

M.C. mit visiblement quelques secondes à comprendre.

— Si tu crois que je vais mentir pour toi, tu délires, affirma-t-elle enfin.

— Je ne te demanderai jamais ça.

— Tu as fait une connerie, Kitt. Accepte les conséquences et passe à autre chose.

— Je ne vois pas les choses de cette façon. Un bon flic se fie à son intuition, laquelle lui commande parfois de tenter quelque chose en marge du règlement.

— En marge du règlement? Jamais de la vie. Moi, j'ai envie de faire avancer ma carrière, pas le contraire. Si je participe à cet entretien sans révéler tout ce que je sais…

— Alors, ne viens pas à cet entretien.

— N'importe quoi!

M.C. descendit au parking de l'hôtel de police, se gara à sa place et coupa le moteur. Kitt vit qu'elle était très en colère.

— Tu es en train de déraper. Je te conseille de te ressaisir très vite, avant qu'il soit trop tard.

Sur ces mots, elle ouvrit sa portière. Kitt la retint par le bras.

— Tu crois que c'était malin de coucher avec ce garçon?

— Je ne vois pas le rapport.

— Tu n'as pas réfléchi. Que tu le regrettes ou pas, maintenant, c'était un geste spontané.

— Il s'agit de ma vie privée. Je te parle du travail. Il y a quand même une sacrée différence.

— Je n'en vois aucune. Dans la vie, nous sommes souvent obligés de nous fier à notre instinct, à nos émotions; et ce, dans des situations aussi variées que le choix d'un boulot ou la confiance qu'on accorde aux gens. Un bon flic peut se fier à son flair.

— Kitt, tu débloques complètement.

M.C. dégagea son bras d'une secousse.

— Pendant un certain temps, je me suis demandé comment un aussi bon flic avait pu en arriver là. Maintenant, Kitt, je le sais.

37.

Jeudi 16 mars 2006
15 h 40

Il regarda la petite fille jouer. Elle était parfaite. Un véritable petit ange. Une enfant insouciante, mignonne. Encore plus parfaite que les précédentes.

En quoi ? Il inclina la tête en l'observant. Elle était blonde, jolie, les yeux bleus. Comme les autres avant elle.

Non, celle-ci était spéciale, à cause de Kitt. Il lui avait fait une promesse. Et une menace — une menace concernant les petites filles de son entourage.

Et il s'était promis de triompher. A n'importe quel prix.

Les petites filles étaient le talon d'Achille de Kitt. En s'en prenant à elles, il était sûr de l'atteindre ; elle se reprocherait toute sa vie ce qui allait arriver à celle-ci, en particulier.

C'était drôle. Depuis qu'il avait choisi sa punition — la plus efficace qui soit —, il n'était plus fâché contre elle. Oui, elle lui avait posé un nouveau défi. Elle lui avait tenu tête. Mais ça faisait partie du jeu. Et c'était astucieux.

Il s'adossa au banc, les bras négligemment allongés sur le dossier, sous la caresse de la brise printanière. La mort de cette petite fille allait lui causer un choc épouvantable, songea-t-il. Pauvre Chaton. Serait-elle capable de s'en remettre ? Allait-elle replonger dans l'alcool ? ou sombrer dans une dépression qui la conduirait au suicide ?

Son revolver de service lui faciliterait la tâche, bien entendu ;

il lui suffirait de porter le canon à sa tempe pour en finir avec ses souffrances.

En un sens, il espérait qu'elle ferait ce choix-là. Elle avait eu trop de déboires dans la vie. Mais il avait aussi envie qu'elle continue à se battre.

Comme s'il s'était attaché à elle. Comme s'il était connecté à ses états d'âme.

Hélas, cette affaire ne pouvait aboutir qu'à une seule conclusion : la mort de Kitt Lundgren.

38.

Jeudi 16 mars 2006
18 h 20

M.C. regarda par la fenêtre de sa cuisine pendant que le micro-ondes réchauffait les cannelloni mis de côté par sa mère à son intention. Sa belle-sœur était passée les lui apporter, s'arrêtant un moment chez elle avec Benjamin pour bavarder un peu. Melody lui avait raconté que la veille, en son absence, M.C. avait fait tout au long du dîner les frais de la conversation — ou, plus exactement, des récriminations de la « mamma ».

Le micro-ondes sonna et elle sortit les cannelloni. Une fois assise à table, elle s'aperçut qu'elle n'avait pas très faim. Kitt l'avait placée dans une situation détestable. Elle avait déjà passé sous silence l'entorse faite par Lundgren à sa promesse de rester sobre ; aujourd'hui, sa coéquipière lui avait demandé de ne pas mentionner son dernier dérapage.

A quand le prochain ?

M.C. avait manifesté sa désapprobation en boycottant l'entretien avec Minelli. Bien sûr, ce n'était qu'un détail anodin, mais qui ne passerait pas inaperçu aux yeux de Sal. Malgré tout, elle n'était pas certaine d'avoir réagi comme il le fallait.

Certes, Kitt n'avait pas respecté le règlement ; il fallait tout de même reconnaître qu'elle avait eu du cran. Mais M.C. ne pouvait pas se permettre d'être associée à ce comportement sans courir le risque de passer, elle aussi, pour une rebelle. Dans la police, ce n'étaient pas les têtes brûlées qui grimpaient rapidement les échelons. La témérité ne payait pas toujours. Elle avait parfois des conséquences désastreuses.

Non, les flics qui réussissaient étaient des gens méthodiques — de brillants stratèges, d'excellents et fins politiques. En principe, elle pouvait raisonnablement espérer accéder aux plus hautes sphères, mais rien ne pressait. A condition de ne pas perdre de vue son objectif, elle était pratiquement assurée de l'atteindre un jour.

Le carillon tinta dans l'entrée et elle crut un instant que c'était le four. Elle n'attendait personne et alla voir qui lui rendait visite en jetant un coup d'œil par la vitre de l'imposte. Brian Spillare se tenait sur le seuil, les mains enfoncées dans les poches d'un jean usé.

Elle lui ouvrit la porte.

— Brian ? Qu'est-ce que tu fais là ?

— Je peux entrer ?

Elle hésita, puis s'effaça pour lui céder le passage.

— Qu'est-ce qui se passe ? demanda-t-elle en refermant derrière lui.

— J'ai besoin de parler à quelqu'un — quelqu'un en qui je peux avoir confiance.

Il n'était pas le seul. Personne n'était mieux placé que Brian pour lui dire ce qu'il fallait penser de Kitt. Lundgren et Spillare avaient longtemps fait équipe.

— Ça tombe bien, moi aussi, dit-elle avec un sourire. Je t'offre un café ?

— Tu n'as rien de plus alcoolisé ?

Typique de Brian.

— Une bière ?

— Parfait.

Il la suivit jusqu'à la cuisine. Le fait de le voir ainsi, dans l'embrasure de la porte, lui rappela des souvenirs ; des souvenirs agréables, certes, mais totalement déplacés dans l'état actuel de leurs relations.

— Mmm, ça sent horriblement bon, ici.

— Des restes de cannelloni qu'a faits ma mère.

Elle envisagea de lui proposer de partager son dîner, mais y renonça, de peur qu'il ne se fasse des idées. Un repas en tête à tête dans sa cuisine exiguë aurait un caractère un peu trop intime à son goût.

Il prit la bouteille qu'elle lui tendait après l'avoir décapsulée. Elle connaissait ses goûts. Il préférait boire directement au goulot. Sans doute une référence phallique, pensa-t-elle, ironique.

— Merci.

Leurs mains se frôlèrent, et elle retira précipitamment la sienne.

— Tu ne bois rien ? lui demanda-t-il.

— Non, pas ce soir.

Il fit rouler la bouteille entre ses paumes.

— Ivy m'a fichu à la porte.

— Quand ?

— Ça fait deux jours.

— Je suis navrée, dit-elle.

Elle était sincère. Même si elle ne jetait pas le blâme sur sa femme, qui avait dû en voir de toutes les couleurs avec ce mari fêtard et volage.

— Elle te reprendra peut-être ? Ce ne serait pas la première fois.

— Je n'ai pas forcément envie qu'elle me reprenne.

Il avala une autre gorgée de bière.

— Une de perdue…

Ils avaient eu trois enfants ensemble, plus de vingt ans de mariage — et voilà tout ce qu'il trouvait à dire ? Sa femme avait bien fait de le flanquer dehors. *Bravo, ma grande.*

— Tu voulais me parler de quelque chose ?

— De nous.

— Oh, je t'en prie.

Elle s'écarta du plan de travail, contrariée.

— Je n'ai pas de temps à perdre.

Il la retint par le bras.

— Ecoute-moi juste une seconde.

— Brian…

— Je t'ai toujours dans la peau.

Elle s'efforça de maîtriser son irritation.

— Très bien, récapitulons, dit-elle. Ta femme te plaque et, comme par hasard, tu découvres que tu m'as toujours dans la peau.

— C'est la vérité.

Elle secoua la tête, écœurée; écœurée par la puérilité de sa conduite mais aussi par sa propre stupidité. N'aurait-elle pas pu se douter qu'il allait remettre ça?

— Il n'y a rien eu de plus entre nous qu'une histoire purement sexuelle.

— Mais une géniale histoire de sexe.

Elle dégagea son bras.

— Il serait temps de grandir, Brian.

Il avança vers elle d'un pas légèrement titubant.

— Je ne peux pas croire que tu le penses vraiment, ce serait trop triste.

Il avait bu. Bon sang, comment ne l'avait-elle pas remarqué? Elle n'aurait jamais dû le laisser entrer.

— Il faut que tu t'en ailles, dit-elle.

— Ne sois pas si méchante, mon petit cœur.

Il essaya de la prendre par la taille, mais elle s'esquiva. La situation présentait un grave inconvénient : Spillare était son supérieur hiérarchique — un commandant bien noté, avec de puissantes relations dans les forces de l'ordre. Il pouvait lui causer des ennuis, s'arranger pour bloquer son avancement.

Elle se faufila vers l'entrée.

— Je fréquente quelqu'un — de façon régulière.

— Si tu ne m'aimes pas, on peut quand même passer de bons moments ensemble, non?

— Je regrette, commandant; il faut partir, maintenant.

Elle atteignit la porte d'entrée et voulut tourner la poignée. Il posa une main sur la sienne.

— Qui est-ce que tu fréquentes? Ne me dis pas que c'est ce rouquin d'humoriste, le mec du Buster's Bar?

— Si, justement, puisque tu tiens à le savoir.

Il ricana, méprisant.

— Qu'est-ce que tu peux bien lui trouver?

— Il me fait rire. Ote ta main de la mienne, Brian.

— Mais il ne te fait pas autant d'effet que moi, hein ?

— Tu te surestimes.

Brian tenta une nouvelle fois de l'attirer à lui ; elle se déroba, lui bloqua les bras et lui assena un coup de genou dans l'entrejambe.

Il poussa un cri et se plia en deux en jurant.

— Désolée, Brian ; je ne voulais pas te faire mal, mais tu ne m'as pas laissé le choix.

Dès qu'il commença à se redresser, elle ouvrit la porte et le poussa dehors.

— Admettons qu'il ne se soit rien passé, d'accord ? Mais si tu t'avises de recommencer, l'addition sera salée, Brian. Plus douloureuse qu'un coup de genou dans les couilles.

39.

Jeudi 16 mars 2006
23 heures

M.C. l'avait prévenue qu'elle resterait sur ses positions et elle avait tenu bon. Kitt s'était donc rendue seule au rapport, et l'absence de sa coéquipière n'était pas passée inaperçue. Sal était perspicace. Il se douta qu'il y avait anguille sous roche, mais il supervisait les inspecteurs depuis suffisamment longtemps pour leur laisser la bride sur le cou. Avec le temps, la plupart des difficultés finissaient par se résoudre seules ; dans le cas contraire, il intervenait le plus adroitement possible, sans précipitation.

Donc, ce que leur chef ignorait ne pouvait pas le gêner — pour le moment, du moins.

Du moins était-ce le raisonnement de Kitt.

Elle n'en voulait pas à M.C. En cas de pépin, sa coéquipière n'avait pas envie d'être entraînée dans sa chute. M.C. était ambitieuse et ne s'en cachait pas.

En revanche, si l'enquête aboutissait à l'arrestation du tueur d'anges et à celle du copieur, le mérite en reviendrait aussi à M.C. — entorse au règlement ou pas.

Kitt s'en réjouirait pour elle ; tout le monde, dans l'affaire, serait gagnant — à commencer par les petites filles de la région de Rockford.

Elle s'assit dans la cuisine, les dossiers étalés sur la table, devant elle. Sal lui avait donné son accord. Elle devait maintenant examiner les dossiers concernant les affaires Olsen, Lindz et McGuire en cherchant un dénominateur commun entre ces meurtres et ceux du tueur d'anges — un travail qui n'avait pas été effectué lors des enquêtes initiales de Brian Spillare et du sergent Haas. Ils avaient fait équipe ensemble juste avant que Kitt ne soit mutée avec Brian ; à l'époque, Sal n'était encore qu'inspecteur chef.

Kitt examina ses papiers, le front barré d'un pli de concentration. Elle commençait à comprendre comment fonctionnait ce dingue ; cette fois-ci, il ne lui échapperait pas. Sa carrière dût-elle s'arrêter là, elle l'enverrait croupir en prison, une bonne fois pour toutes.

Elle repoussa sa chaise, se leva et s'étira en bâillant. Elle avait mal partout et la tension, dans son dos et sa nuque, était devenue insupportable. Elle remua les épaules dans l'espoir de décontracter un peu ses muscles, puis fit rouler sa tête d'avant en arrière et d'un côté à l'autre.

Momentanément soulagée, elle se mit à faire les cent pas.

Trois vieilles dames battues à mort. Trois meurtres haineux, absolument horribles. Mais les scènes de crimes étaient relativement propres. L'une des victimes habitait dans une résidence avec services, l'autre, dans un pavillon, la troisième, en appartement. Elles vivaient seules toutes les trois. Aucune n'avait subi de sévices sexuels ; il n'y avait pas eu de cambriolage. Pas de témoins ; aucun résidu, aucune empreinte, pas le moindre indice.

Frustrée, elle pivota et regagna la table. Le carillon de la porte la fit sursauter ; elle regarda la pendule. Il était plus de 11 heures — une heure tardive pour une visite.

Par la vitre de la porte d'entrée, elle reconnut Danny ; éclairé de face par l'applique extérieure, il avait l'air fatigué et tendu.

— Danny ? dit-elle en lui ouvrant. Qu'est-ce que tu fais ici ?

— Je peux entrer ?

— Bien sûr.

Elle ferma derrière lui et désigna la cuisine d'un signe de tête.

— Je viens de préparer du café.

Il la suivit, mais déclina son offre.

— J'en ai eu ma dose pour la journée.

Kitt se servit une tasse, consciente qu'il l'observait. Il jeta un coup d'œil sur les dossiers.

— Tu as les mains qui tremblent, dit-il.

Elle haussa les épaules avec un sourire.

— J'ai sûrement bu trop de café aujourd'hui, moi aussi.

— Alors, tu ferais peut-être mieux d'arrêter ?

— J'ai encore beaucoup de travail ; ça m'aide à rester éveillée.

— Je me fais du souci pour toi, Kitt.

— Vraiment ? Pourquoi ?

— Quel jour sommes-nous ?

Elle le dévisagea d'un air interdit, incapable de s'en souvenir.

— Nous sommes jeudi, Kitt.

Les Alcooliques Anonymes. Elle avait loupé la séance de groupe.

— Zut, c'est trop bête. Je bossais… ça m'est complètement sorti de l'esprit.

Il lui ôta le mug des mains, le posa sur le bar, prit ses mains dans les siennes et les serra fermement.

— L'autre soir, quand j'ai appelé… tu avais bu.

Elle faillit nier, mais se rendit compte qu'un déni ne ferait qu'aggraver son cas

— Oui, avoua-t-elle.

— Et ce soir, tu t'es défilée.

— Pas du tout, j'ai oublié ; ce n'est pas la même chose.

Il la regarda sans rien dire.

— C'était exceptionnel, je t'assure, se défendit-elle. Ça ne se reproduira pas.

— Avant de déraper, n'aurais-tu pas juré que ça ne pouvait plus t'arriver ? que tu étais capable de te maîtriser ?

— C'était parce que… il est arrivé quelque chose. Joe… sa fiancée a un enfant. Une petite fille de dix ans.

Une compassion sincère adoucit les traits de son ami.

— Bon sang, Kitt… je comprends.

Comme ses autres amis du groupe, Danny n'ignorait rien de sa vie privée, de ses drames — de tout ce qui l'avait fait sombrer dans l'alcoolisme. Il lui ouvrit les bras et elle posa la tête contre son torse, submergée par l'émotion.

Et la lassitude. Une lassitude immense.

— Ça fait tellement mal, murmura-t-elle. Je me sens trahie, bafouée.

En guise de réconfort, il lui caressa le dos d'un geste doux, réconfortant.

— Il est en train de remplacer Sadie, ajouta-t-elle d'une voix étranglée en levant le visage vers lui. Ça m'est insupportable… c'est trop douloureux de les imaginer tous les trois, en famille.

— Mais le fait de boire n'améliorera pas les choses, et tu le sais. L'alcool ne fait qu'apaiser provisoirement la souffrance ; et c'est encore pire après, quand tu commences à dessoûler.

— Je sais bien, Danny ; je te promets que je ne suis pas en train de replonger.

Il scruta son visage.

— Tu es particulièrement vulnérable, en ce moment. Tu as besoin de nous, plus que jamais.

— Je vais bien. J'ai…

— Tu vas bien ? Toi, tu vas bien ? Bon sang, Kitt, tu es alcoolique ; et tu voudrais effacer ça d'un coup de baguette magique ? Ça va te reprendre un beau jour et…

— Aucun risque. Je maîtrise la situation.

Voyant qu'il s'apprêtait à la contredire, elle ajouta très vite :

— En ce moment, je suis totalement absorbée par l'enquête. Je ne peux penser à rien d'autre. Je veux le coincer, Danny.

Il recula légèrement.

— Est-ce que tu t'entends, au moins ? insista-t-il. Tu ne vois pas ce que tu es en train de faire ? Tu ne reconnais pas les symptômes ?

— Oh ! si, je le vois très bien. Je reprends goût à la vie. J'ai un but bien précis — et la volonté de l'atteindre. Et tu sais quoi ? J'aime ça.

— Tu as remplacé une dépendance par une autre, voilà tout.

— Danny… je crois que tu ne comprends pas ce que c'est que d'être flic.

— C'est bien possible, mais je comprends ce que c'est que d'être dépendant.

Comme elle cherchait à lui échapper, il la retint.

— Est-ce que tu dors assez, au moins ? Est-ce que tu prends le temps de manger ? de te nourrir correctement — pas de grignoter des cochonneries… Et la détente, les loisirs ? Vas-tu de temps en temps au cinéma ? Appelles-tu parfois une copine ?

— Comment veux-tu que j'aie envie d'aller au cinéma ou de dîner avec des amis au beau milieu d'une enquête criminelle ?

Il la rejoignit en deux enjambées.

— Merde, Kitt, tu me rends complètement din…

Laissant sa phrase en suspens, il posa ses lèvres sur les siennes. Abasourdie, elle se laissa faire une fraction de seconde avant de le repousser, furieuse.

— Qu'est-ce qui te prend ?

Il était rouge. Il avait l'air en colère.

— Rien. Ce n'était rien…

S'interrompant, il lui tourna le dos et se dirigea vers la porte.

— Danny, attends ! On peut en parler, non ?

Il ne s'arrêta pas, et Kitt entendit la porte claquer presque aussitôt derrière lui. Elle courut jusqu'au perron.

— Danny, reviens !

Trop tard, constata-t-elle en voyant sa voiture démarrer au bas de l'allée, puis disparaître au coin de la rue. Elle attendit que le bruit du moteur se soit estompé pour rentrer, donna deux tours de clé et se frictionna les bras — la nuit était fraîche. Elle appellerait Danny dans la matinée, quand il aurait eu le temps de se calmer. Il devait être vexé qu'elle l'ait rejeté…

Dommage ; elle n'avait pas envie de perdre son amitié. Elle y tenait beaucoup. Mais elle n'éprouvait pas de véritable attirance pour lui ; et ce n'était pas près de changer.

Elle se sentit brusquement exténuée, vidée. Pourquoi Dan avait-il justement choisi ce moment pour se manifester ? Elle n'avait ni temps ni énergie à consacrer à des questions personnelles. Elle n'avait qu'un but : coffrer le meurtrier. Ou, plutôt, les deux meurtriers. Mais il est vrai que Dan ignorait la façon dont le tueur d'anges l'avait fait entrer dans son jeu pervers…

Non, Chaton ; l'important, pour toi, c'est les enfants. Les petites filles.

Il avait renversé la situation à son avantage. Le tueur d'anges en savait long sur elle, sur ses angoisses secrètes. Comment s'y prenait-il pour la percer à jour aussi aisément ?

Elle se remit à faire les cent pas, sa fatigue cédant la place à une énergie survoltée tandis qu'elle se remémorait ses paroles.

Pourras-tu courir assez vite et assez loin pour sauver une autre petite fille ? une autre Sadie ?

N'y a-t-il pas une petite fille dans ta vie, en ce moment ? Ou, du moins, en marge de ta vie ?

Seras-tu assez forte pour la protéger ? assez intelligente ?

Kitt cessa de marcher, le cœur battant. Elle s'aperçut que ses mains tremblaient.

Une petite fille — dans sa vie ?

Brusquement, elle comprit.

Joe... la petite Tami, la fille de Valerie. Une enfant âgée de dix ans. La kermesse de l'association. Le clown au ballon rose.

Le tueur d'anges avait vu Tami.

La petite fille en marge de sa vie, c'était elle.

Une panique soudaine s'empara d'elle. L'image de la petite fille au sourire timide et aux yeux bleus lui revint avec force. Il fallait prévenir Joe. Prévenir sa fiancée.

Sans perdre une minute, elle enfila une paire de baskets puis le blouson accroché dans l'entrée. Affolée, elle mit un moment à trouver les clés de sa voiture ; elles étaient dans son sac, qu'elle mit en bandoulière avant de partir en coup de vent.

Le trajet jusqu'à la maison de Highcrest Road où elle avait vécu avec Joe prit moins de temps que d'ordinaire, à cette heure tardive. Tout était éteint ; le pick-up de Joe était garé dans l'allée. Elle s'arrêta juste derrière, descendit de voiture et courut jusqu'à la porte d'entrée.

Elle sonna plusieurs fois, puis tambourina au battant.

— Joe ! appela-t-elle. C'est moi, Kitt ! Ouvre-moi !

Elle frappa et appela encore, folle d'inquiétude.

Finalement, elle entendit la clé tourner dans la serrure ; quelques secondes plus tard, la porte s'ouvrait.

Il avait enfilé un peignoir sur son caleçon.

— Kitt ? dit-il en la voyant. Mais qu'est-ce qui...

— Tami est en danger. Il faut prévenir Valerie.

Joe cligna des yeux comme s'il venait de se réveiller.

— Tami, répéta-t-il. En danger ?

— Oui. Le tueur en série l'a repérée, à cause de moi.

Il la regarda un moment, puis ouvrit plus largement la porte.

— Il fait froid. Entre.

Elle pénétra dans le vestibule. Joe referma derrière elle. L'odeur de la maison avait changé. Ce n'était plus celle du temps de leur vie en famille.

— Il faut appeler Valerie, insista-t-elle. Tout de suite. C'est vital.

— Calme-toi, Kitt. Tu n'es pas dans ton état normal. Comment le tueur pourrait-il connaître Tami ?

— La kermesse, dimanche dernier : il y était. Il s'était déguisé en clown et vendait des ballons.

Joe ouvrit de grands yeux.

— Un clown ?

— Oui, puisque je te le dis ! Il nous a vus nous disputer, toi et moi, et il m'a offert un ballon rose pour me consoler. Et quand il m'a appelée, plus tard, c'était pour me demander si j'avais apprécié son attention.

— C'est une histoire de fous !

— Oui, Joe, mais ce n'est pas moi qui suis folle. Il m'a menacée.

— Il t'a menacée ?

— En me prévenant qu'il s'en prendrait à d'autres petites filles. A des petites filles qui comptaient pour moi, des petites filles proches de moi.

— Kitt…

Elle se hérissa en l'entendant prononcer son nom comme s'il parlait à une gamine butée ou à une demeurée.

— Il a parlé d'une petite fille en marge de ma vie. Je viens tout juste de me rendre compte qu'il s'agissait certainement de Tami. Tu ne comprends donc pas ? C'est forcément elle ; il n'y a pas d'autre petite fille en marge de ma vie.

— Nom de Dieu, Kitt, ça suffit !

Kitt recula d'un pas en l'entendant crier. Joe criait rarement et ne jurait pratiquement jamais. Elle pouvait compter sur les doigts d'une main les fois où il avait perdu son sang-froid.

— Voilà que ça recommence, hein ? C'est toujours la même histoire. Tu es en train de perdre les pédales, de disjoncter.

— Ça n'a rien à voir ! Je t'en prie, écoute-moi.

— Non. Regarde-toi dans une glace. Tu ne dors plus du tout, n'est-ce pas ? Tu ne manges pas non plus. Tu ne penses à rien d'autre qu'à cette enquête.

— Non, non... écoute. Il est entré dans ma maison, j'en suis sûre. Il sait tout de moi — ou presque. Il me...

— Tu t'es remise à boire ? Parce que, si la réponse est non, ça ne va pas tarder.

— J'ai changé, Joe. Ça ne se reproduira plus.

Elle lui saisit les mains.

— Je sais que Tami est en danger ; à cause de moi, un criminel a jeté son dévolu sur elle. Ce serait épouvantable... s'il lui arrivait malheur par ma faute.

Joe referma ses doigts sur les siens.

— Ce n'est pas ta faute si nous avons perdu Sadie. Tu ne pouvais pas l'empêcher de mourir ; ni elle, ni les victimes de ce monstre. Aucune de ces morts ne t'est imputable.

— Tu n'as pas compris, Joe.

Elle secoua la tête.

— Tu ne saisis pas.

— Laisse tomber ; il faut tourner la page.

— Je ne peux pas, murmura-t-elle. Ces enfants ont besoin de moi.

— Et si j'avais besoin de toi, Kitt ? Qu'est-ce que tu ferais ?

— Il ne s'agit pas de toi, Joe, mais de Tami, de sa sécurité.

Il serra ses doigts un peu plus fort.

— J'avais espéré... j'avais cru que, peut-être, tu parviendrais à te ressaisir. A présent, je vois que c'est impossible.

Tout le monde le lui répétait — elle était en train de perdre le nord, elle devenait la proie d'une véritable obsession.

Mais c'était faux. Comment pouvaient-ils être aussi aveugles ? Le danger était là, et personne ne voulait le voir.

Elle le lui expliqua, le supplia d'appeler Valerie.

Il promit de le faire, mais elle ne le crut pas — sans doute à cause de la pitié qu'elle déchiffra dans son regard ; ou de la façon dont il claqua la porte derrière elle, comme s'il voulait la rayer définitivement de sa vie.

Sa voiture était garée au bout de l'allée, juste au-dessous d'un réverbère. Sur le point de contourner le capot, elle s'arrêta net en apercevant des marques sur la portière du passager.

Quelqu'un l'avait rayée avec sa clé.

Non, pas seulement rayée, constata-t-elle aussitôt. On lui avait laissé un message. *Il* avait écrit un message, en éraflant la peinture avec un objet métallique.

Ouvre l'œil.

40.

Vendredi 17 mars 2006
1 h 45

M.C. se traita mentalement de tous les noms d'oiseaux. Que faisait-elle là, à près de 2 heures du matin, devant chez Lance ? Elle n'avait pas réussi à s'endormir. Pas réussi non plus à se calmer. Elle avait trop de problèmes en tête — son conflit avec Kitt, les avances sordides de Brian, l'enquête, et la vie en général.

Les seules pensées agréables étaient liées à Lance. Etait-ce le premier symptôme de la dépendance ? se demanda-t-elle. Ce besoin impérieux de renouveler une expérience agréable ? de chercher le philtre magique, seul capable d'apporter l'apaisement, le sommeil, la sérénité — et tout ce dont l'esprit, ou l'âme, avait besoin ?

Elle savait que Lance se trouvait chez lui. Elle avait vu sa voiture garée dans la rue, juste en face. Si elle frappait à sa porte, que se passerait-il ? Il pouvait l'inviter à entrer. Ou la rejeter.

Vu la chance qu'elle avait ces temps-ci, ne ferait-elle pas mieux de rebrousser chemin ?

Elle frappa pourtant à la porte ; d'abord un coup, puis en insistant, de plus en plus fort.

Lance vint ouvrir. De l'intérieur, lui parvint l'écho d'une symphonie. Une mélodie apaisante.

— M.C. ? dit-il d'un air inquiet. Qu'est-ce que…

— Qu'est-ce que je fais là ? Je me pose la même question, figure-toi.

Il ne fit pas un geste, et M.C. songea subitement qu'il n'était peut-être pas seul. A en juger par ses cheveux ébouriffés, sa chemise ouverte, son pantalon enfilé à la hâte, elle l'avait tiré du lit. Elle se sentit horriblement gênée.

— J'aurais dû appeler, Lance.

Elle recula d'un pas.

— Excuse-moi. Je ne sais pas ce qui m'a pris…

— Idiote.

Il lui prit les mains, l'attira à l'intérieur et la serra contre lui.

— Comme tu sens bon ! chuchota-t-il en enfouissant son visage dans ses cheveux.

Il était seul chez lui. Elle l'enlaça ; il était presque trop mince, il avait froid. A son contact, il se réchauffa peu à peu.

— Comment ça va ? lui demanda-t-elle.

— Maintenant, ça va mieux.

— Moi aussi, dit M.C. avec un sourire.

Il donna un tour de clé et la conduisit dans le séjour, petit, mais impeccable et décoré avec goût. Plutôt rare chez un célibataire, songea-t-elle.

— Sale journée ? demanda-t-elle.

— Sale soirée.

— Tu ne les as pas fait rire ?

Il tressaillit comme sous l'effet d'une gifle. Elle lui caressa la joue.

— Qu'est-ce qui t'arrive ?

— Non. Ce soir, personne n'a ri.

— Dommage ; c'est…

Lance posa un doigt sur sa bouche. Sans un mot, il l'entraîna dans sa chambre, où ils firent l'amour ; mais sans rire, cette fois.

Dans un silence total.

Il étouffa ses gémissements avec sa bouche, avec ses mains, comme s'il voulait les absorber, étancher une soif immense. Elle se laissa guider, tandis que le silence exacerbait leur désir. Un cri de plaisir monta en elle, étrangement érotique — comme une préfiguration d'orgasme. Et quand vint enfin la délivrance, le cri muet résonna en elle avec une puissance inouïe.

Jamais elle n'avait connu une expérience aussi érotique.

Lance rompit le silence avant elle.

— Waouh.

Elle sourit et frotta sa joue contre son épaule moite de transpiration.

— C'est exactement ce que je ressens.

— Tu as faim ? demanda-t-il.

— Non. Je m'endors. Et je me sens bien…

— Mieux que tout à l'heure, en tout cas. Je t'aurais bien vue en « Grincheux ». Maintenant, c'est « Dormeur ». Après, ce sera peut-être « Atchoum » ou « Simplet » ?

Elle sourit de la référence à *Blanche Neige* !

— Es-tu en train d'insinuer que j'ai tous les symptômes d'un dédoublement de personnalité ? d'un syndrome de la personnalité multiple ?

— Oh, un peu comme toutes les femmes…

Elle lui pinça le ventre ; il gémit en riant.

— Je suis aussi flic et mon flingue ne me quitte jamais. A ta place, je tâcherais de m'en souvenir.

Il fit semblant de trembler de peur. Elle bâilla et se blottit tout contre lui.

— La journée a été dure, tu sais, murmura-t-elle.

— Si tu me racontais ?

Elle réfléchit un instant puis secoua la tête.

— Je n'en ai pas envie.

— Alors, tu as envie de quoi ?

Elle leva les yeux vers lui.

— Je suis ouverte à toutes les suggestions…

Justement, il en avait à revendre. Des idées qu'elle jugea créatives et euphorisantes.

M.C. se réveilla en sursaut. Elle sut immédiatement ce qui l'avait réveillée.

Lance n'était plus à côté d'elle.

Elle resta immobile, à l'écoute. Il n'était pas allé aux toilettes, ni dans la cuisine pour grignoter quelque chose. Bien qu'elle ne soit pas chez elle, le bruit de ses pas, leur nombre suffisaient à la renseigner.

C'était le métier qui voulait ça : l'instinct de survie, chez un flic, s'accompagne forcément d'une conscience aiguë des moindres modifications dans son environnement.

Mais elle ne parvenait pas à le localiser. Certes, ils avaient couché deux fois ensemble, mais elle ne le connaissait pas encore assez pour se sentir en parfaite sécurité. Elle se leva sans bruit et récupéra son revolver qu'elle avait glissé sous le matelas, à hauteur de sa tête. Puis elle ramassa, par terre, son T-shirt et son slip, les enfila rapidement et passa de la chambre au couloir.

Elle trouva Lance nu dans le séjour ; immobile, le dos tourné, il regardait dans la rue par la fenêtre. Quand il se tourna vers elle, son visage reflétait une tristesse qui lui serra le cœur.

— Ça ne va pas ? demanda-t-elle.

— Je n'arrivais pas à dormir.

Il regarda ostensiblement son arme ; il eut à peine une ébauche de sourire.

— Je trouve ta réaction un peu excessive.

— On n'est jamais assez prudent, tu sais.

Elle posa le revolver sur le dossier du canapé.

— Tu veux me parler de ce qui t'empêche de dormir ?

— La vraie raison ?

— D'une façon générale, je préfère le vrai au faux.

Il inspira et elle se prépara au pire. Commençait-il à se demander dans quel guêpier il s'était fourré ? Allait-il lui annoncer que c'était fini entre eux ?

Ce ne serait pas la première fois qu'un homme lui déclarerait que « oui », vraiment, leur relation était une erreur ».

— Je crois que tu me plais trop.

Interloquée, elle le regarda, abasourdie.

— Pas maligne, la plaisanterie, l'humoriste.

— Je suis très sérieux, Kitt — pour une fois.

Elle avança jusqu'à lui, leva le visage vers le sien et sonda attentivement son regard. Il n'avait pas l'air de plaisanter.

Ce qui, en un sens, était presque plus inquiétant que s'il l'avait plaquée. Qu'allait-il se passer, maintenant ? Serait-elle capable d'envisager une vraie relation avec lui ?

Eh bien, oui, songea-t-elle.

Elle lui sourit.

— Je crains que tu me plaises aussi un peu trop, dit-elle à son tour.

— C'est vrai ?

Il scruta son visage, comme pour vérifier qu'elle ne se moquait pas. Rassuré, il lui rendit son sourire.

— Cette relation insomniaque me convient tout à fait.

Elle rit et posa la tête sur son épaule.

— A moi aussi.

Elle entendit son portable sonner dans la chambre. Un appel en pleine nuit ne pouvait signifier qu'une chose — quelqu'un avait été tué. Et puisqu'elle s'occupait d'une enquête bien précise, il y avait une forte probabilité pour que le pire se soit produit et que le copieur ait encore frappé.

Elle espéra de tout cœur qu'elle se trompait.

Lance la serra contre lui.

— Ne réponds pas…

— Impossible.

Elle se dégagea de son étreinte. Le téléphone se remit à sonner. M.C. se précipita dans l'autre pièce, attrapant son arme au passage. En sortant le téléphone de son sac, elle vit que le numéro affiché sur le cadran était bien celui du bureau. Elle décrocha.

— Riggio à l'appareil.

— Une nouvelle victime, inspecteur ; une autre petite fille.

C'était horrible de deviner juste.

Pendant que le policier la mettait au courant, elle se tourna vers la porte. Lance l'avait suivie. Debout dans l'embrasure, il l'observait d'un air inquiet.

— J'arrive, conclut-elle avant de couper la communication.

— Tu dois t'en aller ?

— Oui, à mon grand regret, mais…

— Je comprends. Vas-y.

Elle rassembla le reste de ses vêtements, se dirigea vers la salle de bains, puis s'arrêta en chemin et regarda Lance.

— Une nouvelle petite fille a été assassinée.

Il écarta les mains dans un geste d'impuissance.

— C'est terrible. Que puis-je faire ?
— Penser à moi durant mon absence ?
— Je ne pense à rien d'autre.
Elle s'approcha de lui, l'embrassa sur la bouche puis alla se rhabiller.

41.

Vendredi 17 mars 2006
5 h 20

Quand M.C. arriva sur les lieux, elle vit que Kitt était déjà là. Elle se gara et, en sortant de sa voiture, remarqua l'inscription sur la portière de la Taurus : *Ouvre l'œil.* Qu'est-ce que ça pouvait bien vouloir dire ?

Elle trouva Kitt assise sur les marches du porche de la maison.

— Qu'est-ce que c'est que cette inscription sur ta voiture ?

— C'est un message de Peanut.

La voix de Lundgren lui sembla curieusement dénuée d'émotion.

— Ça remonte à quand ?

— A la nuit dernière, je suppose. Je m'en suis aperçue vers minuit.

M.C. eut envie de lui demander pourquoi elle avait eu besoin de sa voiture à cette heure-là, mais elle opta finalement pour une autre question.

— Et ça signifie quoi ?

— C'est un avertissement au sujet des petites filles. Une incitation à la vigilance. Si je relâchais ma surveillance, il y aurait une...

Elle ne termina pas sa phrase. M.C. n'eut aucun mal à la compléter :... *une victime de plus.*

— Kitt, tu n'y peux rien. Ce n'est pas ta faute.

Kitt la regarda. M.C. vit qu'elle avait les yeux rougis.

— C'est la troisième.

M.C. hocha la tête.

— Tu es entrée ?

— Très peu de temps.

— Inspecteur Riggio ? appela le policier de faction dans l'allée.

Elle se tourna vers lui.

— Oui ?

— Pourriez-vous émarger, s'il vous plaît ?

— Bien sûr. Désolée, dit-elle, s'apercevant qu'elle était passée devant lui sans s'arrêter.

Décidément, elle était encore dans les nuages. Elle signa la feuille, jetant un coup d'œil sur les autres noms. Il y avait là le service d'identification au complet, et Sal, le boss en personne. Apparemment, tout le monde s'était déplacé, excepté le grand patron. Mais il ne serait pas surprenant qu'il fasse lui aussi une apparition.

— Rien de spécial à me signaler ?

— J'ai fait un rapport détaillé à l'inspecteur Lundgren.

— Parfait. Merci.

M.C. se retourna vers sa partenaire.

— Kitt ? Est-ce que ça va ?

— J'ai dégueulé dans les buissons.

— Pardon ?

— J'ai vomi.

Elle passa une main dans ses cheveux. M.C. remarqua qu'elle tremblait.

— Tu vas aller raconter ça au commissaire ? Me faire virer de l'enquête ?

— Est-ce que tu me demandes de le faire ?

— Va te faire foutre.

M.C. préféra ne pas répondre. Un silence pesant s'installa ; enfin, Kitt s'éclaircit la voix.

— La victime ne correspond pas au profil habituel. C'est une petite fille brune ; cheveux très noirs ; les yeux noisette.

— Une petite fille brune, répéta M.C., évaluant la portée de l'information. Son rituel est en train d'évoluer.

— A moins qu'il ne soit en train de renoncer à se faire passer pour le tueur d'anges. Il sait que nous faisons la différence.

— Nous *supposons* qu'il est le copieur, corrigea M.C. Sinon, le mode opératoire est le même ?

Kitt se leva. A la lumière des projecteurs, M.C. vit à quel point elle était fatiguée.

— A première vue, oui ; la chemise de nuit, le brillant à lèvres, la position des mains… Elle est morte par étouffement. Il semble être entré par la fenêtre.

— Le lieu du crime ?

— Impeccable.

Kitt inspira à fond.

— La mère a cru entendre quelque chose et elle est venue jeter un coup d'œil sur sa fille.

— A quel moment ?

— Vers 4 heures du matin. Elle l'a trouvée comme ça. Elle a aussitôt appelé police secours.

— Le père ?

— Envolé ; depuis six ans.

— Aucune raison de le soupçonner ?

— Apparemment, non. Il a disparu un beau jour et la mère a dit : « Bon débarras ! » Elle n'a jamais essayé de le retrouver pour lui demander une pension.

— Le nom de la victime ?

— Catherine Webber ; la mère s'appelle Marge. Sa meilleure amie est là.

Kitt enfouit les mains dans les poches de son coupe-vent.

— A mon avis, il ne va pas s'arrêter à trois.

— Nous n'en savons rien, Kitt, dit M.C. le plus fermement possible — mais Kitt garda le silence.

M.C. sentit à quel point sa coéquipière broyait du noir.

Elles entrèrent dans la maison, un petit pavillon modeste mais propre et bien rangé. L'entrée était minuscule ; la salle à manger se trouvait sur la droite, et le séjour, à gauche.

Deux femmes étaient assises sur le canapé. M.C. distingua immédiatement laquelle était la mère ; leurs regards se croisèrent, restèrent rivés l'un à l'autre. La manière dont elle la dévisageait lui fit l'effet d'une gifle. Avant qu'elle ait compris ce qui se passait,

Marge Webber se leva et vint se planter devant elle en l'attrapant par un bras.

— Comment avez-vous pu ? cria-t-elle. Comment avez-vous pu laisser faire ça ?

M.C. la dévisagea, pétrifiée.

— Elle n'est pas blonde !

Les doigts de Marge s'enfoncèrent dans son bras.

— Et elle a les yeux noisette — pas bleus !

Mary Catherine resta sans voix ; qu'aurait-elle pu dire, de toute façon ?

— Marge, murmura son amie en s'approchant. Calme-toi, je t'en prie.

— Me calmer ? Tu me demandes de me calmer ?

Sa voix grimpa dans les aigus, prit une tonalité hystérique.

— Mon enfant, gémit-elle. Il a tué mon enfant !

Avec douceur, l'amie de Marge lui fit libérer son emprise du bras de M.C., et la fit reculer. Sous les yeux de M.C., Marge Webber s'effondra, en larmes, dans les bras de son amie.

M.C. s'aperçut qu'elle tremblait de tous ses membres. Le cœur serré dans un étau, elle dut faire un effort pour respirer. Pour chasser le sentiment de culpabilité qui lui étreignait la gorge.

Elle comprenait Kitt, maintenant — son obsession, ses réactions. Marge Webber avait été le déclencheur de sa prise de conscience.

— La fin justifie les moyens, murmura-t-elle.

— Quoi ?

Elle regarda Kitt.

— Tant pis s'il faut prendre des risques et faire une entorse au règlement, Kitt. Je veux la peau de ce salaud.

Kitt soutint son regard et hocha la tête.

— Oui, souffla-t-elle. Quels que soient les moyens, pourvu qu'on ait sa peau.

42.

Vendredi 17 mars 2006
11 h 20

Assise à son bureau, Kitt regarda les notes étalées devant elle. Elle aimait bien noter ses idées sur des Post-it ; on aurait dit les pièces d'un puzzle. Elle pouvait les déplacer à sa guise, les mélanger, les empiler, les classer par ordre chronologique.

Affalée dans un siège, en face d'elle, M.C. était plongée dans ses pensées. Elles sortaient d'une réunion à laquelle participaient non seulement Sal et Haas, mais aussi le big boss en personne. Pendant quarante minutes, les trois hommes les avaient interrogées sur l'enquête, sur la façon dont elle progressait — ou plutôt dont elle ne progressait pas — et, enfin, sur le dernier meurtre.

Le boss ne voulait pas admettre que Derrick Todd ne soit pas leur homme. N'était-il pas un coupable idéal ? Un garçon condamné pour pédophilie, qui travaillait dans un centre de loisirs pour enfants. Il insista pour leur faire réexaminer le passé de l'ex-détenu ; une arrestation aurait l'avantage de rassurer la population.

Et peu importe que le pauvre Derrick ne soit pas coupable.

Kitt prit le Post-it qui portait l'inscription « Derrick Todd » et le froissa. Derrick était hors de cause. Et il ne pouvait pas avoir commis le dernier meurtre puisqu'il purgeait une nouvelle peine de prison pour avoir violé l'obligation faite aux agresseurs sexuels de se présenter régulièrement au contrôle.

Il n'y resterait sans doute pas très longtemps. Dale leur avait fourni le journal intime de sa fille — une pièce que Kitt s'était empressée de remettre à l'avocat de Todd.

Son téléphone sonna et elle répondit aussitôt.

— Lundgren à l'appareil.

— Désolé pour le petit ange, dit-il.

Kitt claqua dans ses doigts pour attirer l'attention de M.C., puis lui montra le Post-it sur lequel elle avait noté les numéros de Peanut. M.C. hocha la tête et appela aussitôt le numéro des transmissions pour donner le signal. Après avoir raccroché, elle écrivit « *Téléphone portable : 11 h 41* » sur un bloc-notes et posa la feuille devant Kitt, sur le bureau.

— C'est votre œuvre ? demanda Kitt.

— Si je l'ai tuée ? Non, Chaton, ce n'est pas moi.

— Et je suis censée vous croire sur parole ? Après l'avertissement que vous m'avez laissé ?

— J'espère que je n'ai pas trop abîmé ta voiture. J'avais envie d'être un peu plus créatif.

— Le fait d'avoir choisi une petite fille brune — c'est ça que vous jugez créatif ?

— Je viens de le dire, je n'ai rien à voir dans cette affaire.

D'un ton insidieux — presque un chuchotement, il ajouta :

— Moi, j'aurais choisi quelqu'un de plus proche de toi, Chaton. Quelqu'un qui a une connection avec toi.

Tami.

— Donnez-moi un nom, espèce d'enfoiré !

— Tu n'es pas très bonne joueuse, hein ?

— Allez vous faire foutre ; j'en ai marre de vos jeux débiles.

Il éclata de rire, manifestement ravi.

— Je déteste quand on se dispute, toi et moi. Ça ne te dirait pas qu'on se réconcilie ?

— Dites-moi d'abord ce que je veux savoir, et on pourra redevenir bons amis. Nous sommes dans le même camp, vous et moi. Nous voulons tous les deux épingler le copieur.

— C'est vrai qu'on a pas mal de points communs, tous les deux, dit-il, apparemment très satisfait. Blessés par des gens qui étaient censés nous aimer. Trahis. Exclus d'une vie à laquelle nous avons droit.

L'occasion était trop belle. Kitt la saisit.

— Et vous et moi, nous sommes des combattants.

Il y eut un silence au bout de la ligne. Quand il reprit la parole, sa voix sembla plus grave.

— Ouais, des combattants.

— Alors, aidez-moi. S'il vous plaît.

Il ignora sa demande.

— Qu'est-ce que ça fait d'enterrer son enfant ? demanda-t-il.

— Je n'ai pas envie de parler de ma fille. Je veux qu'on parle du copieur.

— L'ennui, c'est que c'est moi qui décide, Chaton. Donne-moi ce que je demande et, avec un peu de chance, tu obtiendras peut-être ce que tu veux.

Kitt sentit son pouls s'accélérer. Du coin de l'œil, elle regarda l'heure.

— Vous qui donnez la mort, vous devriez peut-être savoir ce que ressentent les survivants. La mort de Sadie a laissé un immense vide en moi, une plaie béante que rien, jamais, ne pourra refermer. J'ai eu envie de mourir aussi. D'être morte. J'ai envisagé de mettre fin à mes jours.

— Qu'est-ce qui t'en a empêchée ?

— Je n'en sais rien, répondit-elle avec franchise. D'une certaine façon, on peut considérer que j'ai cherché à me tuer à petit feu, verre après verre.

— Et comment tu t'en es sortie ?

— Grâce aux Alcooliques Anonymes, et aux amis que j'y ai trouvés.

Elle marqua une pause en songeant à Danny, à la façon dont elle l'avait repoussé, la veille.

— Ils sont là pour me prouver que je ne suis pas la seule à souffrir en ce monde, que nous sommes tous solidaires.

— Et que Sadie n'aurait pas aimé te voir capituler.

Stupéfaite, elle ne répondit pas. Comment avait-il deviné ?

— Oui, dit-elle dans un souffle.

M.C. posa une nouvelle feuille sur la table : « *11 h 43* ».

Encore trois minutes à tenir.

Un attroupement s'était formé autour d'elles. Sal et Haas s'y trouvaient, parmi d'autres inspecteurs. Tous surveillaient la pendule en priant pour que, cette fois, il se laisse prendre.

— Vous croyez me connaître si bien que ça ? demanda-t-elle avec une pointe d'arrogance.

— Oui.

— Comment faites-vous ?

— Tu ne t'imagines quand même pas que je vais te livrer tous mes secrets, Chaton ?

— Pourquoi pas ? Je vous livre les miens, vous me donnez les vôtres. On fait équipe.

— Faire équipe… Tu sais que ça ne me déplairait pas. Parce que je t'aime bien, Kitt. J'ai du respect pour toi, quand tu ne merdes pas.

— Ravie de l'apprendre ; mais vous m'apprécierez toujours autant quand je vous aurai mis la main dessus ?

Il éclata de rire.

— Peut-être davantage ; mais il ne faut pas rêver, ma belle.

— Vraiment ? Vous êtes donc si sûr de vous ?

— Oui.

Elle jeta un coup d'œil sur Riggio, qui brandit deux doigts.

— Pourquoi ?

— Parce que je suis plus fort que toi, dit-il simplement. Désolé de te vexer, mais c'est la vérité. Je suis plus fort que vous tous.

— Je relève le défi, Peanut.

L'aisance avec laquelle ce nom lui avait échappé la surprit.

— Les paris sont ouverts.

— Même en pleine débâcle, au fond du désespoir, tu gardes l'esprit de compétition, hein ? Tu comprends pourquoi je t'admire ?

— Mais je ne suis pas en pleine débâcle, ni au fond du désespoir.

— *Je suis tellement désespérée,* dit-il, ironique. *Jamais il ne m'arrivera rien de bon, rien de bien. Par moments, je me demande s'il ne vaudrait pas mieux en finir. Seul le souvenir de Sadie me retient — si je me suicidais, est-ce que ça ne risquerait pas de m'empêcher de la retrouver là-haut, un jour ?*

Kit eut un haut-le-cœur. Ses propres mots, ses pensées les plus intimes, les plus secrètes, lui étaient renvoyés au visage comme une gifle.

C'était mot pour mot un extrait de son journal intime. L'autre jour, c'était donc lui qui s'était introduit chez elle ; peut-être même était-il venu plusieurs fois.

Elle s'efforça de ne pas montrer combien elle se sentait soudain vulnérable.

— O.K., vous êtes donc venu chez moi. Vous avez lu mon journal intime ; et ça vous donne l'impression d'avoir commis un exploit ?

Il ne réagit pas. Kitt entendit le déclic d'un briquet, le grésillement d'une cigarette qu'on allume.

— As-tu alerté les petites filles ? Celles qui se trouvent en marge de ta vie ?

— Il n'y a plus aucune petite fille dans ma vie.

Il fit claquer sa langue.

— Allons, Kitt, qui est-ce qui joue au chat et à la souris, maintenant ?

— Je ne joue à rien du tout.

— Nous jouons tous. En fait, la vie n'est qu'un grand jeu de dupes. Tout le monde se bat pour décrocher le gros lot. Pour devenir le roi du monde.

— Ou la reine. Mais jouer à vivre et vivre pour de bon, ça fait une sacrée différence.

— Je serais ravi de poursuivre cette discussion, mais c'est l'heure d'arrêter.

— Non, attendez ! Vous m'avez promis…

— Je n'ai rien promis ; j'ai dit « peut-être ».

— Ce n'est pas juste ! je vous ai donné ce que vous demandiez, j'ai…

— Il n'y a pas de justice en ce monde. Salut, trésor.

Un déclic indiqua qu'il avait raccroché. Kitt se tourna vers M.C., qui interrogeait déjà les transmissions. Une lueur de triomphe brilla dans son regard.

— Ça y est ! On l'a eu !

— Six véhicules, ordonna Sal. Ne prenez aucun risque. Mettez tous vos gilets pare-balles. Et pas de bavure, hein ?

Il se tourna vers White et Allen.

— Vous, vous assurez les arrières de Lundgren et Riggio.

Tout le monde se précipita dehors. Avant même d'arriver sur place, ils apprirent qu'il s'agissait d'un immeuble de douze appartements. Au moment où Kitt s'arrêta devant le bâtiment, le siège était en train de vérifier les données de chaque occupant dans la base de données.

L'endroit n'avait certes rien de très engageant.

Les fourgons de police étaient déjà là, les agents prêts à intervenir, revolver au poing.

Kitt descendit de voiture.

— On ne laisse personne sortir de l'immeuble, ordonna-t-elle. Vérifiez l'identité de tout le monde.

White et Allen rejoignirent les deux femmes, et ils pénétrèrent ensemble dans l'immeuble. Le hall d'entrée, mal éclairé, sentait l'urine. Le dépistage avait permis de localiser l'immeuble, mais pas le numéro de l'appartement.

— La loge du gardien est généralement au rez-de-chaussée, dit Kitt. S'il y en a un.

Les inspecteurs se divisèrent en deux groupes, chacun prenant un côté du hall. D'emblée, Kitt et M.C. tombèrent sur un filon.

Le concierge était un sexagénaire bedonnant, au visage tanné par le soleil. Kitt remarqua ses mains, de grosses mains calleuses, blanchâtres. De l'intérieur de la loge provenait le son d'une série télévisée, *All My Children*[8], qu'elle reconnut aussitôt. Elle n'en avait pas raté un seul épisode pendant la période de sa mise à pied.

— Inspecteur Lundgren.

Elle lui montra son insigne.

— Et voici l'inspecteur Riggio. Nous avons quelques questions à vous poser.

— Tous les appartements sont occupés ? demanda M.C.

8. *All My Children :* célèbre feuilleton américain dont le titre évoque la fraternité entre les êtres humains.

— Tous, sauf deux; il y a des gens qui sont partis le mois dernier. Ils ne payaient plus le loyer.

Il plissa les yeux.

— Je parie que vous recherchez le type du 310.

— Pourquoi?

— Je l'ai surpris à regarder des photos de gamines.

— Des photos de gamines?

— Vous savez, des revues porno sur les mômes. Ça m'a collé la gerbe. Heureusement que mes enfants sont grands. J'ai prévenu tous les parents de l'immeuble.

Ex-détenu. Problème de mœurs. La piste était intéressante.

— Et il s'appelle?

— Brown. Buddy Brown.

— Savez-vous s'il est chez lui en ce moment?

— Aucune idée. Je l'ai pas vu depuis une semaine; mais il rentre et sort en douce, à n'importe quelle heure, comme une anguille. Un mec pas clair.

Le portable de M.C. sonna dans sa poche. Elle s'éloigna pour répondre.

— Riggio à l'appareil. Merci. Bien reçu.

Kitt s'excusa auprès du concierge et s'approcha d'elle.

— C'est le bureau?

L'autre femme hocha la tête.

— Ils ont trouvé un truc sur Brown, eux aussi.

— Pédophilie?

— Non; cambriolage et voies de fait. Ils continuent les recherches sur les autres locataires; jusqu'ici, ça n'a rien donné.

— C'est Brown; j'en suis sûre.

Kitt revint vers le concierge et le remercia pour son aide.

— Par mesure de précaution, je vous conseille de rentrer dans votre loge. Et de ne pas en sortir avant d'avoir notre feu vert.

Le gardien avait l'air de jubiler. Cela faisait sans doute longtemps qu'il n'avait rien vécu d'aussi excitant. *All My Children* ne faisait pas le poids, à côté de ça.

— Le mec a du retard de loyer, leur cria-t-il. Si vous avez besoin d'un coup de main pour entrer, appelez-moi.

Kitt, M.C. et les deux autres inspecteurs convergèrent vers l'appartement 310.

Kitt frappa à la porte.

— Monsieur Brown, ouvrez! Police!

Un bruit leur parvint de l'intérieur; un bruit de verre brisé.

— On y va!

White prit son élan et enfonça la porte d'un coup de pied. Ils se précipitèrent ensemble à l'intérieur, l'arme au poing. Un chat fila entre leurs jambes et disparut dans le couloir. A part cela, il n'y avait aucun signe de vie dans l'appartement.

— Monsieur Brown! répéta Kitt. Police!

Il était inutile de fouiller l'appartement pour savoir qu'il était inoccupé. Brown s'était taillé.

Ils entreprirent de perquisitionner son domicile, une tâche qui ne leur prit pas plus d'un quart d'heure. La pièce sentait le moisi et le pipi de chat; Kitt trouva ce qu'elle cherchait sur un futon taché, à côté d'une fenêtre : un téléphone portable, qu'il avait oublié dans sa fuite.

Elle enfila un gant de latex, prit l'appareil et vérifia le numéro du dernier appel.

Celui des locaux de la police criminelle.

Elle déroula la liste des appels. Il y en avait eu d'autres. C'était peut-être un de ceux-là qui les conduirait au copieur.

M.C. la rejoignit.

— J'ai envoyé White et Allen interroger les autres locataires.

Kitt hocha la tête.

— Il s'est douté que le repérage avait abouti et il a décampé. Il m'appelait à partir de ce téléphone.

— Je vais le signaler. Il faut envoyer les équipes qui sont en bas quadriller tout le quartier. Il n'est peut-être pas très loin.

— Il a une voiture?

— Une Ford Escort, d'après le concierge. Elle est garée en bas.

— Il nous faut un mandat; un camion viendra l'enlever.

M.C. acquiesça puis regarda autour d'elle, le front plissé.

— Tu noteras qu'il n'y a pas de litière pour le chat.

Kitt jeta un coup d'œil surpris à sa coéquipière. Elle n'avait pas remarqué.

— Il n'y avait pas non plus de gamelle ni d'eau pour le chat.

— Pas étonnant qu'il ait filé dehors sitôt la porte ouverte ! Pauvre bête.

— C'est bizarre.

— Un chat de gouttière dans un appartement ? Il n'y a même pas de chatière. Et pourquoi ne s'est-il pas sauvé tout à l'heure, quand Brown est parti ?

— Bonnes questions. Apparemment, c'était le chat de Brown et il n'avait pas mis le museau dehors depuis un bon moment.

— A en juger par toutes ces crottes de chat dans les coins, il faut croire que non, en effet. Bon ; il faut faire venir les spécialistes de l'identification, maintenant.

Pendant que M.C. les appelait, Kitt continua d'inspecter l'appartement. Dans la penderie du coin couchage, elle aperçut une boîte à chaussures. Elle souleva le couvercle et découvrit d'anciennes coupures de journaux jaunies. Les articles traitaient tous du même sujet : les meurtres commis par le premier tueur d'anges.

La gorge nouée, elle les feuilleta soigneusement. Elle se souvenait de chacun comme s'ils étaient gravés au fer rouge dans sa mémoire. Dans plusieurs articles, elle était citée au titre d'inspecteur chargé de l'enquête ; et chaque fois que son nom apparaissait, il était surligné au marqueur jaune fluo.

— M.C., viens voir ça.

La jeune femme s'approcha et feuilleta à son tour les coupures de presse.

— On dirait que le type a le béguin pour toi, dit-elle sèchement.

— C'est bien ma vein...

Elle s'interrompit brusquement en apercevant un objet au fond de la boîte. Un tube de brillant à lèvres. Maybelline. Vendu dans toutes les grandes surfaces du pays.

La couleur s'appelait *Mignonne en rose.*

43.

Vendredi 17 mars 2006
15 h 50

Le contrôleur judiciaire de Buddy Brown ne fut pas enchanté de voir arriver Kitt et M.C., bien que sa contrariété n'eût aucun rapport avec elles. Simplement, un détenu en liberté conditionnelle qui lui donnait du fil à retordre n'arrangeait pas ses affaires.

Wes Williams leur fit signe de s'asseoir.

— Brown ne faisait pas partie de ceux qui me semblaient prêts à retourner tout de suite en taule. J'en ai quelques-uns comme ça. Mais Brown, lui, a vraiment horreur de la prison.

Parce que certains aimaient ça ?

Kitt jeta un coup d'œil sur ses notes.

— Il se soumet régulièrement à son contrôle hebdomadaire ?

— Avec une assiduité exemplaire ; jusqu'à celui de mardi dernier.

— Il n'est pas venu ?

— Non.

— Qu'avez-vous fait ?

— Je l'ai signalé.

— Cette infraction au règlement ne figure pas dans son dossier informatique.

Williams écarta les mains.

— Que voulez-vous que je vous dise ? Les rouages de la bureaucratie sont souvent d'une lenteur exaspérante.

M.C. intervint à son tour.

— Que pouvez-vous nous dire sur son compte ?

— C'est un de ces types qui se font toujours prendre. Adolescent, il a commencé à faire des bêtises, et, à l'âge adulte, c'est devenu un vrai délinquant.

Il feuilleta les pages du dossier.

— Cambriolages, incendies volontaires, trafic de drogue…

— Le genre d'individu capable de tuer quelqu'un ? de tuer un enfant ?

Williams posa sur M.C. un regard soudain aigu.

— Brown ? Un tueur d'enfants ?

— Oui.

— Depuis le temps que je fais ce métier, je ne m'étonne plus de rien ; mais si vous voulez mon avis personnel, mon instinct me dit que non.

— Le gardien de son immeuble prétend l'avoir surpris avec des revues de pornographie à caractère pédophile. Vous avez des infos là-dessus ?

Williams eut l'air surpris.

— Non, rien. C'est la première fois que j'entends parler de ça.

— Niveau intellectuel du bonhomme ? demanda Kitt.

— C'est pas une lumière. Les malins se font rarement prendre.

— Comment a-t-il fait pour être libéré avant terme ? intervint M.C.

— Comme ils le font tous, inspecteur : en se tenant à carreau. Le comité de révision des peines a estimé qu'il ne représentait plus une menace pour la société. Les prisons sont pleines à craquer — je ne vous l'apprends pas ; alors, on vire les anciens pour faire de la place aux nouveaux.

Ce type-là ne se faisait plus d'illusions depuis belle lurette. Depuis suffisamment longtemps en tout cas pour se permettre de se comporter avec cynisme et arrogance.

— Combien de fois a-t-il été libéré ?

— C'était la seconde ; il semblait avoir compris qu'une troisième condamnation le mettrait dans de mauvais draps, mais comme je viens de le dire…

— Brown n'est pas une lumière.

— Tout juste.

Williams consulta sa montre.

— J'ai un rendez-vous dans quelques minutes. Puis-je faire autre chose pour vous ?

Kitt se leva, imitée par sa coéquipière.

— Merci, monsieur Williams, ce sera tout ; s'il prenait contact avec vous ou si un détail vous revenait, n'hésitez pas à nous appeler.

— Certainement ; je n'y manquerai pas.

Sur le pas de la porte, Kitt se retourna.

— Savez-vous s'il a un chat ?

— Un chat ? répéta Williams, visiblement pris au dépourvu. Pas que je sache.

Elles quittaient le bureau quand il les rappela au moment où elles franchissaient le seuil.

— Attendez, ça me revient à l'instant : son employeur m'a appelé pour me prévenir qu'il l'avait viré parce qu'il ne pointait plus depuis plusieurs jours.

— Etait-ce avant ou après le contrôle hebdomadaire où Brown ne s'est pas présenté ?

— Juste avant.

Intéressant.

— Qui était son employeur ?

— Attendez voir...

Il fouilla dans ses papiers puis leva les yeux sur elles, l'air bizarre.

— Lundgren Homes.

44.

Vendredi 17 mars 2006
16 h 20

M.C. attendit d'être dans la voiture pour demander à Kitt :

— Lundgren Homes. Il y a un rapport avec toi ?

— C'est la société de mon ex-mari.

— Qu'est-ce que tu penses de ça ?

Kitt secoua la tête, le front plissé, l'air concentré.

— Je réfléchis à la question.

M.C. fit tourner le moteur puis s'éloigna du trottoir. Elle avait sa petite idée sur ce qu'elles venaient d'apprendre ; une idée qu'elle préférait garder pour elle tant que sa partenaire ne serait pas prête à l'entendre.

— Il va falloir l'interroger.

Kitt hocha la tête.

— Repassons d'abord au bureau pour voir ce que l'équipe d'identification aura pu trouver. White et Allen doivent avoir fait le tour du quartier de Brown. Ils ont peut-être quelque chose pour nous, eux aussi.

M.C. acquiesça et s'inséra dans le flux de la circulation du centre-ville.

— Je vois assez mal ce Brown dans la peau d'un tueur en série ; à mon avis, ça ne cadre pas.

— Ça n'aurait pas un rapport avec le quotient intellectuel du bonhomme, par hasard ?

M.C. ne releva pas le sarcasme.

— En partie, si. Nous savons que le tueur d'anges est un

individu particulièrement malin. Qu'il est doté d'un remarquable sang-froid. Qu'il est arrogant. Ça ne cadre pas avec le profil de Buddy Brown.

Du coin de l'œil, elle vit Kitt se masser les tempes.

— Et puis Brown n'est pas un meurtrier.

— On a quand même découvert le téléphone avec lequel il m'a appelée ce matin. Mon numéro était le dernier qu'il ait composé : ça, ce sont des faits — pas des présomptions.

— Exact.

— Il y avait aussi chez lui des coupures de journaux concernant les trois premiers meurtres d'enfants, plus un brillant à lèvres du même genre que celui dont il s'est servi sur les lèvres de ses victimes.

— Les faits ne sont pas toujours ce qu'ils ont l'air d'être.

Kitt se tourna vers M.C. de manière à lui faire face.

— Tu vas te décider à me cracher le morceau, oui ou merde ?

— Qu'est-ce que ton ex vient faire dans tout ça ?

— Il a été le patron de Brown.

— Tu ne trouves pas la coïncidence énorme ?

— Qu'est-ce que tu en déduis ? Que Joe *est* le tueur d'anges ?

M.C. ne répondit pas tout de suite.

— Je n'écarte aucune hypothèse, Kitt, murmura-t-elle au bout d'un instant. Et toi ?

Kitt se hérissa.

— Je peux t'affirmer que Joe Lundgren est l'une des personnes les plus correctes, les plus attentionnées que je connaisse. Il a été un père et un mari merveilleux ; jamais il n'aurait maltraité un enfant. Jamais de la vie, M.C.

— Très bien ; rassemblons les données du problème. Que savons-nous avec certitude ?

— Primo, que trois petites filles sont mortes récemment dans les mêmes conditions que les victimes du premier tueur d'anges. Deuxio, que quelqu'un, qui se prétend le tueur d'anges, m'a appelée à plusieurs reprises en affirmant que ces trois crimes étaient l'œuvre d'un copieur. Et tertio, que quelqu'un m'a appelée aujourd'hui depuis un téléphone portable, téléphone retrouvé ensuite dans l'appartement de Buddy Brown, un ex-taulard.

Kitt se tut et M.C. eut le sentiment qu'elle s'efforçait de rassembler ces éléments disparates pour en dégager un fil conducteur, une cohérence quelconque.

— Les dates où Brown a purgé ses peines ne l'empêchaient pas de commettre ces crimes ; techniquement, il pourrait être le tueur d'anges, conclut-elle.

M.C. hocha la tête tout en déboîtant pour doubler un bus.

— Dans cette hypothèse, la première série de meurtres aurait pris fin quand il s'est fait boucler.

— En taule, il sympathise avec un autre détenu auquel il se confie. Un détenu auquel il livre tous ses secrets.

— Le tueur est arrogant. Il est fier de lui ; il s'en vante continuellement auprès de l'autre.

— Les deux hommes sont libérés. Son confident se met à reproduire ses « crimes parfaits ».

— Brown voit rouge ; il veut le faire arrêter.

— Mais pourquoi ne s'en charge-t-il pas lui-même ? demanda M.C. Il lui suffirait d'un coup de fil pour le dénoncer. Pourquoi te met-il dans le coup ?

Kitt fronça les sourcils.

— Ça ne colle pas.

— Et si tu étais au centre de tout ?

— Pardon ?

M.C. entra dans le parking réservé aux véhicules de police, derrière la préfecture. Elle tourna un moment avant de trouver une place. Les deux femmes descendirent, claquant simultanément leur portière.

— Et s'il n'y avait pas de copieur ? reprit-elle. Si les nouveaux meurtres étaient eux aussi l'œuvre du tueur d'anges initial ? Si Brown n'était qu'un simple pion sur l'échiquier de Peanut ?

M.C. vit combien Kitt était tendue. Combien elle aurait voulu rejeter cette théorie. En vain.

— O.K. Admettons. Pourquoi cela me concerne-t-il ?

— Question capitale.

— Tu penses que Joe joue un rôle là-dedans ?

— Il est le lien entre toi et l'individu qui t'appelle, c'est un fait. Mais ce que signifie ce lien est une question à laquelle nous n'avons pas de réponse.

Elles entrèrent dans le bâtiment et prirent l'ascenseur pour monter au second. En sortant de la cabine, Kitt s'arrêta brusquement, et l'agent qui se trouvait derrière elle renversa son café sur ses chaussures.

— Et merde! s'exclama-t-il.

Kitt lui présenta ses excuses et entraîna M.C. à l'écart.

— Tami, souffla-t-elle. Voilà comment Peanut connaît son existence; par l'intermédiaire de Joe.

— Qui?

— Tami, la fille de Valerie — la nouvelle fiancée de Joe. Souviens-toi, Peanut a menacé de s'en prendre à une petite fille en marge de ma vie. Il n'y en a pas d'autre.

Kitt se dirigea vers le bureau d'un pas décidé.

— C'est forcément Brown ou quelqu'un qui travaille avec lui. Ils connaissent l'existence de Tami parce que Joe est le patron de Brown. Ils ont eu mon numéro de portable de la même façon. Rien de plus simple! Joe n'est presque jamais au bureau; et Flo, son assistante, se déplace aussi continuellement. Joe ne se méfie pas des gens; il n'hésiterait jamais à laisser quelqu'un utiliser son téléphone ou les toilettes de son bureau.

Elle s'arrêta de nouveau et se retourna vers M.C.

— Voilà comment cet enfoiré en sait autant sur mon compte! Il y a un petit groupe de gens qui travaillent pour Joe depuis toujours. Ils connaissaient Sadie; ils savaient qu'elle avait un surnom. Ils savent aussi que sa mort nous a anéantis, que je me suis mise à boire. Ils savent tout!

Elle pivota sur ses talons et reprit la direction de l'ascenseur.

— Où vas-tu? demanda M.C. en lui emboîtant le pas.

— Voir Joe.

Kitt se retourna pour jeter un coup d'œil en direction de M.C.

— Brown est en liberté. Il a proféré des menaces à l'égard de Tami. S'il s'agit bien de Peanut, il va considérer que je l'ai trahi en faisant repérer l'origine de son appel. Je ne veux pas que cette trahison se retourne contre Tami.

45.

Vendredi 17 mars 2006
17 h 35

Elles trouvèrent Joe à son bureau ; sa journée terminée, il s'apprêtait à rentrer chez lui. Il avait l'air fatigué. Tandis qu'il rangeait des dossiers, Kitt l'observa, intriguée : elle avait l'impression qu'il avait les cheveux plus gris que lorsqu'elle l'avait revu, la veille.

— Bonsoir, Joe, dit-elle.

Occupé à trier des papiers, il suspendit son geste.

— Kitt ? dit-il, manifestement surpris de la voir.

Puis son regard se posa sur M.C.

— Que se passe-t-il ?

— Voici ma coéquipière, Mary Catherine Riggio. Nous avons quelques questions à te poser au sujet de l'un de tes employés.

— L'un de mes employés ? répéta-t-il. Lequel ?

— Un ex-employé, corrigea M.C. Il s'appelle Buddy Brown.

Les traits de Joe se durcirent. Il leur fit signe d'entrer.

— Que voulez-vous savoir ?

— Combien de temps a-t-il travaillé pour toi ?

— Trois semaines.

— Vous saviez que c'était un détenu en liberté conditionnelle ? demanda M.C.

— Oui. Il avait déjà travaillé dans le bâtiment ; et il semblait avoir désespérément besoin d'un emploi.

— Pourquoi l'avez-vous licencié ? demanda M.C.

— Il n'est pas venu travailler deux jours d'affilée. Je suis très clair avec ces gars-là : vous êtes là tous les jours sur le chantier, ou c'est la porte. J'ai besoin de gens fiables.

— Vous dites « ces gars-là » ; vous avez déjà embauché des ex-taulards ?

— J'estime que tout le monde a droit à une seconde chance, dans la vie.

Il reporta son regard sur Kitt.

— Qu'est-ce qui se passe ? Qu'est-ce qu'il a fait ?

— Nous avons des raisons de penser que c'est l'homme qui m'a appelée en prétendant être le tueur d'anges.

Il la dévisagea d'un air interdit puis devint blême.

— Le tueur d'anges ? Vous pensez réellement que Buddy Brown… que ce pourrait être lui ?

— Nous sommes pratiquement sûres que c'était lui qui m'appelait, répondit Kitt. Quant à savoir s'il est ou non le tueur d'anges, rien ne permet de l'affirmer ou de l'infirmer.

M.C. reprit la parole.

— Nous craignons que la fille de votre fiancée ne soit en danger.

— Tami… Oh, mon Dieu…

Il regarda Kitt d'un air consterné.

— Je n'ai pas parlé de ça à Valerie. Je ne te croyais pas. J'ai cru que tu recommençais à délirer, comme avant. Il ne m'est pas venu à l'idée…

Il tendit la main vers le téléphone ; M.C. vit qu'elle tremblait.

— Je l'appelle tout de suite.

Kitt l'arrêta d'un geste.

— Nous aimerions d'abord lui parler ; il est important de procéder ainsi.

Joe hésita, visiblement partagé.

— Fais-moi confiance, insista-t-elle.

Il acquiesça et griffonna une adresse et un numéro de téléphone sur une feuille, qu'il lui tendit.

— Elle est infirmière. A cette heure-ci, elle devrait avoir terminé son service.

— Merci, Joe.

Kitt empocha la feuille.

— Si tu as des nouvelles de Brown, préviens-nous immédiatement.

— Je n'y manquerai pas.

Il avait l'air un peu sonné.

— Dis à Valerie de m'appeler, pour que je sache comment ça va. Dis-lui que je…

Il laissa sa phrase en suspens et Kitt se demanda ce qu'il avait eu l'intention de lui demander. Voulait-il lui faire dire à Valerie qu'il l'aimait ?

Elle n'en aurait pas mis sa main au feu, mais il fallait bien admettre que cette idée lui déplaisait au plus haut point.

46.

Vendredi 17 mars 2006
18 h 10

Valerie Martin vint ouvrir la porte de sa maison de style cottage. Elle habitait un peu plus loin que Springbook, près de l'institut universitaire. Le quartier, bien que correctement entretenu, n'avait plus le cachet qu'il avait eu.

La jeune femme portait encore sa tenue d'infirmière ; elle avait seulement troqué ses chaussures contre des mules. A en juger par son expression, M.C. soupçonna qu'elle avait reconnu Kitt.

Kitt s'en était sans doute également rendu compte, mais elle se présenta tout de même.

— Valerie, je suis Kitt Lundgren, l'ex-femme de Joe.

— Je me souviens très bien ; nous nous sommes rencontrées à la kermesse.

Elle regarda brièvement M.C. puis reporta les yeux sur Kitt.

— Que puis-je faire pour vous ?

— Voici ma partenaire, l'inspecteur Riggio. Nous vous rendons visite à titre officiel ; pouvons-nous entrer un instant ?

— A titre officiel ? répéta Valerie en ouvrant de grands yeux. Est-il arrivé… est-ce que Joe…

— Joe va très bien, la rassura Kitt. Pouvons-nous entrer ?

— Certainement, dit Valerie en s'effaçant.

Kitt entra la première, M.C. sur ses talons. L'intérieur, accueillant et confortable, était très féminin. Assise en tailleur sur la moquette, une boîte de marqueurs et un bloc de papier à dessin posés devant elle sur la table basse, Tami s'appliquait à reproduire un croquis ; visiblement absorbée dans sa tâche, elle ne leva pas les yeux sur elles.

— Vous permettez ? demanda Valerie en désignant la cuisine, de l'autre côté du couloir. J'étais en train de préparer le dîner.

Les deux femmes acquiescèrent et la suivirent dans l'autre pièce. Valerie passa derrière le comptoir et reprit le couteau avec lequel elle avait apparemment commencé à couper des légumes sur le plan de travail.

— Vous travaillez à l'hôpital de Highcrest ? demanda M.C., bien que la question fût superflue, la jeune femme portant encore son badge sur elle.

— Oui, dans le service de pédiatrie.

— Depuis longtemps ?

— J'y ai fait toute ma carrière.

Kitt s'éclaircit la voix.

— Etes-vous au courant des meurtres récemment perpétrés sur trois petites filles âgées de dix ans ?

Valerie suspendit son geste. Elle leva les yeux vers Kitt, des yeux où se lisait la peur.

— Oui, comme tout le monde.

— Nous avons des raisons de penser que Tami pourrait être en danger.

Le couteau lui glissa des doigts et tomba bruyamment dans l'évier. Sans un mot, Valerie gagna la porte et alla jeter un coup d'œil dans l'autre pièce, comme pour vérifier que Tami allait bien. Puis elle revint.

— Qu'est-ce qui vous... Pourquoi pensez-vous cela ? demanda-t-elle.

M.C. éluda la question en l'interrogeant à son tour.

— Auriez-vous remarqué quelqu'un ou quelque chose d'insolite, ces temps-ci ? Un inconnu ou un nouveau véhicule qui rôderait dans le coin, par exemple ?

— Non.

— Réfléchissez bien, Valerie ; aucun visage que vous ayez repéré plus ou moins consciemment, ou même un vague sentiment d'être surveillée ou suivie ?

— Il faut que je m'assoie.

Valerie se percha sur l'un des tabourets du comptoir.

— Je ne crois pas… non, répéta-t-elle. Rien ne me vient à l'esprit.

— Un clown vous a-t-il abordée à la kermesse, dimanche dernier ?

La jeune femme les dévisagea d'un air abasourdi. M.C. eut l'impression qu'elle essayait d'assimiler ce qu'elle venait d'apprendre et d'en mesurer toutes les conséquences.

— Un clown qui vendait des ballons, précisa Kitt.

— Tami avait un ballon, répondit Valerie. Un ballon rose ; je pense que c'est Joe qui le lui avait acheté.

M.C. jeta un coup d'œil sur sa coéquipière. Kitt ne laissa rien paraître des émotions qu'elle devait pourtant ressentir.

— S'il vous plaît, reprit Valerie, expliquez-moi pourquoi vous craignez que Tami soit en danger.

— Nous n'en avons aucune preuve concrète, répondit Kitt avec douceur. J'ai seulement reçu un message de menace concernant les petites filles en marge de ma vie. Or, je n'en vois pas d'autre que Tami.

Valerie pinça les lèvres ; elle parut toutefois légèrement soulagée.

— Nous ne voulons rien laisser au hasard, madame Martin. Je vous conseille d'observer dès aujourd'hui les plus grandes précautions. Ne laissez jamais Tami toute seule, particulièrement la nuit ; tant que nous n'aurons pas épinglé le tueur, il vaudrait mieux que votre fille dorme dans votre chambre.

Valerie acquiesça et cligna rapidement des paupières, comme si des larmes lui piquaient les yeux.

— Bien sûr, dit-elle. Je vous remercie. S'il arrivait quoi que ce soit à Tami, je ne sais pas ce que…

Elle laissa sa phrase en suspens et regarda Kitt d'un air embarrassé.

— Désolée.

— Ce n'est rien, dit Kitt avec raideur. Si quelque chose vous revient, ou s'il se produisait un événement nouveau, n'hésitez pas à nous appeler.

La jeune femme les raccompagna à la porte. Cette fois, comme elles passaient tout près d'elle, la petite fille leva la tête et leur adressa un sourire timide. M.C. lui sourit en retour ; bien des enfants de cet âge — y compris son neveu — auraient été en train de regarder la télévision. Le fait de voir une petite fille s'amuser toute seule lui parut bien rafraîchissant.

La nuit était presque tombée et Valerie alluma l'applique extérieure pour éclairer leur chemin. Une fois en bas du perron, M.C. s'arrêta et se retourna.

— Madame Martin, pouvez-vous me dire comment vous avez rencontré votre fiancé ?

Du coin de l'œil, elle vit que Kitt la regardait d'un air surpris.

— A l'hôpital.

— Certainement pas dans le service de pédiatrie ?

— Si, justement.

Elle esquissa un sourire.

— Joe venait distraire les enfants avec des tours de magie.

— Des tours de magie ? Est-il doué pour ça ?

— Remarquablement doué — pour un amateur.

M.C. jeta un coup d'œil en direction de Kitt et la vit froncer les sourcils.

— C'était gentil de sa part, ajouta M.C.

— Je suis tout à fait de votre avis. Les enfants l'adorent ; cela leur fait oublier un moment qu'ils sont à l'hôpital.

— Il continue à le faire ?

— Il vient à peu près deux fois par mois dans mon service ; et, à l'extérieur, une fois par mois.

M.C. la remercia, puis reprit le chemin de son véhicule en compagnie de Kitt. Une fois installée au volant, elle se tourna vers elle.

— Ton ex est prestidigitateur ?

— C'est un bien grand mot, dans son cas. Il connaît effectivement quelques tours tout à fait ordinaires — mais ce n'est pas plus qu'un passe-temps agréable.

— Il allait déjà distraire des enfants avant la mort de Sadie ?

— Quand Sadie était à l'hôpital, il l'amusait avec ses tours de passe-passe ; d'autres enfants venaient parfois regarder.

Sans rien dire, M.C. mit le contact et alluma ses phares. Au moment où elle démarrait, elle remarqua une voiture qui faisait de même, une trentaine de mètres derrière elles.

Elle quitta le rétroviseur des yeux pour regarder la route.

— Ça a dû être difficile pour toi d'apprendre cette liaison, dit-elle, changeant de sujet.

— Je m'en suis remise.

Le ton agacé de Kitt démentait ses paroles.

— Si on revenait à l'enquête ?

— Comme tu voudras. Mme Martin était apparemment dans tous ses états ; elle adore sa fille, c'est évident.

Tout en parlant, M.C. se faufila d'une file à l'autre dans une circulation redevenue normale, après l'heure de pointe.

— Joe faisait-il déjà travailler des ex-détenus quand vous étiez mariés ? demanda-t-elle.

— Pas à ma connaissance.

Kitt plissa le front.

— D'abord les tours de magie et maintenant les ex-détenus. Qu'est-ce que tu insinues ?

— Il y a un truc qui ne tourne pas rond, dans tout ça.

— Pourquoi ? A cause de ses activités philanthropiques ?

Soucieuse de ne pas heurter Kitt de front — pas encore, du moins —, M.C. battit en retraite.

— On va dîner quelque part ?

— Merci, mais je préfère rentrer. Je suis crevée.

— Comme tu voudras. Demain, même heure, même endroit ?

Kitt acquiesça et M.C. la déposa devant le parking de la préfecture. Elle passa ensuite au Mamma Riggio pour prendre un plat à emporter mais finit par rester dîner sur place, retenue par les pitreries de ses frères. Et, une fois de plus, elle fut le dindon de la farce quand Tony, Max et Frank la présentèrent à deux copains célibataires sans manquer de leur montrer sa photo débile, en classe de cinquième. Un jour ou l'autre, elle finirait par confisquer ce maudit cadre, se promit-elle.

Une heure plus tard, alors qu'elle reprenait le volant pour rentrer chez elle, des phares s'allumèrent encore sur le parking, au moment où elle en sortait. L'autre véhicule s'engagea ensuite dans la rue, dans la même direction qu'elle. Etait-elle suivie ?

Tout en conduisant, elle surveilla régulièrement son rétroviseur.

L'autre véhicule se maintenait à distance respectable, laissant trois voitures entre eux. M.C. ralentit pour lui donner l'occasion de doubler ; deux autres conducteurs la dépassèrent, mais celui-là ralentit également afin de maintenir sa distance.

Le feu auquel elle arrivait était sur le point de passer au rouge ; au lieu de ralentir pour s'arrêter, elle accéléra et passa. Dans le rétroviseur, elle vit que celui qui la suivait avait été contraint de s'arrêter derrière une autre voiture. M.C. tourna à droite puis à gauche et encore à droite. Quand elle fut certaine de ne plus être suivie, elle reprit le chemin de son domicile.

Aux alentours de minuit, incapable de dormir, elle se retrouva en train de réfléchir aux événements de la journée, en regardant dehors par la fenêtre. Quel était le véritable rôle de Joe Lundgren dans toute cette affaire ? Buddy Brown n'était-il réellement que son employé, ou y avait-il un autre lien entre les deux hommes ?

Alors qu'elle regardait distraitement dans la rue, une voiture passa lentement devant sa maison — une berline de marque Ford, comme celle qui l'avait suivie quand elle avait quitté le parking du restaurant. Comme celle qu'elle avait remarquée dans la rue de Valerie Martin.

Un véhicule de police banalisé.

Elle faisait l'objet d'une filature ?

Qui était-ce ?

Sans allumer l'applique extérieure, elle sortit discrètement et alla se poster à l'extrémité de sa terrasse couverte. Depuis ce poste d'observation privilégié, elle serait en mesure de voir le conducteur s'il repassait sous le réverbère.

Elle n'eut pas à attendre longtemps ; comme s'il avait seulement fait le tour du pâté de maisons, il ne tarda pas à revenir de l'autre côté. Suffisamment près pour qu'elle reconnaisse distinctement l'homme qui se trouvait au volant.

Le commandant Brian Spillare.

47.

Samedi 18 mars 2006
8 h 10

Quand M.C. l'appela, Kitt en était à sa troisième tasse de café et n'arrivait toujours pas à se réveiller. Elle avait passé une bonne partie de la nuit à examiner en détail le dossier de Brown. Rien de ce qu'il contenait ne témoignait d'une grande intelligence, ni de la moindre habileté. Repris deux fois, il s'était toujours fait coffrer pour les délits qu'il avait commis. Seuls les vices de procédure et l'expérience des avocats commis d'office l'avaient tiré d'affaire.

— Salut, répondit-elle.

M.C. n'y alla pas par quatre chemins.

— Ils ont retrouvé Brown ; mais inutile de te réjouir : il est mort.

Kitt mit un moment pour assimiler l'information. Puis elle fonça dans la salle de bains.

— Comment est-il mort ?

— Je sais seulement où : à Paige Park.

— Merde !

Kitt descendit son bas de pyjama et s'assit sur la cuvette.

— Tu es déjà en route ?

— Je me prépare à partir. Tu es en train de faire pipi ?

— C'était urgent.

Elle se leva, tira la chasse et gagna le lavabo.

— Rien ne t'empêche de porter plainte.

— Je vais y réfléchir. En attendant, on se retrouve là-bas.

Vingt minutes plus tard, Kitt se garait à côté de l'Explorer de M.C.

Le parc Anna Paige était situé au nord de la ville, bien au-delà du périphérique. Quand on retrouvait un cadavre dans un parc de Rockford, Paige figurait toujours en tête de liste.

Elle descendit de sa vieille Taurus, un gobelet de café à la main. Adossée à la portière de sa voiture, les mains enfoncées dans les poches de sa veste, M.C. l'attendait.

— On ne peut pas dire que tu aies bonne mine, dit M.C.

— Confidence pour confidence, toi non plus.

Kitt eut un sourire las.

— C'est ce boulot merdique. Ras le bol.

— Et dire qu'il faut dormir pour être belle.

— Ne m'en parle pas, dit M.C. avec un grand sourire, aussi soudain qu'imprévisible.

Elles rejoignirent l'agent de service qui leur fit signer le registre. Un lieu de crime en plein air rendait toujours la tâche des enquêteurs particulièrement difficile. La pluie, le vent, le soleil détruisaient les indices. Les oiseaux et autres charognards faisaient de véritables ravages, dévorant parfois entièrement les cadavres ; les conditions climatiques modifiaient le processus de décomposition.

Pour mener l'enquête sur place, il fallait respecter la règle d'or : délimiter la scène du crime et en restreindre strictement l'accès.

— Où en sommes-nous ? demanda Kitt.

— Le corps est dans une ravine, juste derrière cette rangée d'arbres. C'est un type qui faisait du jogging avec son chien, un golden retriever, qui l'a découvert. La victime est un dénommé Buddy Brown ; il avait son portefeuille sur lui, avec un peu d'argent en espèces.

— Combien ?

— Pas grand-chose ; de quoi dîner au MacDo, pas plus.

Le vol n'était donc pas le motif du meurtre.

— Quoi d'autre ?

— Apparemment, il aurait été tué ailleurs et jeté ici ensuite.

— Génial.

— Tout le monde va arriver : mon coéquipier monte la garde près du cadavre.

Elles le remercièrent et se dirigèrent vers la crête, bordée de grands pins et d'arbres feuillus. Un épais tapis de feuilles, de brindilles et d'aiguilles de pins craquait sous leurs pas ; des débris sous lequel le tueur avait tenté de dissimuler le cadavre.

Les deux coéquipières descendirent en direction de l'agent qui leur indiqua sa présence par un signe de main.

— Vous êtes les premières, dit-il quand elles se furent présentées.

— Quelle chance !

Kitt s'approcha du cadavre et s'accroupit. Il était allongé sur une bâche noire. L'assassin n'avait pas même pris la peine de creuser un trou, se bornant à le recouvrir de feuilles.

Manifestement, il se moquait que le crime soit découvert.

L'homme correspondait aux photos qu'elle avait vues dans le dossier de Brown : vingt-six ou vingt-sept ans, taille moyenne, yeux marron, cheveux bruns. Elle l'examina en essayant de l'imaginer dans la peau du tueur qui l'avait narguée au téléphone ; celui qui se faisait appeler Peanut et se vantait avec arrogance d'avoir commis des « crimes parfaits ».

Brown avait plutôt le profil d'un banal petit délinquant.

— Ça fait un moment qu'il est mort, dit M.C. en s'accroupissant à côté d'elle.

L'état de décomposition était bien avancé, en effet.

— Combien de temps, à ton avis ?

— Trop de facteurs variables pour donner une fourchette précise ; mais ça ne date pas d'hier.

Par conséquent, Buddy Brown n'était pas l'homme qui l'appelait.

Ce qui changeait une nouvelle fois complètement la donne.

Le moment exact du décès serait établi par le médecin légiste. Kitt promena son regard sur la victime.

— Il n'y a pas de blessure par balle, pas de sang.

Des bruits de voix leur indiquèrent que l'équipe d'identification arrivait. Kitt jeta un coup d'œil derrière son épaule. Sorenstein et Snowe. Et le médecin légiste, Frances Rosselli.

Les deux femmes se relevèrent.

— Rien ne sert de courir, il faut partir à point, leur lança Kitt. Vous avez eu du mal à sortir du lit ?

— Lâche-moi les baskets, grommela Sorenstein ; on est samedi.

Quand ils les eurent rejointes, Kitt vit que les hommes — excepté le médecin légiste — avaient le teint verdâtre. L'odeur de la victime n'allait pas améliorer leur état.

— Il ne fallait pas bosser si tard hier soir, ironisa-t-elle ; voilà le résultat...

— Va te faire foutre, maugréa Snowe.

— C'est votre suspect ? demanda Sorenstein. L'ex-taulard ?

Kitt haussa les sourcils.

— Les nouvelles vont vite.

— Sa nuque est brisée, dit le médecin légiste.

Il s'assit sur ses talons et pointa l'index vers la tête du cadavre.

— Vous voyez à quel angle elle est inclinée ?

— Vous croyez que c'est la cause du décès ?

— Ce ne serait pas très logique de briser le cou d'un cadavre, mais on ne sait jamais.

— La mort remonte à quand, selon vous ?

Il ne répondit pas tout de suite.

— Il a fait sec et froid ces jours-ci, dit-il après un moment de réflexion. Cela ralentit la décomposition. Je dirais deux à trois semaines, environ. L'autopsie nous permettra d'être plus précis.

Il jeta un coup d'œil vers Sorenstein.

— L'autopsie, et tous les parasites qui se nourrissent sur le dos de la bête.

Snowe s'esclaffa.

— Prêt à dépiauter, mon pote ?

Sorenstein remonta les épaules sous sa veste.

— Merde, ce boulot me fait gerber.

Kitt et M.C. partirent, cédant la place aux derniers arrivants.

Deux à trois semaines ? Trois semaines auparavant, Julie Entzel était encore en vie.

M.C. se tourna vers elle.

— Et maintenant ?

— Reste à établir un rapport entre le tueur d'anges, le copieur et Buddy Brown.

— Et toi, ajouta M.C.

Et moi, admit Kitt en son for intérieur.

48.

Lundi 20 mars 2006
8 h 40

Kitt pénétra dans les locaux de la préfecture de police. Elle traversa le hall, se dirigea vers les ascenseurs et monta directement au deuxième étage. Personne n'avait chômé durant le week-end. L'autopsie terminée, Rosselli avait confirmé que Brown était bien mort depuis deux semaines, à quelques jours près ; par conséquent, les meurtres du copieur et les appels de Peanut ne pouvaient en aucun cas lui être imputés.

Sa nuque avait effectivement été brisée net — ce qui requérait de son meurtrier une force et une habileté exceptionnelles. L'autopsie n'ayant révélé aucune blessure à caractère défensif, le tueur l'avait certainement attaqué par surprise.

Ce qui signifiait que Brown connaissait son agresseur.

Kitt avait l'intime conviction que les deux hommes s'étaient connus en prison et que Buddy Brown avait été assassiné par l'individu qui l'appelait d'un portable — et qui n'était autre que le tueur d'anges.

Le tueur d'anges s'était installé chez Buddy Brown — avant ou après l'avoir tué. Le service d'identification avait envoyé le brillant à lèvres au labo pour le faire comparer aux prélèvements opérés sur les victimes des deux tueurs ; les experts s'employaient aussi à relever des empreintes sur les coupures de journaux.

Kitt bâilla en sortant de la cabine. Avec M.C., elle avait entrepris des recherches sur les codétenus de Brown, aujourd'hui en liberté ; une quête qui avait occupé la majeure partie de leur dimanche.

Arrivée au bureau, elle salua Nan et se dirigea vers la cafetière électrique. Nan lui rendit son salut.

— L'inspecteur Riggio est en salle d'audition n° 1 ; ils viennent juste de commencer.

Kitt jeta un coup d'œil sur elle par-dessus son épaule.

— Qui ça, ils, et qu'est-ce qu'ils viennent de commencer ?

— Haas et Riggio — l'interrogatoire du suspect.

— Le suspect ? Dans quelle affaire ?

La secrétaire la regarda comme si elle la soupçonnait de devenir dingue.

— Les meurtres du copieur.

L'affaire qui les tenait en haleine vingt-quatre heures sur vingt-quatre.

Qui Riggio avait-elle bien pu interpeller ?

Kitt ajouta sucre et crème dans son café avant de s'éloigner.

— Merci, Nan.

— Oh, inspecteur ?

Elle s'arrêta ; Nan lui tendit plusieurs messages griffonnés sur des feuillets.

— Je vous les mets de côté ?

— Non, merci, je vais les prendre.

Elle revint sur ses pas, prit les feuillets et les fourra dans une poche.

— Je serai en salle d'interrogatoire. Si quelqu'un me demande, mon portable est branché.

Les cinq salles d'interrogatoire de la section criminelle se trouvaient toutes dans le même couloir. Outre une table et des chaises, la salle n° 1 était équipée d'une porte vitrée et d'une caméra vidéo installée au plafond.

Arrivée devant la porte, Kitt jeta un coup d'œil à travers la vitre. Debout au milieu de la pièce, M.C. l'empêchait de voir le suspect. Assis un peu plus loin, Haas observait la scène, impassible.

Kitt s'apprêtait à frapper quand M.C. se déplaça légèrement ; le souffle coupé, elle suspendit son geste.

Joe. C'était Joe qu'ils interrogeaient.

Désorientée, elle observa son ex-mari. C'était invraisemblable de le voir assis là — lui, le plus tranquille, le plus tendre des hommes ; *son* Joe.

Elle posa ensuite son regard sur sa coéquipière. Quand M.C. avait-elle pris cette décision ? Se figurait-elle que Kitt allait se laisser faire un enfant dans le dos sans broncher ?

Elle frappa à la vitre en s'efforçant de maîtriser un brusque accès de colère. Ils tournèrent tous les trois la tête de son côté. Furieuse au point qu'elle en tremblait, Kitt garda les yeux rivés sur sa partenaire. Elle craignait de s'effondrer si son regard croisait celui de Joe.

Elle fit signe à M.C. de venir la rejoindre. Dès qu'elle eut refermé la porte, Kitt l'entraîna à l'écart.

— Te voilà enfin, dit la jeune femme. J'ai demandé au sergent Haas de me seconder en attendant que tu sois là.

— Arrête ton baratin. Qu'est-ce que c'est que ce cirque ?

— J'ai convoqué Joe pour l'interroger.

— Et ce, sans me consulter. Nous travaillons ensemble ; et c'est moi qui dirige cette enquête. Ce comportement est inacceptable.

— Je me suis dit que l'effet de surprise pourrait donner de bons résultats.

Kitt se sentit rougir de colère.

— La surprise de Joe ? Ou bien la mienne ?

— Très franchement ? Les deux.

M.C. baissa la voix.

— En ce qui concerne ton ex, tu as carrément des œillères ; c'est l'évidence même.

— Qu'est-ce qui te fait dire ça ?

— Regarde la vérité en face, Kitt. Buddy Brown travaillait pour ton ex-mari.

— Et ça suffit pour faire de Joe un tueur ?

M.C. éluda la question.

— Du temps où vous viviez ensemble, ton mari n'employait pas d'anciens détenus ; tu l'as reconnu toi-même.

— J'ai dit que je ne m'en souvenais pas ; il est possible qu'il l'ait fait.

— Du temps où vous étiez mariés, les tours de prestidigitation n'étaient qu'un simple hobby. A présent, il en fait régulièrement pour les enfants malades.

— Tu ne vois pas que tout ça est logique ? Il a franchi le pas après avoir vu le bien que ça faisait aux enfants quand Sadie était à l'hôpital.

— L'hôpital de Highcrest, ça me disait quelque chose, coupa M.C. Je me suis replongée dans les dossiers et voici ce que j'ai trouvé : il y a trois mois, la petite Sarah Entzel, cousine de Julie, a passé une semaine en pédiatrie.

— Tu penses que Joe est le copieur ?

En d'autres circonstances, l'expression totalement incrédule de Kitt aurait été comique.

— Oui ; et je pense aussi que c'est lui qui t'appelle.

— Ecoute, je connais cet homme comme personne, riposta Kitt. Nous avons grandi ensemble, j'ai été sa femme durant près de vingt-cinq ans ; ce que tu suggères est tout bonnement impossible.

M.C. se pencha vers elle.

— Pourquoi, Kitt ? Voilà la question que je me pose depuis le début. *Pourquoi* s'adresse-t-il directement et particulièrement à toi ? C'est une explication logique.

— Pas pour moi.

Prise dans un tourbillon, Kitt se raccrocha à tout ce qu'elle pouvait.

— As-tu pensé au clown, le jour de la kermesse ? Il m'a donné un ballon et m'a appelée le soir ; ça ne pouvait pas être Joe puisqu'il était là — je les ai pratiquement vus ensemble.

— Il a vu le clown te donner le ballon.

M.C. leva une main, coupant court à toute contestation.

— Et ne viens pas me dire que tu aurais reconnu sa voix au bout du fil ; tu sais aussi bien que moi qu'on peut acheter sur Internet un appareil qui déforme la voix — et que certains donnent des résultats extraordinaires.

» Il veut te punir. Te punir de l'avoir quitté. Te punir de l'avoir négligé au profit de tes enquêtes. D'avoir tout donné pour essayer de sauver d'autres petites filles, et d'avoir sacrifié votre vie de couple. Réfléchis un peu et tu verras : tout se tient. Tout concorde.

Kitt lui tourna le dos et s'éloigna de quelques pas. Joe connaissait tout d'elle : ses espoirs, ses peurs. Il savait qu'elle était tombée alors qu'elle poursuivait le tueur. Et qu'elle avait bu.

Il savait tout d'elle.

Non, c'était impossible.

— J'ai appelé la mère de Julie Entzel.

Kitt regarda M.C. par-dessus son épaule.

— Les deux cousines ont vu Joe faire son tour de magie. La petite Julie en a été éblouie.

Mon Dieu.

Toutes les apparences étaient contre lui.

— Te sens-tu capable de conduire l'interrogatoire avec moi ? demanda M.C. Ou préfères-tu que je continue avec Haas ?

— J'en suis capable, bordel. Lâche-moi une seconde.

M.C. n'insista pas. Derrière elle, Kitt entendit la porte de la salle se refermer discrètement. Elle ferma les yeux. Comment allait-elle faire ? Parviendrait-elle seulement à faire preuve d'une objectivité suffisante pour descendre dans l'arène et poser les questions qu'il fallait poser ?

Bon sang, comment allait-elle faire pour regarder Joe dans les yeux ?

Kitt fit craquer ses doigts. Tout ce qu'avait dit M.C. était vrai. Et si l'homme qui se trouvait dans cette pièce avait été n'importe qui d'autre, elle lui serait rentrée dedans sans hésiter.

Elle récapitula les arguments que M.C. avait développés. Il était le lien avec Buddy Brown. Entre elle et Brown. De plus, M.C. venait de découvrir un rapport entre Joe et l'une des victimes. Elle suggérait également une explication plausible pour ses appels.

Quant au clown de la kermesse, Joe avait effectivement pu le considérer comme une opportunité pour brouiller les pistes et détourner de lui d'éventuels soupçons.

Quand elle était allée l'avertir que Tami courait peut-être un grave danger, elle lui avait parlé du clown, du ballon et du coup de fil qu'elle venait de recevoir.

A aucun moment, il n'avait évoqué le fait qu'il avait acheté un ballon à la petite.

Le constat la glaça jusqu'aux os. Non, songea-t-elle aussitôt, c'était complètement absurde. Rien, dans cette affaire, ne correspondait à l'homme qu'elle connaissait — et qu'elle aimait.

Combien de fois la famille d'un accusé se retrouvait-elle en état de choc — refusant de croire ce qu'ils découvraient d'une personne dont ils pensaient tout connaître ?

Kitt inspira à fond pour se donner du courage. Elle en voulait à M.C. de lui avoir fait un enfant dans le dos ; mais elle avait une mission à accomplir et elle entendait la mener à bien. A cette réserve près que, si cette piste devait être poursuivie, elle serait exclue de l'enquête à cause de ses relations avec le principal suspect. Mais à ce stade, sa collaboration à l'interrogatoire pouvait représenter un avantage décisif.

Elle revint vers la salle et ouvrit la porte.

— Je prends le relais, chef, dit-elle au sergent Haas.

Il hocha la tête et se leva. En passant près d'elle pour gagner la porte, il lui serra le bras en un geste réconfortant. Elle se demanda s'il avait été de mèche avec M.C., et espéra que non.

— Bonjour, Joe, dit-elle en s'asseyant en face de son ex-mari.

— Kitt ?

Le soulagement qui perçait dans sa voix la mit mal à l'aise.

— Qu'est-ce qui se passe ?

— Nous avons quelques questions à te poser, c'est tout.

— Vous m'en avez déjà posé pas mal. Pourquoi ici ? Je vous aurais aussi bien répondu à mon bureau.

— L'inspecteur Riggio tient à passer par les voies officielles.

Le rôle du méchant flic lui allait comme un gant, en l'occurrence.

Kitt esquissa un sourire rassurant, se traitant mentalement d'hypocrite.

— Tout va s'arranger.

— Très bien.

Il acquiesça d'un signe de tête.

— Alors, allons-y. Mes gars m'attendent pour commencer la journée.

Riggio prit l'initiative.

— Votre fiancée nous a dit que vous vous étiez rencontrés à l'hôpital où elle travaille.

— C'est exact.

— Que faisiez-vous dans le service de pédiatrie, monsieur Lundgren ?

Il fronça les sourcils.

— Valerie ne vous l'a pas dit ? Je fais des tours de magie pour les enfants malades. Elle m'a vu présenter un de ces numéros de prestidigitation.

Kitt intervint à son tour.

— Quand as-tu commencé à faire ça, Joe ?

— Il y a un an, environ. Je me sentais seul… Sadie me manquait et…

Il s'éclaircit la voix.

— J'avais pas mal de temps libre. Pour m'occuper, je m'entraînais à perfectionner mes tours de passe-passe. Je me suis rappelé combien les enfants aimaient ça et j'ai proposé à la direction de l'hôpital de venir les distraire deux fois par mois.

— Highcrest est-il le seul endroit où vous vous produisez ?

— Non ; je vais aussi à la Fondation Ronald McDonald et à l'hôpital des Enfants. J'ai même présenté mon numéro dans deux maisons de retraite.

Kitt vit M.C. noter ces informations ; elle appellerait les services concernés et vérifierait si Joe avait été en contact avec d'autres victimes.

— Toutes ces activités philanthropiques prennent beaucoup de temps sur votre travail, je suppose, reprit M.C.

— Le travail n'est pas tout, inspecteur. La notion de solidarité me paraît tout aussi importante, dans la vie.

— Comment réagiriez-vous si nous vous disions que vous avez rencontré l'une des victimes du copieur ?

Il regarda tour à tour les deux femmes.

— Je dirais que vous vous trompez.

— Julie Entzel a assisté à l'un de vos numéros.

— A l'hôpital de Highcrest.

Le sang reflua de son visage.

— Je l'ignorais. J'ai vu sa photo dans le journal mais… je ne me souvenais pas de l'avoir vue parmi les enfants qui…

Joe laissa sa phrase en suspens.

Kitt se souvint de l'avoir entendu dire que Julie Entzel « n'était pas sa fille… qu'il ne la connaissait pas ».

Il avait l'air malade. M.C. s'orienta sur une autre voie.

— Parlons de Buddy Brown.

Il hocha la tête sans rien dire.

— Comment en êtes-vous venu à l'embaucher ?

— Il est venu me voir ; il avait un peu d'expérience, je vous l'ai dit. Et moi, j'avais besoin d'un ouvrier qualifié.

— Il vous a tout de suite parlé de ses antécédents ?

— Oui.

— Cela ne vous gênait pas ?

— Ecoutez, il faut bien que ces gars-là trouvent un emploi. S'ils n'ont pas de quoi subvenir à leurs besoins, comment voulez-vous qu'ils rentrent dans le droit chemin ?

— Vous avez donc le sentiment d'accomplir un acte de civisme ?

Joe esquissa une moue.

— Pas tout à fait, puisque j'attends une bonne semaine de travail en échange d'un salaire hebdomadaire correct. Je ne fais pas l'aumône.

— Où étiez-vous les nuits des 6, 9 et 16 mars dernier ?

— Puis-je consulter mon agenda ?

M.C. l'y autorisa et Joe sortit un Palm Pilot de sa poche. Après avoir navigué dans le menu, il releva la tête.

— La nuit du 9, j'étais avec Valerie.

— Toute la nuit ?

Kitt résista à l'envie de détourner les yeux. Joe bougea sur sa chaise, manifestement embarrassé.

— Je ne le fais jamais, en principe ; mais, ce soir-là, Tami était allée dormir chez sa grand-mère.

— Et les deux autres nuits ?

— Rien de particulier. Le 6, j'ai dîné au restaurant avec Valerie et Tami ; et le soir du 16, j'avais une réunion d'association de propriétaires.

— A quelle heure es-tu rentré chez toi ?

— Ces deux soirs-là, vers 22 heures — au plus tard.

Joe se tourna vers elle.

— Faut-il que je prenne un avocat, Kitt ?

Riggio s'interposa — preuve qu'elle ne faisait pas confiance à sa partenaire.

— Bien entendu, c'est votre droit ; surtout si vous estimez nécessaire de vous défendre.

Ce stratagème était évidemment destiné à faire croire au suspect qu'il allait se désigner comme coupable en réclamant une assistance juridique. Kitt l'avait utilisé bien des fois au cours de sa carrière. Pourquoi le trouvait-elle si lamentable, tout à coup ?

M.C. se leva.

— Pourriez-vous nous excuser quelques minutes ? lui demanda-t-elle.

Joe regarda sa montre d'un air contrarié.

— A votre avis, combien de temps dois-je encore…

— Ce sera bientôt fini.

Il regarda Kitt comme pour se rassurer. Elle aurait aimé pouvoir le réconforter, mais c'était impossible.

— Puis-je te dire un mot ? lui demanda-t-il. En aparté ?

— Je regrette, Joe, ce n'est pas possible. Pas pour le moment.

Quelque chose passa fugitivement sur ses traits — une expression de souffrance, comme s'il mesurait soudain la gravité de la situation ; et de l'affront subi.

— Tout compte fait, je préférerais prendre un avocat, déclara-t-il avec raideur. Comme vous venez de le dire, c'est mon droit.

M.C. eut un coup d'œil perçant en direction de Kitt.

— Absolument. Je vais demander qu'on vous autorise à téléphoner.

— J'aimerais aussi appeler mon contremaître, pour qu'il puisse mettre tout le monde au travail.

— Ça ne devrait pas poser de problème.

M.C. se dirigea vers la porte.

— On se retrouve dans le couloir, Kitt ; tout de suite.

Elles sortirent de la pièce et s'éloignèrent de la porte. M.C. se retourna brusquement et lui fit face.

— Qu'est-ce que c'est que ce manège, hein ?

— Pardon ?

— Tu lui as fait signe ou quoi ?

Cette fois, M. C. dépassait les bornes.

— C'est une insulte ; je ne prendrai même pas la peine de répondre à ça.

— Il t'a regardée du coin de l'œil et hop ! il a immédiatement réclamé un avocat. Qu'est-ce que tu dis de ça ?

— Je dis que c'est un type intelligent. Bon sang, M.C., il a vécu près de vingt-cinq ans avec un inspecteur de police. Crois-tu que je n'ai jamais raconté, à la maison, comment se passe l'interrogatoire d'un suspect ? Qu'il n'est pas au courant de nos techniques ?

M.C. ouvrit la bouche mais Kitt ne lui laissa pas le loisir d'argumenter.

— Si nous devons travailler en tandem, ne serait-ce que pour cette seule enquête, il faut que ce soit dans un climat de confiance réciproque. En es-tu capable ? lui demanda-t-elle à son tour.

Un long moment, M.C. resta muette. Mais au lieu de répondre par l'affirmative, comme Kitt l'avait fait quelques instants plus tôt, elle se borna à murmurer :

— J'essaierai. Pour le moment, je ne peux pas te promettre mieux.

49.

Lundi 20 mars 2006
10 h 10

M.C. décida d'envoyer immédiatement un inspecteur pour interroger Valerie. Elle n'eut pas besoin d'expliquer à Kitt qu'elle ne voulait pas laisser le temps à Joe de prévenir sa fiancée et de la convaincre de mentir pour lui. Elle n'avait pas non plus besoin de lui dire que si Valerie Martin ne confirmait pas son alibi elle ferait procéder à son arrestation.

Finalement, M.C. avait décidé d'y aller elle-même en compagnie de White, laissant Kitt superviser l'entretien de Joe avec son avocat. Kitt supposa que c'était là un gage de confiance. Gage contredit par l'usage de la caméra vidéo.

Kitt mesurait parfaitement qu'avec Joe comme suspect numéro un leurs rôles dans l'enquête se trouvaient inversés. Et même si c'était absolument normal, elle réprimait à grand-peine un sentiment de rancœur envers M.C.

Car M.C. n'avait plus rien à craindre : cette manœuvre la mettait à l'abri de tout soupçon d'irrégularité.

Kitt consulta sa montre, vaguement inquiète ; si Valerie n'attestait pas que Joe avait bien passé la nuit du 9 avec elle, Joe se retrouverait dans la merde. De toute façon, M.C. allait demander un mandat de perquisition, que le juge ne lui refuserait pas. Même si l'alibi tenait le coup, il y avait un motif plausible.

L'avocat n'était pas encore arrivé. En l'attendant, Kitt réexamina les transcriptions de ses conversations téléphoniques avec Peanut.

Elle parcourut le contenu des premiers appels enregistrés, étudiant les mots qu'il employait, sa manière de les combiner.

Joe ne s'exprimait pas de cette façon-là. Certes, un appareil placé dans le téléphone pouvait transformer la voix d'une personne — mais pas sa façon de parler.

Kitt plissa les yeux en se concentrant ensuite sur les sujets qui avaient été abordés lors des appels. Il était au courant, pour Derrick Todd. Comment ? Il s'était vanté d'être plus malin que tout le monde. Vanté de tout savoir. Seuls, quelques membres de la police avaient eu accès à cette information récente.

Se pouvait-il que Peanut soit un flic ?

Cela expliquerait bien des choses. Le parcours de Kitt n'était un secret pour personne, à la brigade criminelle. Et il aurait suffi de fouiner un peu pour en apprendre long sur les détails de sa vie privée.

Autre chose : le tueur d'anges n'ignorait rien sur la façon de mener une enquête criminelle. Il n'avait jamais laissé le moindre indice sur les lieux des crimes, comme s'il savait précisément ce qu'on y recherchait.

Certes, bon nombre de tueurs en série étaient des mordus d'affaires criminelles ; certains allaient même jusqu'à se brancher sur les fréquences de la police.

Elle passa à la transcription du second appel. Plus général. Il l'avait provoquée en parlant du ballon ; et de l'état d'esprit dans lequel elle se trouvait ce jour-là.

— *Après tout ce que j'ai fait pour toi*, avait-il dit.

— *Ce que vous avez fait pour moi ? En me dirigeant sur une fausse piste ? Merci.*

— *Tu as pu l'interpréter de cette façon ; mais il ne faut pas perdre confiance.*

De quelle confiance parlait-il ? Sa confiance en lui ? Dans la piste qu'il lui indiquait ? Ou les deux à la fois ?

— Kitt ?

Elle se retourna. Sal se tenait dans l'embrasure de la porte, le regard sombre.

— Dans mon bureau.

Elle le suivit au fond du couloir.

— Fermez la porte, s'il vous plaît, dit-il quand ils furent entrés. Débriefez-moi sur l'enquête.

— Comme vous le savez certainement, M.C. a convoqué Joe pour l'interroger. Il réclame l'assistance d'un avocat. Il a fourni un alibi pour la nuit du 9 mars ; M.C. est en train de vérifier son authenticité.

— J'exige que vous abandonniez l'enquête ; immédiatement.

— Bien, chef. Et si l'avocat arrive avant le retour de M. C…

— Le sergent Haas supervisera l'entretien ; sinon, je m'en chargerai.

Il se radoucit.

— Je suis désolé, Kitt.

— De me retirer l'enquête ?

L'amertume dans sa voix ne la surprit pas. Mais la boule qui se forma dans sa gorge, si.

— Non ; désolé à cause de la raison qui me contraint à vous la retirer, répondit-il.

— Il n'a rien à voir là-dedans, Sal.

— En êtes-vous certaine ?

— Absolument ; et pas seulement à cause de mes liens personnels avec lui.

Il garda un long moment les yeux rivés aux siens, puis hocha imperceptiblement la tête.

— Si Joe est disculpé, vous reprendrez l'affaire en main. Je n'ai pas le choix.

— Entendu.

Elle gagna la porte et se retourna sur le seuil.

— Je demande l'autorisation de suivre les pistes qui n'ont aucun rapport avec Joe ; en particulier, de réexaminer le contenu du garde-meubles.

— Ce sera une bonne façon de vous occuper. Vous savez, Kitt, j'espère vraiment que vous avez raison, pour Joe.

Elle le remercia, regagna son bureau et observa les transcriptions des appels, soudain découragée. Elle avait besoin d'un soutien.

Brian était son ami, songea-t-elle. Si quelqu'un pouvait comprendre ce qu'elle vivait, c'était bien lui.

Elle descendit d'un étage et, arrivant devant son bureau, trouva la porte fermée. Sur le point de frapper, elle entendit la voix de M.C., à l'intérieur, et suspendit son geste.

— Ça suffit ! Arrête de me suivre partout.

— Je ne sais pas de quoi tu parles.

— Ben voyons ! Je t'ai vu passer devant chez moi, l'autre nuit ; et tu m'avais prise en filature une bonne partie de l'après-midi. Je n'aimerais pas être obligée d'en référer au commissaire.

— Je veux bien te croire, riposta Brian en ricanant. Tu ne dois pas avoir très envie d'avouer que tu as couché pour avoir un poste à la brigade criminelle.

— C'est un mensonge, pauvre taré.

— Les bruits se répandent vite, dans cette maison. Ça fera tache d'huile, poupée.

Ils parlaient comme deux ex-amants. Quand avaient-ils eu une liaison ? Brian s'était-il servi de ses relations pour faire obtenir un poste à M.C. ?

— Si tu essaies, dit M.C., tu t'en repentiras, je te le garantis.

— Serait-ce une menace, inspecteur ?

— Prends-le comme tu voudras. Et lâche-moi les baskets.

Les derniers mots avaient été prononcés dans une sorte de grognement. Kitt laissa retomber sa main et recula d'un pas. Elle en avait assez entendu. Son respect pour ses deux collègues venait d'en prendre un sérieux coup.

Elle commençait à s'éloigner quand la porte s'ouvrit brusquement. M.C. sortit en coup de vent et s'arrêta net en la voyant.

— Kitt ! s'exclama-t-elle en devenant cramoisie. Quelle coïncidence, j'allais justement te voir.

Elle jeta un coup d'œil en direction de la porte ouverte avant de poursuivre :

— Valerie a confirmé l'alibi de Joe.

— Je m'en doutais.

— Ça ne l'innocente pas pour autant.

— Tu vas demander un mandat de perquisition.

Ce n'était pas une question, mais elle hocha la tête tout de même.

— Oui ; je devrais l'obtenir dans l'heure qui vient.

— Sal m'a retiré l'enquête. Provisoirement.

M.C. hocha la tête. Visiblement, si elle n'était pas déjà au courant, elle s'y attendait plus ou moins.

— Je te tiendrai au courant de son évolution.

— Je t'en serais reconnaissante.

Kitt la regarda s'éloigner puis frappa au montant de la porte. Brian était au téléphone ; il lui fit signe d'entrer.

— Appelle-moi, alors, murmura-t-il. Tu me manques. D'accord ?

Il raccrocha, la mine accablée.

— Qu'est-ce qui t'arrive, Brian ? On dirait que tu viens de perdre ton meilleur ami.

— Nous nous sommes séparés, Ivy et moi ; ou plus exactement elle m'a largué.

Brian était un policier de valeur, il s'était comporté avec elle comme un vrai partenaire, et un ami. Mais pour rien au monde elle n'aurait voulu pour mari un homme affligé comme il l'était du syndrome de Peter Pan.

— Désolée pour toi, Brian, lui dit-elle. Si je peux t'être utile…

Il passa lentement les mains dans ses cheveux. Kitt vit qu'elles tremblaient. Elle remarqua qu'une bonne partie de sa tignasse rousse avait viré au gris ; quand cela s'était-il produit ?

— Hélas, je crains que, cette fois, elle n'ait pris une décision irrévocable.

A cause de cette aventure avec la jeune et belle M.C. ? D'autre chose… d'une autre liaison ?

Brian se leva d'un bond, comme pour chasser ses idées noires.

— La partenaire qu'on t'a collée dans les pattes était là à l'instant.

Kitt haussa un sourcil, étonnée du choix des mots.

— J'ai vu, oui.

— Elle m'a parlé de Joe.

Parlé de Joe ? Bizarre.

— Que t'a-t-elle dit, au juste ?

— Qu'il était suspect. Un suspect sérieux. Qu'on t'avait retiré l'enquête.

— Provisoirement, corrigea-t-elle ; jusqu'à ce que la preuve de son innocence soit établie.

— Je suis désolé, Kitt ; c'est vraiment moche.

— Il n'a rien à voir avec cette affaire, Brian. Je le sais.

Brian se mit à faire les cent pas, l'air agité.

— Elle semblait presque jubiler ; j'ai trouvé ça plutôt bizarre. Je croyais que vous vous entendiez bien, elle et toi ?

Kitt l'observa d'un œil perplexe. La partie de la conversation qu'elle avait surprise ne concernait pas du tout Joe ; pourquoi Brian lui mentirait-il ?

— Nous nous tolérons et nos relations sont correctes.

Du moins l'avait-elle cru, jusqu'à ce matin.

Il s'arrêta et se retourna, lui faisant face.

— Je peux te donner un conseil ?

— Je t'en prie, Brian.

— Méfie-toi d'elle ; c'est une ambitieuse qui ne reculera devant rien pour obtenir ce qu'elle veut.

Après avoir vidé son sac, il parut se détendre un peu. S'asseyant sur un angle de son bureau, il croisa les bras.

— Tu étais descendue juste pour me débriefer, ou tu avais quelque chose à me demander ?

— Je voulais te faire part d'une idée.

— Vas-y.

— J'étais en train de relire les transcriptions de mes conversations téléphoniques avec Peanut. Le tueur d'anges pourrait-il être un des nôtres ?

— Un flic ? dit-il, visiblement interloqué. Kitt, qu'est-ce qui a bien pu te mettre une idée pareille en tête ?

— Sa façon de parler. Le fait qu'il soit au courant de nos soupçons concernant Derrick Todd. Réfléchis un peu.

Elle se pencha en avant.

— Il connaît la procédure ; c'est comme ça qu'il a pu s'en tirer.

— Probablement, oui ; mais ses motifs ?

— C'est peut-être quelqu'un qui se sent sous-estimé, voire méprisé ? Une promotion qu'il pensait mériter lui est passée sous le nez ? A moins qu'il ait été licencié, ou rétrogradé ?

Cette fois, ce fut elle qui se leva et se mit à faire les cent pas. Tout en marchant, elle réfléchit tout haut, s'efforçant d'ajuster les éléments dont elle disposait.

— Il est arrogant ; il se vante de commettre des crimes parfaits, de nous faire tourner en rond.

Brian hocha lentement la tête.

— En théorie, ça se tient. Mais un flic ? Les flics se laissent soudoyer de temps en temps, acceptent parfois de fermer les yeux en échange d'un paquet de fric ou d'une faveur quelconque. De là à se transformer en tueurs en série…

Kitt refusa de lâcher prise.

— Un flic avec une revanche à prendre.

— Pourquoi aurait-il jeté son dévolu sur toi ?

— Il voulait m'épater. Le copieur s'est mis à l'imiter, et il voit rouge. A moins qu'il n'ait vu en moi l'archétype du flic déchu, l'inspecteur qui a tout raté.

— Peut-être.

Il se frotta le menton ; Kitt remarqua qu'il n'était pas rasé. En fait, il avait l'air de s'être couché tout habillé.

— Ça ne te fait penser à personne ?

Après quelques secondes de réflexion, il secoua la tête.

— Tu as parlé à Sal de ton hypothèse ?

— Non ; je voulais d'abord la tester sur quelqu'un.

Elle lui sourit.

— J'ai choisi un vieux copain.

— Ta confiance me touche, dit-il avec un sourire. Ecoute, avant d'en parler autour de toi, laisse-moi cogiter un petit peu, regarder quelques dossiers, voir si je trouve un profil ou deux qui pourraient correspondre.

Elle le remercia et se dirigea vers la porte ; au moment de sortir, elle songea aux trois vieilles dames que Peanut reconnaissait avoir tuées.

— J'avais aussi l'intention de t'interroger sur trois affaires dont tu t'es occupé avec Haas, dans les années 97 et 98.

— Je t'écoute.

— Trois vieilles dames battues à mort ; elles avaient été bâillonnées post mortem avec du ruban adhésif. Tu te souviens d'elles ?

Il esquissa une grimace.

— Comment oublier ça ? Qu'est-ce que tu veux savoir, au juste ?

— Vous n'avez trouvé aucun lien entre ces trois femmes ?

— Pas le moindre. Nous savons qu'un même individu a commis ces trois meurtres — et ça s'arrête là.

— Le tueur d'anges prétend en être l'auteur.

Cette fois, Brian parut sérieusement ébranlé.

— Le mode opératoire est totalement différent.

— Exact ; mais à y regarder de plus près, ce n'est pas si paradoxal.

Kitt raconta comment elle avait découvert ces trois affaires et lui résuma sa théorie du yin et du yang.

— J'ai tenté ma chance en les lui imputant — il a reconnu que c'était lui.

Brian hocha la tête.

— Effectivement, cela faisait aussi trois victimes ; et nous n'avons pas trouvé non plus le moindre indice sur les lieux des crimes.

— Exact.

— Au cours de l'enquête sur les meurtres du tueur d'anges, je n'ai pas opéré une seule fois le rapprochement. Merde, tu parles d'un idiot.

— Qui aurait pu imaginer ça ? S'il ne s'était pas vanté d'avoir commis d'autres crimes jamais élucidés, je n'aurais jamais entrepris ces recherches.

— Qu'est-ce que je peux faire pour t'aider ?

— Te souviendrais-tu d'un détail quelconque qui t'aurait frappé — à propos des témoins, par exemple ? De soupçons précis qui auraient finalement débouché sur une impasse ? Te souviens-tu de gens qui se seraient montrés réticents à coopérer, lors des interrogatoires ?

Brian resta un moment muet, s'efforçant visiblement de sonder sa mémoire, de se remémorer les détails de l'affaire. Il finit par secouer la tête.

— Cette enquête a été une épreuve. L'effroyable brutalité des crimes avait stupéfié tout le monde. Nous avons passé au peigne fin l'environnement de chacune de ces trois femmes pour essayer de découvrir un lien quelconque entre elles…

Il écarta les mains.

— … sans aucun succès.

— Merci, Brian. Je vais me replonger dans les dossiers de ces trois affaires ; si j'ai des questions…

— Je serai là.

Brian lui sourit mais, en quittant son bureau, Kitt songea que ce sourire avait quelque chose de faux.

50.

Lundi 20 mars 2006
15 h 30

Comme elle l'avait prévu, le juge d'instruction fournit immédiatement à M.C. un mandat de perquisition pour le domicile de Joe Lundgren, ses véhicules et son siège social. Un mandat devait être rédigé de façon extrêmement précise ; les forces de l'ordre ne pouvaient pas se permettre de fouiller n'importe où, n'importe comment. Chaque bâtiment, chaque véhicule devait être spécifiquement désigné sur le mandat — faute de quoi la perquisition devenait illégale. Et un mandat rédigé dans des termes trop vagues pouvait empêcher les enquêteurs d'avancer.

Le suspect ayant été le patron de Brown, ils entamèrent la perquisition au siège de Lundgren Homes. Ils épluchèrent les dossiers des employés, les échanges avec le comité de probation de l'Illinois, les factures de téléphone, les relevés de banque et les fichiers informatiques de la compagnie. M.C. espérait dénicher des indices concernant une entente quelconque entre Joe et Brown, des reçus pour les téléphones portables utilisés pour appeler Kitt — bref, tout ce qui permettrait d'établir un rapport entre Joe et l'auteur des appels ou le meurtre de Brown — voire les autres meurtres.

De là, ils se rendirent à son domicile sur Highcrest Avenue. M.C. se demanda s'il s'agissait de la maison où il avait vécu avec Kitt, avant leur séparation ; un célibataire n'aurait sûrement pas choisi une maison aussi vaste, qui semblait conçue pour la vie de famille.

Debout au milieu du séjour, elle examina les photos encadrées, accrochées au-dessus de la cheminée ; toutes étaient antérieures à la mort de Sadie. Kitt figurait sur la plupart d'entre elles — jeune femme souriante, insouciante.

Une épouse et une mère comblée. Aimée.

Témoignage de tout ce que Kitt avait perdu.

M.C. chassa temporairement Kitt de ses pensées pour se concentrer sur Valerie. Comment la mère de Tami prenait-elle la chose ? Il y avait des photos de ce genre dans toutes les pièces. Valerie se sentait-elle menacée ? Etait-elle jalouse ?

— Inspecteur ?

Elle se retourna. L'un des agents chargés de fouiller le pick-up de la société attendait à la porte.

— Vous avez trouvé quelque chose ? demanda-t-elle.

— Rien de particulier. Faut-il faire enlever le véhicule ?

— Oui ; les experts relèveront les empreintes.

Même s'ils ne cherchaient pas d'indices concernant les meurtres du copieur, Buddy Brown avait été assassiné et son cadavre, transporté jusqu'à Paige Park.

— L'inspecteur White est avec l'avocat de Lundgren ?

L'agent hocha la tête.

— Ils sont descendus au sous-sol.

L'avocat les avait suivis tout au long de la perquisition tandis qu'un policier maintenait à l'extérieur un personnel à la fois déboussolé et choqué.

Elle regarda une fois encore les photos et fronça les sourcils, perplexe. Quelque chose lui échappait, dans tout cela ; Lundgren faisait-il un aussi bon suspect qu'elle se l'était figuré ? A priori, l'idée que Joe ait voulu punir Kitt lui avait semblé plausible. Elle l'avait décrit comme jaloux et en colère.

Mais un homme en colère contre sa femme aurait-il gardé ces photos d'elle bien en évidence ?

S'il était astucieux, oui ; dans ce cas, on avait affaire à un individu dénué de tout sentiment, un pur cérébral.

Non, ça ne collait pas du tout avec sa théorie. Et Joe Lundgren n'était manifestement pas ce genre d'homme-là. Et ils n'avaient pas non plus trouvé l'ombre d'un indice.

M.C. se dirigea lentement vers la porte, songeant soudain à sa dispute avec Brian. Kitt les avait-elle entendus ? Si c'était le cas, elle s'était peut-être fait une idée complètement erronée de la situation.

Et, à moins de lui en parler franchement, elle ne le saurait jamais. Kitt continuerait à se faire des idées.

Etait-ce si important pour elle ? Oui, songea-t-elle. Car si elle n'approuvait pas entièrement ses méthodes, elle l'admirait. Et, d'une certaine façon, il fallait admettre qu'elles ne formaient pas une si mauvaise équipe, toutes les deux.

Il était près de 17 h 30 quand elle arriva au bureau du chef. En la voyant, Sal leva les yeux du rapport qu'il était en train d'étudier.

— Alors, ça donne quoi ?

— Il nous faudra encore du temps pour tout passer en revue mais, dans l'ensemble, pas grand-chose.

— Donc ?

— Remettez Kitt sur l'enquête.

Le commissaire haussa les sourcils, surpris.

— Vous êtes sûre que ce serait raisonnable ?

— Lundgren n'est pas notre homme.

— Voilà un sacré revirement, inspecteur ; et en un temps record, de surcroît.

— Effectivement ; mais je suis formelle.

Il resta un moment sans rien dire, puis acquiesça.

— Bien ; son rôle sera restreint jusqu'à ce que tout ait été examiné en détail. Dans cette affaire, nous ne pouvons pas nous permettre la moindre irrégularité.

— C'est entendu. A présent, je vais m'octroyer une petite pause pour dîner, et je me remettrai ensuite au boulot.

M.C. avait omis de préciser qu'elle ne comptait pas dîner seule. Lance occupait une bonne partie de ses pensées ; elle se sentait bien avec lui et avait très envie de le voir.

Au lieu de l'appeler, elle décida de tenter sa chance ; après avoir acheté un plat cuisiné au « Wok à Emporter », elle alla sonner à sa porte.

— Salut, dit-elle quand il vint lui ouvrir.

Elle montra le paquet contenant ses barquettes.

— Dîner chinois, ça te tente ?

— Tu es un ange.

Elle le suivit à l'intérieur. Le séjour, d'ordinaire impeccable, était sens dessus dessous, comme si une tornade était passée par là. Elle contempla le désastre : des livres, des photos, des carnets posés un peu partout ; pat terre, des papiers froissés et roulés en boule ; sur la table basse, des tasses à café vides, des canettes de soda, un carton de pizza, et un cendrier débordant de mégots.

— Je croyais que tu ne fumais pas, lui dit-elle.

Lance esquissa une grimace.

— Un ami est passé cet après-midi. Il fume cigarette sur cigarette.

Il s'approcha du canapé et dégagea de la place pour elle, ramassant au passage le carton de pizza et des tasses.

— Excuse-moi pour le désordre ; je suis en train de travailler sur un nouveau sketch. Ce n'est pas de tout repos.

— Je vois ça. On dirait que tu as accueilli un championnat de catch dans ton salon.

— Tu n'es pas très loin de la vérité. La création est une sorte de gestation, un combat avec les démons.

— As-tu envie de tester ton premier jet ?

— Non, merci.

Froissée par sa brusquerie, M.C. n'insista pas.

Un peu plus tard, alors qu'ils dégustaient en silence les plats chinois, Lance posa ses baguettes à côté de son assiette.

— Ne m'en veux pas, dit-il d'un air contrit.

— Pour quoi ?

— Pour ce que je t'ai dit… sur mon boulot. Je n'en suis vraiment qu'aux prémices, tu comprends. Mais c'était gentil de me proposer ton aide.

M.C. lui sourit, touchée par ses excuses.

— Ce n'est pas grave.

— Je crains que si.

Quelque chose, dans son regard et le ton de sa voix, lui suggéra qu'il ne parlait plus de la même chose.

— Qu'est-ce qui t'arrive, Lance ?

— Je suis en train de tomber amoureux. De toi.

Comme ça, pensa-t-elle. Voilà, les mots étaient dits. Des mots qui exprimaient ce qui prenait forme entre eux.

Que répondre ? Et ses sentiments à elle ? Elle se sentait euphorique. Terrifiée. Pleine d'espoir. Confiante. Vulnérable.

— A quoi penses-tu, M.C. ?

— Je pense que tu dois être un peu fou.

— De tomber amoureux de toi ? Ou d'une façon générale ?

Elle sourit.

— De tomber amoureux de moi.

— Dans ce cas, c'est plutôt toi qui es folle.

L'était-elle ? Oui ; sans aucun doute.

— Je suis peut-être aussi en train de tomber amoureuse, dit-elle en riant.

Il sourit à son tour, radieux. Se levant, il lui tendit la main ; il l'entraîna dans sa chambre, et ils firent l'amour.

Ensuite, ils restèrent allongés dans les bras l'un de l'autre, sans rien dire. Dans l'esprit de M.C., le film de la journée se déroulait en boucle : la réaction de Kitt quand elle avait découvert Joe en salle d'interrogatoire, son éviction provisoire de l'enquête. L'inventaire qui l'attendait encore au bureau, son accrochage avec Brian, les menaces qu'il avait proférées…

Elle sentit son estomac se nouer. Sans doute allait-il les mettre à exécution. Pourquoi se comportait-il ainsi, après tout ce temps ? C'était comme si Brian était devenu un autre homme, ces derniers temps.

— Qu'est-ce qu'il y a ? demanda Lance en lui massant tendrement le dos. Je te sens crispée.

— Tu te souviens de ce type, au bar ? Celui qui me harcelait quand tu es arrivé à la rescousse ?

— L'emmerdeur patenté ?

— Oui, celui-là ; figure-toi qu'il me suit…

Lance se souleva sur un coude, l'air soucieux.

— Depuis quand ?

— Deux ou trois jours à peu près. La semaine dernière, il s'est pointé chez moi, complètement soûl. Il a recommencé à me faire des avances. Je l'ai repoussé, et c'est là qu'il s'est mis à me suivre.

— Quel est son problème, à cet abruti ?

— Je ne sais pas. C'est bizarre. Aujourd'hui, je l'ai mis au pied du mur. Je lui ai dit de me lâcher les baskets.

— Sous peine de représailles ?

— C'est à peu près ça.

Il sonda son regard.

— Et il ne l'a pas très bien pris ?

— Pas du tout, non.

Elle s'allongea sur le dos et regarda fixement le plafond.

— Il m'a menacée de faire courir le bruit que j'avais couché pour me faire nommer aux affaires criminelles.

— Avec lui, naturellement.

— Ça va de soi.

— Donc, il peut te traîner dans la boue, et se vanter en même temps. Gagnant à tous les coups. Le salaud.

— C'est un gradé, très bien noté et médaillé, de surcroît. Il y a de fortes chances pour que sa version recueille plus de suffrages que la mienne.

— Je pourrais peut-être exiger une explication d'homme à homme ?

M.C. se figura la scène, dont l'issue était aisément prévisible : Lance risquait fort de se retrouver derrière les barreaux, après un passage aux urgences.

— Merci, mon héros. Je crois que je vais régler ça moi-même.

— J'aimerais être ton héros, Mary Catherine Riggio ; tu n'as qu'un mot à dire.

Sa ferveur lui fit chaud au cœur ; elle se pencha pour l'embrasser puis se redressa à regret.

— Je ne peux pas rester, murmura-t-elle. J'aurais bien aimé, pourtant.

— Le devoir t'appelle ?

— Hélas, oui.

— Eh bien, bravo ; la dernière bouchée avalée, madame décampe.

— Je n'ai pas fait que dîner — l'aurais-tu oublié ?

— Certes pas ; il faut croire que j'ai un appétit insatiable ; du moins, en ce qui te concerne.

M.C. sourit et l'embrassa encore.

— Il faut que j'y aille.

Comme elle sortait du lit, il la retint par la main.

— Je te revois quand ? Tout à l'heure ?

— Je risque de finir tard ; tu m'appelles ?

— Appelle-moi, toi. Je ne bouge pas.

Elle lui promit d'essayer puis se rhabilla à la hâte.

51.

Lundi 20 mars 2006
18 h 30

Les pièces à conviction et autres éléments probants étaient entreposés dans un local situé au sous-sol de la préfecture. Kitt y avait passé la majeure partie de la journée, à fouiller dans le fatras récupéré au garde-meubles où Peanut les avait envoyés.

La remarque « Il ne faut pas perdre confiance » suggérait qu'elle avait renoncé trop rapidement. Bien sûr, c'était peut-être un stratagème de plus pour l'orienter sur une fausse piste.

Perplexe, Kitt s'adossa à sa chaise. A peine avait-elle entamé l'inventaire qu'un schéma avait commencé à prendre forme : le contenu du local se composait d'objets féminins. Sans doute avaient-ils appartenu à une femme — à moins qu'une femme les ait rassemblés exprès pour créer ce décor.

Intéressant. Dès le départ, ils avaient considéré que le tueur d'anges était un homme. Il est vrai que la plupart des tueurs en série étaient des hommes. Mais les femmes qui tuaient optaient généralement pour des techniques plus « douces », comme le poison, la noyade ou la suffocation. Elles dédaignaient les armes à feu, les matraques et les armes blanches — bref, tout ce qui pourrait évoquer l'idée d'un carnage.

Or le tueur d'anges mettait un point d'honneur à laisser des victimes impeccables. Il — ou elle — prenait même la peine de les « faire belles ».

Kitt se massa lentement le front. Il y avait un hic : les trois vieilles dames tuées à coups de matraque, dont Peanut revendiquait le meurtre.

Le tueur d'anges n'était pas une femme.

Son copieur, si.

C'était l'évidence même. Sous le choc, Kitt se releva d'un bond. Etait-ce là l'indice que Peanut espérait la voir trouver ? Il inventait des énigmes pour tester ses talents de détective. Et lui rendre la tâche difficile.

Tout cela collait. Et même très bien.

Elle sortit sa bouteille d'eau, s'assit sur un carton plein de livres et se mit à boire au goulot, le cerveau en ébullition.

Un homme avait loué le garde-meubles — en supposant que ce soit un homme. Un individu qui avait usurpé l'identité d'un autre et dont ils n'avaient aucune photo — juste un vague portrait-robot établi à partir des souvenirs plutôt confus de la réceptionniste.

Se pouvait-il qu'elle ait raison ? Que le copieur soit une femme ?

— On m'a dit que je vous trouverais là, Lundgren ; vous bossez dur, à ce que je vois.

Elle se retourna et sourit à Scott Snowe, qui se tenait sur le pas de la porte.

— Inspecteur Snowe, quel bon vent vous amène ?

Il s'approcha d'un pas nonchalant, une petite lueur dans l'œil.

— J'ai un cadeau pour vous : le résultat des analyses de fibres récupérées chez Entzel et Vest, le lendemain des crimes.

Il lui tendit le rapport, visiblement fier de lui.

— Du Tyvek, le matériau utilisé pour la confection des vêtements de protection.

Kitt parcourut les documents. Les experts chargés de relever les indices dans les enquêtes criminelles étaient équipés de survêtements, protège chaussures, bonnets, gants et masques en Tyvek jetables, afin de ne pas contaminer les lieux.

— Tiens, des fibres grises, remarqua-t-elle. C'est moins courant que le blanc ; ce qui limitera d'autant les recherches.

La police criminelle locale utilisait le blanc. Kitt avait déjà vu des policiers et des pompiers porter du gris, cependant.

— Exact — sauf que les protège chaussures sont souvent gris, même quand le reste est blanc.

Kitt hocha la tête et ajouta à mi-voix :

— Oui, ça se tient ; il utilise des tenues de protection qu'il jette ensuite — ce qui diminue les risques de laisser des traces sur les lieux des crimes.

— J'ai pensé que vous aimeriez apprendre ça le plus vite possible, dit Snowe.

— Merci.

Elle leva de nouveau les yeux sur lui.

— M.C. est-elle au courant ?

— Pas encore. Vous voulez le lui annoncer vous-même ?

— Peut-être pas, dit Kitt en lui rendant le rapport ; on m'a retiré l'enquête.

— Je l'ai entendu dire ; et à mon humble avis c'est complètement débile. Vous vous en tirez rudement bien.

Elle hésita puis hocha la tête.

— Vous avez fini pour aujourd'hui ? demanda-t-elle.

— Et comment ! C'est l'heure d'aller boire une bière bien fraîche.

Comme il s'éloignait, elle le rappela.

— Merci, Scott ; merci de votre soutien.

Il balaya d'un geste ses remerciements et disparut dans le couloir. Elle garda un moment les yeux fixés sur la porte tout en réfléchissant aux résultats des analyses. Du Tyvek ; les choses prenaient une tournure inattendue. Cette découverte allait dans le sens de sa théorie d'un tueur d'anges appartenant aux forces de l'ordre.

Le salaud était diaboliquement astucieux.

Kitt soupira profondément, fatiguée. Son enthousiasme s'était inexplicablement envolé depuis la visite de Snowe. Parti retrouver ses copains à l'heure de l'apéro. L'idée d'une bière lui évoquait soudain celle d'un paradis. Une bière, accompagnée d'un burger chaud et dégoulinant, ou d'une pizza géante bourrée de cholestérol ?

Mais elle ne se faisait pas d'illusion : à son menu du soir, ce serait snack salé et Diet Coke.

Kitt sortit son portable de l'étui accroché à sa ceinture ; une icône indiquait qu'elle avait reçu un message vocal. Pourtant, elle ne l'avait pas entendu sonner. Elle ouvrit l'appareil et vit que le signal ne passait pas.

Quittant le local, elle sortit dans le couloir. Dès que le signal passa de nouveau, elle appela M.C. tout en se promettant d'écouter ses messages plus tard. M.C. décrocha presque immédiatement.

Kitt ne lui avait pas reparlé depuis le matin. En entendant le son de sa voix, elle se remémora les paroles de Brian.

M.C. m'a tout raconté, pour Joe ; elle jubilait presque.

Cette fille est une ambitieuse... elle est capable de tout pour parvenir à ses fins.

Tout comme combiner ses coups en douce et s'arranger pour évincer sa coéquipière ?

— M.C., dit-elle fraîchement, c'est Kitt. Comment ça se passe ?

— A peu près comme on pouvait s'y attendre, répondit M.C., sur la réserve. Je me tape un travail particulièrement fastidieux.

Sans doute s'occupait-elle de contrôler les résultats de la perquisition chez Joe, jugea Kitt.

— White t'a abandonnée ?

— Je l'ai renvoyé à la maison. Sa femme a appelé ; on entendait le bébé pleurer et les deux plus grands se chamailler, en bruit de fond. J'ai eu l'impression qu'elle était à deux doigts de la crise de nerfs.

Kitt ne put s'empêcher de se demander si elle l'avait renvoyé chez lui par pure bonté d'âme, ou parce qu'elle voulait s'attribuer tout le mérite de l'opération.

Elle se détestait de penser ça de M.C. Elle aurait voulu lui faire totalement confiance. Jusqu'à l'épisode de l'interrogatoire de Joe, elle s'était prise à croire qu'une confiance mutuelle pouvait s'instaurer entre elles.

— Tu es dans l'immeuble ? demanda-t-elle.

— Au deuxième ; et toi ?

— J'étais au sous-sol. Je remonte. J'ai une info intéressante à te communiquer.

En arrivant au bureau des enquêtes criminelles, elle trouva

M.C. en train d'ouvrir un carton de pizza ; extralarge, avec tous les suppléments possibles. Et un pack de bières.

— Plutôt imposante, ta pizza, observa-t-elle ; tu as invité tout le service ?

La jeune femme esquissa un sourire.

— C'est le genre de blague que me font mes frères ; en fait, j'en avais commandé une petite… et voilà le résultat. J'espère que tu vas m'aider.

— Et moi qui m'apprêtais à mendier.

Kitt tira une chaise jusqu'au bureau de sa collègue.

— Tu as passé l'après-midi ici ?

— Je suis juste sortie faire une course tout à l'heure.

Kitt lui tendit les résultats des analyses et prit une part de pizza.

— Je dois avoir un don de télépathie ; je rêvais justement de manger de la pizza en buvant une bière bien fraîche.

— Les grands esprits se rencontrent, comme on dit. Qu'est-ce que c'est que ça ?

— L'analyse des résidus prélevés chez Entzel et Vest.

Kitt décapsula la canette de Coca qu'elle avait achetée en montant.

— Jette un coup d'œil là-dessus.

M. C. obtempéra et se redressa au bout d'un moment.

— Du Tyvek ? Bon sang de merde.

Kitt haussa le sourcil.

— C'est aussi mon sentiment ; enfin… à peu de chose près.

M.C. parcourut encore quelques lignes avant de poser le rapport.

— Intéressant. A ton avis, il porte déjà le survêtement en arrivant ? Ou bien l'enfile-t-il sur place, disons juste avant de s'introduire par la fenêtre de la chambre des enfants ?

— J'imagine qu'il le porte déjà et qu'il met la cagoule avant d'entrer.

— Après ça, il n'a plus qu'à détruire cette tenue de protection — et, du même coup, une bonne partie des indices. Il devient impossible de le relier au crime.

— De le — ou de la…

M.C. tressaillit.

— Pardon ?

— Si tu veux mon avis, il y a de fortes chances pour que le copieur soit une femme.

Kitt lui fit part de sa théorie, depuis ses observations sur le contenu du garde-meubles jusqu'au mode opératoire des meurtrières en série.

M.C. se cala de nouveau dans son fauteuil, sa bière à la main. Elle but longuement au goulot puis fit rouler la bouteille entre ses paumes.

— Le copieur — une femme ? Intéressant.

Kitt se pencha en avant.

— Je voudrais te soumettre encore une autre idée qui m'est venue. Se pourrait-il que le premier tueur d'anges soit un flic ?

— C'est une blague, hein ?

— Il vaudrait mieux, hélas ; j'ai relu hier les transcriptions de mes conversations enregistrées avec Peanut. Il était au courant, pour Todd ; comment a-t-il pu apprendre ça ? Qui d'autre pouvait savoir que nous le considérions comme un éventuel suspect ?

— Pas grand monde, en effet : ZZ et sa femme, Sydney Dale... c'est tout.

— Tu vois ? Naturellement, puisque je ne suis plus officiellement dans le coup, tu en fais ce que tu veux.

— Tu es réintégrée.

— Première nouvelle.

— Ton rôle sera limité jusqu'à ce que j'aie terminé de passer tout ceci en revue.

D'un geste, elle désigna les dossiers sur son bureau et son ordinateur.

— Je fais de mon mieux pour en venir à bout dès ce soir.

Kitt haussa un sourcil surpris.

— C'est Sal qui a décidé ça ?

— Je suis allée lui demander de te rendre toutes tes prérogatives ; c'est lui qui a imposé la petite restriction.

— Je dois te remercier ? demanda Kitt.

La question résonna dans le silence.

M.C. se pencha en avant, l'air sérieux.

— J'admets que j'ai déconné, Kitt ; excuse-moi.

— Parce que tu as fait chou blanc chez Joe ?

— Non, parce qu'on fait équipe, toi et moi. Même si j'avais découvert une description détaillée des crimes dans son journal intime, je me sentirais quand même coupable envers toi. Ça n'a rien à voir avec Joe, ni même avec l'enquête. C'est juste que... tu mérites d'être traitée avec plus d'égards.

— Et la perquisition ?

— Eh bien, disons que Joe ne fait pas un si bon suspect que ça, en définitive.

Kitt hocha la tête, un peu moins ulcérée mais toujours sceptique. Le jugement de Brian sur M.C. restait gravé dans un coin de sa mémoire. Brian était, depuis longtemps, un ami très proche ; elle ne voyait aucune raison pour qu'il lui ait menti.

— Alors, qu'est-ce que tu en penses, Kitt ? As-tu envie de travailler avec moi ?

Kitt répondit par une autre question.

— Et toi, seras-tu capable de me faire confiance ?

— Je m'y appliquerai de mon mieux. Ce n'est pas de l'honnêteté, ça ?

— Oui, ça y ressemble assez. A mon tour, maintenant. J'ai surpris un échange assez vif entre Brian et toi.

M.C. se raidit.

— C'est ce que je craignais.

Ce qui expliquait ce brusque accès de magnanimité ?

Kitt se remémora la question de Brian à M.C. : « C'est une menace, inspecteur ? »

Son expression dut la trahir car M.C. grommela un juron et repoussa son siège.

— En fait, je redoutais surtout que tu te fasses des idées.

— A en juger par la teneur de votre conversation, il n'est même pas besoin de se faire des idées. Brian a été ton amant ?

— Oui ; il y a longtemps de ça. J'étais une nouvelle recrue et lui, un inspecteur de la criminelle. Il s'était séparé de sa femme. J'étais jeune et naïve. Pour moi, Brian était comme un dieu — l'inspecteur macho et ultraséduisant qui avait tout vu, qui savait tout sur tout.

Kitt revit brièvement Brian, quelques années plus tôt. Baraqué, beau, un style insolent, un air arrogant de tombeur : irrésistible.

— Ensuite, que s'est-il passé ?

— J'ai compris que c'était une erreur de coucher avec un collègue. Il est retourné chez sa femme. Ni vu ni connu… chacun s'en est tiré sans une égratignure.

— Jusqu'à ce jour, du moins ?

M.C. eut l'air perplexe.

— Oui ; je n'y comprends rien. Les années ont passé, nous avions de bonnes relations de travail ; et, du jour au lendemain, il recommence à me draguer. Il vient sonner à ma porte le soir, et quand je le repousse, voilà qu'il se met à me suivre. C'est bizarre.

Oui, très bizarre, songea Kitt. Ce genre de comportement ne ressemblait pas du tout à celui du Brian qu'elle connaissait : un tombeur, un don Juan qui ne tombait jamais amoureux. Et, d'une certaine façon, un homme plus fidèle à son épouse que bien d'autres autour de lui.

Jamais une aventure ne s'était transformée en liaison sérieuse.

Peut-être fallait-il mettre cela sur le compte du retour d'âge et de la faillite de son couple ? Ou y avait-il autre chose ?

Ou bien M.C. mentait-elle ?

Un bon conseil, Kitt : méfie-toi de cette fille.

— Qu'est-ce que tu en penses ? lui demanda M.C.

— Qu'il est temps d'y aller.

Kitt termina sa part de pizza et s'essuya la bouche.

— Je suis en train de traînasser.

— C'est tout ce que tu as à me dire ?

Kitt la regarda bien en face.

— J'ai du mal à me prononcer. Brian est mon ami — un de mes meilleurs amis.

— Ouais, dit M.C. d'un ton amer, si c'est ça, ta réponse honnête…

— J'essaie aussi d'être équitable. Je suis désolée.

— A quoi bon ?

M.C. s'approcha de la table et referma le carton de pizza.

— C'est la vie.

— M.C. ? Ecoute…

Elle ravala les paroles conciliantes qui lui venaient aux lèvres.

— A demain matin.

— C'est ça ; à demain.

Kitt la quitta, consciente qu'elle aurait dû ajouter quelque chose, mais quoi ? M.C. pensait certainement qu'elle prenait le parti de Brian, mais ce n'était pas vraiment le cas. Elle se sentait simplement incapable de prendre parti ; curieusement, ils ne lui inspiraient pas plus confiance l'un que l'autre, pour le moment.

En sortant de l'ascenseur, au niveau du garage, elle se souvint du message qui l'attendait sur son portable et l'écouta tout en marchant. Il venait de Brian.

— Kitt, c'est moi ; j'ai fouiné à droite à gauche, depuis ce matin. Tu n'imaginerais jamais ce que j'ai découvert. Rappelle-moi sur mon portable.

52.

Lundi 20 mars 2006
20 h 30

Sa curiosité excitée, Kitt gagna sa voiture au pas de course. Le message ne pouvait signifier qu'une chose : Brian avait découvert un élément quelconque permettant de relier un membre de la police à l'une ou l'autre affaire des tueurs d'anges. Après avoir attaché sa ceinture et mis le moteur en marche, elle rouvrit son portable et appuya sur « répondre ». Dès la première sonnerie, l'appel fut dirigé sur la boîte vocale de son ami.

— Bon sang, Brian, quand tu me laisses un message de ce genre, arrange-toi pour être joignable. Rappelle-moi vite.

Une demi-heure plus tard, de retour chez elle, Kitt avait troqué sa tenue de travail contre un jean et un chandail confortables — mais toujours pas de nouvelles de Brian. Elle réessaya son numéro de portable, sans plus de succès. Désappointée, elle décida d'appeler Ivy ; peut-être Brian était-il en train de se réconcilier avec sa femme — à moins qu'il ne soit passé voir les enfants.

En cas d'échec, elle entamerait la tournée de ses lieux de prédilection ; on avait toujours de fortes chances de le dénicher dans l'un de ses repaires favoris.

Sa femme décrocha à la première sonnerie.

— Bonjour, Ivy, c'est Kitt Lundgren.

— Salut, Kitt ; Brian n'est pas ici.

— Il m'a dit que vous vous étiez séparés, tous les deux. Est-ce que ça va ?

— Bien.

Le ton était ironique.

— Du moins, pour une femme qui s'apprête à intégrer le club des quadras divorcées.

— Je suis vraiment désolée.

— En fait, j'aurais dû le quitter il y a longtemps.

— Peut-être finira-t-il par changer? S'il voit que, cette fois, vous êtes vraiment décidée.

— Il ne changera jamais, Kitt. Je le connais assez pour le savoir.

Kitt resta un instant sans rien dire. Ivy disait vrai. Brian était et resterait un tombeur.

— Pourtant, il vous aime vraiment, murmura-t-elle enfin.

— Il a une drôle de façon de le prouver, pas vrai?

Comment aurait-elle pu consoler Ivy? Elle eut envie de lui dire qu'au moins il y avait les enfants, mais préféra se taire : Yvy n'aurait pas apprécié.

— Savez-vous où je peux le trouver?

— Appelez-le sur son portable.

— Il ne répond pas. Vous n'auriez pas une idée de son adresse actuelle?

— Il s'est installé dans cette piaule merdique qui lui servait de garçonnière — le salaud. Au Starlight, dans la Sixième Rue.

Kitt connaissait l'endroit. Le genre où on pouvait louer une chambre à l'heure.

— Merci, Ivy. Si par hasard il vous appelait, dites-lui que je le cherche.

Ivy raccrocha sans rien répondre.

Cette fois, les choses avaient franchement tourné au vinaigre entre eux.

Kitt appela aussitôt la réception du Starlight. Apparemment, Brian y avait bien pris une chambre. Elle demanda à l'employé de lui transférer son appel — ce qu'il fit immédiatement.

A la douzième sonnerie dans sa chambre, elle raccrocha et rappela la réception.

— Il ne répond pas. Est-ce que vous l'avez vu, ce soir?

— J'ai pas fait attention, ma petite dame.

— Sa voiture est-elle au parking?

Il y eut un long silence au bout du fil, puis elle l'entendit soupirer patiemment.

— Je ne surveille pas les clients. Si vous vous posez des questions au sujet de votre bonhomme, ramenez donc vos fesses par ici.

Sur ce, il lui raccrocha au nez. S'il espérait lui faire bouger aussi facilement ses fesses, il en serait pour ses frais. Elle refit aussitôt son numéro. Il décrocha à la deuxième sonnerie.

— Inspecteur Lundgren, de la police judiciaire de Rockford, à l'appareil. J'essaie de joindre l'une des personnes que vous hébergez : le *commandant* Brian Spillare. Comme il ne répond pas au téléphone, il faut que vous alliez voir si son véhicule est sur le parking. C'est un ordre. Est-ce clair ?

La voix de son interlocuteur prit un accent geignard.

— Comment je saurais laquelle est sa voiture ? Il y a...

— Une Pontiac bleue — une berline. Vous avez noté le numéro de sa plaque minéralogique sur sa fiche. Vérifiez-moi ça tout de suite.

Elle crut qu'il allait protester ; il n'en fit rien.

— Une minute, grommela-t-il avant de la mettre en attente.

Il reprit rapidement la ligne.

— Sa bagnole est là. Vous avez besoin d'autre chose avant que je me remette au boulot ?

Déjà à sa porte, Kitt ignora le sarcasme.

— Quel est le numéro de la chambre du commandant ?

— 210.

Elle coupa la communication et se mit au volant, le cerveau en ébullition.

La voiture de Brian était garée à l'hôtel ; il ne répondait ni dans sa chambre, ni sur son portable.

« J'ai fouiné à droite à gauche, depuis ce matin. Tu n'imaginerais jamais ce que j'ai découvert. Rappelle-moi sur mon portable. »

Elle n'aimait pas le vague sentiment de malaise qui s'était logé au creux de son estomac. Le sentiment que quelque chose ne tournait pas rond.

Tout en fonçant vers la Sixième Rue, elle tenta de se rassurer, de rationaliser ; il était peut-être simplement occupé dans sa garçonnière — au point d'en oublier tout le reste. Ou encore de boire un coup dans un bar avec ses potes de la brigade criminelle, qui avaient pu l'emmener dans leur voiture.

Mais un inspecteur ne laissait jamais sonner son portable, son radar ou son bip sans répondre, quel que soit le contexte. C'était l'une des règles essentielles de leur profession. Pour sa part, il lui était arrivé de partir au beau milieu d'un film ou d'un repas en ville — et même, à deux ou trois reprises, quand elle était en train de faire l'amour avec Joe.

Brian avait des ennuis.

Elle atteignit le Starlight en un temps record, jaillit comme une flèche de sa Taurus et gravit en courant l'escalier extérieur du bâtiment. Arrivée au 210, elle tambourina à la porte. Le son d'une télévision lui parvint à travers la porte.

— Brian ! C'est Kitt.

N'obtenant aucune réponse, elle se mit à frapper de plus belle — et de plus en plus fort. En désespoir de cause, elle tourna la poignée. La porte n'était pas verrouillée.

Son inquiétude redoubla, se précisa jusqu'à évoquer le pire. Elle dégaina son arme et poussa doucement le battant de sa main libre.

Un cri s'échappa de ses lèvres. Brian gisait par terre, étendu sur le dos dans une flaque de sang — les yeux ouverts, le regard vide. Torse nu, il portait les traces de deux coups de feu reçus en plein cœur.

Kitt s'approcha, lui prit le pouls d'une main tremblante. Elle ne sentit rien et recula d'un pas, horrifiée.

Différents scénarios lui vinrent aussitôt à l'esprit, défilant à une allure folle. Un sanglot s'étrangla dans sa gorge. Tournant le dos à son ami, elle déverrouilla son portable et appela le standard de la brigade criminelle. Incapable d'articuler correctement, elle dut s'y reprendre à trois fois avant d'annoncer de façon intelligible :

— Un policier est mort. Starlight. A l'angle de la Sixième Rue et de la Dix-Huitième Avenue.

53.

Lundi 20 mars 2006
22 h 20

M.C. arriva en trombe sur le parking du motel. Elle n'était pas la première ; il n'y avait déjà presque plus de place. L'endroit grouillait de véhicules de police — certains, banalisés, étaient toutefois reconnaissables pour un œil averti. Elle se gara à côté du monospace du coroner. La nouvelle de la mort brutale d'un policier se répandait toujours comme une traînée de poudre ; nul doute que Sal et Haas étaient déjà là. Le big boss ferait certainement une apparition.

Un représentant des forces de l'ordre — un commandant — avait été abattu.

M.C. descendit de voiture et claqua sa portière. Encore sous le choc, elle courut jusqu'à l'escalier B, ne marquant qu'une brève pause pour émarger à l'entrée. Kitt venait de lui annoncer brutalement la nouvelle au téléphone, d'une voix dépourvue de toute émotion. Mais M.C. n'était pas dupe. Kitt et Brian avaient fait équipe ensemble et une solide amitié les unissait ; ce drame l'affectait sans doute profondément.

Au deuxième étage, une dizaine de policiers battaient la semelle dans la coursive, attendant de savoir ce qui s'était passé et ce qui leur serait demandé. Un silence lugubre régnait dans le groupe.

M.C. s'approcha de l'agent en faction qui s'effaça pour la laisser entrer à la vue de son insigne. Le spectacle qu'elle découvrit dans l'entrée la fit chanceler, le souffle coupé. Elle se figea sur place, tâchant de se ressaisir.

Elle avait vu Brian quelques heures plus tôt, plein de vie, d'assurance et d'énergie.

Ils s'étaient querellés et elle s'était mise en colère.

— *Avise-toi de faire ça et tu le regretteras amèrement — je te le garantis.*

— *C'est une menace, inspecteur?*

— *Prends-le comme tu voudras.*

La gorge sèche, elle leva les yeux. Debout près du cadavre de son ami, Kitt observait en silence le médecin qui l'examinait. Elle se tourna vers la porte et leurs regards se croisèrent. M.C. la salua d'un petit signe de tête puis se dirigea vers elle.

— Comment ça va? demanda-t-elle en s'approchant.

— Pas fort.

— Je suis désolée.

Kitt hocha la tête, détourna brièvement les yeux puis croisa de nouveau son regard.

— Cet après-midi, j'avais chargé Brian de chercher dans les dossiers du personnel s'il n'y aurait pas un flic qui ait mal digéré quelque chose — au niveau de sa carrière, par exemple. Ce soir, il m'a laissé un message en me disant qu'il avait fait une découverte intéressante. Et voilà l'épilogue…

— Mon Dieu…

M.C. poursuivit à mi-voix :

— Tu crois que ce qu'il a trouvé aurait un lien avec le tueur d'anges ou avec le copieur?

— Oui. Je crains qu'il n'ait pas été assez prudent.

M.C. réfléchit un instant.

— Le fait qu'il soit mort juste après t'avoir laissé un message est peut-être une simple…

Elle laissa sa phrase en suspens, incapable de prononcer le mot « coïncidence »; il paraissait presque grotesque, en pareilles circonstances.

Les deux femmes se turent. M.C. balaya la pièce du regard. La télé était allumée — sur une chaîne de sport. Elle aperçut le revolver de Brian, dans son étui accroché au dossier d'une chaise. Il avait été tué pendant qu'il mangeait un Big Mac; il en restait la moitié sur le lit, dans son papier d'emballage, à côté de la télécommande. Il y avait aussi deux bouteilles de bière — l'une vide, l'autre à demi bue — posées sur la table de chevet.

Son portable était fixé à sa ceinture, au niveau de sa hanche.

Un martèlement de pas dans l'escalier extérieur rompit le silence. Les gars du service d'identification, songea M.C. ; l'inspecteur Sorenstein et le brigadier Campo apparurent un instant plus tard.

Kitt jeta un coup d'œil dans leur direction puis reporta son regard sur elle.

— A part moi, personne n'est au courant de ta dispute avec Brian ? demanda-t-elle à mi-voix.

Quel tact ! Un éléphant dans un magasin de porcelaine.

— Pas que je sache, répondit M.C., soulagée, néanmoins, que sa coéquipière aborde le sujet. Ça ne signifie pas que personne d'autre ne nous ait surpris.

— Puis-je faire une suggestion ?

— Tu ne t'en es jamais privée, jusqu'ici.

— Cette histoire pourrait t'attirer des ennuis. Prends les devants. Va voir Sal et raconte-lui tout avant qu'il t'interroge.

La perspective de révéler au commissaire son aventure avec Spillare donna envie à M.C. de rentrer sous terre. Ce genre de bêtise pouvait compromettre sa carrière ; elle apparaîtrait dans son dossier comme une tache indélébile.

— Il n'y a rien à raconter. Ça n'a rien à voir avec cette affaire.

Ce fut leur dernière occasion de se parler sans témoins. Sal arriva à son tour, en compagnie du sergent Haas. En voyant les deux femmes, ils se dirigèrent vers elles. M.C. remarqua que le shérif adjoint gardait les yeux fixés sur elles, sans regarder un instant le cadavre.

— Inspecteurs, dit-il en guise de salut avant de se tourner vers Kitt. Eh bien, Lundgren, qu'avez-vous à nous dire ?

— Brian m'a laissé un message. Comme je n'arrivais pas à le joindre sur son portable, je suis venue le chercher ici.

— Ici ?

— Ivy l'a mis à la porte ; ils étaient séparés depuis quelque temps. Je l'ai appelée et elle m'a dit où il logeait. Il était comme ça quand je suis arrivée. J'ai cherché son pouls et appelé aussitôt le commissariat.

Sal hocha la tête et se tourna vers le médecin légiste.

— Quelles sont vos premières observations, Frances ?

— A en juger par les marques de poudre autour de la blessure, la balle a été tirée pratiquement à bout portant.

L'expert désigna les particules incrustées dans la chair, qui entouraient la plaie d'un cercle brunâtre.

— Il n'y a aucun doute sur la cause du décès. Le premier projectile a perforé la région du poumon et il a reçu le second en plein cœur. Ces marques indiquent l'ordre dans lequel les choses se sont déroulées ; au premier coup de feu, le commandant Spillare a chancelé et reculé d'un pas. Le motif différent autour de la seconde plaie témoigne d'un changement dans la distance de tir.

— A quel moment remonte le décès ? demanda encore Sal.

— C'est tout récent — quelques heures, à peine. La température et le contenu de l'estomac nous permettront d'être plus précis.

Rosselli se releva et retira ses gants.

— Il connaissait l'assassin, dit le sergent Haas.

— Sans aucun doute.

Sal se tourna vers Kitt.

— Le scénario semble tout à fait clair : on lui a tiré dessus au moment où il ouvrait la porte.

Du fait qu'elle avait découvert Brian la première, Kitt se trouvait automatiquement considérée comme suspect. Elle dégaina son revolver et le tendit à ses supérieurs en le tenant par le milieu.

— Voici mon arme, murmura-t-elle.

Chaque fois qu'un projectile était tiré, des particules de poudre brute et de poudre brûlée se déposaient sur le canon de l'arme et sur les mains de celui qui la tenait. Le sergent Haas prit le revolver, l'examina brièvement et le lui rendit.

— Gardez-le pour le moment.

— Merci, chef, dit-elle en le replaçant dans son étui. Il y a autre chose à propos de cette affaire…

Elle jeta un coup d'œil sur M.C., qui, horrifiée, crut un instant qu'elle allait leur parler de son aventure avec Brian.

— … à propos du message qu'il m'a laissé. Pourrions-nous sortir d'ici ?

Les deux hommes acquiescèrent et sortirent sur la coursive. Comme il était difficile de s'y entretenir discrètement, ils descendirent jusqu'au parking et s'installèrent dans la Taurus de Kitt.

— Cet après-midi, j'avais soumis une théorie au commandant Spillare — à savoir que le tueur d'anges pourrait être quelqu'un de la police.

Sal plissa les yeux et Haas esquissa un mouvement de surprise.

— Qu'est-ce qui vous a conduite à envisager cette hypothèse ?

Kitt répéta ce qu'elle avait expliqué à M.C. quelques heures auparavant.

— J'ai relu les transcriptions de mes conversations téléphoniques avec Peanut. Il savait que Derrick Todd était un suspect, et que nous tournions en rond. Il connaît parfaitement la façon dont nous procédons ; c'est comme ça qu'il parvient à nous échapper — et il en est extrêmement fier. Comme s'il avait quelque chose à prouver ; comme s'il était aigri, par exemple.

— Ce pourrait être un mordu d'énigmes policières ; ou quelqu'un dont un proche parent serait flic.

— En effet ; mais il se peut aussi que ce soit lui-même un flic — ou bien un ancien flic, avec une revanche à prendre contre nous, parce qu'il s'estime lésé.

Elle marqua une pause pour leur laisser le temps d'émettre une éventuelle objection. Comme ils se taisaient, elle poursuivit :

— Brian m'a proposé de jeter un coup d'œil dans les dossiers du personnel, pour voir s'il trouvait quelqu'un dont le parcours correspondrait à ce profil.

Elle inspira à fond, regarda tour à tour les deux hommes.

— Dans son message, il me disait qu'il avait « fouiné à droite à gauche » et qu'il voulait me parler.

Un silence suivit sa révélation, comme si ses supérieurs avaient besoin d'assimiler ce qu'ils venaient d'entendre.

— Ce message est enregistré ?

— Bien entendu.

Sal jura.

— Reconstituez l'emploi du temps du commandant Spillare, minute par minute ; je veux savoir avec qui il a parlé, quels dossiers il a regardés, quels documents sont passés entre ses mains. Si c'est un flic qui a fait ça, je me charge de le réduire moi-même en charpie.

54.

Lundi 20 mars 2006
23 h 57

Il était presque minuit lorsque Kitt rentra chez elle. Elle coupa le moteur et resta assise au volant, immobile. Le tonnerre grondait de façon inquiétante. Les bulletins météo annonçaient de violents orages ; depuis plusieurs heures, le ciel était menaçant.

Brian était mort. Son ami, son confident; son héros.

Assassiné à cause d'elle.

Des larmes lui brûlèrent les yeux. Elle ne chercha pas à les retenir. Elles coulèrent sur ses joues — lentement, d'abord, puis de plus en plus violemment, jusqu'à ce que les sanglots la secouent tout entière.

Il l'avait fait rire. Il lui avait rappelé tous les jours les bons côtés du métier de flic. Il avait été comme une famille pour elle.

Sa famille. Ses trois filles n'avaient maintenant plus de père.

Kitt pinça les lèvres en songeant à Ivy. Sal avait décidé de lui annoncer lui-même la terrible nouvelle, et Haas s'était proposé pour l'accompagner ; ils devaient être chez elle en ce moment même.

Elle enfouit son visage dans ses mains. Pourquoi était-elle allée voir Brian pour lui faire part de sa théorie du « flic aigri » ? Pourquoi ne s'était-elle pas chargée d'enquêter elle-même là-dessus ?

Peut-être serait-elle à la morgue maintenant, avec deux balles dans la poitrine.

Il aurait mieux valu que ce soit elle. Sa mort n'aurait pas fait d'orphelins.

Les minutes passèrent, et ses larmes se tarirent peu à peu. Son chagrin se mua en une sorte de rage impuissante — de cette rage qui vous poussait à vouloir faire justice vous-même.

Par le passé, le chagrin avait souvent nourri sa colère. Une colère qui l'avait aidée à ne pas céder au découragement, à faire son boulot, à continuer à affronter la vie, jour après jour.

Elle sortit enfin de sa voiture, remonta l'allée jusqu'au perron. Un paquet l'attendait sur les marches ; un sac d'épicerie en papier brun — semblable à ceux que des voisins charitables lui avaient apportés, après la mort de Sadie, et dans lesquels elle trouvait un repas préparé pour elle.

Les yeux fixés sur le sac, Kitt serra les poings et tenta de maîtriser la fureur qui montait en elle ; ce n'était pas un voisin qui avait déposé ce sac, mais Peanut. Elle n'avait pas besoin de l'ouvrir pour le savoir.

L'ordure était venue pavoiser.

Elle rebroussa chemin pour aller prendre dans sa voiture une lampe électrique, une paire de gants en latex et des enveloppes spécialement conçues pour la préservation des pièces à conviction. Elle enfila les gants en retournant au perron.

— A nous deux, salopard, murmura-t-elle. Allons-y.

Elle ouvrit le sac avec précaution et orienta le faisceau de la lampe vers l'intérieur. Il contenait un téléphone portable. Le témoin vert de connexion était allumé et clignotait. Une icône sur l'écran indiquait qu'il y avait un message.

Kitt sortit l'appareil du sac ; sous ses doigts, elle sentit une aspérité à travers le latex.

Elle le retourna et découvrit une mèche de cheveux blonds scotchée sur l'envers du portable. Une mèche nouée par un ruban rose.

Des cheveux de petite fille, fins et brillants comme de la soie. Les cheveux d'un ange.

Son cœur se mit à cogner. Elle sentit sa respiration se bloquer. Elle tenta de reprendre le contrôle de son rythme cardiaque, de son souffle. S'agissait-il d'un trophée du tueur ? Ou d'une mèche qu'il avait coupée dans les cheveux de sa prochaine victime ?

Ou bien n'était-ce qu'une des farces macabres de Peanut ?

Elle décolla délicatement le morceau de Scotch, glissa la mèche dans une enveloppe, puis ouvrit le clapet du téléphone. C'était un Verizon — un modèle identique au sien. Elle se connecta au service de messagerie, et une voix préenregistrée demanda le code d'accès. Elle passa en revue les diverses possibilités — Peanut, Chaton, Sadie ? Il voulait qu'elle trouve ce message ; l'accès devait donc être simple.

Anges.

Bien sûr.

Elle entreprit aussitôt de taper le mot sous forme de chiffres : 2, 6, 4, 3, 7.

Le code accepté, le message se déclencha aussitôt.

— Tu t'es trompée, disait Peanut. Je prélevais des trophées. Tu vois, je partage celui-là avec toi.

Kitt se mit à trembler. La nausée montait en elle. Elle tenait toujours l'appareil contre son oreille quand il sonna.

— C'est toi, espèce de salaud, dit-elle.

— Voyons, Chaton, des insultes ? dit-il avec une indignation amusée. Je croyais que nous étions amis, toi et moi.

— C'est ça, dit-elle en fouillant du regard les ombres de la rue.

Il était là, tapi dans l'obscurité. En train de l'épier. De s'amuser.

— On est amis, vous et moi. Allez, viens jouer avec moi.

Il rigola.

— Je t'attendais. Où as-tu passé la soirée ?

— Epargnez-moi le baratin. Vous êtes venu vous vanter d'avoir tué Brian, c'est ça ?

— Je ne vois pas de quoi tu parles. Ni de qui.

— Je parle du commandant Brian Spillare.

Elle fut horrifiée d'entendre sa voix se briser quand elle prononça le nom de Brian.

— Mon ami. Ex-coéquipier.

Il resta un long moment silencieux.

— Je compatis, murmura-t-il enfin.

— Et je devrais vous croire, peut-être ? Vous, un meurtrier, un traître ? Mais peut-être que vous êtes flic vous aussi ? Hein, Peanut ? C'est ça, vous êtes flic ?

Il eut une inspiration brève, violente. Elle insista.

— Brian commençait à comprendre la vérité, c'est ça ? Il a posé les questions qu'il ne fallait pas ? Alors, vous l'avez tué.

— Non, Chaton. Il va falloir que tu cherches ailleurs, cette fois.

Il feignait la désinvolture, mais Kitt décela dans sa voix un infime tremblement. Elle l'avait ébranlé. Pourquoi ? S'il ne mentait pas, s'il n'était pas l'assassin de Brian, pourquoi était-il sur la défensive ?

Parce qu'elle lui avait demandé s'il était flic ?

— Tueur d'enfants ; tueur de flics.

Elle attendit une seconde avant d'ajouter :

— J'oubliais les petites vieilles. Ça pourrait être un nouveau nom, tiens — « Le tortionnaire des petites vieilles ».

— Le flic, c'est pas moi, répéta-t-il.

Il haussa le ton.

— Et c'est pas pour ça que j'appelle.

— Alors, pourquoi m'appeler, Peanut ? Ce n'était pas pour pavoiser ? Pourquoi me déranger, dans ce cas ?

— Pour parler.

Sa voix tremblait.

— Pour te faire comprendre. Sans personne pour nous écouter.

Kitt répliqua d'un rire moqueur — parce qu'elle sentait sa voix trembler. Parce qu'il demandait qu'elle l'écoute.

— Comprendre ? Comprendre *quoi* ? Que vous êtes un lâche et un salaud ? Un dégonflé qui assassine des enfants et des petites vieilles ?

— Fais gaffe...

— Gaffe à quoi, hein ? Personne ne nous entend, je vous le rappelle.

Elle se retourna et scruta la nuit.

— Allez, venez, venez me chercher, pauvre connard ! Je suis là ! cria-t-elle en agitant son bras libre.

— Calme-toi. Tu deviens hystérique.

— Et vous, vous êtes un monstre et une horreur. Allez vous faire foutre.

— Je ne suis pas un monstre !

Il resta silencieux ; elle entendit le cliquetis d'un briquet, le grésillement de la flamme sur la cigarette. Puis une profonde inhalation.

— Je ne suis pas une bête qui tue par plaisir. Le fait de supprimer une vie ne me procure aucun frisson.

— Alors, pourquoi ?

— C'est un jeu cérébral. Comme une partie d'échecs. Un jeu du criminel et de l'enquête. Du criminel face aux flics. Ce n'est pas évident ?

— Personne ne meurt en jouant aux échecs.

— Question d'enjeu, voilà tout.

Kitt songea aux enfants morts, à leurs familles. Elle pensa aux trois vieilles dames qu'il revendiquait comme ses victimes, et qui avaient été mère, sœur ou grand-mère de quelqu'un.

Elle eut une exclamation de dégoût.

— Parce que ces petites filles jouaient avec vous, peut-être ? C'est n'importe quoi.

— Non, Chaton.

Elle entendit la menace dans sa voix, et la déception.

— La partie, c'est entre toi et moi ; maintenant. Comme il y a cinq ans.

— Je ne joue pas avec vous. Ni maintenant, ni à l'époque.

— Si ; tu joues avec moi. Comme tu as joué à l'époque. Il y a cinq ans, j'ai gagné.

— Gagner, c'est quoi ? Ne pas vous faire prendre ?

— Oui. Etre plus malin, plus manipulateur que toi. Que les flics.

— Et si je vous épingle, c'est moi qui gagne.

— Oui, approuva-t-il. On veut gagner tous les deux. Mais c'est moi qui ai l'avantage, évidemment.

— Pourquoi ?

— Parce que je ne suis pas impliqué émotionnellement. Toi, si.

Il n'était pas impliqué, elle le mesurait, soudain. C'était cela qui faisait de lui un vrai psychopathe. Un psychopathe dépourvu de remords. De compassion. De tout sens moral ; de la notion du bien et du mal.

Ce qui le rendait également plus difficile à attraper.

— Prendre la vie de quelqu'un n'est pas un jeu.

— Pour toi, dit-il doucement. C'est en ça que j'ai un avantage sur toi.

— Etes-vous le copieur ?

Il prit son temps pour répondre.

— Non. Ce n'est pas moi.

Pas de sous-entendu, cette fois, pas de « peut-être » qui la rendait folle de rage. Elle s'assit pesamment sur une marche, tandis que le constat s'imposait à elle comme un coup de poing : deux meurtriers. Six enfants assassinés. Cinq ans écoulés. Et elle n'avait pas l'ombre d'un indice.

Elle ne pouvait faire ça.

Elle n'avait pas le choix.

— On abandonne, Chaton ?

Il la connaissait tellement bien. Lisait-il dans ses pensées ? La devinait-il au ton de sa voix ? Ou bien était-il une sorte de reflet distordu d'elle-même — un flic hanté par l'obsession de commettre un crime, au lieu de l'être par le désir d'empêcher qu'il se produise ?

— Jamais. Jamais je n'arrêterai de vous pourchasser.

— Désolé.

Le ton de regret semblait sincère.

— Tu as du mal à accepter de perdre, n'est-ce pas ?

— J'ai déjà tout perdu. Le reste pour moi, ce n'est rien.

— Ta vie, ce n'est pas rien. Tu dois bien avoir peur de mourir ?

L'image de Sadie lui vint à l'esprit et elle sourit.

— Non. La mort n'est pas une fin, mais un commencement.

— Alors, pourquoi te cramponner comme tu le fais à la vie ?

Sa voix devint plus grave, presque caressante.

— Pourquoi t'indigner chaque fois qu'elle est ôtée à quelqu'un ?

— La vie est un bien précieux ; un don du ciel, une bénédiction de Dieu. Personne, pas plus vous que quiconque, n'a le droit de la supprimer.

— Mon Chaton a un côté mystique.

— A qui appartient la mèche de cheveux ?

— Les tests ADN ne sont pas faits pour les cochons.

— Est-ce une mèche d'un des premiers anges ?

— Oui.

— Savez-vous qui copie vos meurtres ?

— Oui.

Les fois précédentes, il s'était montré évasif. Ce soir, il semblait disposé à faire évoluer le « jeu » ; ou bien étaient-ce leurs rapports qu'il envisageait sous un autre angle ? Avait-il l'intention de passer de la provocation à un véritable échange personnel avec elle ?

Car il semblait considérer le rapport qu'il avait établi avec elle comme une véritable relation, songea Kitt.

Elle dut lutter pour contenir son énervement.

— Donnez-moi un nom. Je le — ou la — mettrai hors d'état de nuire. Ensuite, il n'y aura plus que vous et moi.

— « Le ou la » ?

Il avait l'air agréablement surpris.

— Est-ce cela, l'indice que vous m'avez laissé au garde-meubles ?

— Non. Mais là, tu m'as bluffé. Jusqu'à présent, je n'avais pas été très impressionné par tes capacités de déduction.

Il y avait autre chose là-dessous.

Elle mit cela de côté pour plus tard.

— Un nom, c'est tout ; il n'y aura plus personne entre nous. Moi, j'aimerais bien. Pas vous ?

— Ce n'est pas le genre de choses qu'on obtient gratuitement.

— Que demandez-vous en échange ?

— Toi, Kitt.

Elle l'entendit presque sourire.

— Je veux te connaître mieux.

— Je vous ai proposé de sortir de l'ombre ; il n'y a personne d'autre que moi ici.

— Je n'ai pas besoin de te voir pour te connaître. Je veux entrer dans ta tête. Je veux savoir ce que tu penses, ce que tu ressens, comment tu fonctionnes. Que tu me dises tes rêves. Tes peurs.

— Mais vous savez déjà tout ça, dit-elle doucement. Non ?

— Pas suffisamment, dit-il simplement. Je veux plus. Parle-moi de ton mariage.

— Mon mariage ? répéta-t-elle, déconcertée.

— Parle-moi de Joe. De votre histoire d'amour.

Elle ne s'était pas attendue à ça. A cette volonté de la dépouiller de ses défenses pour la mettre à nu. Que comptait-il faire d'elle une fois qu'il aurait eu accès à ce qu'elle avait de plus intime, de plus secret ?

Il avait l'intention de la tuer.

Non, de la détruire, plutôt.

Comme s'il déchiffrait ses pensées, il se mit à rire.

— Allons, Kitt. En échange, tu auras un nom. Fais-le pour les enfants.

Les enfants. Les anges. Le chantage réactiva sa fureur.

— Posez-moi une question, espèce d'ordure.

— Comment vous êtes-vous rencontrés ?

— Au lycée, répondit-elle malgré sa réticence. Nous avons commencé à sortir ensemble alors qu'il était en terminale et moi, en première.

— Mais comment ?

C'était étrange de devoir répondre à ces questions, si peu de temps après l'interrogatoire de Joe.

— Banalement. Il m'est rentré dedans, mes livres sont tombés par terre. Il m'a aidée à les ramasser.

Elle prit une longue inspiration et s'aperçut qu'elle tremblait.

— Il avait les yeux les plus bleus que j'aie jamais vus.

— Et tu es tombée amoureuse au premier regard ?

— Oui, au premier regard.

— Un coup de foudre — comme c'est mignon.

Il se moquait d'elle, bien entendu. Le mot de « mignon », dans sa bouche, était synonyme de « naïve » et de « ridicule ».

— Je ne m'en suis pas rendu compte, sur le moment. Mais rétrospectivement, oui : c'était un coup de foudre.

— Pourquoi lui ? A cause de ses yeux bleus ?

— Joe est gentil. C'est l'homme le plus doux, le plus adorable que je connaisse.

Rassemblant ses souvenirs, elle sourit.

— Pas seulement avec moi ; il aime les gens. Il est attentif aux autres. Il respecte leur différence. Il les accepte avec leurs défauts.

— Putain, mais c'est un vrai saint ! Saint Joe.

— Nous avions les mêmes rêves, poursuivit-elle sans se laisser salir par sa laideur.

Car l'important, ce n'était plus lui, comprit-elle soudain. Ce n'était plus le tueur d'anges, ni le copieur. Ni l'enquête.

L'important, c'était elle.

L'important, c'était de guérir.

— Nous avions les mêmes convictions. Au sujet de la vie, de sa beauté, de son caractère sacré, de son éternité après la mort. Nous étions d'accord sur ce qui compte vraiment. L'amour. La famille. La foi.

A mesure qu'elle parlait, les souvenirs affluaient. Souvenirs de moments heureux. Souvenirs d'une époque à laquelle elle n'avait plus pensé depuis des années.

Souvenirs de leurs fous rires. De leurs nuits d'amour. De leurs réussites partagées. Et de leurs peurs. De la joie à la naissance de leur fille. De la main de Joe se refermant sur la sienne quand le médecin leur avait annoncé que Sadie était atteinte de leucémie.

Des souvenirs qu'elle avait enfermés comme dans un coffre fort au plus profond d'elle-même. Pourquoi avait-elle fait ça ? Comment avait-elle pu laisser le chagrin dévorer la joie ? Et les mauvais souvenirs, l'emporter sur les meilleurs ?

Le tonnerre gronda de nouveau, plus proche cette fois. Dans le jardin, le feuillage se mit à bruisser. Elle frissonna.

— Et qu'est-ce qui s'est passé ? demanda-t-il. Quand est-ce que tes rêves ont changé ?

— Pardon ? demanda-t-elle, surprise.

— Vous aviez les mêmes rêves, les mêmes convictions ; et tu l'aimais. Pourquoi est-ce que tout a changé ?

Elle avait changé, comprit-elle à cet instant.

— Parce que Sadie est morte, dit-elle doucement. J'ai perdu ma foi en la vie. Perdu la capacité de rêver. D'aimer.

— Oui, dit-il. La vie est cruelle. Cruelle pour les faibles. Les idéalistes. Ceux qui aiment profondément. Il vaut mieux écraser qu'être écrasé.

— C'est faux, dit-elle. Vous vous trompez.

— Vraiment, Chaton ?

— Et j'ai eu tort. Tort de renoncer. De me détourner de l'amour.

— Tu me donnes envie de gerber.

Les yeux de Kitt s'emplirent de larmes. Des larmes de joie. Elle avait eu le coup de foudre pour Joe.

Et elle l'aimait toujours.

Elle le dit à Peanut.

Il ricana.

— Ma pauvre, quelle imbécile tu fais ! Il est fiancé à une autre. Il ne t'aime pas.

— Ce sont les imbéciles qui n'aiment personne.

La pluie se mit à tomber — quelques gouttes d'abord, puis de plus en plus fort.

Le ciel n'allait pas tarder à s'ouvrir sur un véritable déluge.

— Le nom, dit-elle ; je vous ai donné ce que vous vouliez. A votre tour maintenant. Qui est le copieur ?

— Observe encore les victimes. Les victimes te parlent.

— Non ! Ce n'est pas…

Il avait déjà raccroché. Un coup de tonnerre la fit sursauter. Elle se releva d'un bond, ramassa le sac et courut se mettre à l'abri au moment précis où le ciel s'ouvrait sur des trombes d'eau.

En frissonnant, Kitt regarda tomber l'averse.

Il lui avait menti, une fois de plus. Il l'avait manipulée pour obtenir ce qu'il voulait d'elle, et ne lui avait donné que ce qu'il voulait bien lui donner.

Elle ouvrit sa porte, pénétra dans l'obscurité de la maison. Elle portait encore les gants en latex, réalisa-t-elle. Elle posa sur la console de l'entrée le sac contenant la mèche blonde et le téléphone portable, puis retira les gants.

Tandis qu'un rire lui montait à la gorge, elle serra les gants entre ses doigts. Il l'avait manipulée, bernée, mais elle avait gagné.

Car il lui avait rendu quelque chose qu'elle n'avait pas su se donner à elle-même.

Le pardon. La guérison.

L'amour.

Joe emplissait toutes ses pensées. Il emplissait son cœur. Elle regarda le téléphone, fit un geste. Non. Elle devait présenter des excuses. Pour ce qui s'était passé aujourd'hui. Hier aussi. Pour tout.

Elle devait lui demander son pardon.

Saisissant ses clés, elle s'élança en courant sous la pluie.

55.

Mardi 21 mars 2006
1 h 30 du matin

La pluie tombait par vagues diluviennes. Kitt s'engagea dans l'allée de Joe, coupa le moteur et courut jusqu'à la maison. Quand elle arriva devant la porte d'entrée, elle était trempée jusqu'aux os.

L'orage avait fait chuter la température. Kitt claquait des dents. Elle ne sentait plus ses mains, ses pieds.

Mais elle se moquait de la pluie. Ou du froid. Seul Joe comptait. Elle était venue partager avec lui ce qu'elle avait appris ce soir. Lui demander pardon. Même s'il était trop tard pour repartir de zéro, il méritait qu'elle lui présente ses excuses.

Elle s'était trompée. Sur toute la ligne.

Elle sonna, tambourina à la porte.

— Joe ! cria-t-elle. C'est moi ! Kitt !

La maison était plongée dans l'obscurité. Elle sonna de nouveau, insista à plusieurs reprises.

— Joe ! Ouvre-moi !

Une lampe s'alluma à l'intérieur ; puis une autre, au-dessus de sa tête. Joe apparut à la fenêtre et jeta un coup d'œil. Elle faillit pleurer de soulagement en apercevant son visage.

— Laisse-moi entrer ! Il faut que je te parle.

Il ouvrit la porte et elle entra en chancelant.

— Il fallait que je te le dise…, balbutia-t-elle ; ce soir, tout de suite.

Il eut un léger mouvement de recul. Elle songea qu'elle aurait probablement eu la même réaction en le voyant arriver comme un fou en pleine nuit, dégoulinant de pluie et les yeux brillant de surexcitation.

— Tu veux me parler de l'enquête ? demanda-t-il.

L'enquête ? Désarçonnée, elle le regarda sans comprendre avant de réaliser qu'il était parfaitement normal qu'il ait pensé à cela. Il avait passé la journée à répondre aux questions d'un enquêteur en salle d'interrogatoire, et à assister à la perquisition de son domicile et de ses bureaux.

— Non.

Elle secoua la tête.

— Il s'agit de moi — et de toi.

Elle serra les mains l'une contre l'autre.

— Je te demande pardon. Pardon de t'avoir repoussé. De m'être refermée sur moi-même après la mort de Sadie. Tu avais besoin de moi et au lieu de ça...

Elle fondit en larmes puis se mit à sangloter comme elle ne s'était jamais laissée aller à le faire, jusqu'ici. Au bout d'un moment, Joe la prit dans ses bras, d'un geste un peu raide.

Kitt s'accrocha à lui jusqu'à ce que ses larmes se tarissent.

— Excuse-moi, dit-elle en reculant d'un pas.

— Ce n'est pas grave.

Elle s'essuya les joues du dos de la main.

— Je n'ai pas pleuré, après Sadie. Au lieu de pleurer, je me suis totalement noyée dans l'enquête sur le tueur d'anges. Et quand on me l'a retirée, c'est dans l'alcool que j'ai plongé.

Elle avait la voix étranglée par les sanglots.

— Me retenir de pleurer, c'était ne pas m'effondrer.

— Pourquoi viens-tu me dire ça ?

— J'aurais pu me tourner vers toi ; j'aurais dû le faire. Je le comprends, maintenant.

— L'eau a coulé sous les ponts.

— Non, Joe. Je t'aime toujours. Je suis toujours amoureuse de toi.

Un long moment, il la regarda sans rien dire. Que ressentait-il ? se demanda-t-elle sans pouvoir déchiffrer son expression. Etait-il en colère ? content ? soulagé ? contrarié ?

Ou, après tout ce temps, ne ressentait-il plus rien ?

Ses yeux se remplirent de larmes qui roulèrent sur ses joues. Joe en recueillit une du bout de l'index.

— Ça va aller, Kitt, ne t'en fais pas. Moi aussi, je t'aime.

Elle mit quelques secondes à assimiler ce qu'il venait de dire. Puis un cri s'étrangla dans sa gorge. Elle se jeta dans ses bras, posant la joue sur son torse.

Joe l'enlaça tendrement.

— Tu trembles. Tu es gelée.

Il lui frictionna le dos, puis l'écarta de lui. Voyant qu'elle avait mouillé son T-shirt, elle gémit doucement.

— Je suis désolée ; j'ai…

— Viens.

Il l'entraîna jusqu'à la salle de bains.

— Va prendre une douche, dit-il en lui donnant un peignoir et une serviette. Je t'attends à côté.

Incapable de parler, elle hocha la tête. C'était étrange et en même temps tellement réconfortant de se retrouver là, dans ces lieux familiers. Quand il fut sorti, elle se déshabilla, posa ses vêtements sur le rebord de la baignoire et entra dans la cabine de douche. Quelques minutes sous le jet d'eau chaude suffirent à la réchauffer ; elle utilisa le gel et le shampooing de Joe et sentit leur parfum se répandre dans la salle de bains. Elle se rinça, et, une fois essuyée, enfila l'épais peignoir en éponge avant de passer dans la chambre attenante.

Joe était assis sur le bord du lit, la tête dans les mains.

La gorge nouée, elle s'approcha, s'agenouilla devant lui, prit ses mains dans les siennes. Leurs regards se croisèrent.

Il avait pleuré.

Etaient-ce des larmes de joie ou de désespoir ? Avait-il pleuré sur le passé, ou sur l'avenir ?

Elle prit son visage dans ses paumes et l'embrassa ; doucement, d'abord, puis avec une passion qui éveilla en eux un désir, une faim que rien ne semblait pouvoir apaiser.

Le désir de faire l'amour.

*
* *

Plus tard, ils restèrent étroitement enlacés. Pour la première fois depuis la mort de Sadie, Kitt se sentit apaisée. Blottie contre la poitrine de Joe, elle respira son parfum épicé.

Il lui caressa les cheveux.

— Sans vouloir être indiscret, qu'est-ce qui a déclenché tout ceci ?

Brian. L'appel du psychopathe. L'enquête en cours.

— Je préférerais ne pas en parler ; pas tout de suite, du moins.

Il inclina la tête et fronça légèrement les sourcils.

— Pourquoi ?

— Pour ne pas gâcher ce moment.

Sa gorge se serra et elle s'éclaircit la voix.

— J'ai envie de le prolonger aussi longtemps que possible.

Au moment où elle prononçait ces mots, l'ombre hideuse du mal, tapie dans la nuit, assombrit son bonheur.

Le bonheur. Elle se demanda s'il lui serait possible de le retrouver un jour.

56.

Mardi 21 mars 2006
8 h 10

A son réveil, Kitt sentit une appétissante odeur de bacon frit. Les yeux clos, elle inspira profondément. Cela faisait si longtemps qu'elle n'avait pas goûté un de ces fameux petits déjeuners de Joe...

Elle entrouvrit les paupières ; le soleil filtrait à travers les persiennes. Elle n'avait qu'une envie : rester au lit comme aux premiers temps de leur mariage, où ils faisaient l'amour et la grasse matinée, s'attardant parfois dans la chambre jusqu'à 1 ou 2 heures de l'après-midi.

Elle sourit, s'assit et s'étira avant de sortir du lit. Puis elle enfila un bas de pyjama, et se dirigea vers la commode. Joe rangeait toujours ses T-shirts dans le tiroir du bas. Il n'avait pas changé ses habitudes, constata-t-elle. Elle en choisit un et l'approcha de son visage ; l'étoffe usée par le lavage était douce ; elle sentit son odeur sous le parfum du détergent.

Elle l'enfila et se rendit pieds nus dans la cuisine. Joe était en train de préparer des œufs brouillés ; autour de lui, le plan de travail semblait avoir été dévasté par une tornade. Il n'avait jamais su s'y prendre autrement.

— Bonjour, dit-elle.

Il tourna brièvement la tête vers elle et sourit.

— Tu es levée.

— Je devrais l'être depuis un moment.

Elle passa une main dans ses cheveux ébouriffés.

— Je vais être très en retard.

Joe remplit un mug de café et le lui tendit.

— Tu dormais si profondément que je n'ai pas eu le courage de te réveiller.

Une vraie nuit de sommeil sans rêves lui avait fait du bien, songea-t-elle. Elle se sentait vraiment reposée — corps et âme.

— A ce que je vois, tu mets toujours en pratique ta théorie selon laquelle « le petit déjeuner est le principal repas de la journée », n'est-ce pas ? dit-elle en prenant le mug.

— Absolument.

Tout en buvant son café, elle le regarda prendre des assiettes dans un placard, sortir les couverts d'un tiroir, ajouter des serviettes en papier sur le plateau.

C'était bizarre de le regarder sans rien faire. Autrefois, Sadie et elle étaient assises à la table de la cuisine pendant que Joe préparait le petit déjeuner, et elles nettoyaient le désordre qu'il semait.

Quelle étrange sensation que de se retrouver dans cette maison qui avait été la sienne. Une maison où certaines choses n'avaient pas changé et où d'autres avaient été remplacées.

Joe se rendait-il compte lui aussi de tout cela ?

Son regard s'arrêta sur les assiettes. Sadie avait choisi avec elle ce service, dont les bords étaient décorés d'un motif géométrique jaune et noir.

« On dirait des bourdons ! » s'était-elle exclamée.

Au moment du divorce, Kitt avait tout laissé à Joe ; elle ne voulait conserver aucun souvenir de leur vie commune. De la famille qu'ils avaient formée.

La gorge nouée, elle promena les doigts sur le bord décoré de l'assiette. Elle découvrait soudain combien ces souvenirs étaient précieux. Combien elle en avait un besoin vital.

Elle s'aperçut que Joe l'observait.

— C'est Sadie qui les a choisies, murmura-t-elle.

— Oui.

— Et ça aussi, dit-elle en désignant la salière et la poivrière en forme de Mickey et de Pluto ; pendant notre voyage à Disneyland — tu te rappelles ?

— Je n'ai rien oublié, Kitt.

Quelque chose, dans sa façon de répondre, lui coupa le souffle.

Incapable de soutenir son regard, elle se traita mentalement de lâche, de dégonflée. De quoi avait-elle peur ?

Joe versa dans son assiette les œufs brouillés au fromage, aux oignons et aux champignons.

— Tu veux du bacon ?

— Quelle question ! Oui, bien sûr.

Il l'invita à se servir des toasts et des muffins beurrés. Tout en mangeant, ils parlèrent de choses et d'autres — de la pluie et du beau temps, des amis communs et de membres éloignés de la famille. Quand ils eurent fini, Joe prononça doucement son prénom. Elle leva les yeux vers lui.

— Es-tu prête à me raconter ce qui t'a amenée ici ?

Tout lui revint brutalement à l'esprit. *Brian ; l'appel de Peanut ; les questions qu'il lui avait posées.* Sentant retomber l'euphorie de ces dernières heures, elle voulut la retenir un moment encore.

— Hormis l'envie de faire l'amour avec toi et d'un vrai petit déjeuner ?

— S'il te plaît, n'essaie pas de t'en tirer par une pirouette, comme tu sais si bien le faire.

Il se leva brusquement, prit son assiette et ses couverts, alla les mettre dans l'évier puis se retourna vers elle. Elle vit qu'il tremblait.

— Tu m'as brisé le cœur, Kitt. Nous avons perdu Sadie et, après ça, je t'ai perdue aussi.

— Je sais ; je suis déso…

— Non, coupa-t-il, ce n'est pas vrai. Tu n'imagines pas ce que j'ai enduré en te voyant te détruire. Tu ne sais pas ce que c'était de te tenir dans mes bras en te sachant à des années-lumière de moi. J'avais tellement besoin de toi…

Ça faisait mal de l'entendre. Elle aurait voulu nier, se défendre. Mais comment se défendre contre la vérité ?

— J'ai souffert longtemps sans rien dire, poursuivit-il ; et puis je t'en ai voulu. Ma colère était telle que j'ai cru qu'elle allait me dévorer.

Jamais il ne la lui avait manifestée, songea-t-elle — ni en paroles, ni en actes. Ou bien avait-elle été trop absorbée dans son propre chagrin pour s'en apercevoir ?

Ses jolis rêves de retrouvailles parfaites avec Joe lui semblaient soudain bien ridicules. Dans l'élan de la prise de conscience — puis de la passion —, tout lui avait paru d'une évidente simplicité. Elle l'aimait. Il l'aimait. Mais dans l'éclairage cru du matin, les complications et les difficultés d'une réconciliation prenaient un tout autre relief.

— Tu dois me haïr, murmura-t-elle.

— Je me suis rendu compte que, de l'amour à la haine, le pas est vite franchi, en effet.

Kitt soutint son regard, même si cela lui faisait mal. Elle lui devait au moins cela, songea-t-elle.

— Je ne sais que te dire, sinon que je suis désolée.

— Moi aussi, je suis désolé.

Elle ravala ses sanglots. Même si leur histoire ne s'achevait pas sur un dénouement heureux, elle se sentait tellement mieux que la veille. Au moins avait-elle cessé de se mentir, à présent. Et se sentait-elle de nouveau capable d'aimer.

— Brian est mort, dit-elle posément. Il a été assassiné hier soir.

— Brian ? Oh ! non.

— Je ne peux pas entrer dans de longues explications, mais je pense que ce meurtre est lié à ceux du copieur.

Joe revint à table et se laissa tomber sur une chaise, visiblement assommé.

— L'individu qui revendique la première série de meurtres m'a rappelée hier soir. Il voulait que je lui parle de toi ; du couple que nous avons formé. De notre rencontre, de notre mariage. En échange, il promettait de me donner le nom du copieur.

— Il l'a fait ?

— Non. Il m'a seulement donné un nouvel indice.

— Et c'est ainsi que tu es venue frapper à ma porte ?

— Alors que je lui parlais de nous deux, j'ai senti quelque chose céder en moi. Et tout ce que j'avais enfermé, verrouillé, s'est libéré.

Cette fois, ce fut elle qui éprouva le besoin de se lever, de faire quelques pas. Quand elle eut rassemblé ses idées, elle se retourna vers Joe.

— J'ai toujours su que je t'aimais encore ; mais je ne me sentais pas capable de dominer suffisamment ma douleur pour t'aimer comme il fallait — comme tu mérites d'être aimé.

— Et maintenant ?

— Tu te souviens, à la kermesse… tu m'as dit que tu voulais recommencer à vivre. Moi aussi, je veux recommencer à vivre. Je veux tourner la page et cesser de souffrir.

Joe lui prit la main, referma ses doigts sur les siens. Elle songea au jour où il avait eu ce même geste, face au médecin de Sadie. Ensemble, dans l'adversité, quoi qu'il arrive.

— La situation n'est pas si simple ; il n'y a pas que toi et moi, lui dit-il. Tu en es consciente, n'est-ce pas ?

Elle en était consciente. *Entre eux, il y avait Valerie et sa fille. Trop de temps avait passé pour lui laisser espérer une réconciliation.* Elle lui serra la main très fort.

— Dis-moi seulement si tu peux me pardonner, Joe.

— Je t'ai déjà pardonné.

57.

Mardi 21 mars 2006
9 h 20

Mais où Kitt était-elle donc passée ? M.C. consulta sa montre pour la énième fois depuis qu'elle avait remarqué le retard de sa coéquipière. Compte tenu des événements de la veille, elle avait pensé la voir arriver de bonne heure.

Une atmosphère lugubre régnait dans le service. L'un des leurs avait été abattu.

M.C. avait pratiquement passé une nuit blanche, pour toute une série de raisons. Chaque fois qu'elle fermait les yeux, elle revoyait la scène du crime. Elle revoyait Brian vivant, se rappelait qu'il était aussi un père de famille ; le fait qu'ils se soient querellés le jour de sa mort était également perturbant. Devait-elle se présenter à ses supérieurs, les mettre au courant de tout, ou espérer que personne ne saurait jamais rien de ce qui s'était passé entre eux ?

Le meurtre de Brian la terrifiait. S'il s'était fait assassiner pour avoir posé une question de trop à un collègue de la police, alors elles se retrouvaient toutes les deux en ligne de mire — surtout Kitt.

M.C. l'avait appelée sur son téléphone fixe et sur son portable — sans succès. Kitt n'avait pas non plus répondu à ses messages. Bizarre.

M.C. tambourina du bout des doigts sur la surface du bureau tout en envisageant d'autres hypothèses. Kitt pouvait avoir replongé et cuver maintenant son vin au fond de son lit. N'avait-elle pas fait une entorse à sa ligne de conduite, la semaine précédente, en apprenant que Joe allait fonder une nouvelle famille ? La veille, son ancien coéquipier, son ami de longue date, avait été tué ; Kitt se sentait en partie responsable de sa mort. Ce genre de traumatisme pouvait inciter le plus sobre des êtres humains à noyer son chagrin dans l'alcool.

C'était beaucoup plus vraisemblable que l'autre scénario — celui où Kitt gisait en travers de son entrée, avec deux balles dans la poitrine.

Et puis merde, se dit-elle en se levant. Elle allait quand même faire un tour jusque chez Kitt pour voir si elle était là. Au moment précis où elle prenait cette décision, son portable sonna. Elle répondit sans même regarder l'écran, persuadée que c'était Kitt.

— Riggio à l'appareil.

Elle sut immédiatement qu'elle s'était trompée.

— Tu m'as manqué, cette nuit, murmura Lance.

Elle sourit.

— Tu m'as manqué toi aussi.

— J'espérais que tu m'appellerais. J'ai attendu jusqu'à l'aube.

— La situation a viré au drame, ici ; je n'ai pas pu m'échapper.

— Et aujourd'hui ?

— Je ne sais pas encore mais ça semble plutôt mal parti.

Le sergent Haas apparut dans l'embrasure.

— Il faut que j'y aille. Je te rappellerai.

Elle raccrocha puis se tourna vers son supérieur.

— Du nouveau, sergent ?

— Sal veut vous voir. Immédiatement.

Elle n'aimait pas le ton qu'il avait adopté. Très formel.

— Kitt n'est pas encore là, répondit-elle.

— La présence de Kitt n'est pas nécessaire.

En arrivant dans le bureau de Haas, M.C. comprit pourquoi : Sal n'était pas seul. Un inspecteur de la police des polices se trouvait également là.

La question de décider si elle devait parler ou pas de sa dispute avec Brian ne se posait plus. Ils savaient déjà tout.

Une autre déduction s'imposait ensuite :

C'était Kitt qui les avait renseignés.

Voilà pourquoi sa coéquipière était en retard, ce matin ; et pourquoi elle ne répondait pas au téléphone. Kitt ne voulait pas lui parler tant que la police des polices n'en aurait pas fini avec elle.

M.C. se sentit trahie, bafouée. Sans doute l'avait-elle mérité après avoir convoqué Joe à l'insu de Kitt. Elle avait été naïve de croire que Kitt avait passé l'éponge.

— Entrez, inspecteur Riggio. Voici l'inspecteur Peters, de l'inspection générale des services.

M.C. les salua d'un signe de tête.

— Je reconnais l'inspecteur Peters ; nous nous sommes déjà rencontrés, à l'occasion de l'enquête sur l'affaire Caldwell.

— En effet, dit Peters avec un sourire imperceptible. Asseyez-vous.

Elle s'assit et croisa les mains sur ses genoux.

— Avez-vous une idée du motif de notre réunion, inspecteur ?

Fallait-il dire la vérité, au risque de paraître coupable ou parano ? Ou bien rester calme et feindre l'ignorance ? Les deux options présentaient des avantages et des inconvénients. M.C. choisit la voie médiane.

— Ce doit être à propos de l'une des deux enquêtes dont je m'occupe actuellement, je suppose ?

— Pouvez-vous me préciser lesquelles ?

— Les crimes du copieur et le meurtre du commandant Spillare.

— Pas beaucoup de dossiers au programme.

— En quantité, non ; mais en revanche ils portent sur des affaires très graves.

— Effectivement.

L'homme s'assouplit les doigts.

— Comment décririez-vous vos rapports avec le commandant Spillare ?

— Bons. Jusqu'à ces derniers temps.

— Jusqu'à ces derniers temps, répéta Peters. Pouvez-vous nous expliquer pourquoi et comment vos rapports se sont détériorés ?

— Il m'a fait des propositions ; comme je refusais ses avances, il a commencé à me suivre.

— C'était donc du harcèlement sexuel.

— En effet.

— Pourquoi n'en avoir rien dit à vos supérieurs ? Ou à la police des polices ?

— J'ai cru pouvoir gérer ça toute seule.

Peters la scruta d'un œil perçant.

— Et c'est ce que vous avez fait ?

— Si votre question est de savoir si je l'ai tué, ma réponse est non. Nous avons eu des mots ; hier matin, très exactement.

Sal s'interposa.

— Pourquoi n'êtes-vous pas venue me raconter ça hier soir ? Vous deviez vous douter que quelqu'un avait pu vous entendre, et de l'effet que cela produirait. C'est complètement stupide de votre part, Riggio !

Sans blague.

C'était aussi stupide que d'avoir fait confiance à Lundgren.

Peters se leva et alla se planter devant elle.

— A mon avis, l'inspecteur Riggio avait ses raisons ; n'est-ce pas, inspecteur ?

Au lieu de devoir renverser la tête pour le regarder, elle se leva. Ils se retrouvèrent pratiquement nez à nez.

— C'est exact, inspecteur Peters. Vous êtes très perspicace.

Elle se tourna vers ses supérieurs.

— Brian a été mon amant, il y a quelques années de cela. J'étais une petite nouvelle et lui, un inspecteur gradé. C'était une erreur, et l'aventure n'a pas duré. Je n'en suis pas très fière. Voilà pourquoi je n'ai rien dit.

Un silence suivit son aveu. Puis Sal reprit la parole.

— Vous n'étiez ni la première ni la dernière petite bleue à tomber sous le charme de Brian.

Elle hocha la tête.

— Sauf votre respect, le fait de savoir que d'autres ont été aussi stupides que moi ne me console pas vraiment.

Peters s'éclaircit la voix et ramena la conversation sur le vif du sujet.

— Avez-vous proféré des menaces à l'encontre du commandant Spillare ?

— En réalité, c'est lui qui m'a menacée. Quand je lui ai demandé d'arrêter de me harceler s'il ne voulait pas que j'en parle à mes supérieurs, il m'a promis de répandre le bruit que j'avais couché pour monter en grade.

— Et comment avez-vous réagi ?

— Je lui ai dit qu'il n'avait pas intérêt à faire ça.

— Est-ce tout ?

— Oui.

— Vous n'avez pas menacé de le tuer ?

— Absolument pas.

— Nous avons besoin de votre arme pour l'expertise balistique.

M.C. sortit le Glock.45 de son étui et le lui tendit. Elle connaissait la musique. Lors d'un coup de feu, chaque projectile tiré portait des empreintes particulières — des marques sur le métal, provoquées par de minuscules imperfections à l'intérieur du canon. Or, à l'instar des empreintes digitales, il n'existait pas deux armes à feu qui laissaient des empreintes identiques sur une balle ; il en allait de même pour la douille.

Pour obtenir une douille ou une balle comparative, ils tireraient à l'intérieur d'une boîte contenant un gel épais, puis retireraient les projectiles afin d'en évaluer la ressemblance ou la différence avec ceux qui provenaient du crime de Brian.

Sal accepta son arme.

— Vous la récupérerez dans la matinée.

— Merci.

Elle regarda tour à tour les trois hommes.

— Avez-vous d'autres questions ?

Ils répondirent que non et elle quitta le bureau. Le bruit qu'elle était interrogée par la police des polices s'était répandu dans les locaux comme une traînée de poudre. Un petit attroupement s'était formé dans le couloir, les inspecteurs espérant glaner une information croustillante ; certains eurent la décence de détourner le regard, mais d'autres la dévisagèrent sans vergogne.

C'était précisément le genre de publicité qu'elle avait voulu éviter.

Elle décida de suivre le conseil de Kitt et poursuivit son chemin avec un haussement d'épaules.

De retour dans son service, elle vit que Kitt était arrivée ; assise à son bureau, elle compulsait un dossier.

— De retour sur le lieu du crime ? lui lança-t-elle depuis la porte.

Kitt leva les yeux.

— Pardon ?

— Te voilà enfin.

— On m'a parlé de la visite de la police des polices. Comment ça s'est passé ?

M.C. ignora la question et franchit la distance qui la séparait du bureau de Kitt.

— Où étais-tu, ce matin ?

Kitt détourna légèrement les yeux ; M.C. fronça les sourcils.

— C'est bien ce que je pensais. Merci ; merci bien.

— Désolée, M.C., je ne comprends rien. De quoi parles-tu ?

— Tu voulais ta revanche à cause de Joe, c'est ça ? J'espère que nous sommes quittes, à présent, parce que les coups bas, je commence à en avoir sérieusement ma claque.

Kitt se leva, posa les mains à plat sur son bureau et se pencha vers elle.

— Tu penses que je suis allée voir le chef pour moucharder à propos de ta dispute d'hier avec Brian ? dit-elle tout bas, d'une voix qui vibrait de colère contenue.

— Ce n'est pas le cas ?

— Non, M.C., ce n'est pas le cas. Ce type de coup tordu, ce n'est pas mon genre, figure-toi. Je t'ai dit ce que j'avais à dire hier soir ; et si quelque chose d'autre me dérange, je te le dirai en face.

M.C. la dévisagea un instant.

— Alors, qui ?

— Quelqu'un vous aura entendus. Ou bien Brian a raconté ça à quelqu'un, ce qui me semble assez improbable.

Elle baissa la voix.

— Tu es vraiment dans la merde ?

— Je me suis fait passer un savon par Sal, pour lui avoir caché ça. Ils ont aussi pris mon arme de service pour l'analyse balistique. Je pense que je passe surtout pour la reine des connes.

— On fait tous des conneries. Je suis bien placée pour le savoir.

— Tu ne peux pas savoir comme ça me rassure, répliqua M.C. d'un ton pince-sans-rire.

Kitt se mit à rire.

— Tu ne trouves pas ça rassurant ?

— Pas vraiment.

— Ecoute, Peanut m'a appelée hier soir. Il vou…

— Inspecteur Riggio ?

Elles tournèrent la tête à l'unisson. Sal se tenait sur le pas de la porte. Il tendit son Glock à M.C.

— Voici votre arme.

— Ça n'a pas traîné, dit-elle.

— J'ai reçu les premières informations sur le type d'arme à feu qui a servi à tuer le commandant Spillare. Le projectile provient d'un revolver Smith & Wesson.45.

Les membres des forces de l'ordre avaient progressivement abandonné les revolvers pour des pistolets semi-automatiques dans les années 1970. Les policiers de Dawkins avaient le choix entre le Glock .40 ou le Smith & Wesson .4046.

La jeune femme reprit son arme et la glissa dans son étui.

— Le flingue préféré des vieux flics, constata-t-elle à propos de l'arme du crime. Intéressant, comme choix.

Sal hocha la tête.

— Aucun voyou ou mafieux qui se respecte n'opterait pour le revolver.

— Vous avez une minute ? lui demanda Kitt.

Minelli consulta sa montre.

— Ça ne pourrait pas attendre que…

— J'ai eu des nouvelles de Peanut, hier soir. Il a déposé chez moi un trophée prélevé sur une de ses premières victimes : une mèche de cheveux blonds, des cheveux d'enfant.

Lui accordant soudain toute son attention, Sal hocha brièvement la tête.

— Réunion dans mon bureau ; immédiatement.

58.

Mardi 21 mars 2006
10 h 40

Quand ils furent tous rassemblés dans le bureau de Sal, Kitt relata les événements de la soirée précédente, depuis la découverte du paquet sur le pas de sa porte jusqu'à la fin de sa conversation avec Peanut.

— Il prétend que les cheveux sont ceux d'une de ses premières petites victimes. Il n'a pas précisé laquelle; « les tests ADN ne sont pas faits pour les cochons », m'a-t-il dit. La mèche et le téléphone sont déjà entre les mains des services d'identification. Je lui ai demandé s'il savait qui était le copieur, et si c'était lui. Il a répondu non à ma seconde question, oui à la première. Par ailleurs, l'annonce du meurtre de Brian a paru le surprendre.

— Qu'en pensez-vous ? demanda Sal. Il dit la vérité ?

— A mon avis, oui. Il n'a jamais hésité à revendiquer d'autres crimes, au contraire.

— Seulement, Brian était un flic, fit remarquer Sal.

— Et ses victimes étaient des enfants, répliqua Kitt. Quand je l'ai accusé d'être de la police, ça l'a déstabilisé.

Il y eut un silence. Au bout d'un moment, Haas s'éclaircit la voix.

— Mais si ce n'est pas lui qui a tué Brian…

— C'est peut-être le copieur. Le copieur est peut-être aussi de la police. Ils sont peut-être flics tous les deux.

C'était la première fois qu'elle formulait cette hypothèse. Elle se rappela soudain qu'elle avait aussi émis celle que le copieur soit une femme.

Compte tenu du fait qu'elle appartenait, ainsi que M.C., à cette catégorie assez restreinte, la théorie ne l'emballait pas vraiment.

Sal plissa le front, manifestement peu impressionné par son raisonnement.

— Ils ne le sont peut-être ni l'un ni l'autre. Le meurtre de Brian n'a peut-être aucun rapport avec votre enquête.

Il tourna son regard vers elle.

— Kitt, il va falloir reconstituer l'emploi du temps de Brian, hier, depuis le moment où vous lui avez parlé jusqu'à l'heure estimée de sa mort. Ouvrez son ordinateur, épluchez tous les dossiers auxquels il s'est intéressé. Je veux récupérer toutes les données de son téléphone fixe et de son portable. Allen vous donnera un coup de main.

— Voulez-vous que je m'en occupe aussi, Sal ? demanda M.C.

— Non. Vous, vous restez sur le dossier du copieur. Quand nous en aurons terminé, passez un coup de fil au service d'identification ; ils devraient avoir appris quelque chose sur le numéro du portable.

Comme pour lui donner la réplique, le téléphone de Kitt sonna discrètement. C'était Sorenstein, du service en question. Elle écouta, le remercia puis, la conversation terminée, se retourna vers le groupe.

— L'appareil appartenait à un type qui a été tué le week-end dernier dans un accident de la route. Ses proches étaient trop retournés pour remarquer la disparition du portable.

— Notre suspect semble assez doué pour se procurer des numéros qui rendent tout repérage impossible, dit M.C. Il est très malin.

Sal lui jeta un coup d'œil agacé.

— Mais l'appareil, comment a-t-il pu se le procurer ?

— Par l'intermédiaire d'une personne qui se trouvait sur les lieux, comme un pompier ou un ambulancier ; à moins qu'il n'ait été volé bien avant que l'accident survienne…

— Inutile de m'énumérer toutes les façons dont il aurait pu mettre la main dessus. Je veux savoir avec certitude laquelle il a réellement utilisée !

L'ordre proféré d'une voix tonitruante les fit se lever d'un bond.

Sal haussait rarement le ton mais quand cela lui arrivait, mieux valait réagir dare-dare.

Kitt et M.C. sortirent du bureau de Minelli.

— Pourquoi le tueur t'envoie-t-il un trophée, à présent ? demanda M.C. On dirait qu'il voulait te prouver quelque chose.

— Je crois que oui. Il n'a pas arrêté de parler de compétition entre lui et moi. C'est comme ça qu'il définit le crime parfait. Pas seulement parce qu'il nous échappen mais aussi parce qu'il nous manipule. Parce qu'il se croit meilleur que nous. Plus fort, plus malin.

— Et il l'est ?

— Hélas oui !

La frustration raviva sa colère. Elle se souvint de la réflexion de Peanut à propos de son implication émotionnelle. Et du fait que son propre détachement lui donnait un avantage sur elle.

Elle en fit part à M.C., qui hocha la tête.

— Donc, c'est bien ça : il t'a donné ce trophée dans l'espoir de susciter une réaction émotionnelle de ta part. Il s'attend à ce que ça t'empêche de réfléchir clairement.

— Il est intelligent, cet enfoiré.

Kitt plissa légèrement les yeux.

— Mais pas suffisamment.

Quand elles eurent regagné le bureau de Kitt, M.C. se jucha sur un coin de table tandis que Kitt faisait les cent pas.

— Récapitulons, dit M.C. Quels sont les éléments dont nous disposons ?

— Deux tueurs en série. Neuf meurtres, dont six enfants et trois grand-mères ; le tout sur une durée de huit ans.

— Merci de ces précisions, chère collègue. J'y vois beaucoup plus clair, à présent.

— Le sarcasme, c'est vraiment ton fort.

— Merci.

M.C. leva les yeux au ciel.

— Pourrions-nous analyser un peu plus subtilement la situation ?

— Mademoiselle est exigeante, en plus ?

— Une vraie princesse italienne. Demande donc à ma mère.

Un peu plus détendue, Kitt s'assit en face d'elle. M.C. prit un calepin sur le bureau.

— Que savons-nous sur le tueur d'anges et sur ses crimes? reprit-elle.

— Il a tué trois petites filles de dix ans. Il revendique les meurtres de trois dames âgées. La façon de tuer les enfants et les vieilles dames était totalement différente.

— Le yin et le yang.

— Il affirme que le choix de ses victimes obéit à des critères purement intellectuels; aucune émotivité, donc.

— Il s'enorgueillit de ses crimes, qu'il qualifie de « parfaits ».

— Nous sommes en train de dépeindre un individu qui estime avoir quelque chose à prouver. A lui-même. Et à la terre entière.

— Ou à quelqu'un en particulier.

— Sa mère? Son père? Quelqu'un qui l'a critiqué et humilié, en tout cas.

Kitt sentit la fébrilité la gagner. C'était lui — l'homme qu'elle commençait à connaître à travers leurs conversations téléphoniques.

— Le ruban adhésif qui bâillonne les victimes représente sa volonté de réduire cette personne au silence. Chez les petits anges, il attire aussi l'attention sur la bouche en maquillant leurs lèvres.

— Ceci explique pourquoi la maîtrise est si importante pour lui, dit Kitt. A un moment donné de sa vie, il s'est trouvé dans une totale impuissance. C'est pour cela qu'il se met dans une rage folle chaque fois que je le mets au défi.

— Et pourtant il s'en prend à des personnes sans défense.

— C'est le cas classique du mépris de soi.

— C'est alors que le copieur intervient.

— Il connaît le copieur. Ils se sont peut-être rencontrés en prison.

— A ce moment-là, le tueur d'anges commence à t'appeler, *toi*; pour que tu arrêtes ce type. Il te propose son aide.

— Mais c'est une offre sous conditions, poursuivit Kitt. En fait, il me mène en bateau. Il joue au chat et à la souris avec moi.

— C'est lui qui tire les ficelles; encore une façon de démontrer sa supériorité.

— Pour le moment, il y réussit très bien, hélas.

— Pourquoi t'a-t-il choisie ? demanda M.C.

— Parce qu'il me juge vulnérable, dit Kitt à contrecœur ; parce qu'il choisit les gens sans défense.

— Exact.

M.C. se leva.

— Pour être sûr de gagner, il n'hésite donc pas à tricher. Il considère cela comme de l'astuce.

— Et le copieur…

— Il n'y a pas de copieur, Kitt.

M.C. se retourna d'un bloc.

— Il est à la fois le tueur d'anges et le copieur. La question n'est pas de tuer les enfants, mais de t'attirer dans son traquenard.

Kitt n'avait pas envie d'y croire, mais c'était logique, pourtant. Tous les éléments s'emboîtaient parfaitement, créant un scénario tout à fait plausible.

— La position des mains…

— … ne veut rien dire ; ce n'était qu'un moyen de t'intriguer. Pour t'impliquer ; pour que tu te fasses confier l'enquête.

C'était possible. Un moyen de l'impliquer elle, et de mener la police en bateau.

— Et la combinaison intégrale de protection ?

— Un détail qui prouve à quel point il connaît les rouages et les détails de l'investigation de la scène du crime, et les écueils à éviter pour ne pas se faire prendre.

— Il nous lance sur de fausses pistes ; il n'ignore rien des procédés de repérage, il connaît les limites de nos techniques.

— Il s'est servi de Buddy Brown ; il nous a menées à lui, sachant que nous allions tomber dans le panneau. Peut-être même se doutait-il que nous trouverions le corps aussi vite que nous l'avons fait.

Elles restèrent silencieuses quelques instants.

— Et Brian ? Quel rôle joue-t-il dans tout ça ? demanda M.C.

— Je dois d'abord parler à Allen ; ensuite, j'irai voir où en sont les comparaisons balistiques et je commencerai à reconstituer l'emploi du temps de Brian.

Kitt jeta un coup d'œil sur sa montre.

— A mon avis, il faudrait examiner une dernière fois le contenu du garde-meubles.

— Entendu. Je m'en charge.

M.C. jeta un coup d'œil à son bloc-notes.

— Bon, nous avons passé en revue les hypothèses sur les meurtres du tueur d'anges, passés et actuels, dit-elle. Mais où en sommes-nous pour les petites vieilles ?

— J'ai réexaminé les dossiers. Initialement, les inspecteurs chargés de l'affaire étaient Brian et Haas. J'en ai parlé hier avec Brian.

— Que penserais-tu d'aller interroger les parents et amis des victimes ?

— Ça figurait parmi mes priorités.

— Dans la mesure où nous avons découvert un lien entre ces meurtres et ceux des petites filles, il y aura peut-être des éléments qui prendront un sens nouveau.

— En comparant mes déductions et les tiennes, par exemple ?

— Excellente idée. Tu as les dossiers ?

Kitt sortit les photocopies d'un tiroir.

— C'est peut-être du délire, ma grande, mais je sens que nous sommes sur le point de l'épingler.

— Intuition féminine ?

— Absolument.

Kitt tendit les dossiers à sa coéquipière.

— Tu as une critique à formuler ?

— Pas la moindre. A mon avis, l'intuition est un don du ciel accordé aux femmes en compensation de l'accouchement.

— On voit bien que tu n'as encore jamais accouché. Crois-moi, l'intuition ne compense rien ; nous sommes même très loin du compte.

59.

Mardi 21 mars 2006
11 h 55

Pendant longtemps, il avait été presque impossible de pouvoir comparer les empreintes relevées sur les armes à feu d'un crime à l'autre. En réalité, pour comparer les preuves, il fallait d'abord avoir émis l'hypothèse qu'une même arme avait été utilisée lors de plusieurs crimes. La tâche n'était déjà pas simple à l'intérieur d'une seule juridiction, mais lorsqu'il y en avait plusieurs, cela devenait un véritable casse-tête. Comment comparer des crimes commis dans des Etats différents ?

Le Réseau national intégré d'information balistique, plus connu sous le nom de NIBIN[9], avait tout changé. Il s'agissait d'une base de données nationales en réseau, accessible sur Internet et contenant des images de projectiles tirés par une arme à feu. Grâce à un microscope associé au système, les photos étaient scannées et stockées sur le réseau. Un enquêteur pouvait désormais comparer des projectiles tirés dans une autre région ou un autre Etat que le sien.

Malgré tout, en l'absence d'arme ou de projectile suspect, les comparaisons pouvaient prendre des semaines et mobiliser une armada d'experts ; car, même en bénéficiant d'un accès ultra-rapide aux images comparatives, encore fallait-il les visualiser individuellement pour détecter une éventuelle correspondance.

9. NIBIN : *National Integrated Ballistics Information Network.* Réseau intégré d'information balistique américano-canadien, visant à améliorer le partage de renseignements et d'informations sur les projectiles utilisés lors de crimes.

Kitt trouva Sorenstein assis devant le terminal du NIBIN. Il n'avait pas été trop difficile de restreindre le champ des recherches concernant le type d'arme d'où provenaient les balles. Le travail fastidieux commençait à partir de là.

— Alors, comment ça se passe ? demanda-t-elle.

— Pas trop mal — enfin, tout est relatif. J'ai décidé de m'en tenir à des recherches au niveau régional. Je pourrai toujours élargir l'éventail, le cas échéant.

Kitt hocha la tête.

— Préviens-moi si tu fais mouche.

— Cela va sans dire.

— Sal m'a demandé de reconstituer les faits et gestes de Brian, durant la journée d'hier. Auriez-vous déjà ses relevés d'appels, par hasard ?

— Celui du fixe et de son portable sont là, sur le bureau de Snowe.

— Merci.

Kitt alla prendre les feuilles sur la table de l'autre inspecteur.

— Bon ; je repasserai tout à l'heure.

Sorenstein ne répondit pas et Kitt sortit du service d'identification pour remonter au deuxième étage. En chemin, elle reçut un appel de l'accueil. Elle avait une visite — celle de Valerie Martin.

La fiancée de Joe.

Elle se sentit brusquement coupable. Elle avait couché avec le compagnon d'une autre femme ; même si elle avait l'impression que Joe lui appartenait toujours, une bague de fiançailles prouvait que c'était faux.

Valerie avait-elle découvert la vérité sur ce qui s'était passé la nuit dernière ? Mais comment ? Peut-être Joe le lui avait-il avoué. Peut-être avait-il rompu avec elle. Il n'avait fait aucune allusion à une intention de ce genre — et ils ne s'étaient pas quittés sur une promesse quelconque. Il lui avait pardonné — tout en lui rappelant qu'ils n'étaient plus seuls en cause, désormais.

Peut-être avait-il dit la vérité à Valerie en lui demandant d'excuser cet écart de conduite. Et Valerie venait-elle maintenant jusqu'ici pour lui botter les fesses…

Kitt sentit ses genoux se dérober. Elle n'avait pas peur d'être confrontée à un assassin, mais la perspective d'affronter la fiancée de Joe lui donnait envie de prendre ses jambes à son cou.

Elle demanda à l'agent de faction de l'envoyer au second et indiqua qu'elle l'attendrait devant les ascenseurs.

Quelques instants plus tard, une cabine s'arrêtait sur le palier. Les portes s'ouvrirent et Valerie sortit de l'ascenseur, vêtue de sa tenue d'infirmière. Elle avait l'air bouleversée.

— Bonjour, Valerie. Que puis-je faire pour vous ?

— Il faut que je vous parle, dit-elle. C'est très important. Je me suis absentée juste pendant la pause du déjeuner. Il faudrait faire vite.

Kitt hocha la tête.

— Bon ; suivez-moi.

Elle la conduisit jusqu'à une salle d'interrogatoire inoccupée. Ni son bureau, ni la salle de repos ne lui semblaient suffisamment tranquilles pour une conversation aussi personnelle.

Elles s'assirent. Kitt envisagea de ne rien lui cacher — de lui dire combien elle aimait Joe, et de lui expliquer comment elle en avait pris conscience. Puis de lui présenter ses excuses.

La honte la dissuada de parler la première.

— Je ne sais pas par où commencer, murmura Valerie, les mains serrées l'une contre l'autre, sur ses genoux.

Kitt vit qu'elle portait toujours la bague de Joe.

— Commencez par ce que vous voudrez, lui dit-elle.

Valerie hocha la tête, inspira et se jeta à l'eau.

— J'ai menti à votre collègue, à propos de Joe, quand elle m'a demandé si nous étions ensemble la nuit où cette petite fille a été tuée.

Désarçonnée, Kitt s'efforça de recadrer la situation à la lumière de ce qu'elle venait d'entendre.

— Vous avez menti ? Que voulez-vous dire, au juste ?

— Que Joe et moi n'étions pas ensemble cette nuit-là.

L'alibi de Joe pour la nuit du meurtre de Julie Entzel... Voilà qu'il n'en avait plus.

Comment savoir si Valerie disait la vérité, à présent ?

Tâchant de se ressaisir, Kitt songea que l'éthique professionnelle lui interdisait de prendre cette déposition elle-même. Elle devait la confier à un autre inspecteur.

C'était son devoir — mais elle en était incapable. Pas tout de suite.

Cela ne signifiait pas pour autant qu'elle était assez stupide pour ne prendre aucune précaution pour se protéger, et pour protéger l'enquête.

— Valerie, la nature de cet entretien m'oblige à enregistrer vos propos et à prendre des notes ; vous permettez ?

La jeune femme hésita un instant, puis acquiesça.

— Je veux bien, à condition que ça ne prenne pas trop de temps.

— Quelques minutes, pas plus.

Dès que Kitt eut installé la caméra vidéo, elle s'installa en face de Valerie, un calepin à la main.

— Pouvez-vous répéter ce que vous venez de me dire ?

La jeune femme obtempéra, réitérant presque mot pour mot sa déclaration.

— Je n'arrêtais pas de penser à ce que vous avez dit l'autre jour, ajouta-t-elle. Au sujet de Tami, du danger qu'elle courait. Et je ne pouvais pas non plus m'empêcher de songer aux petites victimes.

— Reprenons les choses depuis le début, Valerie. L'inspecteur Riggio vous a rendu visite à l'hôpital, pendant que vous étiez de garde.

— C'est ça ; à l'hôpital Highland Park. Elle m'a interrogée à propos de Joe. Elle voulait savoir si nous avions passé toute la nuit du 6 mars ensemble, lui et moi. J'ai répondu que oui.

Kitt se pencha légèrement en avant.

— Et maintenant, vous me dites que ce n'était pas vrai ?

— Oui.

Valerie examina ses mains puis la regarda de nouveau ; des larmes scintillaient dans ses yeux.

— Je n'aurais pas dû mentir. Seulement… je n'ai pensé à rien d'autre qu'à protéger Joe.

— Qu'est-ce qui vous laissait croire que Joe avait besoin d'être protégé ?

M.C. s'était justement efforcée d'éviter cette interprétation en interrogeant Valerie sans laisser le temps à Joe de l'appeler.

— Joe m'avait parlé de cet ex-détenu qui travaillait pour lui. Il disait que cela le gênait un peu vis-à-vis de la police.

Valerie laissa échapper un soupir.

— Je savais bien que Joe ne pouvait avoir aucun rapport avec… toute cette affaire. Alors, j'ai menti.

— Et maintenant ? Qu'est-ce qui a provoqué ce revirement ?

— Je n'arrêtais pas de penser au fait que Tami pouvait être en danger ; et puis… aux autres filles, aussi. Je n'avais pas la conscience tranquille.

Elle se tordit les mains et le solitaire qu'elle avait au doigt accrocha la lumière. C'était une jolie bague, avec un diamant beaucoup plus gros que celui que Joe avait offert à Kitt pour leurs fiançailles. Ils étaient encore si jeunes, songea-t-elle. A l'époque, ils avaient à peine un toit sous lequel s'abriter.

Valerie consulta sa montre.

— Je reste persuadée qu'il n'aurait jamais pu faire le moindre mal à un enfant. Mais je ne me sentais plus capable de participer à ce mensonge.

Après son départ, Kitt resta un long moment assise dans la salle d'interrogatoire, les yeux fixés sur la porte ouverte, essayant d'évaluer objectivement la déposition de Valerie. Il y avait là-dedans quelque chose qui ne sonnait pas juste.

Parce qu'elle n'avait pas envie que cela sonne juste ?

Kitt jeta un coup d'œil sur la liste d'appels de Brian. Un numéro lui sauta aux yeux. Un numéro qu'elle connaissait par cœur.

Comment aurait-elle pu l'oublier, alors que, pendant des années, ce numéro avait aussi été le sien ?

60.

Mardi 21 mars 2006
12 h 30

M.C. commença par Rose McGuire, la seconde victime, qui avait été tuée, sept ans plus tôt, dans son appartement d'une résidence médicalisée. Elle espérait trouver quelqu'un, parmi le personnel, qui travaillait déjà là au moment du meurtre. Dans l'affirmative, il — ou elle — se souviendrait forcément de l'événement : ce genre d'épisode n'était pas de ceux qu'on oublie aisément. Du reste, le système de sécurité avait certainement subi de sérieuses modifications à la suite du drame.

La résidence médicalisée Walton B. Johnson tenait son nom de celui du millionnaire philanthrope de Rockford auquel il devait sa création, expliqua la directrice en conduisant M.C. jusqu'à son bureau. Elle avait été la première de ce genre dans la région — les personnes âgées dépendantes ayant grand besoin d'une alternative au maintien à domicile. La fondation accueillait encore jusqu'à dix pour cent de pensionnaires nécessiteux. Le plus récent d'entre eux, un certain Billy Hatfield, avait justement emménagé le jour même.

Elles empruntèrent un couloir où stationnait une file de chaises roulantes occupées par des dames aux cheveux gris ou blancs, parfois teintés d'un joli bleu lavande. Certaines, assoupies, dodelinaient de la tête, d'autres les saluèrent en agitant la main, d'autres, enfin, semblaient ronchonner dans leur coin.

— Qu'est-ce qu'elles attendent ? demanda M.C.

La directrice sourit.

— M. Kenneth dispose ici d'un petit salon de coiffure qui ouvre tous les lundis. Chaque mercredi, après le déjeuner, les résidentes peuvent s'inscrire pour une mise en plis, une permanente ou une coloration. Comme vous pouvez le constater, M. Kenneth est très apprécié.

Elles arrivèrent à la porte du bureau, munie d'une plaque qui portait l'inscription « Patsy Anderson, Directrice ».

Quand elles furent assises de part et d'autre du bureau, Mme Anderson demanda :

— En quoi puis-je vous être utile, inspecteur ?

— Je suis venue vous poser quelques questions sur Rose McGuire, commença M.C.

Le sourire de la femme s'évanouit.

— Vous ne voulez pas dire que…

— Si, madame Anderson. Nous envisageons de relancer l'enquête.

La nouvelle ne parut pas l'enchanter. Comment l'en blâmer ? Si l'enquête était rouverte, les médias s'empareraient de nouveau de l'affaire ; ce n'était pas le genre de publicité qu'ils souhaitaient.

Et encore, elle ne savait pas tout.

— Cela fait tellement longtemps…

— Sept ans, exactement.

— Je ne faisais même pas partie du personnel ; j'ai été embauchée en 2002.

— Reste-t-il des employés qui étaient déjà là, à l'époque ?

La directrice plissa le front.

— De mémoire, je ne peux pas vous le dire. Il faut que je consulte les dossiers du personnel.

— Pourriez-vous y jeter un coup d'œil, je vous prie ?

— Cela va prendre un certain temps.

— Quand pensez-vous pouvoir me fournir ce renseignement ?

Elle jeta un coup d'œil sur sa pendulette posée sur son bureau.

— En fin d'après-midi, au plus tard.

— Je vous en serais très reconnaissante.

— Vous savez, reprit Mme Anderson, la précédente directrice a pris sa retraite mais elle habite toujours à Rockford. Je suis sûre qu'elle vous parlerait volontiers. Ce meurtre l'a profondément bouleversée. En fait, c'est même la raison pour laquelle elle a démissionné. Voulez-vous que je l'appelle pour lui demander si elle peut vous recevoir ?

Vingt minutes plus tard, M.C. pénétrait dans l'appartement de Wanda Watkins, une petite femme énergique aux cheveux gris argent coupés au carré et de grands yeux verts qui semblaient lui manger la moitié du visage.

— Merci de me recevoir, madame Watkins.

— Appelez-moi Wanda. Par ici, je vous prie.

Elle conduisit M.C. dans un petit salon. Un superbe chat angora était juché sur le dossier de la méridienne, un autre se prélassait sur les coussins. Malheureusement, M.C. était allergique ; elle ressentit un picotement dans le nez.

— Voici mes deux bébés, dit la vieille dame.

Elle en prit un sur ses genoux et poussa l'autre pour faire de la place.

— Asseyez-vous, je vous en prie.

M.C. prit le fauteuil, en face d'elle, et sortit son bloc-notes.

— Comme Mme Anderson vous l'a annoncé au téléphone, nous envisageons de rouvrir l'enquête sur le meurtre de Rose McGuire. Nous tenons sans doute une nouvelle piste.

— Dieu soit loué.

Elle caressa un chat.

— C'est douloureux pour moi de savoir que le coupable court toujours. Et Mlle Rose était une si charmante personne — toujours souriante et aimable. Je ne l'ai jamais entendue se plaindre.

Elle se pencha en avant.

— Les personnes âgées ne sont pas toutes comme ça, vous savez. Certaines sont irascibles. D'autres deviennent acariâtres ; leur indépendance leur manque, elles supportent mal les désagréments du grand âge.

Elle esquissa un sourire.

— J'aimais tous les résidents. Même les grincheux.

— Et vous aimiez beaucoup votre travail.

— Oui, beaucoup.

— Pourquoi avez-vous pris une retraite anticipée ?

— Après le meurtre de Rose… j'ai préféré démissionner ; céder la place à quelqu'un de plus jeune.

Des larmes brillèrent dans ses yeux.

— Je me suis dit que, si j'avais été plus vigilante, si j'avais pris plus de précautions en matière de sécurité, ça ne serait peut-être pas arrivé…

M.C. songea à toutes ces victimes indirectes qui, dans l'entourage des personnes assassinées, passent le restant de leurs jours à se torturer de remords.

— Vous n'y êtes pour rien, assura-t-elle avec douceur. Vous n'auriez rien pu faire, malheureusement.

— C'est ce que je me suis dit mais… vous savez ce que c'est.

Oui, elle savait.

— Comment le tueur est-il entré dans l'immeuble ? J'ai remarqué qu'il y avait un Interphone ainsi qu'un digicode, à l'entrée. Les portes sont tenues fermées vingt-quatre heures sur vingt-quatre. Quelles sont les différences entre aujourd'hui et le jour du meurtre ?

— On a juste ajouté un système de vidéosurveillance, c'est tout.

Elle secoua la tête.

— Nous pensons que l'un des résidents l'a fait entrer. Ça arrivait souvent : ils voyaient quelqu'un de sympathique à la porte et lui ouvraient. Nous avions beau les mettre en garde, ils étaient toujours trop confiants.

— Et maintenant ?

M.C. éternua.

— A vos souhaits. Je ne peux pas vous dire. Après la mort de Rose, nous avions pris des mesures disciplinaires. Les choses se sont peut-être assouplies, aujourd'hui. Le temps estompe les souvenirs.

Mais pas les siens, à l'évidence. Pas ses souvenirs de cette affaire, en tout cas.

M.C. la remercia et éternua de nouveau.

— Désolée. Je suis allergique aux poils de chat.

Wanda lui tendit une boîte de mouchoirs en papier.

— Quel dommage. Vous aimez les chiens, alors ?

Elle n'y avait jamais pensé en ces termes.

— Sans doute, oui.

— Je ne sais pas ce que je deviendrais sans mes compagnons à quatre pattes.

M.C. recentra la conversation.

— Qui a découvert Mlle Rose ?

— Moi, inspecteur.

Elle glissa les doigts dans l'épaisse fourrure du chat.

— Elle n'avait pas donné signe de vie ce matin-là, alors, nous l'avons appelée par téléphone. N'obtenant pas de réponse, j'ai décidé d'aller voir si elle allait bien ; c'est ce que nous faisons toujours en pareil cas. Sa porte n'était pas fermée et…

Ses lèvres tremblèrent.

— Excusez-moi, inspecteur, est-il indispensable de poursuivre ?

M.C. n'avait pas besoin d'une description de la scène ; elle l'avait vue sur les photos.

— Pouvez-vous me parler de la période qui a précédé la mort de Rose McGuire ? reprit-elle. Y a-t-il un événement particulier dont vous vous souviendriez, par exemple ?

Wanda réfléchit un instant.

— Nous avions fêté l'anniversaire de la résidence quelques jours plus tôt. Je m'en souviens très bien parce que Mlle Rose avait dansé. Parmi nos petits vieux, il y en a qui n'ont vraiment pas les pieds plats, je vous assure !

Une fête d'anniversaire ? M.C. eut un étrange pressentiment. *Julie Entzel et Marianne Vest n'avaient-elles pas fêté leur anniversaire peu de temps avant leur mort ?*

— Soit dit sans vous vexer — ce n'est pas comme les gens de votre génération, qui ne font que se dandiner sur place, poursuivit Wanda Watkins.

— Il n'y a pas de mal.

M.C. éternua à deux reprises et se moucha.

— Cette fête a-t-elle eu lieu dans la résidence ?

— Oui. Hormis le jour de Noël, c'était *la* grande fête annuelle.

— Parlez-moi de cette fête.

— C'était différent chaque année, bien sûr. Mais il y avait forcément un spectacle. De la musique et un bal. Un dîner spécial.

Et même une fontaine de « champagne » : du jus de pamplemousse pétillant.

Elle rit.

— Même si la boisson n'était pas alcoolisée, certains résidents n'en avaient pas moins un peu le tournis.

— Vous souvenez-vous du spectacle qu'il y a eu, cette année-là ?

La vieille dame fit un effort de mémoire, puis son visage s'éclaira.

— C'était un clown ; oui, c'est ça. Il était excellent.

Un clown.

Merde. Kitt avait donc vu juste.

M.C. se redressa.

— Aviez-vous mentionné ceci aux policiers qui menaient l'enquête, à l'époque ?

— Je suis sûre que non. Il n'en a jamais été question.

— Comment s'appelait ce clown ?

— Je ne m'en souviens pas. Cela ne date pas d'hier.

— L'avez-vous embauché par l'intermédiaire d'une société de services ?

Wanda secoua la tête.

— Non ; il nous avait été recommandé par quelqu'un. Mais qui ? Un proche de l'un de nos résidents ; seulement, je ne sais plus lequel.

— Ce clown a-t-il été engagé à d'autres occasions ?

— Nous avons essayé de le joindre l'année suivante mais son numéro de téléphone n'était plus en service et il était introuvable dans l'annuaire.

— Pensez-vous que son nom puisse encore se trouver quelque part dans un dossier ? Ou voyez-vous quelqu'un qui pourrait se souvenir de ce nom ? Ça pourrait devenir très important.

Il aurait fallu que Wanda soit sourde pour ne pas entendre le sentiment d'urgence dans sa question. La vieille dame avait l'air sous le choc.

— Vous ne pensez tout de même pas… ce clown si charmant…

M.C. lui coupa la parole.

— Y a-t-il une chance pour que le secrétariat de la résidence ait conservé son nom et son adresse ?

— Je crains que non. Comme nous ne pouvions pas le joindre l'année suivante, nous l'avons probablement effacé de notre carnet d'adresses. Je me suis toujours efforcée de mettre tous nos documents à jour.

— Vous auriez pu garder la trace du règlement de ses honoraires ? insista M.C., sachant que la plupart des entreprises conservaient au moins sept ans — sinon, indéfiniment — leurs relevés de comptes et documents comptables.

La vieille dame hocha la tête.

— C'est probable, en effet. Nous n'étions pas autorisés à effectuer des règlements en espèces.

M.C. se leva, très fébrile soudain. Il n'y avait peut-être rien là-dessous, mais son intuition lui disait le contraire. Elle tenait une vraie piste.

Elle remercia Mme Watkins et lui laissa sa carte de visite.

— Si, par hasard, le nom de ce clown vous revenait un jour ou l'autre, n'hésitez pas à m'appeler sur mon portable — à n'importe quelle heure.

Wanda promit qu'elle n'y manquerait pas et la reconduisit à la porte. Elle se posait manifestement des questions, mais n'osait pas les formuler.

M.C. ne répondrait pas, de toute façon.

M.C. sortit dans la rue ensoleillée et regagna sa voiture au pas de course. Elle devait avertir Kitt. Elles avaient contrôlé le personnel de Fun Zone, mais l'idée ne leur était pas venue de demander aux parents des petites filles s'ils avaient requis les services d'une personne étrangère au centre de loisirs. Il faudrait aussi vérifier si les familles Olsen et Lindz avaient eu affaire à un clown, quelque temps avant les meurtres des vieilles dames.

Elle composa le numéro de Kitt et fut aussitôt dirigée sur sa boîte vocale.

— Kitt, c'est M.C. Je crois que nous tenons une piste. Un

clown est venu faire un numéro à la résidence où vivait Rose McGuire, quelques jours avant le meurtre. Je vais interroger les deux autres familles, pour voir s'il n'y aurait pas trace d'un clown, de ce côté-là. Je te tiens au courant.

61.

Mardi 21 mars 2006
13 heures

Kitt gardait les yeux rivés sur ce maudit numéro, en bas de la liste d'appels. *Brian avait appelé Joe, la veille au soir.* Elle vérifia l'heure. *17 h 20. Donc, juste avant de l'appeler, elle.*

Les chiffres se brouillèrent sous ses yeux. Pour quelle raison avait-il téléphoné à Joe ?

Sans doute la cherchait-il. C'était assez logique, puisqu'il lui avait laissé un message, manifestement pressé de la joindre…

Joe et elle étaient divorcés depuis trois ans ; pourquoi Brian l'aurait-il donc cherchée au domicile de son ancien mari ?

Que lui avait dit Joe, ce matin même ? *J'ai découvert que la frontière entre l'amour et la haine est ténue…*

Jusqu'à quel point l'était-elle ?

La nausée lui souleva le cœur. Depuis le début, M.C. avait pensé que Joe faisait un bon suspect. Kitt s'était refusée à le croire. Elle ne le croyait toujours pas. C'était impossible ; pas Joe — pas l'homme qu'elle aimait depuis toujours.

Mais s'il avait menti à propos de cet alibi…

Sur quoi d'autre avait-il pu mentir ?

Kitt regagna son bureau, sur lequel étaient posés deux calendriers. Un de 1989. Et un de 1990. Tous deux étaient des calendriers promotionnels, édités par l'Association des sourds. Une note de M.C. y était fixée avec un trombone : *J'ai trouvé ça dans le fatras du garde-meubles. Ce n'est peut-être pas anodin. Appelle-moi.*

— Hé, Lundgren, quelque chose ne va pas ?

Kitt leva les yeux et vit l'inspecteur Allen, à l'entrée, qui l'observait d'un air intrigué.

Elle se ressaisit tant bien que mal.

— Si, si, ça va. Quoi de neuf?

— J'ai exploré l'ordinateur de Brian. Il a passé une bonne partie de la journée d'hier à étudier de vieux dossiers.

Il lui tendit une feuille imprimée.

— Certaines de ces affaires ont été élucidées, d'autres pas.

Kitt parcourut rapidement le document. Brian avait examiné les dossiers de Rose McGuire, Marguerite Lindz, Janet Olsen — trois enquêtes auxquelles il avait participé. Elle ne savait rien des autres enquêtes, en revanche.

Elle rendit la liste à Allen.

— Hormis pour les trois premières affaires, pourriez-vous rechercher quels étaient les inspecteurs chargés de ces enquêtes ? Je vais aller interroger quelques-unes des personnes que Brian a appelées hier. Si vous avez besoin de moi, j'ai mon portable.

C'était partiellement vrai, songea-t-elle en sortant des locaux de la police ; elle avait l'intention de discuter avec Joe, pour voir où les mènerait leur relation.

Son téléphone vibra et elle vit le numéro de M.C. s'afficher. Sur le point de répondre, elle hésita : elle ne voulait pas ébruiter la visite de Valerie et le fait que l'alibi de Joe ne tenait plus. Pas tout de suite.

Pas avant d'avoir parlé à Joe d'abord.

Rangeant l'appareil dans son ceinturon, elle entra dans l'ascenseur et descendit au niveau du parking. Comme elle quittait la cabine, son portable sonna de nouveau. Cette fois, c'était Danny. Ils ne s'étaient pas reparlé depuis le soir où elle avait repoussé ses avances.

— Salut, Danny, lui dit-elle.

— Kitt, je me demandais si nous ne pourrions pas parler de ce qui s'est passé l'autre soir.

— Ce n'est vraiment pas le moment.

Il resta quelques instants silencieux.

— Quel moment te conviendrait, alors ?

Elle fronça les sourcils.

— Franchement, je ne sais pas trop. Nous sommes en pleine effervescence, avec cette enquête.

— Après la réunion de groupe, par exemple ?

— Je ne suis pas sûre de pouvoir y assister ; ça dépend…

— De l'enquête.

Le ton sarcastique sur lequel il prononça ce mot agaça Kitt.

— Je suis flic, Danny. Et il arrive que ce soit une question de vie ou de mort pour ceux qui comptent sur moi.

— Bien sûr ; comment ai-je pu l'oublier ?

— Ecoute, je regrette, pour l'autre soir. Nous sommes amis, et cette amitié m'est trop précieuse pour que je risque de la perdre à cause d'une aventure.

Elle attendit des excuses. Pour s'être montré insistant. Pour avoir mis en danger leur amitié.

Au lieu de manifester un repentir quelconque, il s'obstina.

— Je te connais, Kitt ; je connais tes faiblesses et je sais ce qui te pousse à boire. Tu as besoin de nous. Tu as besoin de *moi.*

Quelque chose, dans son intonation, la hérissa.

— Ecoute, je suis pressée. Je reprendrai les séances de groupe dès que possible.

Sur ces mots, elle coupa la communication et se mit en quête de Joe. Grâce à l'aide de Flo, elle réussit à le dénicher sur l'un de ses chantiers.

— Salut, dit-il avec un grand sourire en la voyant arriver.

Il s'approcha pour l'embrasser ; elle recula machinalement. Le sourire de Joe s'estompa.

— Qu'est-ce qui se passe ?

— Il faut que nous parlions.

— D'accord ; pas de problème.

Il jeta un coup d'œil autour de lui. Les manœuvres s'apprêtaient à installer la charpente ; il y avait du monde partout.

— Si nous allions dans mon pick-up ?

Kitt acquiesça et le suivit jusqu'à l'endroit où il était garé. Une fois installée dans la cabine, elle se tourna vers lui.

— Valerie est venue me trouver ce matin au boulot, dit-elle, directe. Elle m'a dit qu'elle avait menti à propos du 6 mars — que vous n'aviez pas passé la nuit ensemble.

Joe fronça les sourcils.

— Je ne comprends pas.

— Elle s'est rétractée, Joe. Tu n'as plus aucun alibi, à présent ; pour aucun des meurtres du copieur. Veux-tu modifier ta déposition ?

— Non. Nous sommes bien restés ensemble ; toute la nuit.

— Elle affirme que non.

— Et tu la crois ?

— Je n'ai pas le choix, mais…

— Je pensais que tu me connaissais mieux que ça, Kitt.

— Je le sais. Mais c'est mon boulot de vérifier.

Elle entendit sa voix trembler et comprit que ceci n'était pas de son ressort ; M.C. avait eu raison de s'en charger à sa place.

Détachement et objectivité : ces deux qualités, elle les avait.

La bonne blague.

— L'idée ne t'a pas effleurée qu'elle avait pu se rétracter sur un coup de colère ? Parce que je suis allé la voir ce matin pour rompre nos fiançailles ?

— Elle portait encore sa bague ; je me suis figuré…

— Que je resterais fiancé avec elle ? Après la nuit dernière ? Quel genre d'homme serais-je si je me conduisais ainsi ?

Il lui prit les mains.

— Je t'aime, Kitt. Je n'ai jamais cessé de t'aimer.

— Alors, pourquoi…

— Parce que je voulais vivre ; avoir une famille. J'ai cru que nous formerions un couple, Valerie et moi. Et Valerie avait elle aussi besoin de moi, à cause de Tami, à cause de son handicap.

Il la regarda dans les yeux.

— J'avais cessé d'espérer que tu aurais encore besoin de moi, un jour.

— J'ai toujours eu besoin de toi, dit-elle. Seulement, je souffrais trop pour… Un handicap ? Quel handicap ?

Il la dévisagea d'un air interdit.

— Tami, répéta-t-elle ; de quel handicap souffre-t-elle ?

— Tami est sourde, répondit-il. Je croyais que tu le savais.

62.

Mardi 21 mars 2006
13 h 40

M.C. sortait pour la deuxième fois de la journée de la résidence Walton B. Johnson quand son portable sonna. A sa demande, la directrice avait appelé le siège de la fondation à Chicago, qui conservait tous les documents comptables datant de plus d'un an. Ils avaient promis d'entamer des recherches, qui risquaient de prendre un certain temps puisqu'ils ne connaissaient pas le nom du clown ni la date exacte de l'émission du chèque.

— Riggio à l'appareil, dit-elle en décrochant, persuadée que c'était Kitt.

Ce n'était pas elle, mais Lance.

— Il faut que je te parle, dit-il d'un ton pressant. C'est important.

M.C. fronça les sourcils.

— Il n'y a rien de grave ?

— Non… si. Je ne peux pas m'empêcher de penser à toi, tout le temps ; à tout ce que tu représentes pour moi.

— En ce qui me concerne, je trouve ça plutôt positif, dit-elle en gagnant son SUV d'un pas énergique.

— Il y a des choses que tu dois savoir, à mon sujet. Des choses qui concernent mon passé ; cela pourrait avoir des conséquences sur tes sentiments envers moi.

M.C. lui prêta aussitôt une oreille attentive.

— Quel genre de choses ?

— A propos de ma famille ; de la façon dont j'ai été élevé.

— Je doute que ta famille puisse changer quoi que ce soit à ce que j'éprouve pour toi.

— C'est parce que tu ne les connais pas.

Son ton la fit rire.

— Tu sais, tu ne connais pas la mienne, non plus.

Elle déverrouilla sa portière et s'assit au volant.

— Le moment est vraiment mal choisi, Lance ; mon enquête…

— Dix minutes, dit-il. Un quart d'heure, maximum.

M.C. consulta sa montre. Elle n'avait pas encore déjeuné et commençait à avoir mal à la tête.

— Il faut que je mange un morceau ; on pourrait peut-être…

— Viens chez moi, lui dit-il. Je vais te préparer un sandwich ; je suis le roi du jambon-fromage.

— Avec salade et mayo ? demanda-t-elle.

— Exactement. Seulement, je dois t'avertir que l'histoire de ma vie risque de te couper l'appétit. Ma famille est vraiment bizarre.

— Les familles bizarres, ça me connaît. Je suis chez toi dans dix minutes.

63.

Mardi 21 mars 2006
14 h 20

Kitt mit un moment à assimiler ce que Joe venait de lui apprendre. *Tami était sourde ?* Et elle n'avait absolument rien remarqué ? Elle tâcha de se remémorer les occasions où elle l'avait rencontrée. En fait, elle avait découvert son existence le jour de la kermesse — et le choc avait été si rude qu'elle avait pris ses jambes à son cou au bout d'une minute ou deux. Plus tard, chez Valerie, elle avait bien remarqué que la petite fille jouait tranquillement sans regarder la télé ; mais elle ne s'en était pas étonnée outre mesure.

Tout s'expliquait, à présent. Il ne…

Les calendriers, songea-t-elle ; ceux que M.C. avait déposés ce matin sur son bureau, et qui provenaient d'une association au profit des sourds. Peanut avait dit vrai : il y avait donc bien un indice dans le garde-meubles. Jusqu'ici, elles n'avaient pas fouillé assez consciencieusement.

— Kitt ?

Joe la regardait d'un drôle d'air.

— Que se passe-t-il ?

— Il faut que tu m'accompagnes, Joe. Ecoute, je te crois. Mais si je donne l'impression d'avoir voulu cacher cette information ou si je ne respecte pas la procédure normale pour t'épargner, ce sera bien pire, pour toi comme pour moi. Je te demande de me faire confiance.

Joe n'hésita pas une seconde.

— Je te fais confiance. Laisse-moi juste donner mes instructions au contremaître.

Ils descendirent ensemble du pick-up et Kitt le regarda traverser le terrain au pas de course, parler à l'un de ses hommes et rebrousser chemin.

— Veux-tu que je te suive ? demanda-t-il.

— Laisse ton pick-up. Je t'emmène.

Il acquiesça en pinçant les lèvres.

— Tu as peur que j'essaie de m'enfuir, c'est ça ?

Elle lui prit la main, entrelaça ses doigts aux siens.

— Je sais bien que tu n'en ferais rien. Mais on pourrait me reprocher de ne pas avoir pris les précautions d'usage.

Quelques minutes plus tard, ils roulaient en direction du commissariat principal ; Kitt conduisait tout en s'efforçant de rassembler les nouveaux éléments dont elle disposait. Elle avait entendu des collègues divorcées discuter entre elles de leurs difficultés à retrouver un homme quand on a des enfants. Il n'était pas très dur d'imaginer dans quelle situation se trouvait la mère d'un enfant handicapé.

Valerie aurait-elle pu échafauder un scénario aussi compliqué afin de se débarrasser de sa propre fille ?

C'était une idée répugnante ; abominable, même. N'importe quel individu normalement constitué ne l'envisagerait pas un instant ; mais ses années passées dans les forces de l'ordre lui avaient appris à ne s'étonner de rien — et surtout pas des aberrations du comportement humain.

Valerie avait un lien aussi bien avec Buddy Brown qu'avec le service de pédiatrie où Julie Entzel était allée voir sa cousine. Depuis le début, Kitt s'était figuré que le contenu du garde-meubles avait appartenu ou été agencé par une femme.

Et à présent Valerie avait un motif : sa liberté.

— Parle-moi de Tami, dit-elle tout en se faufilant dans la circulation du centre-ville.

— De quoi s'agit-il, Kitt ?

— Je ne peux pas t'en parler.

Elle le regarda du coin de l'œil puis reporta son attention sur la route.

— Fais-moi juste confiance, d'accord ?

Il hocha la tête sèchement.

— Elle est sourde de naissance, expliqua-t-il, mais personne ne s'en est aperçu jusqu'à son deuxième anniversaire. Elle fréquente une école spécialisée pour les sourds, sait lire sur les lèvres et connaît le langage des signes. C'est une petite fille mignonne et sans problème, qui s'adapte facilement.

— Et Valerie ? Comment a-t-elle vécu tout ça ?

— Ça n'a pas été facile pour elle. Son mari ne supportait pas l'idée d'avoir un enfant handicapé, ne savait « comment le gérer » selon ses propres termes ; il a préféré les quitter.

— Avant toi, a-t-elle fait d'autres rencontres ?

— Elle a essayé. Mais quand les hommes découvraient que Tami avait un handicap, elle n'entendait plus parler d'eux.

— Ce qui n'a pas été le cas, avec toi.

— Effectivement.

Joe avait toujours été le meilleur des hommes — quelqu'un de patient, généreux, attentionné. En un sens, la maladie de Sadie avait été un handicap ; durant ses dix années d'existence, leur fille n'avait pas mené ce qu'il est convenu d'appeler une vie normale.

Les mains de Kitt se crispèrent sur le volant. Le clown qui lui avait donné le ballon n'était autre que Peanut, le tueur d'anges. Et Valerie, le copieur.

Où diable avaient-ils pu se rencontrer ? Etaient-ils complices — ou bien ennemis jurés ?

Ou amants ?

Kitt opta pour cette dernière hypothèse.

Amants. Et complices.

Elle regarda Joe à la dérobée, une vague idée lui venant insidieusement à l'esprit. Ayant vécu avec un flic, Joe connaissait parfaitement les procédures d'une enquête policière. Il n'ignorait rien d'elle — de ses peurs, de ses rêves. Des cauchemars qui hantaient ses nuits. Il savait qu'elle avait laissé le tueur s'enfuir parce qu'elle était ivre.

Le fait que Peanut ait été au courant de cet épisode avait été la pierre angulaire de sa théorie selon laquelle Peanut et le tueur d'anges ne faisaient qu'un.

Brian avait appelé Joe quelques heures à peine avant d'être tué ; et Joe avait embauché Buddy Brown.

Mais le clown lui avait remis un ballon dans les mains ; ensuite, il l'avait appelée et…

Sur ce point, M.C. avait déjà pointé la faille du raisonnement à ce sujet : Joe avait vu le clown lui donner le ballon et s'était servi de cela pour écarter les soupçons de sa personne.

Elle s'efforça de réfléchir clairement, de s'en tenir aux faits. Ce qu'elle était en train d'imaginer ne tenait pas debout ; c'était absolument impensable. Elle avait passé plus de la moitié de sa vie avec cet homme ; même avec un appareil qui déforme la voix, elle aurait reconnu sa façon de parler et…

Non, ça ne tenait pas. Un système sophistiqué de déformation de voix pouvait rendre jeune la voix de quelqu'un d'âgé, transformer une voix d'homme en voix de femme, et vice versa, et modifier tout ce qui rendait une voix reconnaissable.

Mais l'individu qui l'appelait était le tueur d'anges…

Le premier tueur d'anges n'avait peut-être jamais eu aucun rapport avec le second. Pourquoi aurait-il eu besoin de lui ? Ils avaient pu combiner ce plan tous les deux. Mais alors, les trois vieilles dames… Si l'individu qui l'appelait n'était pas le tueur d'anges initial, comment aurait-il été au courant de ces affaires ?

A moins qu'il ne lui ait encore menti.

Une foule de questions et de réponses se bousculaient dans sa tête. Devait-elle espérer ou redouter certaines des réponses ? Ou même les espérer *et* les redouter ?

Elle sentit que Joe l'observait et réprima un frisson. Elle ne l'avait pas fouillé, ne lui avait pas mis les menottes.

Pourquoi l'aurait-elle fait ?

C'était Joe, non ?

Elle le gratifia d'un petit sourire crispé. Tant qu'il croirait que rien n'avait changé, il ne lui opposerait aucune résistance.

— Nous y sommes presque.

— Crois-tu que Valerie risque d'avoir des ennuis ?

— Qu'est-ce qui te fait dire ça ?

— Depuis que je t'ai dit que Tami était sourde, tu te comportes de façon un peu étrange.

Elle ne put se résoudre à lui mentir. Aussi lui répondit-elle la vérité. La vérité de la procédure.

— Je ne peux pas t'expliquer ce qui se passe — ce serait totalement illégal. Je dois d'abord en parler à Sal, qui va demander à te voir.

Arrivée au commissariat, elle alla se garer dans le parking souterrain.

— On y va ? dit-elle après avoir coupé le moteur.

Alors qu'elle s'apprêtait à ouvrir sa portière, il la retint.

— Mais enfin, Kitt, qu'est-ce qui se passe ?

— Nous enquêtons sur un meurtre. Tu es au courant, non ?

Au lieu de la lâcher, il resserra l'emprise de la main sur son bras.

— Est-ce que tu m'aimes ?

Elle soutint son regard, la gorge nouée par l'émotion. L'aimerait-elle encore, s'il était déclaré coupable de meurtre ? uu de complicité de meurtre d'enfant ? Comment le pourrait-elle ? Mais pour le moment, en dépit de tous ses soupçons, ses sentiments pour lui étaient intacts.

— Oui, murmura-t-elle ; je t'aime.

Joe la lâcha et ils quittèrent sa voiture. En attendant l'ascenseur, ils furent rejoints par Sorenstein et Snowe qui revenaient certainement de déjeuner, à en juger par l'odeur de poulet frit dont ils étaient imprégnés. Kitt s'aperçut qu'elle avait encore sauté le repas de midi.

— Salut, Lundgren, dit Snowe.

Il se tourna vers Joe.

— Scott Snowe ; je pense que nous nous sommes déjà rencontrés.

— Probablement, dit Joe. Je suis Joe Lundgren, l'ex-mari de Kitt.

Ils échangèrent une poignée de main, et Sorenstein se présenta également. Si les inspecteurs furent surpris de la voir en compagnie de son ex, ils s'abstinrent néanmoins de tout commentaire.

— Au fait, je n'ai toujours rien, dit Sorenstein avant que Kitt ait pu lui demander où en étaient les recherches balistiques. Je vais m'y remettre cet après-midi.

— Prévenez-moi au cas où…

— Vous serez la première avertie — promis juré.

L'ascenseur arriva et Joe entra dans la cabine.

— Quel est le programme, à présent ? demanda-t-il.

— Je vais t'installer dans une salle d'interrogatoire avant d'aller voir Sal.

— Seras-tu là quand il m'interrogera ?

Elle secoua la tête.

— Je suis déjà trop impliquée.

— Je reste tout seul, alors ?

— Je crains que oui.

Elle conduisit Joe jusqu'au couloir qui distribuait les six salles d'interrogatoire. La numéro un était inoccupée ; elle l'ouvrit et alluma l'éclairage.

— Je n'en ai pas pour longtemps.

Pendant qu'il s'asseyait, elle gagna la porte, puis s'arrêta et se retourna vers lui.

— Au fait, Joe, est-ce que Brian t'a appelé hier soir ?

— Brian Spillare ?

Elle hocha la tête.

— Non. Pourquoi ?

Un bref instant, elle faillit hurler « menteur ! ». Mais elle n'en fit rien et se força à lui adresser un sourire rassurant.

— Oh, parce qu'il me cherchait, je crois. Bon, eh bien, à tout à l'heure, Joe. J'y vais.

64.

Mardi 21 mars 2006
15 heures

Kitt referma la porte derrière elle, la gorge nouée. Joe mentait. Brian l'avait appelé — la durée de l'appel était même notée sur le relevé. Brian avait-il découvert quelque chose de compromettant au sujet de Joe ?

Elle se mit en quête de Sal ; Nan lui apprit qu'il était dans son bureau avec le sergent Haas. Inspirant à fond, elle frappa discrètement à la porte entrouverte puis entra, comme il l'invitait à le faire.

— Kitt, dit-il d'un ton légèrement ennuyé, que puis-je faire pour vous ?

— J'ai une idée à vous soumettre. C'est important.

— Soumettez donc, dit-il en pointant le menton vers un siège vacant, devant son bureau.

Elle avança jusqu'à la chaise et posa les mains sur le dossier, sans s'asseoir.

— Il se pourrait qu'il y ait du nouveau dans l'affaire du copieur.

Sal changea imperceptiblement d'expression et elle poursuivit :

— J'ai encore beaucoup de mal à l'admettre mais c'est tout de même un scénario qui se tient. Je suis obligée de vous le présenter.

Les deux hommes avaient les yeux rivés sur elle.

— Valerie Martin est venue me voir en fin de matinée. Elle prétend qu'elle a menti en affirmant qu'elle était avec Joe la nuit du meurtre de Julie Entzel. Or, il n'avait pas d'autre alibi.

Sal fronça les sourcils.

— M.C. était avec vous ?

— Non ; elle est partie interroger les proches des trois vieilles dames dont les meurtres pourraient être imputés au tueur d'anges.

Le pourpre qui monta aux joues de Sal n'était pas de très bon augure, mais il tint sa langue. Kitt n'en devinait pas moins ce qui l'attendait quand elle aurait terminé sa présentation et qu'il aurait évalué « les entorses au règlement ».

— J'ai enregistré sa déposition sur vidéocassette.

— Ravi de constater que vous avez eu un *minimum* de discernement.

Il allait sans doute se rétracter en entendant la suite.

— Ensuite, je suis allée voir Joe.

Sal parut sur le point d'exploser.

— Toute seule ?

— Oui.

Haas s'interposa.

— Pourriez-vous nous expliquer comment vous êtes passée de la reconstitution des dernières heures du commandant Spillare à…

— Brian a appelé Joe hier soir, juste avant de me téléphoner. Le numéro de Joe figurait sur le relevé.

La nouvelle leur cloua le bec.

— J'ai interrogé Joe, poursuivit-elle, et puis je l'ai amené ici, et il est venu de son plein gré. Il est en salle d'interrogatoire n° 1. Mais voici ce qui me paraît carrément fou.

Elle leur parla des calendriers édités par l'Association des sourds, que M.C. avait découverts, puis de la surdité de Tami Martin, la fille de Valerie.

— Quand Joe m'en a parlé, ça a fait tilt dans ma tête. Valerie travaille dans le service de pédiatrie où Julie Entzel est venue voir sa cousine. Elle avait certainement entendu parler de Buddy Brown, par Joe. Elle avait également accès à des informations personnelles sur mon compte et, notamment, à mon numéro de portable. Enfin, j'ai eu quelques raisons de penser, au cours de cette enquête, que le copieur pouvait très bien être une femme.

Elle marqua une pause.

— Les meurtres du copieur pourraient n'être qu'un écran de fumée destiné à dissimuler le meurtre de sa propre fille.

— Pourquoi ?

— Pour être libre. Elle en a assez que sa vie soit ligotée à une enfant handicapée.

— Et le père de la petite ?

— Il les a quittées peu de temps après avoir appris que Tami était sourde.

— D'accord ; je vous suis. Valerie Martin est le copieur. Comment a-t-elle fait connaissance du tueur d'anges ?

— C'est la question que je me suis posée. Où se sont-ils rencontrés et quel genre de rapport entretiennent-ils ? Sont-ils réellement adversaires, comme le prétend Peanut, ou bien associés — voire amants ? En toute logique, j'ai donc fait un pas de plus.

Sal hocha lentement la tête.

— Un pas qui vous menait…

— A Joe, conclut-elle d'une voix qui tremblait légèrement. Joe n'ignore rien de moi. Il connaît très bien l'épisode où j'ai laissé échapper le tueur d'anges — détail qui m'a amenée à croire Peanut quand il revendique les crimes du tueur d'anges.

Sal et l'inspecteur divisionnaire échangèrent un regard.

— Vous imaginez donc que le tueur d'anges n'a jamais été mêlé à cette affaire ? Qu'il s'agirait d'une machination uniquement conçue par ces deux personnes ?

— Exactement.

— Et la mèche blonde que Peanut vous a laissée ? Et les coupures de presse et le brillant à lèvres découverts chez Brown ?

— Tant que nous n'aurons pas le résultat des tests ADN, toutes les hypothèses sont permises, n'est-ce pas ?

— Mais quel motif aurait-il, Kitt ? demanda Sal. Pourquoi ferait-il une chose pareille ?

— Je ne sais pas.

Elle s'éclaircit la voix.

— Peut-être pour me punir.

— J'ai du mal à croire à ce que vous nous suggérez, dit Sal ; c'est Joe que vous mettez en cause.

— Je sais. En un sens, je n'arrive pas… mais c'est une hypothèse. Je me devais de la soumettre.

— En admettant que Joe et Valerie aient été complices, pourquoi serait-elle revenue sur sa déposition ?

Kitt resserra les doigts sur le dossier de la chaise.

— Elle a découvert que j'ai passé la nuit d'hier avec Joe. Il prétend qu'elle se rétracte parce qu'il a rompu avec elle.

— Ce qui est peut-être vrai.

— Oui ; mon hypothèse n'est fondée que sur des présomptions.

— Vous n'êtes plus sur l'affaire.

— J'aurais préféré ne jamais y être, Sal.

— Bon sang, Kitt !

Il se pencha vers elle.

— Vous m'aviez promis de respecter le règlement. Vous méritez une mise à pied.

— Oui, chef.

Apparemment, il n'était pas encore prêt à passer l'éponge.

— Et qu'est-ce qui vous a pris d'accepter la déposition de Valerie Martin, hein ? Le fiasco de votre dernière enquête ne vous a donc pas servi de leçon ? Dès l'instant où elle a franchi cette porte, vous auriez dû l'envoyer à M.C. ou à n'importe qui d'autre.

— Oui, chef.

— Et après ça, vous filez tout droit chez le suspect pour l'avertir ; à qui estimez-vous devoir rendre des…

Nan fit sonner l'Interphone et il décrocha d'un geste brusque.

— Quoi ? aboya-t-il dans l'appareil. Répétez-moi ça ?

L'air furibond, il posa une main sur le haut-parleur et regarda Kitt.

— Avez-vous autorisé un certain Danny à monter ?

— Danny ? répéta-t-elle, déconcertée. A monter où ça ?

— Ici, au bureau. Il vient de se pointer au secrétariat et il demande à vous voir.

Il ne manquait vraiment plus que lui.

— Je n'étais pas au courant, dit-elle en se levant. Je vais me débarrasser…

— Ne bougez pas d'ici, inspecteur ! Vous n'êtes pas encore tirée d'affaire.

Il dit à la secrétaire de faire attendre le visiteur et reprit où il en était resté :

— A qui estimez-vous devoir rendre des comptes, dans votre travail ? A vos supérieurs ? ou à Joe ?

— Je suis ici, dans votre bureau, n'est-ce pas ?

Et j'ai l'impression qu'on est en train de m'arracher le cœur.

— Encore une question, Kitt : quelle est *votre* intime conviction ?

Elle le dévisagea un instant tout en réfléchissant. Son intime conviction ? Ce qu'elle gardait de solide, de tangible, après avoir éliminé tous les parasites de son esprit ?

En l'occurrence, elle ne pouvait pas les éliminer. En elle, le cœur l'emportait — de loin — sur la raison.

Elle secoua la tête.

— Je ne peux pas répondre objectivement, Sal.

Il plissa légèrement les yeux puis regarda le sergent Haas.

— Envoyez White et Allen chercher Valerie Martin.

L'autre homme sortit sans rien dire et Sal se leva à son tour.

— Il est temps d'aller rendre visite à Joe.

65.

Mardi 21 mars 2006
15 h 35

Kitt trouva Danny en train de faire les cent pas dans le couloir du commissariat. En la voyant, il s'immobilisa et un soulagement presque comique se peignit sur ses traits.

Elle l'entraîna à l'écart.

— Qu'est-ce que tu fabriques ici, Danny ?

— Il fallait que je te parle…

Il baissa légèrement la voix.

— … avant qu'il ne soit trop tard.

— Trop tard pour quoi ?

Il secoua la tête.

— Accorde-moi une seconde chance ; j'ai été maladroit, l'autre soir. Je me suis jeté sur toi comme…

— Ecoute, j'ai vraiment autre chose à faire pour le moment.

Un de ses collègues jeta un coup d'œil curieux vers eux en passant.

— Je te l'ai déjà dit, tout à l'heure.

— Y a-t-il un endroit où nous pourrions parler tranquillement ?

Kitt songea à Sal et au sergent Haas, qui s'apprêtaient à écouter l'enregistrement de la déposition de Valerie avant d'interroger Joe.

— Non, Danny, dit-elle en secouant la tête. C'est impossible.

Il se raidit.

— Je croyais que nous étions amis.

— Nous sommes amis ; mais j'ai beaucoup de travail et tu n'as rien à faire ici.

— Tu as besoin de moi.

Il lui saisit les mains.

— Tu as besoin de nous. Je me fais du souci pour…

— Danny, lâche-moi s'il te plaît.

Elle se dégagea d'un geste brusque.

— Je vais bien. C'est toi qui te conduis comme si tu avais besoin d'aide.

Jusque-là, Danny lui était apparu comme un garçon qui avait su tirer la leçon de ses erreurs, et avait mûri très vite, trop vite, même. Quelqu'un de calme, d'équilibré. A présent, il lui donnait l'impression d'avoir une double personnalité : celle de l'ami attentionné et celle de l'amant jaloux.

Il s'empourpra.

— Très bien ; laisse tomber. J'essayais de te mettre en garde, c'est tout.

Elle le regarda s'éloigner puis appela l'accueil, au rez-de-chaussée, pour les prévenir qu'il descendait et demander qu'on l'escorte jusqu'à la sortie.

Puis elle se dirigea vers les salles d'interrogatoire tout en écoutant ses messages téléphoniques.

Il y en avait un de M.C.

— *Kitt, je crois bien que nous le tenons. Un clown est venu faire son numéro dans la maison de retraite de Rose McGuire. Je vais interroger les deux autres familles pour voir si quelqu'un d'autre se souvient d'un clown. Je te tiens au courant.*

Un clown ? Si le complice de Valerie était le clown, Joe était donc *innocent.* Elle rappela M.C. et tomba sur sa boîte vocale.

— J'ai reçu ton message, lui dit-elle. Y a-t-il du nouveau au sujet du clown ? Je suis au bureau. Il se passe des trucs importants. Rappelle-moi.

Comme elle rangeait l'appareil dans son ceinturon, Sal sortit de la salle de visionnage, lui fit un petit signe de tête et passa dans la salle d'interrogatoire. Ils allaient commencer.

Kitt rejoignit le sergent Haas. Il ne tourna pas la tête et garda les yeux fixés sur l'écran vidéo. Elle fit de même.

Sal entra dans la pièce attenante.

— Salut, Joe, dit-il. Content de vous voir.

— J'aimerais vous dire la même chose mais étant donné les circonstances…

— Je comprends.

Sal tira la chaise qui se trouvait en face de Joe, de l'autre côté de la table, et s'assit.

— Comment ça va ?

— Pour être franc, Sal, ces dernières années n'ont pas été faciles.

— Je m'en doute, et je compatis.

Il marqua une pause.

— J'ai quelques questions à vous poser.

— C'est ce que m'a dit Kitt.

— Vous savez déjà que votre fiancée est passée ici ce matin.

— Mon ex-fiancée. Oui.

Sal inclina la tête en signe d'assentiment.

— Elle prétend qu'elle mentait en affirmant que vous aviez passé la nuit du 6 mars ensemble.

— En réalité, dit Joe d'une voix posée, c'est aujourd'hui qu'elle ment. Nous sommes restés ensemble, cette nuit-là.

— Pouvez-vous le prouver ?

Il réfléchit un instant.

— Non. Mais elle reviendra sur sa déclaration. Elle m'en veut beaucoup ; et elle souffre.

— Parce que vous avez rompu avec elle ?

— Oui.

— Pourquoi avez-vous rompu ?

— Parce que je suis toujours amoureux de Kitt.

Il le lui avait déjà dit, mais le fait de l'entendre avouer cela, dans ces conditions, lui coupa le souffle.

— Parlez-moi de Valerie, de sa personnalité.

— C'est quelqu'un de patient, une bonne mère. Elle a vraiment les pieds sur terre.

— Telle que vous la décrivez, ce n'est pas le genre de femme à se montrer vindicative ou à mentir à la police.

— Non, c'est vrai.

Joe baissa les yeux sur ses mains puis regarda Sal.

— Pour qu'elle fasse ça... il faut que je lui aie fait vraiment mal ; je ne vois pas d'autre explication.

— Kitt m'a dit que sa fille est sourde.

— C'est exact.

— Ce doit être difficile de communiquer avec elle, non ?

— Pas vraiment. Elle lit sur les lèvres et connaît le langage des signes. Un simple observateur ne remarquerait même pas qu'elle est sourde.

— Que pensez-vous d'elle ?

— C'est une petite fille adorable ; un peu timide, toutefois. A cause de son handicap, je suppose.

— Rend-elle la vie difficile à sa mère ?

— Pas plus qu'une autre, non. Simplement, avant d'avoir appris le langage des signes, elle avait un comportement bizarre. Piquait des crises de rage. Cassait des objets et frappait Valerie.

— Curieux, non ?

— Les médecins expliquent ce comportement par un sentiment de frustration lié à l'incapacité de communiquer. A l'époque, je ne les connaissais pas encore.

Sal garda un moment le silence, comme pour assimiler ce qu'il venait d'entendre, évaluer les réponses de Joe. Ils utilisaient généralement cette technique pour saper l'assurance du suspect, le déstabiliser.

— Voilà où réside le problème, Joe, reprit-il enfin : nous avons établi un lien entre vous et l'une des victimes. Vous aviez également un lien avec Buddy Brown. A présent, vous n'avez plus d'alibi pour la nuit du meurtre de Julie Entzel — et vous n'en aviez déjà aucun pour les deux autres.

Joe fronça les sourcils.

— D'ici quelques jours, Valerie sera revenue sur cette déposition, vous verrez. Elle n'est pas rancunière à ce point.

— Et si elle en restait là ?

Pour la première fois, Joe parut mal à l'aise.

Sal se pencha légèrement vers lui par-dessus la table.

— Ecoutez, Joe, dites-moi franchement : est-ce que c'était son plan ?

— Son plan ? Le plan de qui ?

— Le plan de Valerie, qui consistait à tuer des petites filles pour détourner les soupçons quand elle supprimerait la sienne ?

Joe dévisagea Sal, une incrédulité horrifiée se peignant sur ses traits. Kitt jugea qu'il était impossible de jouer aussi bien la comédie.

Ou bien se trompait-elle ?

— C'est aberrant ! Valerie n'est pas une meurtrière. C'est une mère exemplaire. Elle adore sa fille. Ce que vous suggérez est absolument scandaleux ; une épouvantable calomnie !

— Elle s'est peut-être servie de vous, Joe. Y avez-vous songé ? Depuis le début, elle avait peut-être l'intention de vous faire porter le chapeau.

Joe regarda la caméra vidéo d'un air angoissé. Kitt déchiffra ses pensées : *Comment as-tu pu me faire ça, Kitt ?*

Tandis qu'elle l'observait, sa vie — leur vie commune — défila devant ses yeux. Elle vit le couple heureux qu'ils avaient formé, qu'ils auraient encore pu former.

Qu'avait-elle fait ?

— Eh bien, Joe, qu'est-ce que vous pensez de ça ? Vous avez envie de porter le chapeau ?

Joe le regarda bien en face.

— J'exige la présence de mon avocat.

— C'est votre droit.

Sal repoussa sa chaise et se leva.

— Au fait, Joe, vous êtes au courant, pour Brian Spillare ?

Joe hocha sèchement la tête. Sal poursuivit :

— Je me demandais... pourquoi vous a-t-il téléphoné, hier soir ?

— Il ne m'a pas appelé.

Sal ouvrit le dossier qu'il avait posé sur la table en entrant et lui indiqua le relevé de téléphone.

— Ce document prouve le contraire.

Joe parcourut la liste. Kitt sut à quel moment précis il vit son propre numéro, car il devint blême.

— Je veux mon avocat, répéta-t-il. Vous n'obtiendrez plus rien de moi tant qu'il ne sera pas là.

Sal lui tendit son propre portable.

— Il vous faut un annuaire ?

— Non, je connais le numéro.

Kitt le regarda faire ; il appelait Kurt Petroski, son avocat d'affaires, qui était venu l'épauler pendant la perquisition. Elle espéra que Kurt aurait la sagesse de lui recommander un avocat pénaliste spécialisé dans les affaires criminelles ; et un bon, de surcroît.

Elle garda les yeux fixés sur l'écran après que Joe eut terminé sa conversation et que Sal l'eut laissé attendre son avocat. Quelque chose la titillait, depuis un moment — mais quoi ?

Elle songea à ce qu'elle venait d'entendre — aux questions de Sal, aux réponses de Joe.

Avant qu'elle puisse communiquer par signes…

Elle connaît très bien le langage des signes…

Que lui avait dit Peanut, lors de leur dernière conversation ?

Les victimes te parlent.

— Mon Dieu, murmura-t-elle.

Le sergent Haas se tourna vers elle.

— Qu'est-ce qu'il y a ?

Kitt se leva.

— C'est ça, dit-elle ; les mains des victimes. Leur position correspond au langage des signes.

66.

Mardi 21 mars 2006
17 h 05

Un seul agent parlait couramment le langage des signes, au commissariat central — Jimmy Ye, du service d'application des travaux d'intérêt général.

Il accepta immédiatement de monter au bureau des affaires criminelles pour voir s'il pouvait interpréter les photos prises sur les lieux des crimes du copieur. Le photographe avait pris des clichés des victimes sous tous les angles ; Kitt étala les photos devant l'agent, en présence du sergent Haas.

— Qu'en pensez-vous, Jimmy ? Est-ce du langage par signes ?

Il examina les clichés.

— C'est possible.

— En admettant que ce soit le cas, que signifient ces signes ?

— Là, ça devient un peu plus délicat.

Il choisit l'une des photos en gros plan.

— L'ASL[10] est un langage visuel spatial. Son système grammatical comprend des mouvements du visage et l'utilisation de l'espace qui entoure le signeur.

— Ce qui signifie ?

— Que des positions immobiles sont insuffisantes pour permettre une compréhension totale. Il va être difficile d'établir ce que le tueur a voulu dire — je peux seulement essayer de le deviner.

10. ASL : *American Sign Language*, langage des signes américain. C'est le langage des signes dominant aux Etats-Unis. On estime à deux millions le nombre de ses locuteurs.

— Votre responsabilité ne sera pas en cause, dans ce cas. Faites de votre mieux.

Jimmy désigna une photo de Julie Entzel.

— Cette fillette a la main droite pointée vers son propre torse et la gauche, tournée vers l'extérieur. Elle pourrait tout simplement vouloir dire « Je » ou « Moi » avec celle de droite…

Kitt l'interrompit.

— *Ce n'est pas* Julie qui veut exprimer quelque chose, Jimmy. C'est le tueur qui nous parle. Et qui s'est servi de la petite fille comme d'un moyen de nous parler.

La rectification parut le déconcerter. Elle aurait pu laisser passer l'imprécision, songea-t-elle. Mais elle avait voulu ne pas perdre de vue l'objectif, et honorer la mémoire de la petite fille.

— C'est juste ; désolé, inspecteur. L'autre main, donc, est ouverte vers l'extérieur ; c'est un exemple d'utilisation de l'espace pour évoquer une personne ou un objet qui ne sont pas présents physiquement.

Kitt ne se sentit pas bluffée par la découverte.

— Cela donne donc : « Moi — vous. Moi et vous. »

— Pas forcément. Si l'autre est absent, ce serait plutôt : « lui », « elle » ou « ça ». On ne peut pas appliquer les règles de la structure grammaticale anglaise à l'ASL ; ce sont deux langues différentes. L'ASL dispose d'une syntaxe thématique particulière.

— Vous pourriez nous traduire ça en langage de tous les jours ? demanda le sergent Haas, manifestement agacé.

— La communication verbale exprime des idées et des émotions par des morceaux de phrases ; par des mots simples qui véhiculent une émotion ; la structure grammaticale habituelle — sujet, verbe et complément d'objet — est très souvent malmenée dans le langage parlé. Nous réagissons à un sujet.

Il posa la photo sur la table.

— En l'occurrence, il a pu effectivement dire « moi et vous » ou « elle et moi » ou encore « je suis lui ». Nous ne pouvons…

— Je suis lui, répéta pensivement Kitt ; il cherche à nous dire qui il est. Le tueur d'anges — le vrai.

Le sergent Haas hocha la tête.

— C'est bien possible. Passons à Marianne Vest, à présent.

Jimmy Ye hésita.

— Je ne sais pas si...

— Donnez-nous seulement l'hypothèse qui vous semble la plus vraisemblable.

Il passa un long moment à étudier les photos.

— Bon, personnellement, j'ai l'impression qu'ici ce sont des lettres qu'il utilise, cette fois-ci. Un *W* et un *E*. La main droite a les trois doigts du milieu écartés et levés, le pouce et l'auriculaire repliés contre la paume — un *W* en langage des signes. La gauche est repliée sous forme d'un poing assez lâche, la paume tournée vers l'extérieur — le *E*.

— La main droite ne pourrait pas indiquer le chiffre 3 ? demanda Kitt.

— Une façon de nous annoncer un troisième meurtre ? suggéra Haas.

— Dans le langage des signes, le chiffre 3 est représenté par le pouce, l'index et le majeur levés, la paume tournée en dehors.

Il illustra lui-même la différence et Kitt hocha lentement la tête.

— « Je suis lui, » murmura-t-elle ; maintenant « Nous ». Et pour la petite Webber ?

Jimmy sélectionna quelques photos et les compara attentivement. Les deux mains de Kathy Webber formaient le même geste — poing serré sauf l'index, qui était déplié et pointé. Mais leurs positions respectives n'étaient pas les mêmes. Le dos de la main gauche était tourné vers le dehors tandis que la droite était placée au centre du corps, l'index près de la bouche, la paume tournée vers la gauche.

— La main gauche indique le chiffre 1, n'est-ce pas ? dit le sergent Haas.

— Oui ; pour la droite, c'est un peu plus difficile. A première vue, elle forme la lettre *D* mais, à mon avis, ce serait plutôt le verbe *Be*[11].

— Pourquoi ?

11. *Be :* verbe « être ».

— Regardez.

Jimmy illustra pour eux son propos — la main placée comme pour former un *D*, qu'il éloigna ensuite de sa bouche.

— En déchiffrant cela de droite à gauche, qu'est-ce que ça donne ? demanda Kitt en regardant Jonathan Haas. « Etre un » ? C'est-à-dire ne faire qu'un ? Avec la victime ?

Sal arriva à son tour et se joignit à eux.

— L'avocat de Joe est là ; je les ai laissés ensemble. Alors, où en sommes-nous ?

Kitt lui résuma ce qu'ils avaient découvert. Quand elle eut terminé, Jimmy Ye s'empressa de préciser :

— Comme je viens de l'expliquer, ces interprétations ne sont que des conjectures.

— J'en prends note, dit Sal.

Il promena son regard sur les photos.

— « Je suis lui ». Ou « Moi et vous ».

— On peut aussi déchiffrer ensemble les signes des deux autres victimes — ce qui donne « Nous sommes un », dit Jimmy Ye.

Le portable de Haas sonna. Il s'éloigna en s'excusant.

Kitt le suivit des yeux puis se tourna de nouveau vers Jimmy.

— Pour moi, c'est ça. Jimmy ?

Il hocha la tête.

— C'est vraisemblable. Mais je ne peux...

Elle l'interrompit avant qu'il ne cherche une nouvelle fois à décliner toute responsabilité.

— Une dernière question, dit-elle. Peut-on logiquement supposer que si le tueur utilise ce langage, c'est qu'il est lui-même sourd — lui ou un membre de sa famille ?

— Pas forcément. Certes, l'ASL est le langage utilisé dès le plus jeune âge par les sourds ou par les enfants nés dans des familles de malentendants. Mais n'importe qui peut s'inscrire à des cours pour l'apprendre.

Kitt ne cacha pas sa déception ; une réponse franchement positive lui aurait permis de resserrer considérablement l'éventail des suspects, au nombre desquels figurait Valerie Martin.

— Comment l'avez-vous appris vous-même ? demanda-t-elle.

— Ma femme est sourde ; c'est elle qui me l'a enseigné.

Il marqua une pause.

— Il existe une autre possibilité : votre homme ne connaît pas l'ASL et il cherche simplement ses mots dans un dictionnaire. Ça se trouve facilement sur Internet, maintenant. J'ai même vu une méthode enseignée par vidéo sur le Net. Si vous voulez, je vous enverrai l'adresse du site par mail.

— Ce serait utile ; merci.

Le sergent Haas revint au moment où Jimmy quittait le bureau. A en juger par son expression, il n'avait pas reçu une bonne nouvelle.

— Valerie Martin n'est pas retournée sur son lieu de travail après sa pause déjeuner, annonça-t-il. A son domicile, les policiers ont trouvé la porte et les volets clos, le garage vide. Une voisine leur a indiqué où se trouvait l'école de la petite. Sur place, ils ont appris que sa mère était venue la chercher en fin de matinée.

Sal se rembrunit.

— Faites immédiatement diffuser un avis de recherche pour la mère et la fille.

— Et Joe ? demanda Kitt.

— Maintien de sa garde à vue jusqu'à ce que l'avocat commence à râler. Ensuite, il faudra décider : le coffrer ou le relâcher.

— Il se peut qu'il ait une idée sur la destination de Valerie. Je me fais du souci pour Tami. Si Valerie est coupable et ne se doute pas que nous la soupçonnons, la petite pourrait être en danger.

— Vous voulez lui parler ? proposa Sal.

— Je vais essayer. Mais je ne crois pas qu'il sera très content.

Son téléphone sonna et elle répondit.

— Lundgren à l'appareil.

— Salut, c'est Sorenstein. Bonne nouvelle. On a dégotté quelque chose.

67.

Mardi 21 mars 2006
17 h 40

L'arme dont provenaient les balles utilisées pour assassiner Brian avait également servi à tuer une femme de Dekalb, une commune rurale située au sud-ouest de Rockford, à environ une heure de route. Dekalb se prévalait de deux titres de gloire : c'était la ville de naissance du top model Cindy Crawford, et l'université de l'Illinois y avait installé son campus. Ses habitants revendiquaient un troisième motif de célébrité en considérant Dekalb comme la capitale du maïs doux. Chaque année en effet, au mois d'août, deux cent mille visiteurs s'y rassemblaient pour la Fête du maïs, au cours de laquelle soixante-dix tonnes de maïs étaient consommées.

Kitt observa l'écran du NIBIN par-dessus l'épaule de Sorenstein.

— Regardez, lui dit-il; ces empreintes correspondent exactement aux nôtres. A la perfection, même.

Les traces relevées sur la balle retirée du cœur de Brian étaient en effet identiques à celles d'une balle provenant d'un meurtre commis en 1989.

— En vous attendant, reprit-il, j'ai pris la liberté de me connecter au LEDS[12].

— Si vous me résumiez un peu l'histoire? dit-elle.

— Un certain Frank Ballard a tué sa femme en 1989, d'un coup de feu entre les deux yeux. Il a été arrêté, jugé et condamné mais

12. LEDS : *Law Enforcement Data System* — un programme dépendant de la police d'Etat de l'Oregon, et qui permet le partage d'informations sur les affaires criminelles, dans l'Etat et entre Etats.

l'arme du crime n'a jamais été retrouvée. A en croire les rapports d'enquête, l'assassin aurait utilisé son revolver de service — un Smith & Wesson calibre.45.

— Il était de la police ?

— Oui, il travaillait pour le shérif du comté de Dekalb.

Kitt réfléchit rapidement. Un membre des forces de l'ordre. Comment cette arme qui avait servi à commettre un crime dix-sept ans auparavant, était-elle brusquement apparue ici, maintenant ? Et quel rapport pouvait-il y avoir entre cette affaire et celles du tueur d'anges et de son copieur — si rapport il y avait ?

— Autre chose ? demanda-t-elle.

— Non. Voici le document que j'ai imprimé. J'ai pensé que vous prendriez la relève.

Il leva les yeux sur elle avec un petit sourire.

— A mon avis, je mérite une bonne bière.

— Vous la méritez, Sorenstein. Merci encore.

Son sourire s'évanouit.

— Brian était un ami. Un véritable ami. Je veux épingler l'enfant de salaud qui a fait ça, gronda-t-il d'une voix sourde.

Kitt regagna le deuxième étage et alla aussitôt trouver Sal.

— Je vais aller voir Joe pour lui demander s'il a une idée de l'endroit où Valerie aurait pu aller, dit-elle après lui avoir fait un compte rendu de ce qu'elle venait d'apprendre. Ensuite, je compte appeler la gendarmerie de Dekalb ; j'obtiendrai peut-être plus d'informations.

— Tenez-moi au courant.

Sur le point de regagner son bureau, il se retourna vers elle.

— Riggio n'a pas rappelé ?

— Je lui ai laissé un message il y a environ une heure. Je la rappellerai tout à l'heure pour voir où elle en est.

Quelques instants plus tard, elle composait le numéro du portable de sa coéquipière, tout en croisant les doigts pour que la piste du clown se soit révélée fructueuse. M.C. répondit à la seconde sonnerie.

— Salut, étrangère, lui dit Kitt. Ça fait un bail.

— Je viens juste d'écouter ton message. Qu'est-ce qui se passe de si important ?

Kitt lui donna rapidement les dernières informations concernant Valerie et Joe, ainsi que les résultats des comparaisons balistiques. Comme M.C. ne disait rien, elle l'interrogea à son tour.

— Et du côté du clown, qu'est-ce que tu as ?

— J'ai fait chou blanc. Désolée.

Malgré elle, Kitt éprouva une amère déception. Elle aurait tellement aimé tenir une autre piste et pouvoir rassurer Joe, en attendant de le disculper totalement.

Mais n'essayait-elle pas plutôt de se rassurer elle-même ?

— Tu as pu joindre les membres des familles susceptibles de se rappeler…

— Oui ; sans aucun résultat. Pas de clown ; et pas de tour de prestidigitation non plus.

— Je ne savais pas que tu continuais d'explorer cette voie-là ; si tu m'en avais parlé plus tôt, j'aurais pu t'épargner une perte de temps et d'énergie : Joe ne pratiquait pas encore de tours de magie, à l'époque.

— Tu ne vas pas encore péter les plombs, non ?

— Pardon ?

— J'essaie juste de ne pas en faire une jaunisse, de prendre ça à la rigolade, tu vois ?

— Ta journée a été rude, hein ?

— Tu n'imagines pas à quel point.

— Je vais poursuivre l'enquête sur les comparaisons balistiques, essayer de déterminer comment cette arme est venue de Dekalb jusqu'ici, dix-sept ans après le meurtre de cette femme. Tu me rejoins ?

— Je voudrais d'abord passer chez la mamma, pour lui présenter mes excuses de vive voix.

— Tes excuses ?

— Le mardi, c'est le jour de « la pasta » en famille.

— Ah, c'est vrai.

Kitt consulta sa montre.

— Ecoute, je suis au bureau. Va donc dîner avec ta tribu. Si j'ai besoin de toi, je t'appellerai.

— Et si j'ai besoin de toi ?

— Je laisserai mon portable branché toute la nuit, au cas où il faudrait te sauver des griffes de maman Riggio, affirma Kitt en riant.

— J'ai un autre appel. Il faut que je te quitte.

M.C. raccrocha sans lui laisser le temps de dire au revoir. Kitt regarda un instant l'appareil, perplexe. M.C. lui avait paru distante. Sur les nerfs. Elle avait parlé d'un ton cassant, comme si elle faisait un effort pour être aimable.

Qu'est-ce qui avait bien pu la mettre de mauvaise humeur ?

Kitt accrocha son portable à son ceinturon, et se remit à penser à Joe. Elle aurait préféré ne jouer aucun rôle dans ce qui s'était passé aujourd'hui. Mais elle avait joué un rôle, et ce rôle, c'était son boulot. Si Joe était innocent, il n'aurait aucun mal à le prouver. Encore fallait-il espérer que tout ne serait pas définitivement gâché, entre eux, et qu'ils pourraient repartir de zéro.

En entrant dans la salle d'interrogatoire, elle le trouva seul et vit aussitôt à quel point il était ulcéré.

— Tu reviens à l'attaque ? Tu n'as pas encore eu ton compte ? demanda-t-il.

— Je suis désolée que tu prennes les choses ainsi, Joe.

— Comment pourrais-je les prendre autrement ? C'était un véritable guet-apens, Kitt.

— Je n'avais pas l'intention de te tendre un piège.

— Oh, je t'en prie. Ne me prends pas pour un imbécile. « Fais-moi confiance, c'est tout », dit-il, singeant ses propos d'un ton plein d'amertume. Et j'ai marché, naïf que je suis.

— Quand je t'ai dit ça, je le pensais ; le contexte a changé et j'ai été obli…

— Tu as été obligée de faire ton boulot.

Il détourna les yeux une fraction de seconde puis les reporta sur elle.

— Si j'avais mis un dollar de côté chaque fois que tu as utilisé ces mots-là pour justifier ta conduite, je serais un homme riche.

Il secoua la tête d'un air écœuré.

— Ce qui me fait le plus mal, reprit-il ensuite, c'est qu'après avoir passé la majeure partie de ta vie avec moi, après avoir enterré une fille que nous aimions, tu ne sais absolument pas qui je suis vraiment.

Son reproche la piqua au vif. Certes, elle le connaissait mieux que quiconque, elle l'aimait de tout son cœur et pourtant elle l'avait soupçonné d'être impliqué dans cette horrible affaire. Et elle continuerait à le considérer comme un suspect tant qu'il ne serait pas formellement disculpé. Telle était la nature de son travail ; et la déformation professionnelle qui en résultait.

Qu'aurait-elle pu lui répondre ?

Elle ne pouvait que plaider coupable.

— Je t'aime, Joe. Je t'aime depuis toujours.

Il émit une sorte de plainte étouffée.

— Tu as toujours fait passer ton métier avant moi. Et ça n'est pas près de changer, n'est-ce pas ? Quand cette affaire sera résolue, quand vous aurez la preuve que je n'avais rien à voir dans tout ça, tout recommencera — il y aura une autre enquête, d'autres victimes.

— Ce n'est pas vrai ! Quand ce sera fini, nous pourrons…

— Il n'y a plus de « nous ». Je t'aime, Kitt ; mais je veux plus que tu n'es capable de me donner. J'ai toujours voulu plus.

Kitt tendit une main vers lui.

— S'il te plaît, ne parlons pas de ça ; pas maintenant. Je t'en prie.

Sa voix se brisa.

Brisée. C'était le mot le plus juste pour décrire ce qu'elle était, ce qu'elle ressentait.

Elle s'éclaircit la gorge. Se recentra sur l'enquête.

— Valerie s'est enfuie. Elle n'est pas retournée au travail après être venue faire sa déposition. Elle est allée chercher Tami à l'école. Je me fais du souci pour la petite.

— Evidemment, dit Joe avec amertume.

— J'ai pensé que tu aurais peut-être une idée de l'endroit où nous pourrions les trouver.

Il grogna encore sourdement, de colère et de désarroi.

— Elle est peut-être allée se réfugier chez sa mère, à Rockton. Elle a aussi une sœur à Barrington.

— Connais-tu leurs noms ?

— Sa mère s'appelle Rita Martin et sa sœur, Lori Smith.

L'inspecteur White passa la tête à la porte.

— L'avocat est de retour, Kitt.

Elle leva une main pour lui demander de le faire patienter un instant.

— Joe, je veux que tu saches…

Il lui coupa la parole.

— Ça va, laisse tomber. Fais ton boulot. Attrape ton tueur en série, car ce n'est pas moi.

Elle passa devant l'avocat sans le regarder, le cœur serré dans un étau, la respiration oppressée. Elle se demanda s'il pouvait encore arriver pire. Et espéra de toutes ses forces que non.

68.

Mardi 21 mars 2006
19 h 10

Kitt soupira. Son appel au commissariat de Dekalb ne lui avait rien appris de plus. L'équipe de nuit était en patrouille. Quant à l'agent qui avait pris son appel, sa voix était tellement jeune qu'elle ne lui aurait pas donné plus de douze ans.

Erreur : c'était elle qui vieillissait.

Le jeune agent lui avait promis de se renseigner autour de lui pour savoir si quelqu'un travaillait déjà là en 1989. En outre, si la soirée n'était pas trop agitée, il irait chercher lui-même les dossiers et les lui faxerait. Et il laisserait un message au shérif et à son adjoint pour leur demander de la rappeler dès le lendemain matin.

Elle raccrocha en rongeant son frein. Au lieu d'attendre que quelqu'un se décide à la rappeler, elle avait le temps de se rendre sur place et de parcourir elle-même le dossier en question.

Avant de partir, elle passa un coup de fil à M.C. et tomba directement sur sa boîte vocale. Son portable était déconnecté.

— Bon, je voulais juste te dire que je vais faire un saut jusqu'à Dekalb pour jeter un coup d'œil sur le dossier d'instruction de l'affaire Ballard. Si tu as besoin de moi, appelle-moi sur mon portable.

Elle quitta le bureau, se dirigea vers l'ascenseur. Et s'arrêta brusquement à mi-chemin.

— *Tu ne vas pas encore péter les plombs, non ?*

— *J'essaie juste de ne pas en faire une jaunisse, de prendre ça à la rigolade, tu vois ?*

Bon sang. Elle *voyait*, en effet. Elle se souvenait du jour où elles avaient plaisanté, et où M.C. avait suggéré : *Si nous avons besoin d'aide, toi ou moi, nous utiliserons les noms de code « péter les plombs » et « en faire une jaunisse ».*

Voilà pourquoi M.C., qui ne perdait jamais le contact, n'était pas joignable. Voilà pourquoi elle lui avait répondu sur ce ton bizarre.

M.C. avait des ennuis.

Comment ne l'avait-elle pas aussitôt compris ?

Le clown, songea-t-elle soudain. M.C. avait repris l'enquête sur les meurtres des vieilles dames, et un indice l'avait conduite sur la piste d'un clown.

S'était-elle mise en danger ? Avait-elle découvert un nom, suivi une piste et puis… quoi ?

Pressentant qu'il n'y avait pas une minute à perdre, Kitt rebroussa chemin, regagna son bureau au pas de course. Elle sortit son carnet d'adresses, trouva les coordonnées de Mme Riggio, et son numéro de téléphone, qu'elle composa immédiatement. Après avoir laissé sonner une dizaine de fois sans obtenir de réponse, elle renonça, reprit son sac et fila comme une flèche jusqu'au parking tout en espérant qu'elle se trompait et qu'elle allait trouver M.C. en pleine réunion familiale, plongée jusqu'au cou dans les spaghettis et les récriminations de sa mère.

Quelques minutes plus tard, elle s'arrêtait devant le bâtiment principal d'une ancienne ferme entourée d'arbres. Deux voitures étaient garées près de l'entrée, mais elle ne vit pas l'Explorer de M.C.

Une jeune femme aux cheveux blonds et aux yeux bleus vint lui ouvrir, et Kitt crut s'être trompée d'adresse. Elle sourit et lui présenta son insigne.

— Inspecteur Lundgren, de la police judiciaire. Mme Riggio habite bien ici ?

— En effet, répondit la jeune femme en lui rendant son sourire. Vous êtes la coéquipière de M.C., n'est-ce pas ?

— Oui, je m'appelle Kitt.

— Et moi, Melody ; je suis la belle-sœur de M.C.

Les deux femmes échangèrent une poignée de main.

— Navrée d'interrompre un repas de famille mais je cherche…

— Mel, qui est là ?

Un grand et bel homme apparut à la porte de la salle à manger. Sa ressemblance avec M.C. était sidérante.

— C'est Kitt Lundgren, répondit Melody ; la coéquipière de M.C.

Il s'avança vers elle et lui tendit la main.

— Neil Riggio, le grand frère de M.C.

— Et accessoirement mon époux, précisa Melody.

Kitt serra la main de Neil.

— Excusez-moi de vous déranger alors que vous êtes à table ; il faut que je parle à M.C. et je n'arrive pas à la joindre. Elle est ici ?

Il secoua la tête, visiblement déconcerté.

— Non, nous ne l'avons pas vue.

Il se tourna vers sa femme.

— Mary Catherine devait passer, ce soir ?

— Pas que je sache.

Kitt les regarda l'un et l'autre, son appréhension augmentant de minute en minute.

— N'est-ce pas le jour de votre « dîner pasta » chez votre mère ?

Neil esquissa un sourire.

— Non, c'est demain ; nous sommes juste passés…

— Melody, Neil ?

Ils se retournèrent à l'unisson. Mme Riggio, en personne, se tenait sur le pas de la porte, droite comme un I du haut de son mètre cinquante-huit. De son chignon gris jusqu'à ses chaussures orthopédiques, mamma Riggio mettait un point d'honneur à être prise au sérieux.

— Maman, dit Neil, voici l'inspecteur Lundgren, la coéquipière de M.C.

La maîtresse de maison posa sur Kitt un œil scrutateur.

— Je souhaitais justement vous parler ! Entrez donc vous mettre à table. Melody, ajoute un couvert, veux-tu ?

La jeune femme s'empressa d'obtempérer. Kitt la retint par le bras.

— Non, Melody, je ne peux vraiment pas…

— J'insiste, dit Mme Riggio d'un ton sans réplique. Je veux

me renseigner sur ce garçon que fréquente ma fille. Elle ne nous dit rien. Je n'en aurais même rien su si Michael n'avait pas…

Lance Castrogiovanni.

L'humoriste.

— Maman, dit Neil d'un ton réprobateur, ce n'est vraiment pas le moment…

Sa mère le fit taire et continua, tandis que les idées se bousculaient dans la tête de Kitt. Elle n'avait aucune raison de penser que Castrogiovanni ait un rapport quelconque avec la disparition de M.C., et pourtant, inexplicablement, elle pressentait que si.

— Je dois y aller, dit-elle, battant aussitôt en retraite. Excusez-moi, madame ; et merci de votre invitation.

Sans lui laisser le temps d'ajouter un mot, elle franchit la porte et regagna sa Taurus au pas de course.

— Inspecteur Lundgren, attendez !

La voix de Neil stoppa son élan. Elle s'arrêta pour se retourner. Arrivé à sa hauteur, il plongea dans ses yeux un regard scrutateur.

— Il lui est arrivé quelque chose, n'est-ce pas ? demanda-t-il d'un air inquiet.

Kitt s'efforça de dissimuler sa propre appréhension.

— Je n'en sais rien, Neil.

— Je vais l'appeler sur son portable.

— Elle ne répond pas.

Les traits du jeune homme se crispèrent.

— Que puis-je faire pour vous aider ?

— Que savez-vous sur Lance Castrogiovanni ?

— Sur qui ?

— Le garçon que fréquente votre sœur.

— Apparemment, vous êtes mieux renseignée que moi. Je sais qu'elle a l'air de l'apprécier énormément.

— Vous a-t-elle dit où ils se sont connus ? Et où il habi…

Elle laissa sa phrase en suspens, voyant, à son expression, qu'il n'en avait pas la moindre idée.

— Si elle vous appelle, prévenez-moi immédiatement.

Comme elle allait s'éloigner, il la retint par le coude.

— Je ne peux pas rester là les bras croisés.

— Vous n'avez pas le choix, je le crains.

Kitt reprit le volant et appela aussitôt le bureau. Aucune nouvelle de Riggio. Elle téléphona ensuite au domicile de Sal ; après l'avoir écoutée, il accepta de faire diffuser un avis de recherche par radio. Il conseilla également à Kitt de demander du renfort auprès d'Allen et White pour reconstituer l'emploi du temps de M.C. depuis le matin.

Les deux inspecteurs répondirent d'assez mauvaise grâce mais changèrent aussitôt d'attitude en apprenant ce qui se passait.

Elle venait de raccrocher quand son portable sonna.

— Lundgren à l'appareil, répondit-elle en priant pour que ce soit Riggio.

— Ici, Roberts, l'adjoint du shérif de Dekalb. Je crois que vous vous intéressez à l'affaire du meurtre de Mimi Ballard.

Ceci venait juste après M.C., sur sa liste de priorités.

— C'est exact. L'un de mes collègues de la brigade criminelle a été assassiné lundi soir d'une balle en plein cœur par un inconnu qui a pris la fuite. Selon les comparaisons balistiques, les projectiles proviendraient de la même arme que celle qui a servi à tuer Mme Ballard.

— Presque vingt ans après ? Eh bien !

— Vous vous souvenez de cette affaire ?

— Et comment ! Je n'avais que quinze ans, à l'époque, mais mon père était agent de police. L'histoire a fait beaucoup de bruit. Dans une petite communauté rurale comme la nôtre, les homicides sont relativement rares — surtout des meurtres tels que celui-là. Le coupable s'appelait Frank Ballard. Il avait tué sa femme d'une balle dans la tête, après l'avoir rouée de coups avec sa ceinture ; la ceinture portait ses empreintes.

— Mais l'arme du crime n'a jamais pu être retrouvée.

— Apparemment, elle est aujourd'hui en possession de quelqu'un. Je me demande bien par quel tour de passe-passe elle a pu réapparaître chez vous, dix-sept ans après le drame ?

— C'est précisément le mystère que j'essaie d'élucider. Que pourriez-vous me dire au sujet du meurtre ? Vous savez, le genre de détails que je ne trouverai pas dans le dossier.

— Ballard était très bien noté. Ce n'était pas le genre de type qui sympathise avec tout le monde — plutôt un flic solide et fiable. Vous voyez ce que je veux dire ?

Kitt l'imaginait assez bien ; un de ces types qui ne passent pas des heures au bar avec les collègues mais font consciencieusement leur boulot.

Elle invita son interlocuteur à poursuivre.

— Tout le monde était sous le choc. Il a toujours clamé son innocence mais il a été condamné. A ma connaissance, il continue de purger sa peine. Sa femme avait hérité d'un grand domaine agricole dont ils avaient pratiquement tout vendu à Green Giant, qui appartient à ConAgra maintenant, je crois, sauf la maison et un ou deux hectares de terrain ; comme tout le monde, ici.

Elle prononça quelques mots d'assentiment et le laissa discourir.

— La maison lui appartenait toujours jusqu'à récemment. Un jeune couple l'a rachetée dernièrement, il me semble.

— Vous ne voyez plus rien de particulier à me signaler, quelque chose d'inhabituel ?

— Sa femme était sourde.

— Redites-moi ça.

— Mimi Ballard était sourde de naissance ; ce qui ajoutait encore à l'horreur du crime. Ça, et le fait que c'est le petit garçon qui l'a découverte ; ou était-ce une fille ?

— Ils avaient des enfants ? Combien ?

— Là, ce n'est pas aussi net, dans ma mémoire. Deux, il me semble. Une fille et un garçon.

— Vous vous rappelez leurs prénoms ? Quel âge avaient-ils ?

— Comme je vous l'ai dit, cette histoire remonte à une vingtaine d'années ; et nous habitions à Sycamore — un canton différent, avec un groupe scolaire distinct, alors, je n'en garde pas de souvenir précis. Ils n'avaient peut-être qu'un seul gosse.

Le tueur d'anges et son copieur. Le frère et la sœur.

Voilà comment ils se connaissaient ; et il y avait fort à parier que l'un des deux avait une dizaine d'années, lors du meurtre.

— Ecoutez, dit-elle d'une voix pressante, il s'agit d'une affaire extrêmement importante. Je pense que cette arme et celui qui s'en est servi ne sont pas non plus étrangers à une série de meurtres d'enfants commis à Rockford. Il me faut les noms de ces enfants et j'aimerais aussi que vous me disiez ce qu'ils sont devenus.

— Je vous rappelle.

Kitt raccrocha. Le commissariat de Rockford l'appela presque aussitôt.

— Une patrouille de police a repéré le véhicule de l'inspecteur Riggio, à l'angle de North Main et de Auburn. Ils attendent vos instructions.

— Dites-leur de ne pas bouger. J'arrive.

69.

Mardi 21 mars 2006
20 h 40

Kitt s'arrêta derrière la voiture de police, coupa le moteur et descendit de sa Taurus. Les deux policiers sortirent de leur véhicule et la rejoignirent à la portière de l'Explorer.

— Il me faut une lampe électrique, dit Kitt.

Celui qui se tenait le plus près d'elle lui tendit la sienne. Elle l'alluma et promena le faisceau lumineux à l'intérieur de l'habitacle. Tout paraissait normal.

— Nous avons essayé d'ouvrir mais toutes les portières sont verrouillées.

Kitt hocha la tête.

— Déverrouillons.

Le second policier courut jusqu'à leur véhicule et revint avec une tige d'acier ; il ne lui fallut pas longtemps pour crocheter le verrou.

Kitt fouilla dans la boîte à gants et le vide-poches, regarda sous les sièges, examina le contenu du coffre, sans rien découvrir de suspect.

M.C. avait garé sa voiture. Elle l'avait fermée, emportant son téléphone, sa veste et ses notes.

Kitt éteignit la Maglite et la rendit à l'agent. Elle balaya la rue du regard dans les deux sens. Une enseigne lumineuse retint son attention, un peu plus loin, vers la gauche — celle de la brasserie de Main Street, qui précisait « Ouvert toute la nuit ».

M.C. la lui avait montrée, un jour, en passant. Elle y avait dégusté de fameuses tartes à la crème, avec un ami.

Son humoriste ?

Kitt demanda aux deux policiers de l'attendre près du SUV et traversa la rue au pas de course en direction du restaurant. Ils avaient pas mal de clients pour un mardi soir. La dame qui se tenait au comptoir l'accueillit en souriant. Kitt lui rendit son sourire et s'approcha. Elle portait un badge avec son prénom — Betty.

— Bonsoir, Betty, je cherche une personne de ma connaissance, qui vient quelquefois ici. Il s'appelle Lance.

— Oh, bien sûr, Lance Castrogiovanni. Il vient tout le temps.

— A-t-il dîné ici, ce soir ?

— Non. Désolée.

— Il habite dans les parages ?

D'avenante, la femme se fit soudain plus méfiante.

— Pourquoi cette question ?

— Parce que je dois lui parler.

Kitt présenta son insigne à la femme.

— C'est très urgent.

Betty la dévisagea d'un air inquiet.

— Il ne lui est rien arrivé, j'espère ?

La vérité, même édulcorée, ne ferait que la perturber davantage. Après tout, Castrogiovanni pouvait être blanc comme neige — ou barboter carrément dans le fumier.

— En fait, je cherche surtout une jeune femme qu'il fréquente, Mary Catherine Riggio ; ou M.C.

La femme retrouva son sourire.

— Ah, cette charmante inspectrice de la police. Ils sont venus ensemble un soir et Lance nous l'a présentée. Maintenant que j'y pense, il me semble l'avoir aperçue cet après-midi.

Deux minutes plus tard, Kitt était de nouveau dans la rue, munie de l'adresse de Lance. Il habitait trois immeubles plus loin, sur le même trottoir — au premier étage, au-dessus d'un magasin d'électroménager. Elle retourna chercher les policiers, se fit accompagner par l'un tandis que l'autre faisait le guet, en bas.

Elle frappa à la porte puis appela. N'obtenant pas de réponse, elle essaya d'ouvrir. L'appartement était fermé à clé.

La découverte du 4x4 de M.C. et le fait que Betty pensait l'avoir vue ce jour-là suffisaient à convaincre Kitt qu'elle avait des raisons d'entrer sans y être invitée.

Elle espéra que le juge serait du même avis.

— Enfoncez-la, dit-elle au policier.

La serrure céda au second coup de pied, et ils entrèrent, l'arme au poing. L'appartement semblait désert. Hormis ce qu'on pouvait considérer comme le désordre ordinaire d'un endroit habité, tout était pratiquement impeccable.

Le fait d'avoir un motif réel et sérieux de pénétrer dans les lieux ne leur donnait pas pour autant le droit de perquisitionner. Ils avaient des raisons de penser que M.C. pouvait se trouver ici et avoir besoin d'aide. Si l'appartement s'avérait être le lieu d'un crime, le scénario serait différent.

Ils traversèrent la pièce principale sans rien découvrir de particulier. Un sandwich à la dinde intact traînait sur le plan de travail, dans la cuisine. Personne dans la salle de bains. Kitt écarta le rideau de la douche — il n'y avait rien dans le bac. Le lit était défait. Elle regarda dessous puis se dirigea vers la penderie.

Toujours rien. Elle s'apprêtait à refermer la porte quand une tache de couleur orange vif attira son regard. Au même instant, son portable vibra dans sa poche. Elle l'ouvrit et le porta à son oreille.

— Lundgren à l'appareil.

— C'est White. J'ai trouvé le nom du clown qui avait fait un numéro, il y a sept ans, à la résidence Walton B. Johnson. Il s'appelle Lance...

— Castrogiovanni, compléta Kitt.

— Effectivement, dit White ; comment avez-vous...

Elle tendit son portable au policier surpris, se pencha en avant et tira un carton de la penderie. Elle ôta le couvercle d'où dépassait quelque chose, plongea la main dedans et en sortit une perruque de clown orange.

70.

Mardi 21 mars 2006
22 h 10

M.C. revint lentement à elle. Elle avait mal partout. Elle ouvrit les yeux, tenta de discerner une source de lumière, même ténue. Mais non : autour d'elle, c'était l'obscurité la plus totale. Elle avait les mains ligotées dans le dos, et les pieds entravés, par du ruban adhésif. Elle était étendue sur le côté et le sol était froid et humide. Une cave, songea-t-elle ; cela expliquait l'humidité et l'obscurité totale.

Elle réussit à se redresser en position assise. Elle avait un goût de sang dans la bouche. Ce fut le sang qui lui rendit la mémoire. Les événements de ces dernières heures défilèrent à toute allure. Elle avait garé sa voiture pour monter chez Lance. Ils s'étaient embrassés. Le jeune homme l'avait serrée passionnément dans ses bras, avec une sorte de désespoir fébrile, lui disant qu'il l'aimait.

Son humoriste n'avait vraiment pas le cœur à rire. Elle se souvint d'avoir pensé qu'il avait l'air de croire que c'était fini.

Fini.

Elle grimaça. Fini pour eux. Pour elle.

Dors bien, mignonne.

Elle se demanda quel goût l'écœurait le plus — celui du sang, sur sa langue, ou celui de l'amertume de la trahison.

Mais la trahison n'était plus son principal souci ; elle devait à tout prix s'éclaircir suffisamment les idées pour trouver un moyen de s'échapper.

Il était allé lui chercher un sandwich dans la cuisine ; pendant ce temps, elle avait reçu un appel sur son portable. Le nom du clown venait de lui revenir, annonçait Wanda, l'ancienne directrice de la résidence Walter B. Johnson, toute fière de se rappeler pareil détail à son âge, et après tout ce temps.

Lance Castrogiovanni.

M.C. était restée sans voix. Pétrifiée, l'appareil collé à l'oreille, elle avait regardé Lance revenir vers elle avec son sandwich. Bien que submergée par l'incrédulité et la douleur de la trahison, elle avait machinalement fait le geste de saisir son revolver.

Au même instant, une douleur fulgurante lui avait fendu le crâne ; puis elle avait sombré dans le noir.

Quelqu'un d'autre était donc caché dans l'appartement.

Son complice. Avait-elle affaire au tueur d'anges et à son copieur ? Ils n'étaient donc pas adversaires mais formaient équipe depuis le début. Avec Kitt, elle avait envisagé un moment cette théorie.

M.C. se creusa la tête pour retrouver un détail quelconque des moments qui avaient précédé son agression, un souvenir susceptible de lui fournir un indice sur l'identité du complice en question — mais ce fut peine perdue.

Quand elle avait rouvert les yeux, il n'y avait personne d'autre que Lance et elle — du moins, apparemment. Ses pieds et ses mains étaient ligotés. Et Lance braquait un revolver sur elle — un Smith & Wesson .45.

Le Smith & Wesson .45 qui avait servi à tuer Brian ?

Il avait pleuré. La main qui tenait l'arme tremblait visiblement. Elle avait même craint qu'il appuie par mégarde sur la détente, tant il paraissait bouleversé. Il lui avait demandé d'appeler Kitt et de lui dire que tout allait bien — que la piste du clown n'avait rien donné.

M.C. avait obtempéré afin de gagner du temps. Elle savait que, dès que sa disparition serait signalée, Kitt interrogerait elle-même toutes les personnes auxquelles sa coéquipière avait eu affaire durant la journée. Elle avait tenté d'alerter Kitt par une allusion à des codes connus d'elles seules, tels que « péter les plombs » ou « en faire une jaunisse » — puis à la soirée pasta.

Ces tentatives n'avaient provoqué aucun déclic chez Kitt — sa réaction le prouvait. Mais il finirait par se produire, surtout quand Kitt s'apercevrait que sa coéquipière ne réapparaissait pas.

Mais il serait peut-être trop tard ; pour elle, du moins.

Elle avait essayé de raisonner Lance ; de le convaincre de réfléchir, de la libérer et de se rendre à la police. Puis de dénoncer son complice. Ne l'aimait-il pas ? avait-elle demandé. Ne se fiait-il pas à elle pour le défendre ?

Lance avait opéré un revirement immédiat. En un clin d'œil, le pauvre garçon apeuré et éploré avait explosé de rage. Il l'avait violemment frappée à la tête avec la crosse de son revolver.

Ensuite, elle ne se souvenait plus de rien. Jusqu'à maintenant.

M.C. entendit une porte s'ouvrir puis se fermer. Un bruit de pas dans un escalier — un escalier de bois, comprit-elle en entendant craquer une marche. Elle ouvrit les yeux tout grands dans le noir, retenant son souffle. Lance émergea de l'obscurité.

— Bonsoir, Mary Catherine, dit-il avec douceur.

Elle ne répondit pas et il s'approcha, prit son visage entre ses mains.

— Ça va ?

Elle ne répondit pas — par crainte de s'énerver et de l'insulter. Elle ignorait ce qui avait déclenché sa colère, un peu plus tôt, et préférait éviter de renouveler l'expérience.

Du reste, son crâne ne résisterait peut-être pas à de nouveaux coups ; le dernier avait été brutal et lui avait fait perdre connaissance.

— On dirait que ça fait mal.

Il promena l'index sur la tempe de M.C., où une vilaine ecchymose avait dû se former.

— Je suis tellement désolé. Je ne voulais pas que ça se passe ainsi.

— Alors, fais en sorte que ça se passe autrement, Lance.

Il l'embrassa ; son baiser avait un goût de larmes. Réprimant une brusque envie de vomir, elle se força à jouer le jeu.

— Délie-moi les mains ; j'ai mal, Lance. Mon bras est tout ankylosé.

— Je ne peux pas ; je regrette, M.C.

— Je n'essaierai pas de m'enfuir. C'est promis.

Il secoua tristement la tête.

— J'aimerais pouvoir te croire.

— Je t'aime, Lance ; pourquoi partirais-je ?

M.C. réprima un sanglot. Elle avait *réellement* cru l'aimer ; comment avait-il pu la berner à ce point ?

— J'aimerais pouvoir croire… tant de choses, tu sais. J'ai tellement de regrets.

Il l'embrassa encore. Il avait l'haleine fraîche, un peu mentholée, comme s'il venait de sucer un bonbon.

— Il serait terriblement fâché, reprit-il ; encore plus qu'il ne l'est déjà.

— Qui donc, Lance ? Qui serait fâché ?

— Le Monstre, murmura-t-il tout bas, comme s'il craignait d'être entendu.

Son cœur se mit à battre plus vite. Son complice. Celui qui l'avait assommée. Et celui qui tirait les ficelles, probablement.

— Je suis désolé pour tout à l'heure, dit encore Lance. Je ne voulais pas te frapper.

— Pourquoi l'as-tu fait, dans ce cas ?

— C'est ce qu'il attendait de moi.

— Le Monstre ?

— Oui ; mais je ne veux pas parler de lui.

— De quoi veux-tu parler ?

— De ma famille. Je t'ai promis de tout te raconter ; je voudrais tant que tu comprennes.

— Je veux comprendre, Lance. Parle-moi d'eux.

— Pas tout de suite. Plus tard.

Il se leva. M.C. remarqua qu'il tremblait.

— De quoi as-tu peur ? demanda-t-elle. Tu sais que je peux t'aider. Je te protégerai.

Lance secoua la tête.

— C'est lui qui me protège. Je n'ai que lui au monde. Nous ne faisons qu'un.

— Tu l'aimes plus que moi ?

— Tu ne comprends pas.

— Alors, explique-moi ; s'il te plaît, Lance.

— Je ne peux pas vivre sans lui. J'ai déjà essayé. Je regrette, Mary Catherine, dit-il d'une voix altérée.

Il se retourna pour partir. M.C. essaya de le retenir.

— C'est toi qui as tué ces petites filles, n'est-ce pas ?

— Je ne voulais pas, dit-il en la regardant d'un air de regret.

— Alors pourquoi les as-tu tuées ?

— Parce qu'il le voulait.

— Et tu fais tout ce qu'il te demande de faire ?

— A tout à l'heure. Je reviendrai.

— Non, attends !

Elle se débattit pour se libérer mais le ruban adhésif était bien serré.

— Est-ce que tu me tueras, moi aussi ? Parce qu'il le veut ?

Lance s'éloigna sans lui répondre. Elle sentit la panique l'envahir.

— Tu n'es pas obligé d'obéir, cria-t-elle. Tu es seul maître de ton destin. Personne ne peut t'enlever ça.

Elle l'entendit remonter l'escalier. Une marche grinça sous ses pas.

— Lance, s'il te plaît…

La porte claqua derrière lui. Elle était de nouveau seule dans le noir.

71.

Mardi 21 mars 2006
22 h 50

Dès que Kitt eut fait part de sa découverte à ses collègues et à sa hiérarchie, tout alla très vite. Plusieurs hommes convergèrent vers l'appartement de Lance. L'équipe était formée des experts du service d'identification, plus Sal et le sergent Haas. La moitié du bureau de la brigade criminelle attendait des nouvelles de M.C. — et des ordres. Personne n'hésiterait à y passer la nuit, s'il le fallait. Ils étaient là pour aider Riggio. Et pour attraper un monstre.

Et ce moment, ils l'avaient attendu cinq ans.

Valerie avait été retrouvée chez sa sœur, à Barrington, avec Tami. La jeune femme était allée, selon ses propres termes, chercher du réconfort « après un gros chagrin d'amour ». Interrogée par la police, elle avait reconnu s'être rétractée à propos de l'alibi de Joe pour le punir du mal qu'il lui avait fait. Elle était en route pour les locaux de la brigade criminelle.

Son alibi rétabli et un sérieux faisceau de preuves tendant à incriminer Lance, Joe avait été libéré. Sal annonça la nouvelle à Kitt en lui serrant amicalement l'épaule avec un sourire rassurant. Elle ne fut toutefois qu'à demi rassurée ; car Joe ne lui pardonnerait certainement jamais ça.

Entre-temps, Allen et White avaient découvert autre chose. Quelques semaines avant sa mort, Marianne Vest s'était rendue à un anniversaire où se produisait un clown. En outre, le jour où

Julie Entzel avait fêté le sien à Fun Zone, le jeune homme déguisé en Monsieur Ecureuil était souffrant ; la direction avait fait appel à un remplaçant — Lance Castrogiovanni.

D'autres liens allaient sans doute être identifiés. Certaines enquêtes, comme celle-ci, restaient de véritables énigmes jusqu'à ce qu'un élément du puzzle déclenche un processus en chaîne et permette d'élucider tout le reste.

Mais cet élément du puzzle avait-il été découvert trop tard ?

M.C. Où avait-il bien pu l'emmener ?

Kitt était à cran. Elle se mit à faire les cent pas en se creusant la tête et en faisant défiler les faits dans sa mémoire. Lance avait donc fait un numéro à la résidence de Rose McGuire. Il était à Fun Zone le jour où Julie Entzel y avait fêté son anniversaire ; et le clown qu'avait vu Marianne Vest, ce devait être encore lui.

Lance avait été un enfant adopté. L'information provenait de fichiers transmis par voie informatique, avec les nom et adresse de ses parents. Des voitures de police avaient déjà été envoyées sur place.

Ils n'avaient pas encore reçu confirmation de ses liens avec la famille Ballard, mais Kitt était pratiquement sûre de l'obtenir d'un moment à l'autre. Lance devait être ce petit garçon qui avait découvert le cadavre de sa maman sourde, tuée par balle.

Dekalb. La maison de famille.

Kitt alla aussitôt trouver Sal.

— Je sais où ils sont, Sal. A Dekalb.

Son chef posa une main sur le micro de son portable.

— Une minute, Kitt. Je fais mon rapport au patron.

Le calife des califes, le grand patron, Kitt s'en foutait royalement.

— Je n'ai pas une minute à perdre. Je sais où il a emmené M.C.

— Je vous rappelle tout de suite.

Sal coupa aussitôt la communication.

— Sortons de là, dit-il à Kitt.

Ils descendirent au pied de l'immeuble. Le périmètre était protégé par un cordon de sécurité. Un attroupement commençait à se former tout autour.

— Je sais où ils sont, répéta Kitt.

— A Dekalb ? D'où vous est venue cette idée ?

— L'agent de police de Dekalb m'a parlé d'une maison de famille, qui aurait été rachetée récemment par un jeune couple.

— Je vais appeler le bureau du shérif et leur demander d'envoyer une patrouille sur place.

— Je requiers l'autorisation de m'y rendre moi-même.

— Autorisation refusée. J'ai besoin de vous ici.

— Je suis sûre de ne pas me tromper, Sal. Je tiens à être celle qui…

— Refusé. Le débat est clos.

— Mais enfin, merde, Sal !

Elle lui saisit le bras.

— C'est mon enquête ! M.C. est ma coéquipière ! Je ne vais pas rester là à me tourner les pouces pendant que…

— Vous faites erreur, inspecteur. Cette enquête est la *mienne* ; et Riggio est *mon* inspecteur. Alors, ça suffit comme ça.

— Bien, chef. Ça suffit comme ça, chef.

Elle pivota sur ses talons et se dirigea vers son véhicule.

— Dites donc, Lundgren, où est-ce que vous comptez aller, maintenant ?

— Me calmer les nerfs. Il me faut aussi une autorisation ?

— Cinq minutes, dit Sal. Ensuite, vous me rejoignez à l'étage.

Cinq minutes plus tard, Kitt roulait en direction de Dekalb, consciente que Salvador Minelli allait piquer une crise en apprenant ce qu'elle avait fait. Il pourrait même lui demander de rendre son insigne.

Il pouvait bien le lui reprendre. M.C. était sa coéquipière et son amie. Et elle dirigeait cette enquête. Le tueur d'anges avait tout fait pour cela.

Elle essaya de joindre Roberts. Il répondit à son appel d'une voix agitée.

— Désolé, inspecteur, je vous rappelle plus tard. Nous avons un incident, ici.

— Attendez ! Pouvez-vous me dire où se trouve la maison de famille des Ballard ?

— Je suis très pressé, inspecteur !

Il raccrocha. Kitt soupira et jeta un coup d'œil sur la pendule du tableau de bord. Elle était partie depuis un quart d'heure. Sal devait s'être aperçu qu'elle avait désobéi à ses ordres — ou peut-être pas encore. Il était tout de même assez occupé.

Elle appela le bureau du shérif de Dekalb.

— Inspecteur Lundgren, de la brigade criminelle de Rockford. Notre chef a dû vous demander par téléphone d'envoyer une patrouille surveiller une propriété de votre circonscription ?

Comme la réceptionniste ne répondait pas, Kitt craignit que le pot aux roses ait été découvert. Puis il y eut un grésillement sur la ligne et elle entendit mieux.

— Oui, inspecteur. Que puis-je faire pour vous ?

— Il m'a demandé de les accompagner.

— Ils sont déjà partis en reconnaissance.

— Je vais les rejoindre sur place.

— Vous savez où ça se trouve ?

Kitt répondit que non et la femme lui fournit une adresse puis les indications pour s'y rendre.

— Voulez-vous que je les avertisse ?

— Oui, je vous remercie.

Comme elle raccrochait, son téléphone vibra. Le numéro de Sal s'afficha sur l'écran.

Désolée, Sal. Apparemment, j'ai une crise aiguë d'audition sélective, ce soir. Je n'ai même pas entendu sonner.

Les indications de l'employée étaient excellentes. Kitt trouva facilement la propriété, située à l'écart de tout, au beau milieu des champs de maïs.

Elle suivit la longue allée de gravier qui menait à la maison et aperçut la voiture de police garée plus loin, sur le bas-côté. Aucune lumière ne brillait aux fenêtres du bâtiment principal et des dépendances qui l'entouraient. Elle descendit de voiture et le policier vint la rejoindre à mi-chemin.

— Inspecteur Lundgren, du commissariat de Rockford.

— Agent Shanks. J'ai sonné à la porte. Personne n'a répondu, alors, j'ai fait le tour de la propriété. Les portes et les volets sont fermés. A mon avis, il n'y a personne.

— Avez-vous fait le tour des dépendances ?

— Oui ; rien à signaler non plus de ce côté-là.

— Pas de véhicule ?

— Aucun, mis à part un vieux tracteur en piteux état.

— Vous permettez que j'aille jeter un coup d'œil moi-même ?

— Je vous en prie.

Elle fit consciencieusement le tour du bâtiment principal, tenta de pousser chaque porte et chaque fenêtre du rez-de-chaussée. Ne voyant rien, elle examina les dépendances l'une après l'autre. Elle aurait abouti aux mêmes conclusions que Shanks sans cet étrange fourmillement dans la nuque, à la racine de ses cheveux.

Ils étaient là.

Le tueur d'anges et son copieur. Ils tenaient M.C.

Elle balaya du regard la façade obscure.

Comment entrer dans la maison autrement que par effraction ? Le brave agent de service ne serait pas d'accord.

Elle revint vers le jeune homme.

— Notre tuyau ne donne rien, semble-t-il.

— On dirait bien, en effet. Je regrette, inspecteur.

— Merci de vous être déplacé jusqu'ici.

— C'est tout naturel.

Ils regagnèrent leurs véhicules respectifs. Shanks ouvrit sa portière puis se retourna vers elle.

— Au fait, qu'est-ce que vous cherchez ?

— Un tueur en série ; il a déjà fait trois victimes — des enfants de dix ans. Nous pensons qu'il a enlevé ma coéquipière.

— Oh, merde.

— Comme vous dites ; et pire encore.

Demande-moi ce que tu pourrais faire...

Sur le point de monter dans sa voiture, il s'immobilisa.

— C'est la fameuse affaire du copieur ?

— Exactement.

— Bon sang, c'est affreux.

Propose de nous aider ; je te prendrai au mot.

Mais il se remit au volant de son véhicule. Kitt hésita une fraction de seconde puis l'imita. Ils démarrèrent simultanément et elle le suivit jusqu'au bout de l'allée. Arrivé à la route, il tourna à droite, dans la direction opposée à celle d'où venait Kitt. Elle esquissa un sourire car il lui facilitait la tâche. *Merci infiniment, Shanks.*

Elle tourna à gauche, parcourut trois kilomètres puis fit demi-tour et rebroussa chemin. En revenant dans l'allée, elle éteignit ses phares et avança à la lueur de la lune jusqu'au garage, qu'elle contourna pour se garer derrière. Rien ne garantissait que ce brave flic ne reviendrait pas faire un tour dans les parages pour s'assurer que tout allait bien.

Avant de sortir, elle prit sa lampe électrique dans la boîte à gants et vérifia que son arme était chargée. Elle coupa la sonnerie de son téléphone et fourra ses clés dans une poche.

Le verrou de la porte du fond céda sans trop de peine, et, quelques instants plus tard, elle pénétrait dans la cuisine de la ferme. Rien n'avait dû changer depuis les années cinquante, jugea Kitt. Il n'y avait manifestement personne, en tout cas.

Elle alluma sa lampe de poche et franchit la porte qui menait à une salle à manger complètement vide, laquelle donnait sur le séjour, où fauteuils et canapés étaient recouverts de housses en tissu. L'odeur de renfermé qui régnait partout indiquait que la maison n'avait pas été aérée depuis longtemps. Sans doute était-elle restée fermée pendant des années. Au fond d'un couloir, elle découvrit encore une chambre, aussi vide que la salle à manger. Kitt entreprit alors de monter à l'étage. Plusieurs marches craquèrent sous ses pas et elle s'arrêta chaque fois, retenant son souffle pour écouter. Mais aucune alarme ne se déclencha, personne n'arriva en courant. Rien ne troublait le silence des lieux.

Si elle n'était pas seule dans la maison, ses occupants s'efforçaient, comme elle, de se faire le plus discrets possible.

La première porte qui donnait directement sur le palier, à l'étage, était celle de la salle d'eau. Kitt s'approcha, poussa le battant du bout des doigts.

Les toilettes avaient été utilisées récemment. Un rouleau de papier était posé par terre, près de la cuvette. Elle l'observa un instant, le cœur battant. Cela impliquait que le circuit d'eau avait été branché. Elle avança sur la pointe des pieds jusqu'au lavabo, frotta son index sous le robinet et le retira mouillé.

Quelques secondes plus tard, elle découvrit qu'une chambre avait été occupée. Un sac de couchage chiffonné traînait par terre, sous une fenêtre. Il y avait aussi quelques bouteilles de Coca vides et des sachets de confiseries.

Sur le point d'aller voir cela de plus près, elle se figea brusquement en discernant un murmure de voix. Elle éteignit vivement sa lampe de poche. D'où provenaient ces voix ? se demanda-t-elle, prêtant l'oreille pour tenter de les localiser.

Le conduit d'aération, à ses pieds.

Elle s'agenouilla pour écouter. C'était bien un bruit de voix — mais si faible qu'on ne distinguait pas combien de personnes parlaient, ni les tonalités — masculines ou féminines.

Et où étaient-ils donc ? Elle avait visité toute la mai…

Tout, sauf la cave, songea-t-elle. Une ancienne ferme comme celle-ci avait forcément une cave, mais elle n'avait vu aucune porte.

Kitt redescendit au rez-de-chaussée. Sachant qu'elle n'était pas seule, elle garda sa lampe éteinte et se déplaça le plus discrètement possible, revolver au poing.

Au bout de quelques instants, elle découvrit la porte, presque invisible dans le recoin situé sous l'escalier. Il n'était pas difficile de passer devant sans la voir. Elle colla son oreille au battant.

Rien.

Un frisson courut entre ses omoplates. Pour parler, il fallait être au moins deux ; une conversation, c'était un signe de vie.

Elle posa la main sur la poignée, essaya doucement de la faire tourner.

La porte était fermée à clé.

Elle faillit pousser un cri de dépit. De nouveau, elle colla l'oreille au battant. Et entendit quelqu'un — un homme — fredonner, de plus en plus nettement.

Il remontait de la cave !

Affolée, elle chercha des yeux un endroit où se cacher. *Les meubles recouverts de housses en tissu.* Elle se précipita vers le plus proche, un fauteuil aux formes massives. Une clé tourna dans une serrure. Accroupie derrière le meuble, Kitt avait la porte dans sa ligne de vision. Elle se dissimula de son mieux.

Le battant s'ouvrit vers l'extérieur, lui cachant la personne qui sortait. La porte resta ouverte et, quelques secondes plus tard, Kitt entendit celle du fond, dans la cuisine, s'ouvrir puis se refermer à la volée. Apparemment, l'individu n'avait pas remarqué qu'elle n'était pas fermée à clé. Kitt se reprocha cette imprudence qui aurait pu lui coûter cher. S'il s'en était aperçu, il aurait aussitôt compris que quelqu'un d'autre se trouvait dans la maison. A présent, selon la direction qu'il emprunterait, il pourrait encore apercevoir sa voiture derrière le garage ; mais, dans l'obscurité, il y avait de fortes chances pour qu'il ne la voie pas s'il traversait simplement la cour.

Elle n'envisagea pas de le suivre : sa priorité, dans l'immédiat, était de retrouver M.C. Quittant sa cachette, elle se précipita vers la porte ouverte.

La cave n'était pas éclairée ; elle alluma sa petite lampe de poche et promena le faisceau à travers la pièce. Il n'y avait là que ce qu'on trouve habituellement dans un sous-sol ordinaire : des étagères métalliques encombrées de vieux outils et de boîtes.

— M.C., chuchota-t-elle assez fort — mais pas trop, de crainte d'attirer l'attention —, tu es là ?

— Ici, répondit M.C. Je suis là.

Dieu soit loué. Kitt se précipita du côté d'où venait sa voix et se trouva face à un mur. Rengainant son arme et tenant sa lampe de poche entre les dents, elle chercha à tâtons un passage.

— Où es-tu ? demanda-t-elle encore.

— Je ne sais pas.

La voix provenait de l'autre côté du mur. Il y avait une autre pièce. Une pièce secrète.

Mais où se trouvait l'ouverture ?

Un bruit de pas, au-dessus d'elle, la fit tressaillir. Il revenait ! Elle éteignit de nouveau sa lampe et se dissimula derrière des cartons de déménagement.

Quelques instants plus tard, il descendait l'escalier de la cave en chantonnant. Kitt reconnut un air d'*Oklahoma* !

Il tenait à la main une canette de Coca et une paille.

Depuis sa cachette, elle observa le grand jeune homme mince dont elle avait déjà vu la photo dans le dossier d'adoption ; il était beaucoup mieux que sur le cliché. M.C. avait dû succomber à son charme juvénile de Peter Pan rouquin, de joli garçon parfaitement inoffensif.

Une nouvelle preuve que sa mère avait eu raison — *ne jamais se fier aux apparences.*

Il s'approcha du rayonnage bancal encombré de vieilleries qui occupait une partie du mur du fond, prit un objet qui ressemblait à une télécommande et appuya sur un bouton. Le rayonnage glissa sur ses gonds, découvrant un passage secret.

Une chambre forte. Merde.

La plupart des chambres fortes étaient généralement fermées par des portes blindées en acier renforcé. Une fois que celle-ci se serait refermée derrière lui, Kitt ne serait plus en mesure d'entrer jusqu'à ce qu'il la rouvre — à moins d'utiliser un bâton de dynamite.

Pas question de le laisser s'enfermer dans cette pièce avec M.C.

Heureusement, il lui tournait le dos. Kitt sortit sans bruit de sa cachette, revolver au poing. Elle visa, s'apprêtant à tirer.

Sans cesser de chantonner, il jeta la télécommande sur l'étagère et passa dans la chambre forte. Kitt soupira, soulagée. Il ne lui restait plus qu'à attendre le moment propice pour entrer à son tour.

72.

Mercredi 22 mars 2006
00 h 35

En entendant la porte grincer sur ses gonds, M.C. rassembla son courage. Ce n'était pas Kitt, elle le savait. Pas encore. Elle avait entendu Lance descendre en chantonnant au sous-sol. Kitt allait attendre. S'assurer d'abord que M.C. ne courait pas de risque. Qu'elle pourrait maîtriser Lance.

Et qu'il n'y avait pas d'autre solution que d'intervenir.

— Mary Catherine, appela-t-il doucement. Je t'apporte à boire.

Il s'agenouilla devant elle, portant la paille à ses lèvres. M.C. aspira une gorgée de liquide frais, qui effaça le goût du sang. Elle sentit presque immédiatement le coup de fouet du sucre dans son organisme.

— J'avais tellement soif.

— Encore un peu ?

Elle acquiesça, but près de la moitié de la bouteille, puis s'écarta de lui.

— Merci.

Lance s'assit en tailleur en face d'elle. M.C. vit qu'il avait un revolver glissé dans la ceinture de son pantalon.

— J'espère que tu n'as pas ôté le cran de sécurité, lui dit-elle ; sinon, tu risques d'avoir une nouvelle série d'anecdotes à raconter, pour ton prochain numéro.

— Voilà ce que j'aimais tant chez toi, Mary Catherine. Tu m'as toujours scié, dit-il en riant.

Ce que j'aimais. A l'imparfait.

Pas bon, ça.

Il eut l'air sincèrement désolé.

— J'aurais aimé que les choses ne se terminent pas ainsi, entre nous.

— Nous pouvons écrire une fin telle que nous la désirons, suggéra-t-elle ; inventer notre dénouement heureux.

— Un dénouement heureux, répéta-t-il tristement. J'ai cru à ces choses-là, naguère.

— Tu peux encore y croire. Il n'est jamais trop tard.

— Hélas, si ; il est… Tu ne peux pas comprendre.

— Pourquoi me dis-tu sans cesse que je ne peux pas comprendre ? Parle-moi du Monstre. Et de ta famille.

Il ne répondit pas tout de suite, mais finit par se décider. Elle vit qu'il tremblait.

— Ma mère avait un handicap.

— La surdité ?

— Oui. Elle était sourde de naissance. Et elle n'a jamais voulu entendre ce que nous lui disions. Elle ne nous a pas protégés contre lui.

— Contre qui ?

— Notre père.

— Il vous a fait du mal ?

— Oui.

— Je compatis. C'est affreux. Personne ne devrait jamais faire souffrir un enfant.

— Non. Jamais.

— Tu as fait souffrir des enfants, Lance. Tu les as tués.

— Non. Les anges se sont endormis.

— Elles sont mortes, rectifia-t-elle.

— Belles. Sereines. Plus de souffrances.

— Même Marianne Vest ?

Lance fit la grimace.

— Je ne veux pas parler d'elle.

— Qui es-tu, Lance ? Le tueur d'anges ? Ou le copieur ?

— Nous ne faisons qu'un. Nous avons toujours été unis — comme deux doigts d'une main.

— Toi et le Monstre.

— Oui. L'Autre m'a protégé ; du mieux qu'il pouvait.

« Il ». Un frère.

— C'est lui qui a conçu ce plan pour nous sauver de ses griffes.

— Quel plan ?

— On l'a tuée, après.

— Après quoi ?

— Que mon père l'a battue.

— Votre père la brutalisait elle aussi ?

Il hocha la tête.

— On s'est servi de son revolver. Il y tenait énormément.

Le Smith & Wesson.

— Ensuite, on l'a caché. Personne ne nous a jamais soupçonnés.

— Mais aujourd'hui, si, dit-elle doucement. A cause du revolver. Tu t'en es servi pour tuer Brian, n'est-ce pas ?

— Je l'ai tué parce qu'il t'embêtait. J'ai d'abord essayé de lui parler, de lui expliquer que nous étions ensemble, toi et moi. Ça l'a fait rigoler ; alors, je l'ai suivi jusqu'à ce motel et je lui ai tiré dessus.

— Ton frère a dû t'en vouloir ?

— Il n'est pas au courant.

— Il le sera bientôt. La police a découvert d'où venait cette arme.

Il ne broncha pas.

— Cet appel auquel je répondais, chez toi, poursuivit-elle, venait de la directrice de la résidence Walter B. Johnson. Elle se rappelait le nom du clown qui était venu faire un numéro, il y a sept ans. Les flics ne vont pas tarder à me chercher ; les gens savent que nous nous fréquentions.

— Alors, tout est fini, n'est-ce pas ? dit-il d'une voix étranglée.

M.C. eut un élan de compassion pour le petit garçon dont la vie avait si mal tourné. Que les enfants soient trop souvent victimes d'épouvantables sévices lui brisait le cœur.

— Pas forcément, affirma-t-elle. Délivre-moi. Nous irons à la police. Je ferai tout mon possible pour t'aider.

Il encercla ses genoux de ses bras et se balança d'avant en arrière, comme un petit garçon qui a besoin de réconfort.

— C'est ma faute, murmura-t-il. Tout est ma faute. Je suis stupide et négligent — comme il me le dit tout le temps.

— Tu n'es pas stupide, Lance.

— Il est tout pour moi. Et il va m'en vouloir, se mettre en colère...

— Je te défendrai.

— Tu ne pourras pas. Lui seul en est capable, dit-il en secouant obstinément la tête, un désespoir incommensurable dans le regard.

M.C. frissonna. Lance avait l'intention de la tuer. Il était en sueur et tremblait comme une feuille.

Lance Castrogiovanni n'aimait pas tuer ; bizarrement, il avait le sentiment que c'était son devoir.

— Ne fais pas ça, Lance ! cria-t-elle pour alerter Kitt. Nous pouvons nous en sortir. J'irai voir mon chef et...

Il se leva en sanglotant, tira le Smith & Wesson de sa ceinture.

A l'instant même où son instinct de flic lui disait que sa coéquipière était dans la pièce, Kitt émergea de l'ombre.

— Posez cette arme par terre, devant vous, Lance, ordonna-t-elle tranquillement. Ensuite, tournez-vous lentement vers moi, les mains en l'air.

73.

Mercredi 22 mars 2006
00 h 45

Lance fit ce que Kitt lui demandait de faire. Posant son arme à ses pieds, il se tourna vers elle. Son expression la surprit. Il avait l'air soulagé, presque reconnaissant.

Lance Castrogiovanni n'avait pas envie de tuer qui que ce soit.

— Parfait, dit-elle. Gardez les mains en l'air et éloignez-vous de l'inspecteur Riggio.

Cette fois encore, il s'exécuta. Elle le fit reculer jusqu'au mur.

— Mains sur la tête. Pieds écartés.

Elle le fouilla pour vérifier qu'il n'avait pas d'autre arme sur lui, puis détacha les menottes de son ceinturon et les lui passa.

— Vous avez le droit de la fermer, espère d'ordure. Vous avez le droit de…

Son téléphone vibra dans sa poche. Elle termina tranquillement de réciter ses droits au prévenu avant de sortir son portable, tout en allant délivrer M.C.

— Lundgren à l'appareil.

— Salut, Chaton.

Kitt s'était attendue à entendre la voix furibonde de Sal. Elle s'était apprêtée à lui apprendre la bonne nouvelle sans s'appesantir sur ses petits écarts de conduite.

Elle eut un petit sourire ironique.

— Quel plaisir de vous entendre dans un moment pareil.

— Tiens, et pourquoi donc ?

— Parce que j'ai gagné. Je sais qui vous êtes. Je tiens votre complice, le prétendu copieur ; ou devrais-je dire votre petit frère ?

Il rigola doucement, avec insouciance.

— Vous croyez peut-être que je vous mène en bateau, insista-t-elle ; mais je peux vous assurer que ce n'est pas le c...

— Tu es armée, Chaton ?

— Evidemment ; et mon revolver est pointé vers la tête de votre frère.

— Quelle coïncidence ! Tu ne vas pas tarder à comprendre pourquoi. Pour le moment, j'aimerais que tu poses cette arme par terre. Et que tu te retournes, les mains en l'air.

Ce fut elle qui rit, cette fois.

— Et pourquoi ferais-je une chose pareille ?

— Parce qu'une fois de plus c'est moi qui ai les atouts en main.

La pièce s'éclaira brusquement. Kitt laissa échapper une exclamation de surprise — et de répulsion.

Ils se trouvaient dans une sorte de galerie d'art. Toute une série de clichés, agrandis et encadrés, étaient exposés sur les murs ; des photos très professionnelles.

De tous les petits anges.

Des photos des petites filles vivantes, à l'école ou sur un terrain de sport, faisant des courses avec leur mère, sortant de l'église, rêvant, riant.

Six petites filles superbes, avec toute leur vie devant elles.

Les larmes ruisselaient sur ses joues. Ce n'était pas tout ; un peu plus loin, il y avait d'autres photos d'elles, mortes. Kitt reconnut chacune d'elles ; ces images étaient gravées pour toujours dans sa mémoire.

Elle regarda l'autre mur — sur lequel étaient accrochées les photos des vieilles dames ; en vie — et dans toute l'atrocité de leur mort.

Elles lui rappelèrent celles prises sur les lieux des cri...

— Salut, Lundgren.

Il pénétra dans la pièce. Kitt entendit l'exclamation étouffée de M.C., aussi stupéfaite qu'elle.

Scott Snowe, du service d'identification.

Elle ravala le cri qui montait à ses lèvres. *Et il avait Joe.*

Il tenait son arme pointée sur la tempe de Joe. Joe qui avait les mains ligotées dans le dos, un ruban adhésif collé sur la bouche.

A en juger par le visage ensanglanté de Joe, il lui avait donné du fil à retordre.

— Je vois à ton expression que c'est bien moi qui mène le jeu.

Il baissa la voix jusqu'au chuchotement.

— Tu n'aurais pas dû m'avouer ce à quoi tu tenais le plus, Chaton.

— Laisse-le partir, Snowe. S'il te plaît, il...

— Pose ton flingue par terre, envoie-le vers moi d'un coup de pied.

Elle obéit, bien qu'il ne fît pas un geste pour le ramasser.

— Ma galerie commémorative te plaît? demanda-t-il, visiblement content de lui. Superbe, n'est-ce pas?

— C'est horrible.

— *Capturer les souvenirs*, dit-il d'un air rêveur. Ce n'était pas la publicité d'une marque d'appareils photo?

— Tu es un sinistre taré.

— Ote les menottes à mon frère.

— Fais-le toi-même.

— Mal vu, Chaton. Si je fais ça moi-même, vous ne serez plus là pour le voir, ton ex et toi.

Kitt s'exécuta de mauvaise grâce, réfléchissant à toute allure pour trouver un moyen de lui échapper. Elle jeta un coup d'œil vers M.C. et vit qu'elle aussi s'efforçait de calculer leurs chances.

— Recule, ordonna Snowe. Je veux pouvoir te surveiller.

Elle obéit. Il lui fit un signe de tête.

— Lance, ramasse son flingue et donne-le-moi.

Son frère s'empressa d'obéir, rougissant de se voir traiter avec un tel mépris.

— Maintenant, récupère le Smith & Wesson; et remets-le dans ton futal, bonhomme. On discutera de *ça* plus tard.

— Pourquoi lui parles-tu sur ce ton? demanda M.C. Ce n'est pas un enfant — ni un demeuré.

— Toi, dit Snowe, tu la fermes. Ou je te bute.

Kitt s'interposa, craignant que M.C. mette Snowe au défi. Ses conversations avec Peanut lui avaient appris qu'il était prêt à tout si on osait lui tenir tête.

— Laisse partir Joe, supplia-t-elle. Il n'a rien à voir là-dedans ; s'il te plaît, il…

— Il n'a rien à voir là-dedans ? Tu veux rire. C'est mon ultime pion — mon plus précieux otage. Allons, Chaton, ne sois pas si naïve.

M.C. eut un grognement de dégoût et se tortilla pour tenter de se libérer.

— Tu es officier de police ; comment peux-tu trahir ton serment de façon aussi odieuse ?

Kitt retint son souffle, se demandant s'il allait lui tirer dessus. Mais il se contenta d'en rire.

— Un officier de police ? les forces de l'ordre ? Tu crois que j'en ai quelque chose à foutre, de ce serment ?

Il lâcha Joe en le poussant si violemment en avant qu'il s'étala à plat ventre, de tout son long. Son visage buta sur le sol avec un bruit sinistre.

Kitt cria son nom et bondit vers lui. Le coup de feu que tira Snowe produisit une détonation assourdissante qui résonna entre les murs de la chambre forte — couvrant le cri de M.C.

Kitt mit quelques secondes avant de comprendre, sous le choc de la douleur, que Snowe lui avait tiré dessus, de sang-froid.

Ses jambes se dérobèrent et elle s'effondra à genoux. Elle porta une main à sa poitrine, près de la clavicule. Elle était poisseuse, humide. Tout se mit à tourner autour d'elle.

Luttant contre le vertige, elle tourna les yeux vers Joe qui gisait toujours à plat ventre, totalement immobile. Un filet de sang coulait de son nez. Non, par pitié. Pas lui.

Elle s'était promis de boucler l'enquête sur le tueur d'anges, fût-ce la dernière chose qu'elle accomplirait en ce monde.

Il n'était pas impossible que ce soit la dernière, en effet.

— Ce n'est pas une blessure mortelle, affirma Snowe sur le ton de la conversation. En revanche, si tu n'es pas soignée à temps, tu pourrais mourir en te vidant de ton sang.

Prise de nausée, Kitt réprima tant bien que mal une brusque envie de vomir.

— Notre vieux était chargé de faire respecter la loi, lui aussi. Ouais, il se baladait avec son flingue et son insigne. Il se croyait plus fort et plus malin que tout le monde — que moi et Lance, en particulier.

Il regarda son frère.

— Pas vrai, Lance ? On ne valait pas un clou, on était aussi stupides l'un que l'autre ; du coup, on s'en prenait plein la tronche.

Lance ne répondit pas. Kitt vit qu'il la regardait d'un air vaguement horrifié.

Mais Snowe n'eut pas l'air de le remarquer.

— Mais qui est-ce qui ne vaut pas un clou, aujourd'hui ? Toi et moi, on les a tous niqués, petit frère.

— Tu parles, murmura Lance ; ils savent qui nous sommes — et tout ce qu'on a fait.

— A qui la faute ?

— C'est ma faute.

— Exact. Espèce de sinistre taré. C'était quoi, la règle numéro un ?

— De ne jamais utiliser le flingue.

— Exactement. Mais tu l'as fait quand même. Et si on s'est fait baiser la gueule, c'est à cause de toi.

Lance baissa la tête. Kitt choisit d'intervenir. Si elle devait y laisser sa peau, du moins ne mourrait-elle pas idiote ; elle voulait connaître le pourquoi de cette histoire.

— Vous avez donc tué ces enfants et ces trois vieilles dames, simplement pour prouver que vous en étiez capables ? Que vous pouviez commettre ces prétendus « crimes parfaits » sans jamais vous faire prendre ?

— Ravi de voir que tu as bien appris ta leçon.

— Pourquoi des petites filles de dix ans ?

Snowe haussa les épaules.

— Pourquoi pas ?

— C'était un choix comme un autre ?

— Ouais. Le hasard — c'est ça, le truc, non ?

Elle appuya sur sa blessure, s'efforçant d'endiguer l'hémorragie.

— Et pourquoi moi ?

— C'est une question assez compliquée et je ne voudrais pas que tu te méprennes sur ce point. C'est moi — et moi seul — qui ai conçu et réalisé les crimes parfaits des « anges endormis ». Lance a eu un jour la brillante idée de ressusciter le tueur d'anges. Tu vois, je ne mentais pas en te disant qu'il y avait un copieur. Qui était aussi mon frère et mon associé.

Cette hypothèse avait été l'une de leurs théories.

— Je ne sais pas ce qui lui a pris, au juste. Il a peut-être voulu me prouver qu'il pouvait faire aussi bien que moi ; ou qu'il savait se débrouiller tout seul, dit-il avec un mépris cinglant. Et Lance a ajouté sa signature à cette série de meurtres.

— Les mains, murmura Kitt.

— Les mains, répéta Snowe avec un ricanement. Il a éprouvé le besoin de s'exprimer. Mais quand un tueur commence à s'exprimer, c'est le commencement de la fin — je ne t'apprends rien, n'est-ce pas ?

— Il avait peut-être envie de se faire prendre, dit Kitt ; et d'être délivré de toi.

Il l'ignora.

— J'ai donc décidé de jouer le jeu ; de porter le niveau de la compétition à un degré supérieur.

— En me téléphonant régulièrement.

— Exactement. Lance n'avait rien à voir avec ça. Les indices, c'était une idée personnelle.

— Le contenu du garde-meubles… c'étaient les affaires de votre mère ?

— Oui.

— Et Buddy Brown ?

— Encore une idée à moi, pour faire diversion. Je l'avais fait coffrer il y a longtemps et j'ai su qu'il était en libération conditionnelle. Je lui ai rendu une petite visite ; je m'inquiétais pour lui — pour son avenir professionnel.

Snowe sourit.

— J'avais entendu dire que Joe Lundgren embauchait d'anciens taulards, alors, je l'ai mis au parfum. Le fait que Valerie Martin ait une petite fille sourde était entièrement fortuit ; le hasard fait bien les choses, parfois.

Kitt songea à la façon dont il l'avait manipulée — et à la façon dont elle-même avait assemblé les pièces du puzzle exactement comme il le voulait.

— Et le numéro de Joe sur le relevé téléphonique de Brian ?

— C'est moi qui l'ai ajouté, naturellement. Qui aurait eu l'idée de vérifier que le relevé n'était pas trafiqué ?

Elle jeta un coup d'œil vers Joe, morte de honte ; comment avait-elle pu le soupçonner un instant ?

— Ne te fais pas trop de reproches, dit Snowe d'un ton suave, comme s'il devinait ses pensées. Tu as vu juste en supposant que le garde-meubles était celui d'une femme et que le tueur d'anges était flic. Tu as donc marqué quelques points. En fait, je t'ai choisie, toi, parce que nous avons des points communs, tous les deux. Toi et moi, nous sommes des combattants. Des flics déchus. Qui se battent avec l'énergie du désespoir.

— Tu es entré chez moi.

— Oui, plusieurs fois.

— Et tu as lu mon journal intime.

Ce n'était pas une question, mais il sourit et répondit quand même.

— J'ai adoré. Très plaisant à lire, d'ailleurs.

Sa voix se fit plus grave ; le ton devint presque tendre.

— Les choses auraient pu tourner à ton avantage…

— Elles ont tourné à mon avantage, Snowe. Tout est fini, pour toi.

Il secoua la tête.

— Tu as du cran, Chaton, c'est incontestable. Mais tu vas mourir quand même ; ainsi que Riggio et ton Joe bien-aimé. Je suis désolé.

Lance, blême, s'interposa.

— Je ne veux pas leur faire de mal, Scott.

— Naturellement — parce que tu es faible. Je vais m'occuper

d'eux moi-même. Je vais m'occuper de nous, comme d'habitude. Il ne restera plus que toi et moi, bonhomme ; comme toujours.

— Mais Mary Catherine…

— Tu ne l'aimes pas. Elle s'est servie de toi…

— C'est faux ! s'écria M.C. d'une voix vibrante. Ne l'écoute pas, Lance, il te…

— Toi, tu la fermes !

— Elle a dit qu'elle m'aiderait, dit Lance. Qu'elle nous aiderait.

— C'est une menteuse.

Snowe semblait cracher ses mots, à présent.

— Est-ce que maman t'a jamais défendu ? A-t-elle jamais levé le petit doigt pour nous ?

Comme Lance secouait la tête, il poursuivit :

— Quelle est la seule personne qui ait pris ta défense ?

— C'est toi, Scott ; seulement…

Lance inspira, comme pour se donner du courage.

— … nous n'allons pas les tuer.

— Ah bon ?

— Nous allons les laisser partir.

Snowe plissa légèrement les yeux.

— Pourquoi ferions-nous une chose pareille ? Ne sois donc pas si trouillard, Lance. Bordel, ce que tu me dégoûtes !

— Ne te laisse pas traiter comme ça ! s'écria M.C. Tu n'es ni débile, ni stupide. Je t'aimais, Lance.

— C'est fini, Scott. Je vais les libérer tous les trois.

Lance se dirigea vers M.C.

— Vous avez intérêt à déguer…

Snowe sortit de son étui le revolver de Kitt, visa son frère et lui tira une balle dans le dos. Lance s'immobilisa et tourna la tête vers lui.

— Scott ? murmura-t-il. Sco…

Puis il s'écroula.

Snowe le contempla quelques instants, les larmes aux yeux.

— Tu as toujours eu besoin d'être dirigé et j'étais là pour toi. Mais puisque tu sembles vouloir prendre le dessus… Tant pis pour toi, petit frère.

Leur tour était venu. Kitt regarda M.C. qui essayait désespérément de se libérer du ruban adhésif qui ligotait ses poignets. Joe gémit et s'agita ; soulagée de voir qu'il était en vie, Kitt songea que ce bonheur serait de courte durée. Son seul espoir était que Shanks repasse par là et remarque quelque chose d'anormal.

Donc, chaque minute comptait. Si elle réussissait à faire parler Snowe, à gagner un peu de temps, peut-être survivraient-ils.

— Je te trouve bien arrogant pour un type qui va être arrêté et jugé pour des meurtres en série.

Il sourit.

— Tu racontes n'importe quoi, maintenant ? Personne, hormis vous quatre, ne se doute que j'ai joué un rôle quelconque dans cette affaire. Lance était mouillé jusqu'au cou — mais pas moi.

— Et le Smith & Wesson ? Il leur permettra de remonter jusqu'à toi, jusqu'ici...

Snowe éclata de rire.

— Ils remonteront jusqu'à Lance. Moi, à quatorze ans, j'étais déjà trop vieux pour l'adoption ; on m'a placé dans un foyer. Deux ans plus tard, je me suis fait émanciper, avec un copain. Il est mort trop jeune. J'ai emprunté son identité. Ce n'était pas très difficile. Deux gamins sans famille, qui ça intéresse ?

— Je me demandais comment...

Elle s'efforça de rassembler ses idées qui s'éparpillaient.

— ... comment tes antécédents familiaux avaient pu échapper aux vérifications préalables à l'embauche, à la brigade criminelle. Tu n'aurais jamais pu être flic si... s'ils avaient su que ton père purgeait une peine de prison à vie pour...

— Pour avoir battu ma mère. Exact.

— Comment comptes-tu t'y prendre, maintenant ? demanda M.C.

— Je vais tous vous supprimer. C'est Lance qui portera le chapeau. C'est du cousu main, tout ça ; fignolé dans les moindres détails.

— Et... les... photos... ? demanda faiblement Kitt en se demandant combien de sang elle avait perdu.

Elle n'allait pas tarder à perdre conscience, elle le sentait.

— Eh bien quoi, les photos ?

M.C. intervint.

— Elles portent ta signature, pour la plupart.

— Je vais les emporter avec moi, bien entendu. Comment pourrais-je les laisser ? Ce sont mes chefs-d'œuvre.

Ses trophées.

— La mèche de cheveux, demanda Kitt, elle provenait d'une de tes victimes ?

Snowe ne répondit pas et elle se rendit compte qu'elle n'avait pas formulé tout haut sa question.

— Tu as désobéi aux ordres du chef, disait Snowe.

Sa voix semblait lui parvenir de très loin.

— Et maintenant, vous allez tous mourir. Où avais-tu donc la tête ?

— Je sais pourquoi Lance a fait ça, dit soudain M.C. ; pourquoi il a ressuscité le tueur d'anges.

— Mais encore, madame le génie ?

— Pour se détacher de toi. Il voulait se faire arrêter, parce que tu es aussi mauvais que votre père. Non, tu es pire que lui. Tu es le Mal personnifié ; un tyran doublé d'une brute.

Il se tourna vers elle, tremblant de rage.

— Tu sais que dalle, oui !

— Tu es devenu comme lui, avec l'âge. Quel effet ça fait d'être la copie confor…

— Je ne suis pas comme lui, dit Snowe en pointant son arme dans sa direction. Il est temps de la fermer définitivement, inspecteur Rigg…

Le reste de sa phrase se perdit dans la détonation qui suivit.

Mais le coup de feu ne provenait pas de son arme. Lance, qui avait réussi à se redresser à genoux, venait de tirer sur son frère. Snowe porta une main à son cœur, le visage livide. Il leva lentement le bras, comme pour tirer, et reçut une autre balle, en plein ventre, cette fois. Un spasme le secoua et il s'effondra à genoux.

Kitt voulut appeler Lance, lui demander de délivrer M.C.

Horrifiée, elle le vit se tourner vers Joe. Il sanglotait, trébuchait à chaque pas. *Il s'apprêtait à les tuer tous.*

Elle ferma les yeux, partit lentement à la dérive. Loin, très loin, elle entendit des voix, une autre détonation, un cri déchirant…

Et puis plus rien.

74.

Jeudi 23 mars 2006
10 h 50

— Salut, ma coéquipière, dit M.C. en tapotant à la porte de la chambre de Kitt. Je peux entrer ?

Kitt ouvrit les yeux et sourit. Elle s'était réveillée au petit matin dans un lit d'hôpital, complètement désorientée et reliée à toute une série de tubes et de bouteilles.

Ses idées n'étaient pas très claires. Comment était-elle passée de la chambre forte d'une ferme de Dekalb au service de réanimation du St. Anthony Medical Center de Rockford ?

Elle avait appris que Lance avait délivré Joe et M.C. avant de retourner le Smith & Wesson contre sa tempe et de se suicider d'un coup de revolver.

Kitt fit signe à M.C. d'approcher.

— Tu n'as pas si mauvaise mine, tu sais, constata M.C.

A son réveil, Kitt avait également appris qu'elle avait perdu connaissance à la suite d'une importante hémorragie. Heureusement, M.C. avait appelé les secours et une ambulance était arrivée presque immédiatement. Les pompiers, d'abord, puis les médecins et les infirmières s'étaient bien occupés d'elle. Au terme d'une opération et de quelques perfusions, elle était pratiquement tirée d'affaire.

— Alors, quoi de neuf? demanda-t-elle.

M.C. s'assit à son chevet.

— Sal est drôlement remonté contre toi ; tu es dans la merde, inspecteur.

— Je m'attendais au pire. Il n'est même pas venu.

M.C. sourit.

— En réalité, tu ne risques pas grand-chose. En guise de baume apaisant, il utilise une technique qui consiste essentiellement à se mettre en avant et à s'attribuer tout le mérite de ce coup de filet.

» Je suppose que tu recevras une petite remontrance pour avoir désobéi à un ordre direct — plus pour la forme que pour autre chose. Sans ton intervention musclée, Snowe aurait encore pu s'en tirer, une fois de plus.

— Sal peut s'attribuer tout le mérite qu'il veut. Moi, je m'estime heureuse que ce monstre ait été mis hors d'état de nuire.

Le sourire de M.C. s'estompa légèrement. Kitt se demanda si elle pensait à Lance.

M.C. regarda brièvement ailleurs puis reporta les yeux sur elle.

— Au fait, Kitt, je te remercie. Je suis très heureuse d'être encore en vie.

— Il n'y a pas de quoi.

— Je t'ai apporté quelque chose.

Elle lui tendit un sac de supermarché. Kitt l'ouvrit et jeta un coup d'œil dedans.

— Des biscuits salés ?

— Et un Diet Coke. Comme je ne savais pas quels biscuits tu préférais, j'en ai acheté plusieurs sortes.

— Merci. Mais je croyais qu'il ne fallait pas manger ces cochonneries ?

— Je fais une exception, pour cette fois, parce que tu as frôlé la mort.

— Pour te sauver la vie.

— Exactement.

Elles se turent, chacune plongée dans ses pensées.

— As-tu parlé à Joe ? demanda M. C., rompant enfin le silence.

Kitt secoua la tête.

— J'ai eu de ses nouvelles par une infirmière. Il a été soigné pour des plaies superficielles et un nez cassé ; il est déjà sorti, je crois.

Et il n'était pas venu la voir.

C'était tellement horrible qu'elle en avait le souffle coupé.

M.C. lui serra la main.

— Je suis désolée.

— Tu te rends compte, M.C. ? Je l'ai soupçonné d'être un tueur en série, d'avoir assassiné des enfants. Comment pourrait-il me le pardonner ?

— Ça pourrait être pire. Mon amant était un tueur en série, lui. J'envisage de vendre mon histoire à la presse à scandale.

M.C. avait parlé avec un humour à froid — l'humour de quelqu'un qui se méprise et serre courageusement les dents. Kitt sourit.

— Je suis désolée.

M.C. haussa les épaules.

— Le plus dur est passé. Pour moi. Pas pour ma mère.

— Comment a-t-elle su ?

— Par un des Lèche-culs. Elle se demande si ce ne serait pas moins pire que je sois lesbienne.

Kitt se retint de rire.

— Tu me scieras toujours.

— Penses-tu pouvoir encore travailler avec une dure à cuire, aux dents longues et au sens de l'humour niveau zéro ?

— Certainement ; à condition que tu fasses confiance à une ratée pour surveiller tes arrières.

— Je veux bien tenter le coup.

— Alors, fiche-moi le camp d'ici, murmura Kitt, soudain lasse, en calant sa tête contre l'oreiller. Il va falloir trouver quelqu'un pour me remplacer en attendant que l'adolescent boutonneux qui me tient lieu de toubib m'autorise à quitter ce lit.

M.C. se leva en riant.

— Tu as déjà déclaré forfait, Lundgren ? Je n'y crois pas.

Tandis qu'elle quittait la pièce, une infirmière arriva avec un énorme bouquet de fleurs. N'importe qui avait pu le lui faire expédier — ses collèges de la brigade criminelle, Mary Catherine…

Elle pria pour que ce soit Joe.

L'infirmière posa les fleurs sur sa table de chevet avec un grand sourire. Kitt attendit qu'elle soit ressortie pour ôter l'épingle qui attachait l'enveloppe au papier cadeau. Mais au lieu de l'ouvrir, elle la tint entre ses doigts, le cœur battant.

Pas encore, songea-t-elle. Si ces fleurs ne venaient pas de Joe, elle ne voulait pas le savoir. Elle avait bien le temps, pour cela. Elle avait tout son temps.

REMERCIEMENTS

En décidant de situer *Le tueur d'anges* dans ma ville natale de Rockford, dans l'Illinois, je ne mesurais pas encore combien ce choix allait se révéler intéressant et riche pour le roman, ni combien j'allais apprécier ce « retour à la maison ». Jamais je n'aurais imaginé non plus que je finirais d'écrire ce roman à Rockford même, où je suis revenue vivre quand le diabolique cyclone Katrina m'a chassée de Louisiane.

J'ai découvert que, si bien des choses avaient changé depuis que j'étais partie de Rockford, d'autres, en revanche, étaient restées les mêmes. Les gens forment une communauté soudée autour des valeurs du travail et de la simplicité. A Rockford, on a le sens de la famille, les gens sont accueillants, et on trouve d'excellentes pizzas à tous les coins de rue. Je suis désolée d'avoir dû, pour les besoins du genre, y faire circuler un tueur dans certains quartiers, mourir des victimes et créer un personnage vraiment pervers. J'espère que vous m'excuserez.

J'ai été accueillie chaleureusement dans tous les services de la police de Rockford, par de véritables professionnels. Un merci particulier au patron de police Dominic Iasparro, à l'enquêteur Carla Redd et à Gene Koelker, du département d'identification des victimes.

Un immense merci à ma belle-sœur Pam Schupbach, je ne connais personne d'aussi généreux qu'elle. Non seulement elle m'a accueillie chez elle, et m'a permis de me sentir de nouveau chez moi à Rockford, en me servant de chauffeur et de guide, mais elle m'a de nouveau recueillie après le cyclone Katrina, en jouant les baby-sitters pour me permettre de terminer ce roman.

Merci également à Mariea Sweitzer, ex-shérif adjoint de St. Tammany, pour les informations qu'elle m'a données sur la technologie des téléphones portables — une aide précieuse pour un auteur sans aucune compétence dans ce domaine !

Et enfin, merci à tous ceux qui me soutiennent professionnellement au quotidien : mon agent Evan Marshall, mon éditrice Dianne Moggy, mon assistante, Kari Williams. Et, comme toujours, merci à mes proches, merci pour leur amour et merci à Dieu.

DANS LA MÊME COLLECTION

Par ordre alphabétique d'auteur

BEVERLY BARTON	*Dans l'ombre de l'assassin*
OLGA BICOS	*Nuit d'orage*
OLGA BICOS	*La mort dans le miroir*
LAURIE BRETON	*Ne vois-tu pas la mort venir ?*
BARBARA BRETTON	*Le lien brisé*
LAURA CALDWELL	*Le dernier mensonge*
JAN COFFEY	*La dernière victime*
JAN COFFEY	*L'accusé*
JASMINE CRESSWELL	*La Manipulatrice*
JASMINE CRESSWELL	*Le secret brisé*
JASMINE CRESSWELL	*La mort pour héritage*
JASMINE CRESSWELL	*Soupçons mortels*
JASMINE CRESSWELL	*Je saurai te retrouver*
CAMERON CRUISE	*La perle de sang*
MARGOT DALTON	*Amnésie*
MARGOT DALTON	*Kidnapping*
MARGOT DALTON	*Le sceau du mal*
MARGOT DALTON	*Crimes inavoués*
WINSLOW ELIOT	*L'innocence du mal*
ANDREA ELLISON	*Elles étaient si jolies*
ANDREA ELLISON	*La signature écarlate*
ANDREA ELLISON	*Sous le regard de l'ange*
LYNN ERICKSON	*Le Prédateur*
SUZANNE FORSTER	*Le cercle secret*
SUZANNE FORSTER	*Secrets*
SUZANNE FORSTER	*Passé obscur*
MICHELLE GAGNON	*Le cercle de sang*
MICHELLE GAGNON	*La forêt de la peur*
TESS GERRITSEN	*Présumée coupable*
TESS GERRITSEN	*Crimes masqués*
TESS GERRITSEN	*Ne m'oublie pas*
HEATHER GRAHAM	*L'invitation*
HEATHER GRAHAM	*L'ennemi sans visage*
HEATHER GRAHAM	*Le complot*
HEATHER GRAHAM	*Soupçons*
HEATHER GRAHAM	*La griffe de l'assassin*
HEATHER GRAHAM	*Prémonition*
HEATHER GRAHAM	*L'ombre de la mort*
HEATHER GRAHAM	*Danse avec la mort*
HEATHER GRAHAM	*Noires visions*
HEATHER GRAHAM	*Nuits blanches*
HEATHER GRAHAM	*Apparences*
HEATHER GRAHAM	*La crypte mystérieuse*
HEATHER GRAHAM	*Sombre présage*
HEATHER GRAHAM	*Hantise*
HEATHER GRAHAM	*Dangereuse vision*
HEATHER GRAHAM	*La nuit écarlate*
HEATHER GRAHAM	*L'héritage maudit*
HEATHER GRAHAM	*Les proies de l'ombre*
HEATHER GRAHAM	*L'île des ténèbres*
CAROLYN HAINES	*Les fiancées du Mississippi*

…/…

DANS LA MÊME COLLECTION
Par ordre alphabétique d'auteur

KAREN HARPER	*Testament mortel*
KAREN HARPER	*Le saut du diable*
KAREN HARPER	*L'œuvre du mal*
KAREN HARPER	*Les portes du mal*
KAREN HARPER	*Une femme dans la nuit*
KAREN HARPER	*Mortel mensonge*
KAREN HARPER	*Intention mortelle*
KAREN HARPER	*Je ne t'ai pas oublié*
KATHRYN HARVEY	*La clé du passé*
BONNIE HEARN HILL	*La disparue de Sacramento*
BONNIE HEARN HILL	*Mortelle perfection*
CHRISTIANE HEGGAN	*Miami Confidential*
CHRISTIANE HEGGAN	*L'Alibi*
CHRISTIANE HEGGAN	*Intime conviction*
CHRISTIANE HEGGAN	*Labyrinthe meurtrier*
CHRISTIANE HEGGAN	*Par une nuit d'hiver*
CHRISTIANE HEGGAN	*Troublantes révélations*
CHRISTIANE HEGGAN	*Intention de tuer*
CHRISTIANE HEGGAN	*Meurtre à New York*
METSY HINGLE	*Le masque de la mort*
METSY HINGLE	*La fille de l'assassin*
METSY HINGLE	*Noces noires*
GWEN HUNTER	*Faux diagnostic*
GWEN HUNTER	*Virus*
GWEN HUNTER	*Les mains du diable*
GWEN HUNTER	*Le triangle du mal*
GWEN HUNTER	*La piste du mal*
LISA JACKSON	*Dans l'ombre du bayou*
LISA JACKSON	*Noire était la nuit*
LISA JACKSON	*Les disparues de la nuit*
LISA JACKSON	*L'hiver assassin*
LISA JACKSON	*Piège de neige*
LISA JACKSON	*Un danger dans la nuit*
LISA JACKSON	*Visions*
CHRIS JORDAN	*L'étau*
CHRIS JORDAN	*Disparue*
PENNY JORDAN	*De mémoire de femme*
PENNY JORDAN	*La femme bafouée*
R.J. KAISER	*Qui a tué Jane Doe?*
ALEX KAVA	*Sang Froid*
ALEX KAVA	*Le collectionneur*
ALEX KAVA	*Les âmes piégées*
ALEX KAVA	*Obsession meurtrière*
ALEX KAVA	*Le Pacte*
ALEX KAVA	*En danger de mort*
ALEX KAVA	*Piège de feu*
RACHEL LEE	*Neige de sang*
RACHEL LEE	*Le lien du mal*
RACHEL LEE	*Secret meurtrier*
P.D. MARTIN	*La marque du mal*

.../...

DANS LA MÊME COLLECTION

Par ordre alphabétique d'auteur

DINAH McCALL	*Le silence des anges*
DINAH McCALL	*Les disparus de l'hiver*
DINAH McCALL	*Mélodie mortelle*
HELEN R. MYERS	*Mortelle impasse*
HELEN R. MYERS	*Les ombres du doute*
HELEN R. MYERS	*Mort suspecte*
HELEN R. MYERS	*Suspicion*
HELEN R. MYERS	*La marque du diable*
CARLA NEGGERS	*L'énigme de Cold Spring*
CARLA NEGGERS	*Piège invisible*
CARLA NEGGERS	*La dernière preuve*
CARLA NEGGERS	*Le voile noir*
CARLA NEGGERS	*La nuit du solstice*
CARLA NEGGERS	*Noirs desseins*
CARLA NEGGERS	*Une femme en fuite*
BRENDA NOVAK	*L'étrangleur de Sandpoint*
BRENDA NOVAK	*Noir secret*
BRENDA NOVAK	*Noirs soupçons*
BRENDA NOVAK	*Noire révélation*
BRENDA NOVAK	*Une femme en cavale*
MEG O'BRIEN	*Le piège*
MEG O'BRIEN	*En lettres de sang*
MEG O'BRIEN	*Pluie de sang*
MEG O'BRIEN	*La déchirure*
MEG O'BRIEN	*Spirale meurtrière*
SHIRLEY PALMER	*Zone d'ombre*
SHIRLEY PALMER	*Le bûcher des innocents*
EMILIE RICHARDS	*Le refuge irlandais*
EMILIE RICHARDS	*Mémoires de Louisiane*
EMILIE RICHARDS	*Le testament des Gerritsen*
EMILIE RICHARDS	*L'héritage des Robeson*
EMILIE RICHARDS	*L'écho de la rivière*
EMILIE RICHARDS	*Promesse d'Irlande*
EMILIE RICHARDS	*Du côté de Georgetown*
NORA ROBERTS	*Possession*
NORA ROBERTS	*Le cercle brisé*
NORA ROBERTS	*Et vos péchés seront pardonnés*
NORA ROBERTS	*Tabous*
NORA ROBERTS	*Coupable innocence*
NORA ROBERTS	*Maléfice*
NORA ROBERTS	*Enquêtes à Denver*
NORA ROBERTS	*Crimes à Denver*
NORA ROBERTS	*L'ultime refuge*
NORA ROBERTS	*Une femme dans la tourmente*
NORA ROBERTS	*Clair-obscur*
NORA ROBERTS	*Le secret du bayou*
NORA ROBERTS	*Le souffle du danger*
NORA ROBERTS	*La maison du mystère*
FRANCIS ROE	*L'engrenage*
FRANCIS ROE	*Soins intensifs*

.../...

DANS LA MÊME COLLECTION

Par ordre alphabétique d'auteur

KAREN ROSE	*Le lys rouge*
KAREN ROSE	*Et tu périras par le feu*
KAREN ROSE	*Je te volerai ta mort*
KAREN ROSE	*Le cercle du mal*
KAREN ROSE	*Le sceau du silence*
KAREN ROSE	*Les roses écarlates*
M. J. ROSE	*Le cercle écarlate*
M. J. ROSE	*La cinquième victime*
M. J. ROSE	*Rédemption*
JOANN ROSS	*La femme de l'ombre*
SHARON SALA	*Sang de glace*
SHARON SALA	*Le soupir des roses*
SHARON SALA	*Meurtre en eaux troubles*
SHARON SALA	*L'œil du témoin*
SHARON SALA	*Expiation*
SHARON SALA	*Si tu te souviens*
SHARON SALA	*Dans les pas du tueur*
MAGGIE SHAYNE	*Noir paradis*
MAGGIE SHAYNE	*Un parfait coupable*
TAYLOR SMITH	*Le carnet noir*
TAYLOR SMITH	*La mémoire assassinée*
TAYLOR SMITH	*Morts en série*
ERICA SPINDLER	*Rapt*
ERICA SPINDLER	*Black Rose*
ERICA SPINDLER	*La griffe du mal*
ERICA SPINDLER	*Trahison*
ERICA SPINDLER	*Cauchemar*
ERICA SPINDLER	*Pulsion meurtrière*
ERICA SPINDLER	*Le silence du mal*
ERICA SPINDLER	*Jeux macabres*
ERICA SPINDLER	*Le tueur d'anges*
ERICA SPINDLER	*Collection macabre*
ERICA SPINDLER	*Et vous serez châtiés*
ERICA SPINDLER	*L'innocence volée*
AMANDA STEVENS	*N'oublie pas que je t'attends*
AMANDA STEVENS	*La poupée brisée*
AMANDA STEVENS	*Juste après minuit*
AMANDA STEVENS	*Le repaire du mal*
AMANDA STEVENS	*Le secret des marais*
ANNE STUART	*La veuve*
ANNE STUART	*Piège de brume*
TARA TAYLOR QUINN	*Enlèvement*
ELISE TITLE	*Obsession*
CHARLOTTE VALE ALLEN	*L'enfance volée*
LAURA VAN WORMER	*La proie du tueur*

.../...

DANS LA MÊME COLLECTION
Par ordre alphabétique d'auteur

GAYLE WILSON	*Les disparus du Mississippi*
GAYLE WILSON	*Rumeurs*
GAYLE WILSON	*Le secret de Maddie*
GAYLE WILSON	*L'innocence trahie*
KAREN YOUNG	*Passé meurtrier*

5 TITRES À PARAÎTRE EN SEPTEMBRE 2011

MIRA

Composé et édité par les

*éditions*Harlequin

Achevé d'imprimer en Allemagne
par GGP Media GmbH, Pößneck
en juin 2011

Dépôt légal en juillet 2011